우리문학깊이읽기

김주연

깊이 읽기

성민엽 엮음

2001
문학과지성사

우리 문학 깊이 읽기 기획위원

권오룡 / 박혜경 / 성민엽 / 정과리 / 홍정선

김주연 깊이 읽기

엮은이 / 성민엽
펴낸이 / 채호기
펴낸곳 / 문학과지성사

등록 / 1993년 12월 16일 등록 제 10-918호
주소 / 서울 마포구 서교동 363-12호 무원빌딩 4층(121-838)
전화 / 편집부 338)7224~5 팩스 / 323)4180
전화 / 영업부 338)7222~3 팩스 / 338)7221
홈페이지 / www.moonji.com

제1판 제1쇄 / 2001년 8월 18일

ISBN 89-320-1277-6

우│리│문│학│깊│이│읽│기

김주연

깊이 읽기

성민엽 엮음

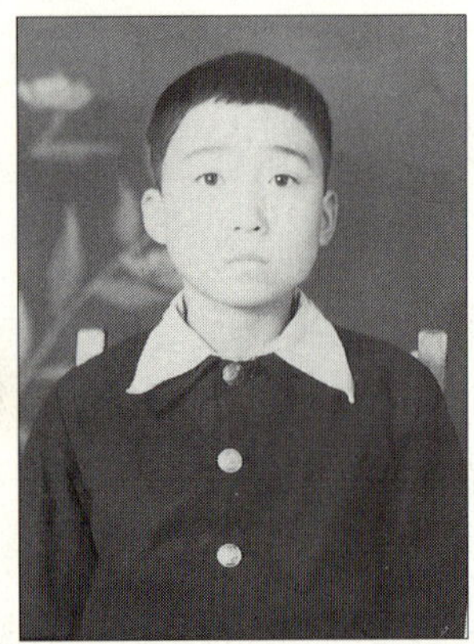

▲ 서울 돈암초등학교 6학년 때 모습(1953년)

▲ 아버님(김정수) 회갑 때. 어머님과 함께(1976년)

▲ 오스트리아 빈에서 열린 한국 문학 소개 강연회에서. 왼쪽부터 현지 평론가 프란츠 베닝거 · 김주연 · 서울대 임종대 교수(1990년)

▲ 옛 문학과지성사 건물 2층에서. 왼쪽부터 홍익대 장영태 교수 · 열화당 이기웅 사장 · 김주연 · 소설가 최인훈 (1990년)

▲ 중국 여행길 연길 공항 앞에서. 왼쪽부터 두번째 김덕성 사장 · 김치수 · 정문길 · 김주연 · 홍성원 (1991년)

▲ 대학 동기인 작가 이청준과 함께. 어느 모임이더라? (1993년)

▲ 한계령 정상에서. 왼쪽부터 김주연 · 신태호 · 강두식 교수 · 안톤 교수 부인 · 뒤셀도르프 대학 H. 안톤 교수 · 황윤석 교수 (1993년)

▲ 목포 거리에서. 왼쪽부터 오생근 · 김인환 · 서우석 · 작가 송하춘 · 김주연 (1994년)

한국을 방문한 시인 마종기와 함께 동해안에서. ▶
오른쪽은 시인 황동규 (1994년)

▲ 고 김현 동상 제막식에서. 왼쪽부터 김주연 · 홍정선 · 성민엽 · 임우기 · 김원우 · 임철우 (1994년)

▲ 한일작가회의에서 주제 발표 (1995년)

◀ 일본 마쓰에 부근 바다에서.
　평론가 가라타니 코진 교수와 함께 (1995년)

▲ 한일작가회의에서. 왼쪽부터 김병익 · 김주연 · 김원우 (1995년)

▲ 우즈베키스탄의 실크 로드 중심지 사마르칸트에서. 현지 소녀들과 더불어 한 사원에서 작가 김원일과 함께(1996년)

▲ 아버지 김정수 장로 장립식에서 형제들과 함께. 왼쪽부터 넷째 · 셋째 · 본인 · 아버님 · 둘째 · 막내(1997년)

▲ 진해 김달진 문학제에서. 왼쪽부터 시인 문인수 · 평론가 정과리 · 김주연 · 평론가 김선학 · 시인 김명인 (1997년)

◀ 원광대에서 열린 독문학회 학술 발표회 모임에서. 왼쪽부터 김수용 · 김한란 · 김주연 · 오청자 · 장영은 · 안문영 교수 (1998년)

▲ 근속 20주년 기념식장에서. 왼쪽부터 숙대 독문과의 신혜양 · 김미란 · 정서웅 교수 · 이경숙 총장 · 김주연 · 이귀경 · 장영은 교수 (1998년)

▲ 고등학교 시절의 옛 친구들과 더불어. 아랫줄 왼쪽부터 호종일 후배 · 김주연 · 김영수 전 문체부 장관 · 그 부인 · 원종락, 뒷줄 왼쪽부터 서울대 법대 김유성 교수 · 코린도 승은호 회장 (1998년)

▲ 독문학회 회장으로 있으며 한독 문화 영향 심포지엄 '블릭 움 블릭' 행사를 처음으로 기획 · 주관하다 (1998년)

▲ 아프리카 케냐의 나이로비. 파라다이스 호텔 야외 로비에서. 왼쪽부터 김주영·김화영·김주연 (1999년)

▲ 고 황인철 변호사의 흉상 제막식에서 추모사를 하고 있는 모습 (2000년)

▲ 프린스턴 대학 방문. 왼쪽부터 이 대학에서 신학 박사 학위를 받은 김회권 목사 · 아내 · 김목사 부인(독문과 제자 장선희) · 김주연 (1996년)

▲ 문학과지성사 사무실에서 (2001년)

▲ 가족 사진. 왼쪽부터 작은아들 호중 · 큰아들 홍중 · 큰며느리 안지현 · 아내 윤정희 · 김주연 (1996년)

김주연

깊이 읽기

책을 엮으며

　김주연의 언어는 예리하다. 그가 일찍이 자신의 책에 칼 크롤로브의 말을 따와 『나의 칼은 나의 작품』이라고 제목을 붙인 것은 결코 우연이 아니다. 그 예리한 칼이 번뜩일 때 한국 문학은 자신도 몰랐던 자신의 병을 발견한다. 당장은 그 예리함이 아픔을 가져다주지만 그 아픔은 사실 살아 있음의 징표이다. 그 예리함과 그 아픔은 병이 고황에 든 뒤에는 불가능해질 치유의 길을 열어주는 것이다.

　김주연의 자세는 단호하다. 그는 시류와의 타협을 모르는 경골(硬骨)이다. 시류가 자신의 발언을 어떻게 오해하고 어떻게 비난할지 훤히 알면서도 자신의 신념에 대한 충실함을 유일한 원칙으로 하여 그는 단호하게 발언한다. 그는 전략에 대해서도 거의 고려하지 않는다. 전략이라는 것이 타협을 포장하는 데에 사용되는 명분이기 일쑤임을 잘 알기 때문이다.

　그러나 김주연의 예리한 언어와 단호한 자세는 아집과는 거리가 아주 멀다. 대상에 대해서는 그 대상의 긍정적 측면과 잠재적 가능성을 부드러운 호명으로 불러낼 줄 알고, 자신에 대해서는 치열하고도 섬세한 반성을 부단히 수행할 줄 아는 것이다. 신앙인으로서의 그가 "하나님을 열심히 믿고, 교만하지 않은 가운데, 살아나가는 것이 그의 뜻이리라는 판단은, 마치 자기 자신이 그런 열심과 겸손을 갖추고 있다는 부지불식간의 교만에 의해 자연스럽게 받아들여지곤 했던 것 같다"고 반성하는 모습을 보라.

김주연의 예리함과 단호함은 고도의 주관성에서 나온다. 객관성이라는 이름의 형식주의를 넘어서서 높은 수준에서 자아를 세우는 일. 그 고도의 주관성이야말로 김주연이 추구해온 '정신'의 한 구체적 모습일 것이다. 그것을 근거로 김주연은 시류에 맞서 부단히 이의를 제기해왔고 그 이의 제기를 통해 한국 문학의 현장에서 언제나 비판적 파수꾼으로서의 소임을 수행해왔다. 1966년 「카프카 시론」을 발표하면서 등단한 이래 햇수로 36년에 달하는 오랜 시간 동안 김주연은 그 소임을 게을리한 적이 한시도 없다. 놀라운 일이고 한국 문학을 위해 다행스런 일이다.

이 책은 대담과 김주연의 자전 에세이, 소설가 김주영씨가 쓴 인물론, 김주연 비평의 전모를 고찰하거나 그 궤적의 각 단계를 점검한 평문들, 그리고 동료·후배 들의 인물 소묘, 김주연의 숨은 글들로 이루어진다. 이 책을 엮으며 나는 김주연 비평의 일이관지(一以貫之)와 때로는 유연하고 섬세하며 때로는 급격하고 거친 변화가 어떻게 공존해왔는가를 다시금 실감했고, 그 실감 속에서 지난 30여 년 간의 한국 문학의 흐름을 새롭게 되짚어보는 귀중한 경험을 했다. 이 실감과 경험을 이 책의 독자들과도 공유할 수 있다면 엮은이로서 더없이 행복한 일이 될 것이다.

2001년 7월
성민엽

차 례

제3부 김주연을 찾아서

김주연과 나

숨어 있던 글들

제 1 부

영원한 모순과 더불어

총체적 성찰로서의 정신

김주연/성민엽

성 '깊이 읽기'를 위한 대담의 자리에서 이렇게 선생님을 뵙게 되니 저로서는 감회가 대단히 깊습니다. 제가 선생님을 처음 뵌 것은 1982년 1월이었습니다. 물론 선생님의 글은 그전부터 읽고 있었지요. 이를테면 학부 시절에 중국 문학사 과목의 레포트를 쓸 때 선생님의 「문학사와 문학 비평」은 결정적인 지침 노릇을 해주었습니다. 1982년에는, 좀 쑥스러운 이야기지만, 선생님의 심사로 신춘 문예에 당선되었고, 『반시』 동인에 대해 썼던 그 글을 선생님의 가르침에 따라 이리저리 수정하면서 비평을 어떻게 써야 하는가에 대해 어떤 깨달음 같은 것을 얻었습니다. 그러니 선생님은 제게 문자 그대로 스승이십니다. 이제 20년이 다 되어가는군요. 그럼에도 오늘 선생님의 모습은 1982년 당시의 모습을 고스란히 지니고 계십니다. 회갑을 맞아서도 여전히 젊고 건강한 선생님께 먼저 축하부터 드립니다.

김 감사합니다. 성선생도 그날 그대로의 모습인데 이제 주목받는 중견 평론가가 되어 있으니, 나 역시 감회가 깊습니다.

성 이 '깊이 읽기' 책에는 선생님의 문학 세계 및 그와 관련되는 많은 이야기들이 실립니다. 여기에 실리지 않은 것들 중에도, 예컨대 이경호, 박철화 두 분과의 대담 같은 경우 독자들이 궁금해할 만한 이야기들이 많이 들어 있지요. 그래서 이 대담은, 기왕에 이야기되지 않았던 것들, 이야기되었더라도 좀 더 자세히, 혹은 좀 더 밀고 나갈 필요가 있다고 생각되는 것들에 주목하고자 합니다.

  먼저, 전체적인 데서부터 이야기를 시작하도록 하지요. 이 책에도 다시 실리지만, 선생님의 글 중에 「문학, 그 영원한 모순과 더불어」라는 제목의 자전 에세이가 있습니다. 이 제목은 에세이를 실은 평론집의 표제로도 사용되었는데, 아마도 문학을 모순으로 파악하고 그 모순을 껴안는다는 것이 자신의 문학적 생애를 되돌아보면서 선생님께서 내린 일종의 결론인 듯합니다. 소년 시절에 문학 체험이 부끄러웠고 거기에다 인생을 걸지도 모른다는 생각에서 끊임없이 도망쳐버리고 싶었다는 것, 그럼에도 결국 문학에 운명을 사로잡혔다는 것, 이 모순에서 여전히 벗어나지 못하고 있다고 고백하셨죠. 그 도망쳐버리고 싶음은, 선생님이 말씀하시는 문학의 양면성 중 비극적 측면과, 그리고 운명의 사로잡힘은 구원적 측면과 연결되는 것이 아닐까 생각해보았습니다.

  김 거기서 내가 말한 모순은 두 가지 측면을 지니고 있습니다. 첫째는, 몇 년 전에 출간된 평론집 『사랑과 권력』에서 말했듯이 문학은 사랑이자 동시에 권력이라는 상반된 속성을 갖고 있다는 점입니다. 최근 문학 권력론이 일부에서 치열하게 논의되고 있는 것 같은데, 이 같은 모순적 속성을 생각한다면 인정할 것은 인정하고, 또 넘어서야 할 것은 넘어서고자 하는 보다 열린 태도가 필요하다고 보아요. 그 다음으로는, 문학은 제도와 싸우는 제도라는 점입니다. 쉬운 예를 든다면, 문학도는 신춘 문예 같은 데에 응모하는 것을 본질적으로 싫어하면서도 다른 한편 열망하는 기질이 있거든요. 나 역시 그런 의미에서 문학 하는 것이 뭔가 탐탁지 않았던 것이죠. 그러나 결국 그 길에 들어설 수밖에 없었던 것은, 글쎄, 기독교적 용어를 빌린다면, 이미 예정된 길이었다고 할까요.

성 모순이라는 것이 상반되는 것의 동시적 성립이라면, 선생님의 이원론적 인식은 약간 다른 점이 있는 것 같습니다. 대타 의식이라는 말로 선생님의 이원론적 인식의 내용을 특징짓는 것이 어느 정도 적절해 보이는데, 말하자면 대립항의 어느 한쪽 편에 서서 다른 한쪽 편을 부정하는 구조가 있는 것이지요. 이 각도에서 볼 때는 대립항들 사이의 조화나 종합이 선생님의 의도가 아닌 것 같습니다. 첫 평론집 『상황과 인간』의 서문에서 "세계의 이원론을 인간 내부에서 찾고 그 갈등과 극복을 모두 인간 그 자신의 능력——눈물, 웃음의 능력을 통해 찾아보려는 것이 나의 생각"이라고 썼을 때부터 이미 선생님의 이원론적 인식에는 '극복'이라는 것이 핵심적 개념으로 등장하고 있습니다. 인간 혹은 자아의 입장에서 샤머니즘 극복하기, 범속성의 입장에서 교양주의 극복하기, 인문주의의 입장에서 사회학적 상상력 극복하기, 초월성의 입장에서 인간 중심주의 극복하기. 대체로 선생님의 대타 의식은 이렇게 움직여왔다고 할 수 있겠습니다. 저는 이 움직임을 보편성을 향한 자기 확대의 과정으로 이해해왔습니다만, 지금 보면 그 과정이 역동성으로 충만하다는 점을 한층 주목할 필요가 있다고 생각합니다. 그런데 이 대타 의식은 그때그때의 상황이라는 맥락 속에서 유효한 반면 상황이 바뀌었을 때는 유효성이 삭감되거나 그 존재 의의 자체가 무화될 수도 있는 것 같습니다. 경우에 따라서는 같은 작가, 같은 작품에 대한 긍정과 부정이 뒤바뀌기도 하지요. 이 점에 대해 선생님 자신이 문제로 생각하신 적은 없는지요? 이를테면 체계성이라고 할까 정합성이라고 할까 하는 것에 대한 욕망이 선생님에게는 상대적으로 적은 것입니까? 역동성을 중시하는 쪽이 비평가라면 체계성을 중시하는 쪽은 이론가가 아닐까 하는 생각도 드는군요.

김 미안합니다만, 그것은 그렇지 않다고 생각합니다. 많은 경우 나는 오히려 통합론자라는 말을 들어왔습니다. 물론 문학은 그 자체가 인간을 인간되지 못하게 하는 일체의 억압과의 싸움이기 때문에 '극복'이라는 말을 자주 사용하지요. 나에 대한 글을 많이 써준 성 선생도 총체성을 강조하는 나의 지향성을 통합론의 입장에서 해석하지 않았습니까. 그런 의미에서 대타 의식이라는 지적도, 부분적으로는 수긍이 됩니다만 근본적으로는 좀 다릅니다. 예컨대 샤머니즘의 극복이란 인간 혹은 자아의 입장에서 바라보았다기보다는 문학의 본질이라고 보기 때문이지요. 물론 대타 의식은 상황의 소산이기 때문에 상황의 변화에 따라 함께 변화하게 마련이며, 그 때문에 가치 판단의 가변성 역시 높은 것이 사실입니다. 대타 의식의 문제점이지요. 문학에서 바람직한 접근 방법이 아니라고 봅니다. 사회학적 상상력에 대한 비판이나 초월성의 강조는 대타 의식이라는 틀 아닌, 비판을 생명으로 하는 문학 비평의 본령으로 이해해주면 좋겠습니다. 또한 나의 세계 인식의 기본을 이원론이라고 말씀하는 분들이 있는데, 대부분의 인문학 이론은 기실 이원론에서 출발하는 것 아닙니까. 아리스토텔레스와 플라톤을 나누어놓는 서양 정신사의 시작이 인문학 정신과 불가분의 관계에 있다는 점을 상기할 만합니다. 나 자신은 이원론자라기보다, 이원론의 극복을 끊임없이 주장해왔다는 점에서 노발리스―헤겔―토마스 만으로 이어지는 독일적 이상주의에 아무래도 기울어 있지 않나 생각해봅니다.

성 선생님 자신이 자신의 대타 의식에 대해 말씀하신 적이 있었죠. 그래서 대타 의식이라는 각도에서 다시금 선생님의 비평 세계를 되돌아보았던 것입니다. 지금 선생님 말씀은 이 대타 의식이라는 것이 김주연 비평 세계를 전체적으로 규정짓는 것은 아니다, 오히려 통합 지향이 전체적 성격이다, 라는 뜻입니다. 저도 그렇게 생각해왔고 그렇게 생각하고 있습니다. 다만, 대타 의식의 작동이 부분적으로라도 김주연 비평의 한 측면을 이루는 것이 사실이고 이 측면을 지나치게 강조하면 일정한 오해가 유발될 소지가 있으므로, 이에 대해 좀더 이야기해보았으면 합니다. 선생님의 대타 의식은 대단히 명쾌하

게 논지를 펼쳐나가 읽는 사람으로 하여금 그 열정과 역동성에 동화
되게 만드는 힘이 있는 듯합니다. 그러나 그 반면(反面)에 대해서도
조심스럽게 살펴볼 필요가 있겠습니다. 대타 의식에 집중하는 나머
지 타자에 대한 단순화가 수반되는 것이 아닌가 하는 문제입니다. 가
령, 신비성과 신성성(혹은 초월성)의 구분에 대해서는 많은 섬세한
고찰이 필요하다고 생각됩니다. 유럽적 사유의 두 뿌리라고 할 헬레
니즘과 헤브라이즘의 문제부터 말하자면, 우선 문제를 이렇게 설정
하면 배제되어버리는 것들이 있습니다. 헬레니즘과 헤브라이즘 이외
의 것들, 예컨대 게르만 북방 신화 같은 것들이 있지 않겠습니까? 또
헬레니즘의 경우 그것은 신화적인 것과 합리적인 것이 혼재되어 있
다고 볼 수 있지 않을까요? 근대 합리주의의 한계에 대한 인식이 근
대 합리주의에 의해 억압된 것의 복귀를 꾀할 때 헬레니즘의 신화적
인 측면과 게르만 북방 신화, 그리고 헤브라이즘 사이에 일종의 통일
전선이 형성될 수도 있을 듯합니다. 또, 이건 제가 잘 몰라서 드리는
질문이지만, 헤브라이즘의 원초적 상태는 어떠했는지, 헤브라이즘
내부에 어떤 차이들이 있는지도 궁금합니다. 작년도 노벨 문학상 수
상작인 『영산(靈山)』이 보여주고 있는 문명 이전의 원초적 상태에 대
한 추구는 중국 출신의 작가 가오싱지엔에게만 예외적으로 나타나는
것이 아니라 중국의 적지 않은 작가들에게 공통적으로 나타나는 경
향이고 세계적으로도 널리 보이는 경향이라고 할 수 있겠습니다. 이
는 좁게는 근대 문명에 대한 비판이고 넓게는 문명이라는 것 자체에
대한 비판이며 문명화된 인간에 대한 비판인데, 가오싱지엔은 샤머
니즘·도교·불교 등에서 신성성으로서의 시원을 발견하고 있습니
다. 그러니까 신비성과 신성성이 맥락에 따라서는 서로 만나고 소통
되는 경우도 있을 법합니다. 이리저리 생각해보면 저로서는 갈수록
혼란스러워지는 느낌인데, 솔직히 말씀드리면 이 혼란 속으로 선생
님을 초대하고 싶습니다.

  김 좋은 지적입니다. 거기에 대해서는 이렇게 말씀드리고 싶습니

다. 첫째, 신비성과 신성성의 구분은 신에 대한 설명에 의해 이루어
진다고 보는 것이지요. 신비주의는 신에 대한 설명이 명료하지 않고,
인간적입니다. 가령 그리스 신화에서의 신들은 그들의 속성과 기질
모두 그대로 신이라기보다 인간입니다. 경우에 따라서는 인간의 희
망 사항들이 반영된 의식이지요. 그리스 신화가 성경보다 재미있어
보이는 것은 이 까닭입니다. 물론 이 같은 신화도 그 전개 과정에 신
성성의 분위기를 풍기기도 합니다만, 본질적이지 않습니다. 창조와
멸망, 생명과 죽음에 관한 이해 말입니다. 참다운 신성성은 그것이
비록 인간에게 세속적 욕망의 절제와 불편을 주더라도, 세계의 근원
에 대한 설명이 명료합니다. 내 경우 그것을 기독교에서 발견합니다.
유일신의 신 중심주의가 펼쳐보이는 로고스의 세계는 다신론적·범
신론적인 세계에 비해 비인간적이며 초월적입니다. 이 자리에서 길
게 말씀드릴 수는 없습니다만, 어쨌든 신비성은 신비주의의 속성입
니다. 말씀하신 대로 게르만 북방 신화를 포함, 이 세계에는 무수한
신비주의가 있는데, 그 다양해 보이는 피상과 풍습에도 불구하고 공
통된 것은 그들이 신이라고 평가하거나 섬기는 것들이 각양의 인간
주의적 우상이나 우상적 관념들이라는 사실입니다. 문학은 이것들과
정면으로 만나야 합니다. 그런 의미에서 나로서는 우리의 정신과 의
식 속에 깃들인 샤머니즘에 대해 끊임없이 비판적 조명을 할 필요가
있다고 보는 것이죠. 그것이 우리 것이라는 이유만으로 작가가 여기
에 무조건 편승하거나 미화하는 일은 옳지 않다는 겁니다. 샤머니즘
을 그 문학 바탕으로 삼고 있는 한승원의 소설이나 시에 내가 지속적
인 관심을 갖고 주목하면서도 평가와 비판을 함께 보내는 이유이기
도 합니다.
　헬레니즘에 신화적인 것과 합리적인 것이 혼재되어 있지 않느냐는
질문, 매우 날카롭습니다. 바로 그렇습니다. 헬레니즘은 신화, 즉 신
비주의에 뿌리를 두고 탈신화·탈신비를 지향해왔습니다. 여기에 헤
브라이즘이 끼친 영향, 혹은 상호 소통과 영향에 대해서는 별도의 긴

시간이 필요하겠습니다만, 하여간 헬레니즘은 합리성을 중시하는 듯이 보입니다. 혼란스럽다고 하셨는데, 이 부분에서 절대로 놓쳐서는 안 될 것이 신비성 혹은 신비주의와 합리성이 서로 모순되지 않고 병존하는 개념이라는 것입니다. 합리성이란 무엇입니까. 그것은 서양 정신사에 있어서 계몽주의의 산물이자, 그 핵심입니다. 더 이상 기독교적 신성의 억압적 관념 아래에 머무를 수 없다는, 이른바 인간성, 즉 휴머니티의 폭발입니다. 세계 중심을 인간 그 자체에 갖다 놓는 계몽주의 시각에 눈을 맞추어보면 신비주의와 합리성이 동일한 차원에 있다는 것이 포착됩니다. 나중에 성선생과 보다 깊이 있게 이야기할 기회가 오기를 바랍니다.

성 신비주의와 합리성이 동일한 차원에 있다는 지적은 깊이 생각해볼 문제인 것 같습니다. 1980년대 이후, 선생님의 관심은 신비성이 아니라 신성성(혹은 초월성)에, 그리고 세속성이 아니라 범속성에 집중되어왔다고 할 수 있습니다. 범속성과 신성성은 얼핏 함께 어울리기 어려울 것처럼 생각되는데 이 둘이 선생님에게서는 수직적 범주에서 상보적 관계를 맺고 있지요. 이 관계맺기가 가능한 것은 실은 그 바탕에 있는, 혹은 양자를 매개해주는, '정신' 개념 때문이 아닌가 생각됩니다. 선생님 자신이 정신주의란 말을 사용하기도 하는데, 이것은 보통 말하는 정신주의와 좀 다른 것 같습니다. 보통은 정신주의라고 하면 헤겔을 정점으로 하는 관념론 전통을 연상하게 되지요. 이런 의미에서는 서구 근대의 사유를 정신주의의 지배로 파악하는 게 가능할 것 같고, 이에 대해 두 가지 서로 다른 방식의 비판이 가능할 것 같습니다. 하나는 마르크스식으로 그 정신주의가 물질을 평가 절하하는 것을 비판하고 역으로 물질주의를 주장하는 것입니다. 다른 하나는 그 정신주의의 정신이 인간 정신의 일부인 이성만을 중시하는 것에 반대하고 이성 이외의 것, 이성에 의해 억압받아온 것의 복귀를 꾀하는 것입니다(후기 구조주의 일반이나 바슐라르 같은 경우를 들 수 있겠죠). 마르크스식 물질주의와 관련하여 흥미로운 것은, 이

물질주의가 마오쩌둥주의나 북한의 주체 사상에서 보듯 때로는 일종
의 극단적 정신주의로 치달아버리는 경우도 있다는 것, 그리고 마르
크스식 물질주의는 헤겔을 정점으로 하는 정신주의를 비판하되 근대
자본주의 사회의 화폐의 물신 숭배, 의식의 사물화를 또한 통렬히 비
판하고 있다는 것 등입니다. 말하자면 넓게 보면 정신주의와 물질주
의가 미묘하게 착종되어 있는 것이 아닌가 생각되는 것입니다. 그런
데 선생님이 말씀하시는 정신은 이런 식으로 살펴지는 정신과는 아
무래도 다른 점이 있어 보입니다. 선생님의 정신은 이성에 대한 전폭
적 신뢰도 아니고 또 감정·욕망·정서·심리·상상력 등과도 확실
히 구별되는 것처럼 보이는 것입니다.

김　정신이라는 말은 많이 썼어도 정신주의라는 말은 사용한 기억
이 없는데…… 원래 '주의'라는 말을 별로 좋아하는 편이 아니라서.
하여간 잘 보셨고 잘 분석하셨습니다. 제가 이야기하는 정신이란, 굳
이 서구 정신사의 맥락 속에서 찾아보자면 18세기 초 레싱의 그것이
나 19세기 말~20세기 초 신칸트 학파의 그것과 비슷합니다. 앞에 분
석하고 분류한 그 어느 쪽에도 별로 가깝지 않은 셈이지요. 레싱은,
잘 알려진 바대로 계몽주의의 대부입니다. 그러나 그 때문에 독일 계
몽주의는 계몽주의 일반과 다른 독특한 성격을 낳게 되었습니다. 계
몽주의가 무엇입니까. 흔히 이성이라는 말로 번역되는 이해의 힘
Verstand이 그 요체 아닙니까. 나는 이 단어를 차라리 '계몽주의적
합리성'이라는 말로 번역하는데, 그 까닭은 계몽주의의 지향점이 합
리성에 있다는 점, 그리고 그 합리성 자체의 지향점이 인간적 편의와
자기의(自己義)에 있다는 점을 드러내고 싶기 때문입니다. 계몽주의
자들은 그리하여 신 혹은 신성에 공공연히 반기를 들고 이른바 인간
성을 추구했는데 합리성을 기반으로 한 그 결과가 과연 무엇이었습
니까. 인간 욕망의 개발, 한때는 쾌락주의라고 해도 좋을 어떤 것으
로 치닫지 않았습니까. 물론 현실의 정당한 발견, 물질 세계와 육체
에 대한 적극적 인식을 긍정적인 면으로 바라볼 수 있고, 또 거기에

일정한 타당성도 있습니다. 계몽주의적 합리성, 즉 오성이 이성 Vernunft으로 발전해간 것은 바람직한 일이었습니다. 그러나 여기서 매우 중요한 일이 생겨납니다. 바로 그 이성이 어디서 오느냐 하는 문제이지요. 정통적 계몽주의자들은 이성이 인간 내부에서 유래한다고 보았습니다. 그것은 사실입니다. 그러나 레싱은 그 이성을 신에게서 주어진 것으로 보았던 것입니다. 인간은 육체와 정신, 영혼 그 어느 것도 스스로의 힘으로 만들어낼 수 없는 것이 엄연한 사실 아닙니까? 인간이 좋은 의미든 아니든 이성적 존재라는 사실은 이미 그렇게 창조되었다는 것인데, 레싱은 계몽주의의 거센 격랑 속에서도 거기까지 바라보았던 것이죠. 물론 레싱에 앞서 프랑스의 파스칼도 비슷한 세계 인식을 했습니다만, 이성관과 계몽주의의 관계는 레싱에게서 분명해졌습니다. 훗날 좌파 이론가 루카치가 독일의 역사를 파행성의 국면으로 이해·해석하면서 레싱이 계몽주의를 올바로 이끌지 못한 탓이라고 비판한 것도 이런 측면에서 관찰됩니다. 결국 레싱의 정신은 인간을 총체적으로 바라보는 눈이 아니었을까요.

한편 신칸트 학파에 의한 정신 개념은 이런 것입니다. 우선 그들은, 인간을 삼분(三分)합니다. 육체와 영혼, 그리고 정신입니다. 정신이란 독일어로 '가이스트 Geist'인데, 그것은 당연히 육체와 다르고, 영혼과도 다릅니다. 육체는 물론 영혼도 물질적인 요소로 여기서는 이해됩니다. 영혼은 육체 속에 깃들여 육체를 육체 되게 하는 어떤 생령, 생기 같은 것이지요. 영혼이 없는 육체는 이미 육체의 기능을 못 합니다. 사람이 죽으면 그 몸에서 영혼이 빠져나가고 또 실제로 그것이 눈에 보인다고까지 하지 않습니까. 혼불 같은 것도 그 예이지요. 그러나 신칸트 학파에 따르면 '정신'은 이와 사뭇 다릅니다. 마렌 그리제바흐의 정의에 따르면, 그것은 "인간의 삶에 의미를 부여하는, 부여하고자 하는 모든 반성 행위"입니다. 그것은 힘일 수도 있고 사고일 수도 있습니다. 그러므로 육체와 영혼을 통괄하는 총체적 성찰입니다. 예전에 김현씨와 함께 『문학이란 무엇인가』라는 책을 편집하면서, 그 책 곳곳에 문학의 본질과 개념으로 스며들게 하고자 노력했던 핵심도 바로 이러한 '정신'에 있었습니다. 어느 정도 이해가 되셨을 줄로 믿습니다.

성 선생님과의 대담에서 박철화씨가 예리하게 지적한 바 있듯이, 선생님의 첫 평론집 『상황과 인간』에 다음과 같은 발언이 들어 있습니다. "시는 힘을 지니고 있는 지속적인 것이어야 하며, 그 힘 속에 초월적인 영원성이 들어 있다는 우리의 믿음이 정당한 한, 사물과 감정을 제어하고 시인에게는 마치 하늘을 나는 조종사가 적당한 고도를 유지하듯, 대상과의 사이에 적당한 거리를 조정하는 일이 불가피한데 그것이 지성이다." '초월적인 영원성'에 대한 믿음이 여기서부터 표명되고 있다는 사실은 놀랍기도 하고 흥미롭기도 합니다. 선생님이 1983년경에 신앙을 갖게 되었지만 기실 그 필연적인 내적 동기는 이미 훨씬 전부터 있었던 게 아니냐 하는 생각을 해볼 수 있습니다. 그런데 제게는 신앙 자체보다도 『상황과 인간』이래 지금까지의 변화의 뿌리에서 일관되게 작동해온 것이 앞에 인용한 선생님의 발언 속에 들어 있는 것으로 보여 이 점에 더 관심이 갑니다. 그것은 바로 '정신'이 아니겠습니까? 선생님이 말씀하시는 정신과 선생님의 신앙 사이의 관계에 대해 좀 이야기해주시지요.

김 예전에 성선생이 어떤 글에서 내가 신앙을 가진 것은 1983년경이지만 그보다 먼저, 즉 1960년대부터 이미 비슷한 세계관을 보인 바 있다고 지적한 것을 읽고 놀란 일이 있습니다. 어떻게 그렇게 예리합니까. 나도 그 지적을 받고 나를 돌아보게 되었는데, 그 결과 참으로 많은 생각을 하게 되었습니다. 우선 과연 내가 그런가, 그런 사람인가 하는 자문자답을 하게 되었는데, 어쩔 수 없이 인정하지 않을 수 없게 되더군요. 그러나 그 다음에 생각하게 된 것은 그럼에도 불구하고 왜 나는 그토록 그때, 즉 1983년경까지 반기독교적이었을까 하는 의문이었습니다. 사실 나는 보통 평범한 무신론자가 아니라 반기독교적이었거든요. 그래서 나의 신앙 고백을 마치 사도 바울이 사울로부터 회심한 것과 비교해서 격려해주는 분들이 있는데, 언감생심 근처에 가는 일도 못 되지만 반기독교에서 기독교로의 회전은 비슷한 부분이 있습니다. 왜 그랬을까요. 아마도 나 자신, 혹은 나의 문학이 기독교의 그 자리에 앉아 있고 싶었던 것이 아닐까 생각해봅니다. 사실 문학, 혹은 더 넓게 예술 일반에 이 같은 속성이 있지요. 그래서 문학과 종교는 자주 싸웁니다. 일종의 권력 다툼이지요. 이 갈등 관계를 나는 부정적으로 보지 않습니다. 헬레니즘과 헤브라이즘의 상호 작용이 서양 정신사에 역동적인 힘을 불어넣어주었듯이, 우리에게도 그 갈등을 유발하는 생산적인 힘의 산물이 기대됩니다. 문제는 우리 문학인들에게 있어서 이 싸움이 별로 눈에 띄지 않는다는 점입니다. 글쎄, 그 이유가 어디에 있을까요? 여러 가지로 분석할 수 있겠습니다만, 나로서는 두 가지만 우선 말해두고 싶습니다. 그 하나는 한국 문학, 특히 문학 비평의 총체적 세계관의 결핍을 지적하고 싶어요. 우리 비평은 지나치게 모더니즘 아니면 마르크시즘 두 계보 가운데 어느 한쪽에 경사되어 편협한 시야 속에 갇혀 있지 않나 하는 불만을 나는 갖고 있습니다. 두 계보는 상이한 세계 인식과 지향점에도 불구하고 지나치게 세속적이라는 의미에서 나에게는 늘 같은 범주에서 그 한계가 느껴집니다. 마치 정치에서의 여야 관계처럼 근본적이지는 못하다는 생각이지요. 문학은 훨씬 근본적이어야 한다는 생각을 등단 이후, 어쩌면 그 이전부터 갖고 있어서 그 같은 생각이 신앙 이전과 이후를 그대로 연결시켜주고 있는 것처럼 보이는 게 아닌지 모르겠네요. 성선생이 앞서 열거했듯이 감정·욕망·정서·심리·상상력, 여기에 덧붙여 사회적 정의·분노·물질적 평등 등 눈앞에서 벌어지고 몸 안에서 일어나는 일에만 문학이 매달리고 있는 것 같아 안타깝습니다. 물론 이러한 요소들은, 그것들이 삶의 실상이기 때문에 중요합니다. 때로 결정적이기까지 하다는 것을 왜 모르겠습니까. 그러나 문학은 밖으로 돌출한 그 현상들을 껴안고 그것들이 유래된 뿌리까지 육박해 들어가야 하지 않겠습니까. 이렇듯 세계를 총체적으로 붙잡고자 하는 생각·관찰·힘, 그것이 내가 생각하는 정신입니다. 육체와 영혼이 없는 사람은 없지만, 참 정신 없는 사람은 많더군요. 깜빡하면 그것을 놓치게 됩니다. 나도 사실 예외가 아닙니다. 신앙은 그것을 끊임없이 확인시켜주고 환기시켜줍니다.

성 육체와 영혼을 통괄하는 총체적 성찰로서의 정신, 그리고 그 정신을 끊임없이 확인시켜주고 환기시켜주는 신앙. 이렇게 보면 선생님의 신앙을 호교론적으로 보는 것이 얼마나 큰 오해인지가 확연해집니다. '정신'에 대한 논의는 일단 여기서 마무리짓기로 하고, 박철화, 이경호 두 분과의 대담을 언급한 김에, 제게 좀 이상스러웠던 문제 하나를 여쭈어보아야겠습니다. 이경호씨는 선생님께서 신성성의 상실을 벤야민이 말한 아우라의 상실과 흡사한 것으로 보고 있다, 그런데 벤야민은 아우라에 휩싸인 작품을 부정하려고 했다라고 지적했습니다. 이 말은 벤야민이 아우라의 상실을 아쉬워한 것이 아니라 긍정적인 현상으로 보았다는 해석을 근거로 선생님의 신성성 추구의 입장에 대해 이의를 제기하고 있는 것 아니겠습니까? 말하자면, 벤야민은 아우라의 상실을 긍정적으로 보았는데 선생님은 왜 신성성의 상실을 부정적으로 보느냐, 하는 말 아니겠습니까? 그러나 제가 보기에는, 벤야민이 아우라의 상실을 아쉬워한 것도 사실이고, 아우라의 상실 이후의 예술의 운명을 예술의 정치화(사회주의 예술과 기술 복제 예술)에서 발견한 것도 사실인 것 같습니다. 그러니까 벤야민은 아우라의 예술과 예술의 정치화를 모두 긍정하는 입장이었지요. 벤야민이 부정한 것은 파시즘에서 나타난 정치의 예술화였지 않습니까? 벤야민의 의도를 선생님은 어떻게 이해하시는지, 그리고 그에 대한 선생님의 입장은 어떠한지 말씀해주시지요.

김 성선생의 벤야민 이해에 전적으로 동의합니다. 벤야민은 근대 예술이 아우라를 상실하고 있다고 보았고, 그 대신 기계화·정치화 앞에 노출되어 있다고 보았습니다. 그것이 어느 쪽에 대한 선호이며 어느 쪽에 대한 아쉬움이냐 하는 문제는 그리 간단치 않다고 봅니다.

왜냐하면 많은 부분 그는 평가보다 분석에 기울어 있으니까요. 또 양면성도 있어요. 예컨대 대중 문화에 긍정적이면서도 대중 조작을 통한 파시즘·문화의 대두를 경계하지 않았습니까. 나로서는 그의 '아우라 상실'이라는 개념을 나의 신성성 상실 문제 전개에 원용한 것뿐입니다.

성 선생님의 제자이면서도 저는 선생님의 뜻을 제대로 이해하지 못한 적이 적지 않은 것 같습니다. 가령, 1970년대의 문학사 논쟁 당시 선생님께서 김윤식, 김현 두 분의 『한국 문학사』를 두고 서구 중심적이라고 비판한 것을 오랫동안 저는 납득하지 못했지요. 단절론이나 이식론을 극복하고 주체적인 문학사 쓰기를 시도한 것으로 보고 있었으니까요. 그것이 실은 서구의 근대 국민 문학 형성 과정을 모델로 하여 그것을 한국 문학사에서 발견하거나 구성하려고 한 것임을 이해하게 된 것은 얼마 전의 일입니다. 그 밖에 신동엽 시인의 장시 『금강』에 대한 선생님의 비판적 견해나 민중 개념에 대한 선생님의 견해 등도 그런 예들입니다. 사실, 그 중에는 선생님 자신에게도 책임이 있는 경우가 있습니다. 설명이 충분치 않은 채로 빠른 속도로 달려나가기만 한 측면이 있으니까요. 단언적인 데 비해 친절하지 못하다고나 할까요. 이 점이 때로 선생님을 독선적인 것처럼 보이게도 합니다. 좌우간, 저뿐만 아니라 사람들이 선생님의 견해에 대해 몰이해를 보인 경우가 많았으리라 생각되는데, 그런 때 선생님은 어떤 생각을 하셨는지 궁금합니다.

김 40년 가까운 문단 생활, 애써 신경쓰지 않고 지나쳐온 문제인데 물어보시는군요. 앞서 독일 이상주의적 전통에 내가 기울어 있는 것은 아닌가 하는 말씀을 드렸는데, 바로 그렇습니다. 그 전통에는 여러 가지가 있습니다만, 가장 중요한 것은 낭만적 반어를 방법 정신으로 한 우상 파괴의 기능입니다. 해석학의 거두인 가다머에 따르면, 진리는 이것이 진리다 하면 이미 진리가 아니라는 것이죠. 그런 의미에서 문학이나 예술이 가장 진리 가까운 곳에 있다고 그는 말합니다.

이상주의적 관념론의 한 극치를 보여주는 그의 해석학은 그래서 매력이 있고 오늘날 현대 문학 개념 형성에 근간이 되고 있습니다. 문학은 언제나 열려 있어야 합니다. 비판을 생명으로 하는 문학 비평은 그 열려 있음을 지켜주는 작업입니다. 김윤식, 김현의 『한국 문학사』에 대한 비판이나 신동엽의 『금강』에 대한 비판은 이런 관점에서 보아주기 바랍니다. 지금까지도 그렇지만 그 당시에 이들에 대한 비판은 나의 작업이 유일한 것이었습니다. 자칫 저들의 작업이 일방 통행을 지나 작은 우상화의 길로 들어설지도 모를 상황이었다고 하면, 글쎄 좀 지나칠까요. 특히 신동엽에 대한 찬사 일변도는 지금 읽어보아도 오싹할 정도입니다. 그게 그렇게 수작입니까. 참다운 수작은 찬사를 많이 거느리는 작품이 아니라 온갖 비판에도 오히려 잘 견뎌내는 작품이라는 게 나의 생각입니다. 따라서 이런 나의 길은 당연히 마이너리티로 갈 수밖에 없습니다. 만약 그것이 머저리티로 바뀌어간다면, 그 순간 새로운 마이너리티를 받아들일 줄 알아야 합니다. 나 개인적으로는 머저리티에 속할 때 불편을 느낍니다. 문학 비평은 항상 도전을 잃지 않아야 합니다. 우리나라 사람들의 일반적인 성향이기도 합니다만, 문학인 역시 머저리티를 향해 몰리는 경향이 있습니다. 말하자면 영원한 아웃사이더 정신을 문학은 지켜야 한다는 것이지요. 그 분위기 아래에서는 나의 글이나 작업, 태도가 독선적이거나 고독하게 보일 수 있습니다. 설명이 충분치 못한 것은 반성합니다만 그 같은 태도에 대해서는 동료와 후학 여러분들의 깊은 이해 있기를 바랍니다.

성 가만히 돌이켜보면, 선생님은 언제나 첨단의 문제에 누구보다도 먼저 능동적으로 대응해온 것 같습니다. 사람들에게 그 점이 잘 인지되지 않은 느낌이지만요. 요즈음으로 말하자면 사이버 공간의 문화적 의미라든지 페미니즘의 문제라든지에 대해서 상당히 능동적인 대응을 보이고 계시지요. 특히 오랫동안 여자 대학교에 재직해오신 점과 관련하여 보면 페미니즘에 대한 선생님의 생각이 어떠한지 궁금합니다. 페미니즘 일반과 한국 페미니즘 사이에 차이가 있는 것 같고, 한국 페미니즘에 나타나는 현상적인 문제점들이 적잖이 있다고도 생각됩니다만.

김 문제 의식을 비교적 빨리 갖고 또 그것을 문제로 제기하기는 잘 하는데 그에 비해 사람들에게 잘 인지는 안 되는 것 같다는 말씀인데, 혹시 성선생만 관심을 늦게 갖는 것은 아닌가요? 대개 자기에게 무언가 있으면 모두에게 있는 것 같고, 자기에게 없으면 모두에게도 없는 것같이 여겨지는 게 인지상정이지요.

성 드디어 제가 야단을 맞는군요. 아닌 게 아니라 그런 점이 제게 있었던 것 같습니다.

김 우스개 말입니다. 성선생 말씀이 사실입니다. 마이너리티에 있고 싶어하는 사람의 주장이 문단의 주된 견해가 되어서야 되겠습니까. 한 말씀 덧붙이자면, 세속적인 문학관에 일정한 비판을 보내는 비평가가 문단 세력과 매명을 중시하는 사람처럼 분주히 왔다갔다할 수야 없지 않습니까. 결국 이렇게 성선생에 의해 잘 읽히고 이해되는데 서두르지 않습니다. 페미니즘에 대해서는 그것이 여성의 문제라기보다 부당하게 대접되어온 인간 일반의 문제라는 점에서 문학 본연의 테마 가운데 하나로 받아들이고 있을 뿐이지요.

성 비평가로서 보여주시는 그 치열한 현장성과는 아주 대조적으로, 독문학자로서의 선생님은 옛것만을 향하고 있습니다. 한 산문에서 선생님께서는 이 둘이 절묘한 조화 속에 있는 것 같다고 말씀하셨는데, 저로서는 약간의 아쉬움이 있는 게 사실입니다. 한국 문학의 옛것을 보는 것도 한국 문학의 현재와의 관계 속에서이듯이 독일 문학 역시 마찬가지 아니겠습니까? 독일 문학의 현재 속에서 독일 문학의 옛것, 독일 문학의 본질이 늘 새롭게 발견될 것이라고 생각됩니다. 사실 이 문제는 중국 문학을 전공하는 저에게도 똑같이 해당되는 것이어서 따로 여쭙고 싶습니다.

김 아픈 곳을 찌르십니다. 독문학도로서의 관심은 독일 낭만주의에 있습니다. 독일 문학의 출발이며 그 생명이기 때문이지요. 낭만주의는 오늘의 세계 문학에 가장 깊고 광범위한 영향을 끼치고 있기도 합니다. 게다가 외국의 독문학 선생으로서 현대 부분을 다룬다는 것은 힘든 일입니다. 문학은 다른 학문과 달리 현장성, 즉 액추얼리티가 요체인데 외국인으로서 현대 부분은 아무래도 설익은 느낌으로 만날 수밖에 없습니다. 반면에 비평은 동시대 속에서 행하는 동시대적 발언 아닙니까. 문학 선생을 문학사 선생, 혹은 문학사가라고 하지 않습니까.

　성 노화를 모르는 선생님의 문학에 대한 열정에 늘 탄복하고 있습니다만, 오늘의 대담에서 다시 한번 그 열정을 깊이 느낍니다. 아무쪼록 건강하시고 역동적인 글쓰기로 우리 문학에 끊임없는 자극을 주시기 바랍니다. 감사합니다.

　김 감사합니다. 성선생의 날카로우면서도 의미 깊은 분석과 질문, 그 열정에 오히려 제가 탄복할 정도입니다.

문학, 그 영원한 모순과 더불어

김주연

장미여, 오 순수한 모순이여, 기쁨이여,

그 많은 눈꺼풀 아래에서 그 누구의 잠도 아닌.

—릴케

1. 나의 모순, 나의 문학

문학은, 적어도 소년 시절의 나에게 있어서 가장 매력 있는 일거리로 보이지는 않았다. 소년 시절은——글쎄, 나에게 있어서 언제부터 언제까지가 이 시절이었을까——황량했다. 우리 시대의 소년 대부분이 그러했듯이 전쟁, 피난살이, 신문팔이, 결국 싸움과 가난이라는 말로 요약될 수 있는 어두운 긴 터널이었다. 이 컴컴한 터널 속에서 나는 이미 『피난민의 설움』이라는 소설집을 꾸민 일이 있었고, 이 경험을 전짓불 삼아 결국 글을 쓰면서 살 수밖에 없는 것이 아닐까 하는 막연한 예감에 사로잡히기도 했다. 이 예감은 글쟁이가 되고 난 다음에도 한동안 따라다녔다. 평론이라는 분야는 본격적인 글짓기가 되지 못한다는 자의식, 그러니까 컴컴한 터널을 증거할 글이라면 적어도 소설쯤은 되어야 할 것이라는 일종의 자기 암시가 숨어 있었는지 모른다. 『피난민의 설움』은 이를테면 내 처녀작인 셈인데, 1952년엔가 씌어졌다. 열두 살, 부산 피난 시절 그곳의 초등학교 6학년 때의 일이었다. 연필로 쓴 글을 등사해서 내놓은 이 책은, 따라서 책이랄 것도 없는 작은 노트 한 권 분량의 종이 묶음인데, 나는 그것을 통해 전쟁과 함께 시작된 나의 터널 주행기를 써보았던 것이다. 말하자면 이윤복군의 수기와 비슷한 성격일 것이다. 그러나 어쨌든 나는 학교에서 글 쓰는 아이로 통하게 되었고, 나 스스로 이상한 운명의 도래를 제법 느낄 수 있었다. 이 책과 더불어 나는 수상한 자존심을 얻게 되었는데, 그것은 세상이 아무리 고난으로 가득하고, 세상살이가 아무리 고생스럽더라도 나는 끝내 그것을 극복하고 이길 수 있으리라는 자신감과 같은 내용과 연결된다. 그렇더라도 수상하다는 것은 무엇인가? 그것은 이러한 자신감의 획득이 즐겁게 이루어지지는 않았다는 점과 관계된다. 차라리 그것은 슬픔과 함께 왔다. 싸—한 느낌, 그리하여 마침내 콧잔등이 시큰거려지는 서러움과 더불어 그 자신감은 생겨났던 것이다. 그렇다, 밥을 굶고 거리를 헤매어도 배고프거나 창피하지 않다는 자신감은 어린 가슴답지 않게 당차게 팽배했으나, 그것은 외로운 슬픔이었다. 대체 나의 문학적 원초 체험은 무엇이었을까를 반추해보는 지금에 와서도 40년 전의 그 기억은 나의 눈시울을 맵게 한다.

열두 살짜리 소년이 낸 책 같지 않은 작은 책 한 권이, 그 소년을 정신적으로 독립시켜주면서, 서글픈 자신감을 가져다주었다는 사실에서, 문득 나는 문학이 걸어가는 한 외로운 길을 본다. 문학이 인간을 독립시켜주는, 어쩔 수 없이 서글픈 운명의 작업이라면, 말을 달리하면, 그것은 필경 인간을 세계화하는 일에 다름 아니지 않겠는가. 인간을 세계화한다는 것은, 인간 자신이 세계가 된다는 것, 즉 고독한 절대 존재가 된다는 의미일 것이다. 문학만이 이러한 일을 하는 것은 아니지만, 문학은 적어도 그 일을 한다. 그러므로 일찍이 문학에 눈을 떴다는 것은, 일찍이 세계에 눈을 떴다는 의미이다. 뜬 눈에 들어온 세계는, 그러나 어둠이다. 문학을 하는 사람들은 이때부터 문학을 통하여 그 어둠에 빛을 보낼 수 있다고 믿기 시작한다. 문학은 어떤 의미에서 그 믿음의 총체이다. 문학을 하는 사람들이 곧잘 문학은 고독한 작업이니, 소외의 극복이니 하는 소리들을 하는 까닭도 여기에 있지 않을까. 그렇기 때문에 문학인들에게는, 마치 성직자들에게서 발견되는 것과 비슷한 사명감과 자부심이 있게 마련인데, 때로 그것이 유아독존적 아집이나 독선으로, 때로 그것은 턱없는 낭만주의로 나타나기도 한다. 어쨌든 문학인은 일찍이 세계를 찾아낸 사람이라는 점에서 천재적이라는 말을 들을 만한 존재이지만, 그 세계가 그러나 어둠이라는 것을 동시에 알아버린 자라는 점에서 불행한 존재이다. 이 점에 있어서 나도 전혀 예외가 아니었다. 이 세상은 어차피 어두운 세상이라는 것, 나는 벌써 그것을 알아버린 사람이라는 것, 그러나 나는 혼자서 그 세상을 걸어갈 수 있다는 것, 그것도 때로 빛까지 비추면서 걸어갈지 알 수 없다는 것, 나는 이 비밀을 아는 몇 안 되는 소수에 속한다는 것, 이런 것들이 말하자면 나의 문학적 원초 체험이 되었으며, 그러한 은밀한 자각은 현실의 고난과 싸워나가는 숨은 힘이 되었다.

그러나 나는 바로 이러한 자각에 부지불식간 빠져들고 있는 나 자신이 싫었다. 왠지 모르게 그 문학 체험은 부끄러웠으며, 거기에다가 자칫 인생을 걸지도 모른다는 생각에서 끊임없이 도망쳐버리고 싶었다. 중학생이 되고, 고등학생이 되면서 이러한 갈등은 더욱더 나를 우울하게 했으며 장래에 대한 확신을 흔들었다. 나는 책을 많이 읽고, 글쓰기를 좋아하는 사람으로 소문은 났으나, 이렇다 할 글을 막상 써서 내놓지는 못했다. 뭐라고 할까, 누가 글쓰기를 권고하면 가슴이 철렁 내려앉았으며, 글 쓰는 소년이라는 소개를 부인하고자 허둥지둥했다. 그런 일련의 분위기가 싫었으며, 그것에서 끊임없이 도

주를 꿈꾸었다. 문예반 활동 같은 것에도 가담하지 않았으며, 비슷한 이야기가 나올 법한 곳을 나도 모르게 멀리했다. 그러나 이즈음 장래 직업에 대한 학교의 조사에서 내가 써넣은 것들은 언제나 언론인, 변호사, 평론가 따위였으니 운명에 대한 예감은 사실상 예감 수준을 이미 넘어선 것이었던 모양이다.

문학은 이렇듯 별 매력을 주지 못하면서도 나의 운명을 사로잡았고, 그 얼떨떨한 모순에서 여전히 나는 지금도 벗어나지 못하고 있다. 그러므로 문학인으로서의 나의 삶은 영원한 모순과 더불어 걸어가는 행로라고 할 수 있다. 그 모순은 라이너 마리아 릴케의 말처럼 순수한 모순인가, 또 기쁨일 수 있는가.

문학이 영원한 모순이라는 인식은, 문학의 양면성에 대한 인식에 다름 아니다. 문학의 양면성이란, 문학의 구원적 측면과 비극적 측면을 일컫는데, 의외로 이 당연한 인식이 보편화되지 못한 것 같은 감을 받을 때가 있다. 먼저 비극적 측면에 대한 몰인식을 살펴보자.

문학의 비극적 측면이라? 이에 대한 몰인식은 이 명제 자체부터 낯설어한다. 그는 자신에 차 있는 사람이다. 문학으로 무엇이든지 할 수 있다고 믿는 사람들이 여기에 속하는데, 그 범주는 뜻밖에 매우 광범위하다. 가장 씩씩한 예를 우리는 아마 마르크스에게서 찾을 수 있을 것이다. 문학은 무언가를 할 수 있으며, 특히 사회 개혁을 위한 힘이 될 수 있다는 생각, 나아가 혁명의 효율적인 수단이 될 수 있다는 생각 앞에서 문학이 비극적 측면을 지니고 있다는 발언은 허깨비 같은 허무주의로밖에 달리 반영될 수 없다. 마르크스 자신은 물론 소박한 이상주의자였을지도 모른다. 그러나 소박한 이상주의 속에서 세계에 대한 물음과 회의가 자주 생략된다는 것은, 그러한 세계관의 진실성을 의심받게 한다. 마르크스의 허구성이 물론 고의적인 것은 아니었을 것이다. 그러나 어쨌든 그는 인간의 도덕적 능력을 지나치게 신뢰했는데, 아마도 이러한 신뢰에 잘못이 있는 게 아닌가 생각된다. 왜냐하면 인간은 그렇게 도덕적인 존재가 되지 못할 뿐 아니라,

그렇게 논리적인 존재도 못 되기 때문이다. 대저 인간이란 제 마음도 제 마음대로 못하는 존재가 아닌가. 그렇기 때문에 나의 말과 남의 말, 그 어느 것도 진실일 수 없다는 가정과 전제 아래에서 대화가 생겨나고, 타협과 종합이 이루어진다. 이것이 변증법이다. 변증법이란 말하자면 인간의 나약함에 대한 뼈저린 인식을 바탕으로 한 대화법이며, 인간들끼리의 따뜻한 보듬기이다. 그런데 이 변증법을 마르크스는 엄청나게 오해하였으며, 그 결과 역사 변증법이라는, 변증법과는 전혀 다른 엉뚱한 논리를 이끌어내었던 것이다. 역사 변증법은 먼저 간 역사와 앞에 올 역사의 따뜻한 보듬기가 아니라 무자비한 싸움으로 인식되지 않았는가. 여기에는 인간이 제 마음쯤 제 마음대로 할 수 있음은 물론 선한 목적을 위해서는 선한 마음으로 일관할 수 있다는 낙관론이 당연한 것처럼 깔려 있다. 문학의 비극적 측면은 이러한 낙관론을 만날 때마다 당황스럽다. 너무나도 사실과 멀리 있기 때문이다. 그렇기는커녕 현실과 역사는 늘 인간의 선의를 배반해왔고, 인간과 현실은 맞부딪쳐왔다는 인식에서 벗어날 수 없는 것이 이러한 입장이다. 보자, 리어 왕의 비극을, 젊은 베르테르의 비극을, 라스콜리니코프의 비극을, 비극을, 비극을…… 나 역시 문학이 존재할 수밖에 없는 이유를 거기서 보았던 것이 사실이다. 내가 이 세계를 바꿀 수 있는가. 설령 내가 막강한 힘을 가진 정치인이라고 하더라도 이 세계를 고칠 수 있는가. 때론 혹시 그렇게 보일 수 있을지 몰라도 그것은 근본적인 한계 이쪽에 속하는 일이다. 그런 의미에서 문학인은 원천적으로 패배자이며, 문학 또한 패배에서 출발한다.

　릴케는 『두이노의 비가』에서 비록 천사가 인간을 껴안아준다고 하더라도, 인간은 그것을 감내할 존재가 못 된다고 개탄하였다. 인간은 사물의 본질은 알지도 못한 채, 제멋대로 필요에 따라 그 사물에 아무 이름이나 붙이고 습관적으로 살아나간다. 그것이 세계이며, 그 세계는 결국 허위일 수밖에 없다고 그는 적는다. 이러한 비극적 인식을 배경으로 해서, 그는 이 상황을 넘어설 수 있는 존재를 탐색해본다.

일찍 죽은 어린이들, 사랑하는 사람들…… 그러나 그 어디에도 진실과 구원은 없다. 시인이 도달한 마지막 땅은 시, 곧 문학이다. 문학이 구원일 수 있다는 것이다. 이렇게 볼 때, 앞서 말한 문학의 구원적 측면은 비극적 측면과 무관하지 않은 맥락에 서 있는 것으로 보인다. 이 세상은 그 어떤 것에 의해서도 바뀌지 않고, 그 본질을 드러내지도 않는다. 심지어는 만연된 악행조차 그치지 않는다. 그러므로 이 세상도 새로워져야 하고, 그 세상 속에 있는 인간들도 구원되어야 한다. 비극적 인식 아래서 구원론이 비로소 가능한 것이다.

문학은 내게 있어서 구원이다, 종교다, 이렇게 말하는 사람들이 이따금 있다. 문학이 없으면 살 수 없다고까지 말하는 사람들도 있다. 이들에게 있어 아마 구원론은 가장 확실한 현실일 것이다. 보들레르, 고트프리트 벤과 같은 시인들이다. 보들레르는 언어를 창조하는 자는 신이 아니라 시인이라고 하지 않는가. 니체도 마찬가지여서, 그에 따르면 "예술은 자연을 훨씬 뛰어넘는 것"이 된다. 예술가, 곧 인간이 자연, 곧 신을 능가한다는 것이다. 그리하여 문학의 구원적 측면은 곧잘 예술 지상주의, 문학 지상주의로 나아간다. 이른바 모더니즘 문학은 여기에 근거하고 있으며, 이것이 루카치와 아도르노를 어쩔 수 없이 갈라놓는다. 루카치가 낙관론에 입각해서 문학의 현실적 힘에 대한 믿음을 갖고 있었다면, 아도르노는 비관론을 바탕으로 해서 차라리 모더니즘 쪽이 현실 비판의 기능이 강하다고 했던 것이다. 이 두 태도는 문학 정신에 가열한 자들이 갈 수 있는, 나누어질 수 있는 방향들이라고 생각한다. 그러나 문제는, 치열하지도 못한 처지에 모더니즘을 곧 문학으로 생각하고 여기에 안이하게 편승하는 무리들이다. 수적으로 한국의 아주 많은 문학인들이 이 부류에 속하는 것 같다. 자신의 욕망의 응어리, 심리적 억압, 피상적 감수성 등이 어울려 내발적인 충동을 자극하고, 그에 걸맞는 표현을 얻을 때, 많은 사람들이 그것만을 문학이라고 믿고, 그것이 바로 현실을 뛰어넘는 정신이 된다고 읊조린다. 세계에 대한 비극적 인식을 발판으로 시작된 문

학, 그것이 과연 완전한 구원일 수 있는가. 내게 여전히 그것은 모순
의 모습으로 앉아 있다.

2. 평론가의 길로 들어서며

공식적으로 내가 이른바 등단을 하게 된 것은, 1966년의 일이다.
당시 『문학』이라는 월간 잡지가 있었는데 이 잡지에 「카프카 시론」이
라는 글이 문학 평론으로 당선됨으로써 문학 평론가 행세를 하게 되
었다. 그때 나를 뽑아준 분은 백철(白鐵) 선생이었는데, 한국 문학에
관한 글이 아니었는데도 과분한 찬사를 보내주었다. 이 잡지는 지금
전남대학교 국문과 교수로 있는 김춘섭 형이 편집을 맡아 하던 잡지
로서 한 3, 4년 계속되었던 것 같다(그 정확한 햇수를 나는 기억하지
못한다. 또 내 글이 발표된 것이 몇 월인지도 생각나지 않는다. 나는 이
처럼 내 글의 사후 관리를 잘 못 하는 편이어서, 심지어는 스크랩도 제대
로 못 해 뒤에 책으로 묶어낼 때마다 애를 먹곤 한다). 그러나 내 글이
활자화된 것은 이것이 처음은 아니었다. 그 전해 월간 『세대』에 「소
설을 재미없게 하는 것들」이라는 글을 쓴 일이 있으며, 또 1966년부
터는 황동규, 박이도, 정현종, 김화영, 김현과 함께 시와 시론 동인지
『사계(四季)』를 내기도 했다. 오랫동안의 망설임과 갈등을 버리고 결
국 문단에 얼굴을 디밀게 된 배경에는 나의 신문 기자 생활을 적어놓
지 않을 수 없다. 1964년 2월 대학(서울대 문리대 독문과)을 졸업하기
몇 달 전, 그러니까 1963년 12월 9일 나는 경향신문 견습 6기로 입사
하게 된다. 당시 시험을 쳐서 들어갈 수 있는 직장이라고는 은행과
신문사가 전부였는데, 그것도 문과대 출신으로서는 신문사밖에 달리
길이 없었다. 또 신문사는 전공인 독일어를 시험 과목으로 선택해서
들어갈 수 있는 점도 있어서, 나로서는 유일한 길일 수밖에 없었다.
아닌 게 아니라 독일어반에서 본 시험은 입사 시험이 아닌 졸업 시험

을 방불케 했다. 같은 과 학생이 모두 모였기 때문이다. 이렇게 해서
시작된 신문 기자 생활은 내게 적잖은 환멸을 가져다주었다. 신문 기
자 생활 몇 달 동안에 나는 세상을 벌써 모두 알아버린 느낌이었고,
그 엄청난 그늘을 만져버리고 난 다음의 나는 1년도 되기 전에 파김
치가 되어버렸다. 나는 다시 대학원에 진학했고 진로의 변경을 꾀하
지 않을 수 없었다. 대학원 공부를 하기 위해서는 내근을 해야 했기
에 문화부를 지원했다. 문화부에서 나는 자연스럽게 문학을 맡게 되
었고, 결국 대학 시절의 문사 친구들과 불가피하게 다시 만나지 않을
수 없게 되었다. 불문과의 김승옥, 김현 그리고 뒤에 연이어 등단하
게 되는 영문과의 박태순, 그리고 나와 같은 과의 염무웅, 이청준 들
이 그들이었다. 나도 이들과 거의 같은 시기에 등단을 한 셈인데, 나
의 등단은 이처럼 직업과의 관련을 뗄 수 없는 것이었기에, 어쩌면
운명적이었던 것인지도 모른다.

　직업적으로 문학 평론을 쓰게 된 나는 자연히 많은 문인들과 만나
게 되었는데, 가장 교류가 많았던 사람들은 앞서 말한 『사계』 동인들
이었다. 그러나 이들은 동인으로서의 어떤 공통점을 그리 많이 갖고
있지 않은, 어찌 보면 모두 독불장군인 자들의 모임이었다. 나 자신
도 마찬가지여서, 흔히 문학 청년 시절 서로 영향을 받게 마련인, 그
런 종류의 어떤 교통이 없었던 것 같다. 거의 유아독존형이었던 황동
규, 탐미적인 흥취에 빠져 있던 정현종, 너무 똑똑하다 싶은 김화영,
조급하다고 할 정도로 부지런하며 자신감 넘치던 김현, 그 중 이런
강한 개성이 조금 덜한 듯한 이는 박이도 한 사람 정도가 아니었던가
싶다. 물론 우리는, 그럼에도 불구하고 즐겁게 만났다. 그러나 나로
서는 어떤 새로운 힘을 얻는 분위기는 아니었던 것 같다. 그보다는
신문사와 가까운 명동 뒷골목 '은성' 주점에서 종종 만나게 되는 시
인 김수영의 존재, 그리고 청진동 신구문화사에 들르면 만나게 되는
시인 고은의 출현이 내게 훨씬 '문학적'인 감동으로 다가왔다. 두 시
인은 모두 나의 일상적인 경험을 뛰어넘는 호방한 기질, 예리한 판단

력, 섬세한 감수성, 그리고 무엇보다 대담한 행동이 소시민적인 내게 적지 않은 충격을 주었다. 이 시절 나는 특히 시에 많은 관심을 갖고 있었는데, 김춘수와 김수영의 작품들을 주로 통독하였다. 두 사람은 본인들 자신도 여러 가지 면에서 대조적인 것을 의식하고 있었으나 실제로 같은 시인이면서도 대비될 만한 점이 너무 많았다. 특히 시를 전문적으로 읽어보겠다고 생각하고 있는 나 같은 사람에게 두 사람은 아주 좋은 텍스트를 제공해주고 있는 셈이었다. 신동엽의 시도 많이 읽었으나, 정신은 앞서가나 작품 자체는 쉽게 씌어지고 있다는 인상에서 벗어나기 힘들었다. 이런 식으로 해서 제법 시를 전문적으로 읽는 평론가로서 자리 잡아가기 시작했는데, 생각해보면 얼마나 가소로운 일이었을까! 그럴 것이 나 자신 대학 시절 학교 신문에 시를 몇 편 가명으로 발표한 일이 있는 엉터리 시인이기도 했으니까.

신문 기자 생활에 대한 회의를 말했지만, 사실 활자와의 만남은 이미 대학 시절에 훨씬 요란했다고 할 수 있을지 모르겠다. 문리대에 입학한 1학년 시절 나는 벌써 문리대 신문 『새세대』의 기자가 되어 있었다. 같은 학년 불문과의 김승옥, 동물학과의 주우일 등과 더불어 셋이서 선배들 눈치를 보는 둥 마는 둥 제멋대로 휘갈기고 쏘다녔다. 나는 그뒤로 이 신문의 편집장을 두 번이나 했는데, 무엇이 그리 재미있었는지 아득하게 회고된다. 이 신문은 서울대학교 전체의 종합지 『대학신문』과 달리 단과 대학 신문이었지만, 이상하게도 문리대생들은 이 신문에 대해 턱없는 자부심을 갖고 있었다. 굳이 이유를 캐보자면, 이 신문이 비판성이 높을 뿐 아니라 언론의 독립성을 지키고 있는 유일한 신문이라는 것이었다. 순전히 학생들에 의해 자치적으로 운영되고 있는 이 신문에는 이른바 진보적인 많은 글들이 실렸고, 학생 활동의 중심이 되다시피 했다. 시인 김지하(미학과), 영화 감독 하길종(불문과) 등이 단골 필자였고, 김승옥은 아예 사무실에서 살다시피 했다. 이 신문에 시를 몇 편 발표한 일은 있으나, 그러나 이즈음에도 나는 문학이 내 운명이라고 생각한다든가, 문학에 흠뻑 젖어 있는, 이를테면 문학 청년이었던 것 같지는 않다.

1960년대 후반, 문학 평론가랍시고 한창 겁 없이 돌아다니던 시절의 술친구는 김현, 정현종이었으며, 선배이기는 하지만 고은 선생과도 하루가 멀다 하고 어울려 다녔다. 지금 돌아보건대 아마도 그렇게 함으로써 문학으로 향하는 마음 못지 않게 속 깊은 곳에서 저항하고 있던, 문학으로 향하지 않은 마음을 죽이려고 했던 것은 아닌지. 이들의 분방한, 천의무봉이라 할 정도의 생활과 벗함으로써 문학으로 향하는 마음을 재촉하고자 했다면 우스꽝스러운 자기 합리화일까. 이들과의 주유천하는 내가 외국에 가 있던 2년 간을 제외하고서 다시 계속되어, 1970년대 초반에도 별반 다르지 않았다. 그러나 1973년 유신 이후 모든 상황은 급격하게 달라져간다. 시인 김지하가 「오적」 사건으로 구속되기는 했지만, 그래도 어느 정도의 현실 비판은 가능하리라고 믿었던 일말의 기대도, 가능성도 완전히 봉쇄된 상태가 되자, 모든 인간 관계마저 얼어붙어버리는 것 같은 형세가 된 것이다.

이제 『68문학』에 관한 이야기를 조금 해둘 시간인 듯하다. 『68문학』은 글자 그대로 1968년에 나온 책이라고 해서 붙여진 별 의미 없는 이름이다. 그러나 서독의 '47그룹'처럼, 숫자로 표시된 모임의 이름이 지니는 무의미가 반드시 무의미한 것만은 아니다. 좀 비껴나가는 말이지만, '47그룹'처럼 전후 서독 문학에 큰 영향을 미치고, 오늘의 독일 현대 문학에까지 긴 파장을 던지고 있는 동인 활동은 없을 것이다. '47그룹'은 1945년 독일이 2차 대전에서 패망한 뒤 그 엄청난 피해에서 정신적인 복구를 외치고 나선 문학 운동이다. 하인리히 뵐을 포함한 수많은 작가들이 여기에 몰려들었는데 그들에게는 하루빨리 정신을 차려보자는 것 이외에 공통 분모가 거의 없었다. 우리의 『68문학』도 이 점에서 '47그룹'과 아주 흡사한 면이 있었다. 이 점을 설명하기 위해서는 나를 포함한 1960년대 문학인의 문학 의식이라고 할 수 있는 그 무엇을 말해야 할 것이다.

「새 시대 문학의 성립」(1968)이라는 글에서 내가 지나치다고 할 정도로 강조한 일이 있지만, 1960년대 문학은 무엇보다 자아 의식의 형성이라는 문학 의식을 갖는다. 오늘의 시점에서 지극히 당연한 것으로 여겨지는 이 문제는, 그러나 그 당시로서는 충분히 새로운 것이었다. 이제는 누구나 알고 있듯이, 1960년대 문학은 바로 그 이전의 세대, 즉 1950년대 문학과 아주 다른 면이 있었다. 1950년대 문학은 6·25 전쟁과 그로 인한 비극들—살육, 파괴, 궁핍, 폭력, 부조리—에 너무 깊이 함몰되어 있어 전후 문학이라기보다 거의 전중 문학이라고 불러도 지나친 말이 아닌 상황이었다. 고발과 절규는 그 특색이었다. 그것은 그 나름대로의 역사적 필연성을 지니고 있었으나, 언젠가는 극복되어야 할 끔찍한 원시성이 아닐 수 없었다. 서독의 '47그룹'이 극복하고자 했던 인간적 불모성이었다. 1960년대 문학인이라고 할 수 있는 작가로서 가장 먼저 이 문제와 더불어 돌출한 사람이 김승옥이었는데, 그는 소설 「생명연습」「무진기행」「서울, 1964년 겨울」 등등을 통해 인간의 내면적 자아가 지니는 세계성·사회성을 부각시켰다. 그의 소설은 혁명적이라고 할 만한 반향을 일으켰는데, 여기에는 그의 작가적 재능과 함께 전 세대에서는 볼 수 없었던 문학세계에 대한 문단의 새로운 눈뜸, 경이가 포함되었던 것이다. 내용과 문체는 달라도 이러한 세계는 사실 이 시기의 다른 문학인에게도 공통적으로 잠재되어 있던 소양이었다. 이러한 문학 의식의 결집이 『68문학』이었다. 나중에 문학적인 경향을 달리하게 되는 많은 문학인들이 여기에 가담하게 되었던 것도 이 까닭이다. 『사계』 동인들을 비롯해서 소설가 홍성원, 박태순, 이청준, 시인 최하림이 참가했으며, 평론가 염무웅, 김치수도 가세하였다. 이 활동을 통해 김병익도 평론가로 출발하게 된다. 나의 출발은 이렇듯 동세대적 의미를 함께 갖는다.

3. 『문학과지성』과 나

　『문학과지성』과의 만남은, 사실상 내 문학 생활의 새로운 운명이었다고 표현해도 적절치 못할 것이 없으리라. 1972년 8월 독일에서 돌아온 나는 예정대로 『문학과지성』 동인으로 추가되었으며, 그 취임식이나 되듯 6호에 권두 논문 「문학사와 문학 비평」을 싣게 된다. 예정대로라고 했는데, 그 까닭은 독일에 있을 때 이미 동인 가입 권유를 받고 있던 터였고, 나 역시 그것을 승낙해놓은 터였기 때문이다.
　『문학과지성』 동인들이 주로 만나던 곳은 광화문의 비봉다방과 연다방이었다. 지금의 교보문고 자리 어디쯤 될 '비봉'과 역시 새 건물에 의해 없어져버린 '연'을 중심으로 우리는 거의 매일 만나다시피 했다. 여기서의 우리는 물론 동인들로서, 김병익, 김치수, 김현 등이었다. 이 가운데 김치수와 김현은 대학 동창들로 벌써부터 잘 아는 터였으나, 김병익과는 아직 어색하였다. 물론 김병익과도 『68문학』을 함께하는 등 상당한 교분이 있었지만, 다른 동인들보다는 아무래도 낯선 느낌이 드는 것은 어쩔 수 없었다. 동인으로는 그 밖에 변호사 황인철이 있었는데, 김병익의 고교 동창인 그는 나로서는 초면이었다. 어떻든 문학이 혼자 하는 작업이기는 하지만——하기야 무슨 일이든 혼자 해내야 될 일 아닌 것이 있으랴!——이렇게 여럿이 어울려 무엇인가를 해본다는 것은 조금쯤 흥분됨 직한 일이었다. 나로서는 재정면이나 편집면에서 이미 기초가 짜여진 상태에서 참가한 것이었기에 내가 직접 뛰어다녀야 할 일이 별로 없어 한편 편한 반면, 미안하기도 했다. 특히 황인철 변호사와의 만남은 감동적이라고 할 만큼 신선하였다. 대전의 가난한 교육자 집안 출신의 그는 판사직을 사직하고 변호사 활동을 시작한 지 얼마 되지 않은 터였는데, 친구 김병익만을 신뢰하고 그와는 전공도 다른 문학 활동에 물질적 후원을 하고 나선 것이었다. 중요한 것은, 그에게 결코 물질적 여유가 별로 없었음에도 불구하고 이 일을 맡고 나섰다는 사실이다. 아직 변호사 경력도 짧고, 그의 도움을 기다리는 가족들도 많았다. 그러나 그는 문학이 단순히 문장놀이가 아니라, 이 시대 사회 현실에 대한 근본적비판 활동이라고 생각하고 법조인으로서의 활동 못지 않게, 이 사업이 뜻있는 일이라고 판단했던 것 같다. 실제로 그는 유신과 긴급 조치 등 정치적 독재가 날로 강화되어가던 1970년대 우리 현실에 온몸을 내던져 싸워나갔다. 김대중 사건, 김지하 사건을 앞장서서 무료변론했으며, 수많은 시국 사건, 인권 침해 사건을 거의 모두 도맡아막아냈다. 나는 『문학과지성』을 통한 문학 활동 못지 않게, 이 아름다운 법조인과의 만남을 무한히 자랑스럽게 생각한다.

동인으로서는 뒤에 성심여대 불문과와 영문과에 각각 재직하고 있던 평론가 오생근과 김종철이 참가하게 된다. 두 사람은 기왕에 있던 우리들보다는 6, 7년쯤 후배였는데, 이 중 김종철은 동인을 그 스스로 그만둔다. 나중에 서울대와 영남대로 각각 옮겨간 이들이 함께 있을 때에는 나이 차이가 넓은 까닭이었는지 훨씬 폭넓은 대화와 토론이 있었던 것으로 기억된다. 그 중 김종철은 성격도 매우 깐깐하고, 사회 현실에 대한 문학적 태도에 있어서도 날카롭고 진지했다. 나는 그가 그러한 자세를 지키면서 계속 동인으로 함께 일해주기를 바랐으나 그는 어느 날 단호하게 그만두었다. 『문학과지성』의 분위기가 그에게는 아마도 참을 수 없는 부드러움만으로 느껴졌던 것이 아닐까 싶다.

독일에서 돌아와, 『문학과지성』 동인으로 활동하면서 내가 주로 관심을 가졌던 부분은 프랑크푸르트 학파의 이론이었다. 이즈음 이 이론은 성균관대학교 철학과의 김종호 교수가 학계 일각에 소개했을 뿐, 우리나라에는 전혀 알려져 있지 못한 형편이었다. 나는, 나 역시 이 이론에 정통하지 못한 터여서 김교수를 『문학과지성』 지면에 끌어내고자 애를 썼으며, 그 결과 한두 번 그가 집필했던 것으로 기억한다. 나는 프랑크푸르트 학파의 이론, 특히 마르쿠제와 아도르노에 거의 매료되어 있는 처지였는데, 이들 이론을 문학 이론으로 어떻게 원용할 것인지 그것이 고민이었다.

프랑크푸르트 학파의 이론과 내가 만난 것은, 1969년 9월 버클리에 도착하면서부터 바로 시작되었다. 9월 6일 밤 샌프란시스코에 도착한 나는, 버클리 대학 앞에 위치한 숙소로 가는 길에 엉뚱한 장례 행렬을 만나게 되었는데, 그것은 당시 월맹의 지도자였던 호치민을 추모하는 버클리 대학생들의 의식이었다. 나로서 놀란 것은, 게다가 그 행렬이 수많은 만장을 거느린 동양식 장례라는 점이었다. 생전 처음 나와보는 서양에서 동양식 장의를 보다니! 그것도 도착 첫날 밤, 그것도 공산주의 지도자의 죽음을, 그것도 자유 진영의 본거지라는 미국에서! 나의 놀라움은 엄청난 혼돈이었다. 어지러움에 가까운 나의 혼돈, 경악은 그 뒷날에도, 그 뒷날에도 계속되었다. 벌거벗은 젊은 남녀 대학생들이 대학 앞 광장에서 뭐라고 열심히 외치고 있는가 하면, 남녀의 성기를 클로즈업한 표지의 신문들이 캠퍼스를 어지럽혔다. 캠퍼스 곳곳에는 어디에나 붉은 낙서가 범벅을 이루고 있었는데, 내용인즉 '우리 시대에 프리 섹스와 혁명을!' 이라는 것이었다. 뿐만이 아니었다. 학교 남문 앞에서 텔레그래프 애버뉴로 이어지는 길에는 이상 야릇한 복장을 한 젊은 남녀들이 해괴한 냄새를 피우면서 질퍽거리고 앉아 있거나, 떠돌았다. 그러다가 느닷없이 벌어지는 데모, 경찰의 맹추격, 심지어는 발포까지 일어났다. 켄트 대학에선가는 몇 명의 대학생이 경찰이 쏜 총에 맞아 죽었다. 한국의 현실도 혼란스러운 것이었지만, 미국의 이러한 모습은 나를 한없이 당혹스럽게 했다. 이것이 대체 무엇인가. 나는 어떠한 역사의 현장에 있는 것일까.

허버트 마르쿠제의 이름이 그때 내 앞에 다가왔다. 이름으로서뿐 아니라 실물로 홀연히 그대로 나타났다. 남문 앞 광장에서 비서인 안젤라 데이비스라는 젊은 여성과 함께 강연을 했던 것이다. 강연회의 인기는 가히 폭발적이었다. 발 한 쪽 들여놓을 수 없는 상태에서, 마르쿠제가 연단에 오르기도 전부터 사방에서 환호가 잇달았다. 마이크 소리는 거의 들리지 않을 정도였다. 이 엄청난 소용돌이는 그의 저서 『일차원적 인간』을 읽어나감으로써 어느 정도 그 윤곽이 잡혀나갔다. 1969년, 그때가 바로 스튜던트 파워의 절정기가 아니었던가. 또 버클리가 바로 그 본고장이었던 것을 나는 오히려 나중에야 알게 되었다. 나는 서울 친구들에게 이곳의 흥분, 나의 충격을 전했으며, 마르쿠제의 책들을 열심히 사서 보냈다. 박정희 군사 통치 아래에서 컴컴한 시대를 살고 있는 사람들에게 그것은 상상하기 힘든 소식이었던 것 같다. 당시 가장 적극적인 반응을 보인 사람들 가운데, 특히 고려대 독문과의 박찬기 교수 같은 분이 떠오른다. 어쨌든 마르쿠제를 통해 나는 역사적 현실 앞에서 눈을 뜨게 되었다. 특히 성과 혁명에 관한 논의는, 폐쇄된 한 동양의 구석에서 날아온 존재에겐 받아들이기에 너무나도 벅찬 것이었다. 그러나 그것은 호기심과 지식욕을 무한히 자극하였으며, 무엇보다 나 자신 역사의 현장에 있다는 자각이 하루하루의 나를 생동시켰다. 여러 가지로 힘든 일도 많았지만, 이렇게 해서 버클리에서의 1년은 프랑크푸르트 학파의 비판 이론을 이론과 몸 양면으로 접하게 된 귀중한 시간이었다.

한편 독일에서의 1년은 아도르노와 함께 지낸 시간이라고 할 수 있다. 비판 이론에 눈을 뜬 내가 1970년 초가을 프라이부르크 대학에 들어섰을 때, 그곳에서도 프랑크푸르트 학파에 관한 토론은 바야흐로 열정적인 전개를 펴고 있었다. 버클리에서 비판 이론이 몸으로 다가왔다면, 이곳에서는 벌써 체계화되어 있었다. 예컨대 문학 연구 방법론 시간에 교수가 무엇을 했으면 좋겠느냐고 물었을 때, 학생들은 거의 대부분 프랑크푸르트 학파 이론을 택했다. 이때 아도르노는 그 중심이 되었다. 나는 그에게 달려들었다. 기묘하게도 아도르노는 우리가 그 학기를 마칠 즈음, 즉 1971년 봄쯤 별세하였다. 그에 대한 연구는 이를 계기로 더욱 활발해지는 듯했다.

마르쿠제와 아도르노의 영향 속으로 내가 깊숙이 빨려들어갔던 것은 이론의 독창성·중요성 이외에도 그들 이론이 당시 한국 문단의 고질적인 결핍 부분을 폭넓게 어루만지고 있었기 때문이다. 1969년 내가 서울을 떠날 때, 우리 문단의 치열한 싸움은 이른바 순수와 참여 논쟁이었다. 당시 불문학자 김붕구 교수에 의해 촉발된, 사르트르를 중심으로 했던 프랑스에서의 논쟁이 우리에게도 뜨거운 관심의 대상이 되었던 것이다. 물론 이 논쟁의 뿌리는 서양에서나 한국 문학에서나 꽤 깊은 곳에 있는 것으로서 비단 1960년대만의 현상은 아니었다. 그러나 논쟁은 별로 바람직스럽지 못한 수준에서 전개되었을 뿐 아니라, 일종의 문단 헤게모니 싸움과 같은 양상을 띠고 있었던 것도 부인하기 힘든 현실이었다. 나로서도 미상불 관심이 없을 수 없는 문제였으며, 실제로 짧은 관심을 나타내기도 했다. 이런 상황 아래에서 서울을 떠났던 나에게 마르쿠제와 아도르노는 충분히 새로운, 열린 세계였다. 나는 마음껏 그들을 호흡했으며, 귀국 이후 이 문제를 정리해보았다. 1972년에 쓴 「사회 비판론과 시민 문학론」「분석론, 그리고 종합론의 가능성」 등의 평문이 그러한 탐색의 결과라고 할 수 있다.

사실 『문학과지성』을 두고 항간에서는 '문지파'니, '4김' 혹은 '4K'니 하지만, 『문학과지성』의 특징을 구태여 꺼내본다면, 동인 네 사람이 모두 각기 다른 문학적 성향을 지니고 있었다는 사실일 것이다. 20년이 훨씬 지난 오늘에 와서 비로소 한마디 고백한다면──나로서는 아마도 첫 언급일 것이다──나의 문학관, 혹은 이론은 다른 세 동인의 그것과 사뭇 달랐으며, 지금도 적잖이 다르다는 사실이다. 먼저 나의 그것은 김현의 그것과는 꽤 달랐으며, 당연한 결과로 이론적 충돌과 알력도 적지 않았다. 무엇보다 그와 김윤식 교수가 함께 쓴 『한국 문학사』에 대한 나의 리뷰 「한국 문학사의 제문제」를 읽어본 분이라면, 그 분명한 변별점을 발견할 수 있을 것이다. 김현의 이론적 출발점은 프랑스 상징주의에 있었으며, 불문학자로서의 성장과 더불어, 당연히 불문학 전반으로 그 논거가 확대되어갔다. 독일 문학을 공부하고 있는 나로서는 그러한 이론에 동의하기 힘든 것이 사실 자연스러운 일이었다. 상당히 알려진 사실이겠지만 불문학과 독문학은 마치 프랑스와 독일이 그렇듯이 그 본질에 있어서 상당한 차이를 갖고 있다. 한두 마디로 이를 도식화하는 것은 물론 무모한 일이다. 그러나 무모함을 무릅쓰고 거칠게 일단 정리해본다면, 불문학은 리얼리즘, 독일 문학은 낭만주의·이상주의가 그 맥이라고 할 수 있다. 19세기 말에서 20세기에 이르는, 이른바 프랑스 현대 문학사에서 이러한 빛깔은 잠시 혼란을 야기하는 것처럼 보인다. 보들레르 이후 상징주의적 경향이 대두되면서 심리주의적 관심이 문학의 중요한 내용을 이루었기 때문이다. 그런가 하면 독일 문학은 헤겔―마르크스 이후 사회과학 내지 사회주의적 발상에 의해 지배되는 것 같은 분위기가 나타난다. 그러나 20세기 중반 이후의 현실에서 볼 때, 프랑스의 상징주의·심리주의, 독일의 현실주의·사회주의는 모두 역사적 반작용에 의한, 크지 않은 돌출로 포섭되고 있다. 한국의 불문학도나 독문학도가 이 같은 흐름과 무관한 정신 구조에서 문학 비평을 할 수 있으리라는 상상은 비현실적이다. 김현과 나와의 문학적인 관계는 기본적으로 이러한 대칭 구도를 벗어날 수 없었다. 다른 한 사람의 불문학자인 김치수와의 관계도 아마 마찬가지일 것이다. 그러나 다른 점이 있다면, 그가 비록 반소설anti-roman을 전공한 터이지만 소설은 역시 소설이어서, 그는 비교적 단선적으로 리얼리즘 노선(넓은 의미에서)을 걸어왔으며, 복잡한 복합 세계와 싸우는 대신 현실주의자로서의 면모를 보다 직접적으로 드러내어왔다는 점일 것이다. 한편 김병익과의 이론적 위치는 앞의 두 불문학자에 비해 근본적인 마찰이 있을 수 없는 자리에 있었다. 그럴 것이 그의 관심은 언제나 문학과 사회와의 건강한 관계에 있었기 때문이다. 섬세한 문학적 감수성을 지녔으면서도, 정치학을 전공한 사회과학도로서의 얼굴을 그는 언제나 정직하게 갖고 있었다. 그리하여 그는 자신의 논지를 강하게 펴다기보다는, 많은 이론들에 성실하게 귀를 기울이고 가능한 한 그

것을 종합해보고자 하는 데에서 자신의 능력을 보여주었다. 『문학과
지성』이 불문학과 독문학이라는, 제법 이질적인 외국 문학 전공자들
을 동인으로 하고 있으면서도, 오랫동안 별탈 없이 계속되면서, 표면
상 조화와 안정을 지키며 발전할 수 있었던 것도 김병익의 이 같은
성격과 자질, 그의 비평적 성향이 내보여주는 덕목에서 기인하는 바
없지 않다고 생각한다.

  덧붙여 몇 마디 더 첨언해보자. 불문학과 독일 문학에 관한 이야기
다. 독일 문학은 아예 리얼리즘이라는 표현 자체를 싫어한다는 사실
을 아는 사람들이 얼마나 될까? 그러고 보면 우리 문학에 문학이 얼
마나 깊숙이 스며들어왔는지 짐작된다. 리얼리즘이라는 표현에 낯설
어하는 한국 문인은 별로 없기 때문이다. 그러나 독일 문학은, 예컨
대 아도르노는 이 용어를 극도로 기피하는데, 그것은 리얼리즘이 사
르트르의 말이기 때문이다. 물론 아도르노 역시 19세기 문학 사조로
서의 리얼리즘은 인정한다. 그러나 그는 그것을 가치 개념으로 바꾸
어가는 것을 거부한다. 앙가주망과 같은 표현에 대해서도 마찬가지
로 못마땅해한다. 그런 것들은 마치 문학과 사회, 혹은 현실이 별개
의 것으로 유리되어 있다는 사실을 전제로 하기 때문에 거짓이라는
것이다. 아도르노에 따르면 문학과 현실은 발생학적으로 이미 한몸
이라는 것, 따라서 그 관계를 논하는 방식 자체가 달라져야 한다는
것이다. 문학은 어디에 참여하는 기능을 가진 존재가 아니라, 현실
속에서 스스로 떠오르는 그 현실의 표현이라는 것이다. 이러한 발상
의 바탕에는 후설과 하이데거로 이어지는 현상학이 숨어 있으며, 더
깊숙한 곳에는 헤겔, 그리고 칸트, 노발리스와 같은 이상주의의 숨결
이 녹아 있다. 그것은 시민 혁명을 등에 업고 실증주의를 내세우면서
19세기를 휘어잡은 프랑스의 현실주의와 예각적으로 대치한다. 불문
학을 발자크, 플로베르, 모파상, 빅토르 위고와 같은 19세기 산문가
가 대변하고 있다면, 독일 문학의 대표 주자들은 전혀 다른 인물들이
된다. 그들은 현실 속에서 현실을 볼 수 없어서, 환상과 관념 속에서

현실을 추구했던 얼굴들이다. 괴테를 비롯하여 노발리스, 횔덜린, 클라이스트 등 18세기의 낭만주의·이상주의자 들뿐 아니라, 토마스 만과 헤르만 헤세, 카프카와 같은 20세기 작가들도 모두 비슷한 맥락 속에 있는 것이다. 우리는 쉽게 몇 마디의 말로 서양 문학을 판단하고 단죄하기 일쑤이지만, 사실 그들 사이에 서로 달리 존재하는 엄청난 구조적 차이를 간과하고 있는 경우가 너무 많다. 다소 오만한 표현처럼 들릴지 모르겠으나 『문학과지성』의 동인들은 똘똘 뭉쳐 한 가지 빛깔로 어떤 이념을 강조했다기보다, 서로서로 싸워가면서 그 내부를 풍성하게 늘려왔다는 것이 나의 생각이다. 나는 그렇기 때문에 『문학과지성』을 특정한 한두 가지의 성격으로 규정하는 것도, 동인들을 비슷비슷한 문학관의 소지자로 함께 묶어 바라보는 어떤 태도도 거부한다.

4. 하늘과 땅 모두를 껴안을 수 없을까

문학이 온전한 구원의 기능을 할 수 있는가 하는 문제는, 모더니즘과 실존주의 풍토에서 지적 성장을 한 문학인들에게는 사실 당연한 것으로 여겨져온 문제였다. 실존주의가 풍미했던 1960년대에 문학 청년 시절을 지내온 나에게도 당시에 그것은 지극히 자연스러운 일로 받아들여졌다. 문학 예술만이 현실을 극복할 수 있는 유일한 힘이라고 굳게 믿었던 고트프리트 벤으로 학위 논문까지 썼으니 더욱 그러했으리라. 나는 물론 실존주의자는 아니고, 더구나 문학지상주의자도 아니다. 그러나 현대시에 집중적인 관심을 가졌던 1960년대 후반에 시인 김춘수에 대해 썼던 나의 일련의 글들에서 볼 수 있듯 시적 인식, 혹은 문학적 인식에 흥미가 많았던 것은 사실이다. 『문학과지성』의 편집 동인이 된 이후에는 으레 현실 개혁에 대한 관심, 이념적인 측면보다 문학의 내재적 가치, 즉 문학적 순수성에만 주력하는 평론가처럼 받아들여지게 되고, 그것은 결국 문학 구원론의 지지자처럼 간주되었지만 그러나 앞서 말했듯이 문학이 정말 온전한 구원 그 자체를 구현할 수 있는가. 이 명제는 오랫동안 나를 간단없이 괴롭혀왔다. 1986년 평론집『문학을 넘어서』를 상자하기 전후하여 나는 작고한 김현과 이 문제를 둘러싸고 심각한 토론을 여러 번 벌이기도 했다. 상징주의·심리주의·모더니즘을 그 비평의 기조로 삼고 있는 그는, 문학이 충분히 그 역할을 감당할 수 있다고 믿는, 이를테면 좋은 의미의 문학주의자였다. 그는 문학은 곧 초월이라고 주장했다. 그러나 나는 문학의 초월은 정서적 초월이라는 한계 이쪽의 것이며, 참된 초월은 종교적 초월을 포함하는 정신 경험을 껴안을 때 가능하다고 말했다. 나의 주장은, 문학 자체가 초월이 아니라, 초월을 향해야 한다는 것이었다.

기독교에 관심을 갖게 된 후의 내 글에 대해 이분법적 사고의 위험이 있다는 지적을 한 젊은 평론가가 있다. 그 나름대로 무언가를 발견했기 때문에 나온 분석이겠으나, 나 자신은 그 판단이 옳지 않다고 생각한다. 왜냐하면 나는 하늘과 땅, 성과 속을 그렇게 도식적으로 나누지도 않으며, 더구나 어느 쪽만을 강조하지도 않는다. 하늘과 땅은 실제로 닿아 있지 않은가. 나는 다만 땅만 볼 것이 아니라 하늘도 쳐다볼 것을 권유하고 있다. 1983년 여름부터 나는 기독교를 믿기 시작했는데, 그 이후의 글에 기독교 사상이 알게 모르게 반영되었다. 자연스러운 일이었다. 이 일은 나 자신에게 있어서 상당히 큰 변화였을 뿐 아니라, 나를 아는 내 주위의 문단에서도 작은 사건이었던 것 같다. 그러나 어찌된 일인지, 주위의 문학 친구들은 축하 대신 근심 어린 시선을 던지는 경우가 많았다. 나로서는 그것 자체가 또 하나의 새로운 깨달음이었다. 왜 문인들은 종교에 대해서 그토록 거부 반응을 보이는 것일까? 자신의 이성을 못 믿어 자네가 하나님 같은 허상에 매달릴 수 있느냐고 아예 펄쩍 뛰는 소설가도 있었다. 한국 문학이 정신의 본질을 탐구하는 일과 얼마나 동떨어진 곳에서 세속적 자기 유희에만 빠져 있는가 하는 사실의 숨길 수 없는 반증이었다.

문학과 종교는 정신의 두 날개라고 할 수 있다. 그 몸은 같다. 종교를 거부하는 지성이 흔히 이성을 내세우지만, 독일 계몽주의 작가 레싱은, 인간이 이성적 존재라는 사실이야말로 신이 존재한다는 사실의 가장 손쉽고 직접적인 증거라고 하였다. 신비와 초월을 거부하고 합리적 세계관을 추구함으로써 인간성을 회복하고자 했던 계몽주의 작가에게서조차, 신의 존재는 부인할 수 없는 단호한 진리로 받아들여졌던 것이다. 나는 그러나 이 자리에서 변신론을 늘어놓을 생각은 없다. 다만 우리 문학이 깊이 있는 발전을 하기 위해서는, 종교를 포함한 사상면에 더욱 큰 관심을 가져야 한다는 점이다. 신, 자연과 같은 본질 문제에 대한 인식이 결여된 상태에서 훌륭한 문학이 나오기 힘든 것은 오히려 당연한 일일 것이다. 한국 문학은 대체적으로 통속적인 수준에 떨어진 작품이 아니라 하더라도, 그 내용은 '통속'인 경우가 많다. 죄의 문제, 구원의 문제, 자연에 대한 관계 등등은 거의 주제로 삼아지는 일조차 드물다. 이성 간의 사랑 이야기 아니면 그저 매일매일의 일상사, 기껏해야 정치적인 이념이 그 내용인 경우가 대부분이다. 그렇기 때문에 허구한 날 이른바 담론이란 것들이 사람들끼리의 평면적 교환일 뿐, 사람을 뛰어넘는 초월자, 혹은 동식물들과 같은 자연 존재와의 입체적인 관계 속에서 폭넓게 일치되는 상황과 연결되지 못한다. 말하자면 형이상학이 근본적으로 결핍되어 있는 것이다.

개탄스러운 것은, 형이상학의 결핍 자체가 아니라, 그것을 부끄러워할 줄 모른다는 사실이다. 신을 믿다니! 무슨 큰일난 것 같은 표정. 오직 그 표정 속에서만 한국 문학은 머물러 왔다. 형이상학쯤 없는 것이 오히려 문학에서는 당연하다는 표정인데, 이 표정은 인식 아닌 습관이다. 제대로 고민하지 않은 채 잘못된 문학의 개념에 안이하게 실린 습관이다. 그 개념의 원류는 소위 모더니즘인데, 모더니즘에 역사적 영향을 강하게 끼친 낭만주의에 대한 오해도 한몫 들어 있다. 기성 질서와 세계에 대한 비판이라는 낭만주의 이념이 그저 파행에 대한 찬탄, 환상 일변도의 세계관으로만 받아들여짐으로써 문학은 으레 이상한 기행과 더불어 가는 것으로 여겨져온 잘못된 습관인 것이다. 심지어는 문학 예술이 적당히 퇴폐적일수록 좋다는 엉뚱한 생각도 있는데 이러한 오류의 뿌리는 매우 긴 것 같다. 최근 산업 사회의 후기 증상에 편승해서 나타나는 소비성 상업 문학이 예컨대 포스트모더니즘이다, 뭐다 하는 그럴싸한 이름 뒤에 숨어 이러한 현상을 계속 정당화하고 있는 것도, 따지고 보면 이 깊은 뿌리와 닿아 있지 않을까. 그것들은 모두 형이상학의 반대편 극을 지향하고 있다.

한국 문학에서 종교와 문학 사이의 어색한 관계는, 문학의 도식적인 파행 지향성과 함께 종교가 표방하고 있는 지나친 엄숙주의 내지 도덕적 율법주의에도 그 원인이 있는 듯하다. 비단 기독교뿐 아니라 대부분의 종교가 도덕적인 얼굴을 하고 있는데, 그것은 근본적으로 허위이다. 왜냐하면 종교는 믿음이며 고백이지, 인간들이 만들어낸 이데올로기나 도덕이 아니기 때문이다. 그리하여 문학 예술—자유 분방, 종교—계율의 도식은 문화와 종교를 한없이 멀리 서로 밀어버림으로써, 서로 이웃하여 정신을 형성해나가야 할 임무를 잊게 한다. 아예 그것이 그들의 일이 아니라고 생각게 한다. 낭만주의 시대 독일 시인 노발리스나 횔덜린을 보라. 그들 영혼 속 깊은 곳에서 용솟음치는 감정을 갖고서도 그것이 자신들의 역사 어느 곳에 닿아 있는지 부단히 점검하고, 거기서 민족적 신비주의를 찾아내지 않는가. 또한 바람직한 승화를 위해 그리스 신화주의, 그리고 기독교 정신을 세밀하게 대조해, 그것들을 종합·통일하고자 얼마나 눈물겹게 손톱을 갈았던가.

지금 이 시간 내 방의 창문 너머에도 종소리 없는 붉은 십자가들이 빛나고 있다. 밤이면 유독 많아 보이는 십자가들…… 어떤 이는 땅 끝까지 전파되는 예수의 복음이라고 즐거워하는가 하면, 어떤 이는 온통 교회뿐이라고 공연히 투덜댄다. 그러나 이 시대 우리 글 쓰는 이들에게 이러한 정신 현상에 대한 진지한 고뇌 없이, 우리 문화의 참된 본질이 모습을 드러낼 리 없을 것이다. 무엇보다 글쓰기 자체가 본질에서 겉도는 헛된 손놀림일 수밖에 없다. 왜 기독교는 우리 사회의 정신을 사로잡아가고 있는 듯이 보이며, 그 기독교의 올바른 정신은 무엇인가. 그 속에서 문학은 무엇을 발견해내고, 보다 문화적인 힘을 이끌어낼 수 있는가. 노발리스의 '기독교 정신 혹은 유럽'이라는 명제는 이제 '기독교 정신 혹은 한국'이라는 명제를 통해 또 다른 변주를 경험해도 좋을 것이다. 지난날 나는 계간 『문학과지성』 서문을 통해 너무나도 여러 번 샤머니즘과 허무주의의 극복을 외쳐왔다. 주로 1970년대의 일이었다. 문학이 그 일을 맡을 수 있어야 한다고 믿었기 때문이다. 지금도 그 믿음에는 변화가 없지만, 그렇게 되기 위해서는 문학이 좀 더 그 내포를 튼튼히해야 할 것이라는 생각 위로 나는 올라와 있다. 문학이 종교의 부분까지 탐욕스럽게 껴안아야 한다. 그렇지 못할 때 발육 부전의 자폐증 상태를 즐길 수밖에 없으며, 도스토예프스키나 T. S. 엘리엇 수준의 감동을 즐기기는 힘들 것이다. 그렇다! 현실의 황폐함을 안 자들의 가슴에 신의 은총도 열려 있고 문학의 향기도 열려 있다. 두 가지의 감사함이 노상 두 가지로 따로따로 있을 필요만은 없을 것이다.

〔『문학, 그 영원한 모순과 더불어』, 현대소설사, 1992〕

예리함과 온화함의 조화
──김주연에 대하여

김주영

1973년 초가을로 기억한다. 그때 나는 경북 안동에 있는 시골 직장에 근무하고 있었다. 그리고 등단한 지 3년째가 되는 문단 초년생이기도 하였다. 중앙선 철도변에 바싹 붙어 초라한 시골 직장 정문 주변에는 심어주지도 않았던 코스모스 몇 그루가 제출물로 자라 분홍꽃을 피우려 하고 있었다. 창문 너머로 화고(貨庫)마다 석탄이 가득가득 실려 있는 시꺼먼 화물 열차가 느릿느릿 지나가고 있었다. 코스모스가 피기 시작할 때면 석탄 실은 화물 열차의 내왕이 빈번해지는 것이었다. 한적한 사무실 귀퉁이에 앉아 있던 나는 불현듯 의자를 박차고 일어났다. 속으로 벼르고만 있던 서울을 겨울이 오기 전에 다녀와야겠다는 생각을 했기 때문이다.

그때의 상경길은 오직 한 가지, 김주연씨를 만나 인사치레나마 해두어야겠다는 나의 일방적인 결정에 의한 것이었다. 그때까지 김주연씨와 나는 일면식도 없는 사이였다. 물론 그에 대한 사전 지식도 전혀 없었다. 고향은 물론, 출신 학교, 직장이 있는지 없는지도 알지 못했다. 초인사도 없었던 그를 서울까지 달려가서 인사치레나마 하고 돌아와야겠다는 작정을 하게 된 것에는 내 나름대로 그만한 까닭이 있었다. 김주연씨는 그때 동아일보에 소설 월평을 썼는데, 두 달 조금 넘게 그는 내가 발표했던 단편소설들을 분석한 월평을 연거푸 싣고 있었다. 그와 함께 김주연씨는 나의 밤 시간도 함께 몰수해가버렸다. 그의 월평을 읽은 잡지사들이 앞을 다투어 시골에 있는 나의 주소를 가까스로 수소문하여 소설 원고를 청탁하기 시작했기 때문이었다. 그 당시 거의 밤마다 안동 시가지의 술청 거리를 휩쓸고 다녔던 나는 김주연씨 때문에 밤마다 마셔댔던 술의 양과 버금갈 만큼의 커피를 마셔야 했다. 잠을 쫓기 위함이었다. 그 고된 작업은 몇 달 동안이나 간단없이 계속되었고, 서울에서 그 시골 직장에까지 전화를 걸어 원고 독촉을 하는 잡지사 기자들의 등쌀에 적지 않게 시달림을 받았다. 그들은 매우 삼엄하게 혹은 훈계 조로, 요청한 원고 마감 시한을 넘기면 너의 장래가 매우 불투명하게 된다고 협박(?)하곤 하였다. 그 협박의 근원지는 물론 김주연씨였고, 나로서는 난데없는 그런 위협 속에서 씌어진 단편소설들은 열대여섯 편에 가까웠다.

어쨌든 나는 서울 청량리행 야간 열차에 몸을 실었다. 몸을 실었다는 표현은 매우 진부하게 들릴지 모르겠으나, 그 야간 열차는 안동역에서 출발해서 무려 9시간을 달려 서울 청량리역에 이튿날 아침에 도착하는 열차였다. 그런 열차의 경우 실었다는 표현이 걸맞을 법도 하다.

이튿날 아침 서울에 당도해 내가 찾아간 곳은 당시 이문구씨가 근무하고 있던 잡지사였다. 이문구씨를 만나고 나서야 나는 비로소 김주연씨가 서울고와 서울 문리대를 탈 없이 입학하여 무사히 졸업한 수재라는 것과 젊은 나이에 서울신문 논설 위원으로 있다는 사실을 알게 되었다. 이문구씨에게 그의 경력을 듣게 된 나는 순간 난감하였다. 솔직히 고백하거니와 나는 그때까지 학력이 찬란하게 빛나는 수재형의 사람을 만나본 적이 없었고, 신문사의 논설위원실이란 어마

어마한 곳에 발을 들여놓아본 적도 없었기 때문이었다. 게다가 시골 생활에 길들여졌던 나는 이른 아침의 서울신문사의 거대한 건물 앞에 당도하는 순간 대형 건물에 대한 출입 공포증까지 겹치는 것이었다. 따라서 나는 긴장하지 않을 수 없었다. 떠나기 전 나는 김주연씨에게 건네줄 한 가지 선물을 장만했다. 그것은 담배인삼공사에 있는 친구에게 부탁해서 간신히 마련한 6년근 인삼 한 통이었다. 뇌물의 성격을 갖고 있지 않으면서 정성이 깃들여 있을 만한 선물로 나는 그 인삼 한 통을 가까스로 구상해낸 것이었다. 오전 열한시쯤 나는 3층인가 4층인가 하는 논설위원실로 그를 방문하였다. 여느 신문사의 사무용품이나 집기들이 그러하듯 작고 낡은 철제 책상 하나를 차지하고 그는 매우 야무진 모습으로 앉아 있었다. 나는 극도의 긴장에 싸잡혀 있었고 몹시 쑥스러웠다. 낡은 철제 책상과 걸상 때문에 그의 깔끔한 존재가 더욱 돋보였는지 모른다. 책걸상은 낡고 때묻어 있었지만 그것을 차지하고 앉아 있는 사람의 모습은 전혀 딴판이었다. 아침 청소 때의 퀴퀴한 물걸레 냄새가 아직 설핏하게 괴어 있는 그 논설위원실에 앉아 있던 그의 모습은 단연 돋보인다 할 수 있었다. 어물어물 자신을 소개하고 있는 나를 바라보는 그의 반짝거리는 시선은 금테 안경 속에서 더욱 빛났고, 그날 아침에 갈아입고 나온 깨끗한 와이셔츠와 어울리게 맨 넥타이. 그리고 날카롭고 위압적인 그의 시선은 잔뜩 긴장되어 있던 나를 기죽이는 데에 충분했다. 그런 첫인상과 더불어 가슴속으로 집혀오는 것은, 이 사람이 수재형의 인물과 걸맞게 매우 영리한 사람이라는 것과 손색없는 도회적인 풍모를 갖고 있다는 인상이었다. 그러한 모습이 내게는 예리하다거나 위압적이라는 것으로 다가왔음 직하다. 어쨌든 그런 논리적인 분석 이전에 나는 시쳇말로 기가 죽고 말았다. 나는 뵙게 된 것을 영광으로 안다는 식의 상투적인 인사말을 어물어물 뱉어내면서 겉 포장지나마 때묻지 않을까 조심하였던 그 인삼 한 통을 책상 위에 내놓았다. 화들짝 반기거나 아니면 열없는 기색으로 그것을 접수하리라던 나의 예상과 기대는 그 순간 완전히 빗나가고 말았다. 그는 복잡한 상태인 내 심사는 전혀 안중에 없는 듯 매우 냉정하고 야무지고 삼엄한 어조로 말했다. "이런 것을 가져오시는 게 아닙니다." 그 논설위원실에 쥐구멍이 없었기에 망정이지 그 비슷한 것이라도 있었다면 나는 순간적으로 그 구멍으로 비집고 들어가고 싶었다. 그러면서 일변 야박한 사람이라는 생각도 뇌리를 스쳤다. 그것이 6년근 인삼이 아니라 12년생 산삼이라 하였더라도 뇌물의 성격을 띤 것도 아니었을 뿐더러 다만 시골 사람의 소박한 심정에 빈손으로 문단의 선배를 불쑥 찾아뵙기가 뭣해서(?) 가져간 인사치레에 불과한 것을 그토록 매몰차게 뿌리치는 냉정함이 어디 있단 말인가. 그의 말 한마디는 매질로 말하면 뺨을 열 대 이상 맞은 것과 같은 기분이었다. 그때의 내 심정은 그러하였다. 어쨌든 잔뜩 주눅이 든 나는 허둥지둥 신문사를 뛰쳐나왔다. 그날의 쑥스러움과 어색함을 하소연할 마땅한 대상이 없었던 것은 물론이었다. 그 시점에서부터 당일 오후 그와 다시 만나게 되었던 경위는 확실하지 않다. 어쨌든 당일로 다시 그와 만나게 되었는데, 그때부터 김주연씨는 자신이 가진 진면목으로 내게 본때를 보이기 시작했다. 그외 다른 문학인들도 두엇 끼어 있었던 그날 오후부터의 술자리는 이튿날 오전까지 좌석을 바꿔가면서 밤새워 계속되었던 것으로 기억한다. 나를 위해 마련했던 그날 밤 김주연씨의 지출은 눈에 띄는 과용이었던 것은 분명한데, 내겐 절대로 식대나 주대 따위를 물지 않도록 제동을 걸었던 것으로 기억한다. 그리고 알고 있는 것도 없는 데다가 당시는 말수가 적었던 나를 이해하고 동행한 사람들과 밤새 많은 이야기를 나누었는데, 주로 참여 문학에 대한 골똘한 논의였던 것으로 기억한다.

그와의 첫 대면을 나는 지금까지 매우 장황하게 그리고 되도록 세밀하게 기술하였다. 그만큼 그와의 만남은, 뭉뚱그린 말로 매우 인상적이기 때문이었고, 그랬기에 오래도록 잊혀지지 않았고, 그가 오늘날까지도 문학 전반에 관한 한 몸가짐은 매우 예리하면서도 날카롭다는 인상을 그대로 유지하고 있다는 것을 알고 있기 때문이다. 문학 자체에 대한 그의 외경심은 그를 처음 만났던 20여 년 전에 내가 느꼈던 인상이나 20년의 세월이 지나간 지금이나 한결같아서 매우 단호한 몸짓을 보일 때도 있고, 에리하다거나, 날카롭다거나, 매몰차다거나 하는 평판을 듣고 있는 사람 중의 한 사람인 것으로 알고 있다. 사람이 서로 어울려 사귀고 살다 보면 문학적 영역에서 지켜져야 할 주의·주장이나 처지와 개인적인 정리나 명분적인 의리 따위가 서로 비빔밥이나 잡채밥 섞이듯 두루뭉술해지고 혼미해져서 도매금으로 넘어가게 마련이다. 밤늦도록 마시고 골목 어귀로 나란히 걸어가서 바지 지퍼를 내리는 둥 마는 둥 방뇨 같은 것을 같이하는 빈도 수가 잦은 사이가 되다 보면, 문학적 입장과 개인적 정리 따위가 비빔밥이 되기 십상이다. 그러나 김주연씨의 경우 비빔밥이 보이지 않는다.

그와 다시 만나 친숙하게 된 다른 하나의 동기는 지금은 아홉 권의 소설로 출간된 『객주』라는 소설과 연관된다. 그때 나는 그 소설의 대강의 줄거리를 구상하여 연재할 신문사를 수소문하고 있었다. 그러나 문단의 초년생이어서 작가적 역량이 미지수였기 때문에 이른바 대하소설 연재를 선뜻 받아들일 신문사가 나서지 않았다. 그런데 그런 나의 사정을 나도 아닌 다른 사람의 입을 통해 들은 김주연씨는 당시 서울신문의 문화부장으로 있었던 송정숙 선생을 설득하여 연재할 기회를 터주었고 그로부터 5년 동안 『객주』라는 소설이 서울신문에 연재되었다. 그때까지 내가 그를 만났던 횟수는 다섯 손가락 안에 꼽을 수 있을 정도였다. 그런 역할을 했으면서도 그는 오늘날까지 그 일에 대해서는 시치미를 딱 잡아떼고 있는 편이다.

초인사는 나눈 뒤였지만 내가 그가 있는 술자리 혹은 사적인 모임에 서로 고개만 끄덕하고 스스럼없이 끼어들게 된 것은 그와 초인사를 나눈 20여 년 전에서 14, 5년이나 흐른 6, 7년 전부터의 일이다. 뿐만 아니라 그가 독실한 기독교인이란 것을 알게 된 것은 불과 2년 전의 일이다. 그만큼 그와 나는 교류라고 할 만한 세월을 같이해오지 못한 것이다. 그러므로 그의 숨어 있는 면목의 한 귀퉁이를 발견한 것 역시 몇 년 되지 않는다. 사실 깔끔하고 세련된 그의 외양과는 달리 그의 고향은 내 고향보다 더욱 촌구석이라고 할 수 있는 강원도 산골내기라는 것을 귀띔받았던 날, 나는 속으로 쾌재를 부르면서 많은 술을 마신 기억이 있다. 그만큼 그가 경아리로 호칭되는 진짜배기 서울내기가 아니란 사실이 왠지 속으로 고소하고 신기했다. 내가 속으로 고소하게 생각했던 것은 아무래도 그의 평문이 갖고 있는 정확성, 말하자면 정곡을 꼭꼭 찔러대는 예리함과 단호함, 그리고 족집게로 집어올리는 듯한 혜안에 대한 반작용임이 분명하다. 소설 작품을 손수 썼다는 작가인 내 자신은 전연 오리무중을 헤매면서 무언가 간절하게 찾고 있는데, 때로 평론가들의 평문에서 이 사람이 찾고 있는 것이 바로 이것이다라고 여축 없이 가리켜줄 때가 있다. 그때 작가가 떠안게 되는 자괴의 심정은 매우 처절하다. 평론가가 한 번 읽고 찾아낸 것을 나는 왜 몰랐을까. 이 사람들 보자 하니, 남의 큰코다치게 할 사람들이네 하는 생각이 들 때가 바로 그런 경우이다.

때로 우리는 어느 한 사람이 갖고 있는 단호한 객관성을 냉정함과 혼돈할 경우가 있다. 사물을 관찰함에 있어서 예술에 대한 혜안을 유지하려면 객관성을 유지한다는 일은 필연적인 일이 될 것이다. 그것이 유지되지 못하면 비빔밥이 되고 만다. 그 사람의 내면 세계가 그러하다 보니 그 내면의 정체가 자연히 얼굴에 나타나게 되리라. 내가 20여 년 전 그를 만났을 때 느꼈던 그 예리함과 냉정함의 정체도 바로 그것이었을 것이다. 그것을 요즈음에 와서야 깨닫게 된 것이다. 앞에서도 말했지만 그는 전통적인 기독교인 집안에서 태어났고 그 자신 역시 독실한 기독교인으로 알려져 있으나 그것을 불과 2년 전에 깨달았을 만큼 그는 자신의 일을 구태여 남에게 드러내려 하지 않는다. 그런가 하면 아마 내 주위에선 두 번 다시 찾아볼 수 없을 정도의 효자로 이름난 사람이 바로 김주연씨다. 2년 전 언제인가 우리들 가깝게 지내는 문인들 대여섯 사람이 짝이 되어 여행을 떠난 일이 있었다. 전라도 쪽이라고 생각되는데 우리의 여행 일정은 금요일에 떠나 일요일 오후에 귀경하는 2박 3일 여정으로 짜여 있었다. 그런데 매우 방만했던 토요일 밤의 긴 술자리를 끝내고 아침에 일어나 보니 김주연씨가 온데간데없었다. 그와 친숙한 사이인 소설가 김원일씨에게 물어보았다. 김원일씨의 대답이 걸작이었다. 교회에 갔다는 것이었다. 그것도 그곳 여행지의 지방 교회가 아닌 서울 교회에 갔다는 것이었다. 설혹 독실한 기독교인이라고 할지라도 이건 좀 뭣한 일이 아니냐고, 교회에 가는 일로 오랜만에 계획된 여행 일정에서 슬쩍 빠지는 사람이 어디 있느냐고 볼멘소리를 하였더니 김원일씨의 대답은 그게 아니었다(김원일씨도 독실한 기독교인이다). 그는 일요일 예배를 외국 여행이 아닌 이상 빠뜨리지 않을 뿐더러 교회에 갈 때는 반드시 함께 사는 양주분을 자기 차로 모시는 보기 드문 효자라는 것이었다. 몇 가지 태도가 그러하매 가정에서 양주분을 공양하는 그의 정성 역시 미루어 짐작할 만하였다. 놀랍고 안연하다는 생각이 들었다. 그 성품의 온화함이 바로 그런 가정 생활에서 연유한다는 것을 깨달았다. 그런데 이 지면을 통해서 고백하거니와 김원일씨에게 그런 귀띔을 받은 이후 나는 그가 정말 효자의 반열에 들 수 있는 사람인가 아닌가를 시험해본 일이 있었다. 그 이후에 우리는 다시 여럿이 동행이 되어 강원도 정선 쪽으로 여행을 떠난 일이 있었다. 그 여행길 어느 약수터에 당도하였더니 쇠약한 노인들의 건강에 좋다는 삼지구엽초인가를 팔고 있었다. 여행지에서 잡다한 선물 따위를 잘 사지 않던 그가 그 약초를 샀다. 물론 곁에 있던 나도 덩달아 한 꾸러미 사서 차에 실었다. 약초를 실었던 승용차는 지금은 면허가 취소되어 탈 수 없게 된 나의 소유였다. 그와 나의 집은 비슷한 방향이었으므로 귀경길에 그의 아파트까지 데려다주었다. 차에서 내려 트렁크를 열고 약수터에서 샀던 그의 약초 봉지를 꺼내줄 때 나는 내가 달여 먹으려고 샀던 약초 봉지까지 마저 내주면서 아버님께 함께 달여드리라고 했더니, 이 사람이 글쎄 시늉으로라도 사양하는 법이 없이 두말없이 썩

건네받는 것이었다. 자기 먹으라고 주었던 20여 년 전의 인삼 한 통은 매몰차게 내치더니, 아버님 달여드리라고 건네주는 약초 봉지는 두말 않고 받는 것이었다. 저 사람 효자 틀림없네. 차를 돌려 집으로 돌아오면서 혼자 속으로 생각했던 말이었다.

그런데 양주 어른께 달여드리는 보신약 남은 것을 간혹 얻어 마시는지는 몰라도 김주연의 목소리는 매우 또렷하고 부드럽다. 또렷하면 부드럽기가 어렵고 부드러우면 또렷하기가 쉽지 않은 법인데, 그의 목소리는 두 가지 요소가 절묘하게 조화를 이루어 듣는 이로 하여금 즐겁게 만든다. 그 목소리의 절묘한 화음은 냉정하고도 온화한 성품의 조화에서 잉태된 것이 아닌가 생각할 때가 있다. 게다가 술자리에서 곧잘 부르는 그의 노래, "터질 거예요, 내 가슴은"이란 노랫말을 가진 가요곡을 부를 때는 그의 성량이 풍부한 데 놀란다. 아주 우렁차고 힘이 넘쳐 대폿집 바람벽이 덜덜 떨릴 만하다. 내가 그를 좋아하는 것은 술자리에서의 그의 태도이다. 지금까지 많은 술자리를 그와 함께해온 터이지만 그 술자리가 짧든 길든 문학에 관한 이야기를 들어본 적이 없다. 단호하리만큼 문학에 관한 토론 따위는 꺼내놓지도 않을뿐더러 그런 분위기도 싫어한다. 간혹 누가 문학 이야기를 꺼내놓으면 조용히 듣고 있을 뿐이지 좀처럼 참여하려 들지 않는다. 그리고 아무리 많은 술을 마셔도 주사가 없다. 주사가 없다 해서 낙태한 암고양이 상을 하고 앉아 있는 것은 절대 아니다. 믿는 사람이 거의 없을지 모르겠지만, 그는 술자리의 분위기를 대개는 화기애애하게 주도한다. 말하자면 그는 술자리의 향도 역할에 조금도 손색이 없는 인물이다. 그리고 술 마신 뒤끝도 매우 깨끗하다. 젊지도 않은 나이에 걸핏하면 보안 업무에 여념이 없는 전경을 까닭없이 손찌검해서 경찰서 형사과 사무실 바닥의 먼지를 콧등으로 쓸어가면서 사죄하는 나처럼 주사나 객기는 절대로 부리지 않는다. 모범적인 가정생활을 몸에 익혀온 사람으로서의 면목을 그는 말없이 보여줌으로써 존재가 돋보일 때가 있다. 그로써 모범적인 사회인이 갖추고 있어야 할 모든 것을 가지고 있는 것만은 틀림없다. 그러나 요사이 와서 설 핏하게 느끼는 것이 있다면, 김주연씨에게도 심정적인 외로움이 있고, 또한 정에 약하고 인정이 두드러진다는 점이다. 가까운 사람들을 형제처럼 아껴서 그들이 설혹 방자하게 굴고 눈살을 찌푸리게 하는 일을 벌이더라도 양해하고 용서하는 너름새를 보여주는 일에 그는 인색하지 않다. 며칠 전 술청 거리에서 나는 또 한 전경에게 손찌검을 하여 신문의 가십난을 장식한 일이 있었다. 뒤늦게 소문을 듣게 된 그가 내게 전화를 걸어왔다. 잡다한 변명을 듣고 난 그가 내게 말했다. "이젠 전경들 다루는 일은 단념하기로 하지." 우스개로 불쑥 던진 그 한마디 속에는 '우리'라는 공동체 의식이 깔려 있다. 그리고 비난하는 말이 들어 있지 아니하다. 그처럼 그는 좀처럼 화를 내지 않는다. 화난 얼굴을 본 적이 없다. 그렇게 살기가 힘들다는 것을 그 자신은 모를까.　　　　　　　　　　〔『오늘의 문예비평』, 1992년 겨울호〕

제 2 부

보편성을 향해 움직이는 정신

시적 자아에서 초월까지
― 김주연론

진형준

몇 년 전인가, 여행을 떠나려고 시인 황지우와 서울역 앞 어느 다방에서 만났을 때, 그가 '김주연의 글들은 투명하다'라고 말했고 나도 그에 동의했던 것이 기억난다. 그때의 막연한 느낌으로는 아마도 시를 읽는 그의 눈이 시인 자신의 의식 세계를 비교적 선입관 없이 뒤따르고 있다는 생각에서였던 듯싶다. 그리고 한편으로는 그의 글에 자주 나타나는 '꿈'이라는 단어가 은근히 내 개인적인 취향을 자극했던 때문이기도 했다. 그런데 이 글을 쓰려고 그의 평론들*을 찬찬히 읽어보고는, 그때의 그런 느낌이 부분적으로는 옳고, 부분적으로는 그렇지만은 않다는 생각을 동시에 품게 되었다. 부분적으로 옳다는 것은, 비록 그가 사용하는 용어 자체는 다양한 변주를 보이지

---

* 그 글들이란, 평론집 『상황과 인간』(박문사, 1969), 『문학 비평론』(열화당, 1974), 『변동 사회와 작가』(문학과지성사, 1979), 『새로운 꿈을 위하여』(지식산업사, 1983)와 그가 편한 『현대 문학과 기독교』(문학과지성사, 1984)에 실린 그의 글들, 그리고 최근에 여기저기 실린 그의 몇 개의 글들이다.

만, 그리고 때로는 망설임이 아니 보이는 바가 아니지만, 그가 근본
적으로 문학에 대하여, 문학 외적인 상황보다는 문학, 혹은 글쓰기
자체로 드러난 가치 체계에 우선을 두는 입장에 있다는 사실, 따라서
그 무엇보다도 글쓰기 자체에서 드러난 글 쓰는 이의 의식을 선입관
없이 뒤따르는 일이 가능했다는 사실을 확인할 수 있었기 때문이다.
그런 입장에서의 그가 선호하는 단어들은 뒤에 다시 살펴보게 될 ‘인
문학적 상상력’ ‘꿈’ ‘서늘한 마음씨’ 들이다. 그런 단어들은 근본적
으로 인간 의식의 경직성을 위험시하고 경계하는 의미에서 쓰인, 부
드러운 단어들이다. 그러나 서늘한 마음씨를 주장하는 김주연의 서
늘한 마음씨가 그야말로 서늘하게 작품평에 녹아 있지 못하고, 서늘
한 마음씨 자체를 고집스레 주장하는, 그래서 그것이 작품 가치 판단
의 또 하나의 독단으로 작용하는 듯한 묘한 불균형을 그의 상당수의
실제 평론에서 발견하고는 애당초의 막연한 느낌을 약간 수정할 수
밖에 없게 되었다. 좀 거칠게 말한다면, 아마도, 그가 실제로 다룬 많
은 작품들이 그의 내적인 평가 기준에 미달하는 듯이 보이기에 그렇
게 될 수밖에 없었던 것으로 볼 수도 있지만, 한편으로는 그가 선호
하는 인문학적 상상력이 혹시 서구의 이원론적 사고의 연장선상에
놓여 있기에 그러한 결과가 빚어진 것은 아닌가 하는 의혹도 고개를
들었다. 이 글은 결국 그러한 의혹을 해명하기 위해 씌어진다.

  김주연 평론의 의식 세계를 살펴보는 데 있어 출발점으로 삼을 수
있는 동시에 귀착점이 될 수 있는 가장 핵심적인 말은 ‘시적 자아’라
는 말이다. 문학은 그 어느 것에도 예속되지 않는다는 뜻에서의 문학
의 자율성과도 통하는 ‘시적 자아’라는 말은 그의 평론의 제목에서
도, 본문 속에서도 무수히 나타난다.

  추운 겨울을 시의 상황으로 잡고 있으나 모티프가 희망의 자연이고,
  그 자연의 묘사 속에서 은밀한 시적 자아[이하 강조는 인용자]가 출

현한다. 〔……〕 사실상 자연에 대한 관심을 표명하고 있는 시에서 가장 중요한 문제는 내게 있어 바로 이 시적 자아dichterisches Ich의 문제로 생각된다. 〔……〕 그것은 시라는 언어의 옷을 입고 있는 자연이 그 나름의 율동을 보이는 가운데 그 맞은편에 있는 인간에게, 아니 그 인간의 속에서 번득이는 자연의 본질을 끌어내는 것이다. 〔……〕 시적 자아란 이때에 생겨나는 인간의 모습, 즉 시인의 모습이다. (『변동 사회와 작가』, pp. 192~93)

시적 자아란 괴테가 그의 자연시에서 골몰한 이래 아직까지 시의 힘을 버텨주는 근본 원리로 통용되는 것으로서, 외계에 대한 인식이 완성되는 순간에 획득되는 자신의 주체적 각성을 의미한다. (같은 책, p. 236)

시인의 한쪽에는 각박한 현실이, 시인의 다른 한쪽에는 유머를 담은 언어가 각기 시인의 부분만을 기다리고 있는 인상이다. 말하자면 비로소 시인의 위치와 시인의 얼굴이 그 윤곽을 확실하게 우리에게 제시해주고 있는 것이다. 이것을 일컬어 우리는 시적 자아의 획득이라는 말로 불러 좋을 것이다. 〔……〕 그것은 언어를 알고 현실을 알고, 그리하여 마침내 양자 사이의 관계까지 터득하고 난 다음에 주어지는 값진 시인의 몫이다. (같은 책, p. 184)

말하자면 경험적 자아는 경험적 자아 그 자체만으로는 극복의 일정한 한계를 갖는다는 것이다. 보다 보편적인 시선, 즉 모든 사람과 사물에 대한 따뜻한 사랑과 편협한 여러 범주 사이의 증오를 넘어서는 서늘한 마음씨를 바탕으로 할 때 제도와 이념을 축으로 한 사회과학적 관찰의 한계가 드러나고 시적 자아가 회복될 것으로 나는 믿는다. (『새로운 꿈을 위하여』, p. 30)

시인은 일상적 자아이면서 동시에 그것을 뛰어넘는 정신, 즉 시적 자아를 창조해가는 사람에게 붙여진 이름이다. 일상적 자아와 시적 자아는 그러므로 같은 차원에서 마주 보거나 나란히 놓여 있는 것이 아니다. 시적 자아는 일상적 자아의 초월로서 성취되는 그 어떤 정신의 힘이며 공간이다. (같은 책, p. 198)

위에 인용한 글들에서 볼 수 있듯, 시적 자아란, 그 '어떤 정신의 힘'으로서 '외계에 대한 인식이 완성되는 순간에 획득되는 시인 자신의 주체적 각성'이다. 그 '주체적 각성' 속에서, 시인은 '언어를 알고 현실을 알고, 그리하여 마침내 그 양자 사이의 관계까지 터득'한다. 그 시적 자아는, 시인의 경험적 자아, 혹은 일상적 자아와 어깨를 나란히하면서, 현실 인식 속에는 결핍되어 있을 또 다른 인간의 인식 능력을 채워주는 것이 아니라, 일상적 자아를 뛰어넘는, 그것을 초월하는 절대적 정신의 힘이다. 시인이 가장 조심해야 할 것은 김주연이 보기에는 바로 이 시적 자아의 파괴이다.

보다 넓은 현실로의 개안은 어떤 의미에서든 환영되어야 할 일이지만, 그로 인해 사물을 대상화하는 눈에 혼선이 생겨서는 안 된다. (같은 책, p. 209)

요컨대, 시적 자아가 획득된 시선에 의해서만, 편협하지 않은, 치우치지 않은 인간 이해가 가능하다. 그 시적 자아의 획득은 인문주의적 상상력, 혹은 인문주의 정신에 의해서만 가능하다.

인문주의 정신이란 인간을 존중하는 정신이다. 예컨대 한 편의 시 속에서 시인이 궁극적으로 추구하는 것은 인간에 대한 사랑 이외에 다른 어떤 것일 수 없는 정신이다. (『새로운 꿈을 위하여』, p. 29)

시인이 세계를 바라보는 눈은 선택적·제한적이어서는 안 되며, 전면적·총체적이어야 한다. 이런 의미에서 볼 때, 지난 1970년대의 시 작품들은 사회학적 상상력에 의해 역사와 현실 의식을 확충할 수 있었으나, 다른 한편으로 세계에 대한 전면적·총체적 이해라는 문학 본래의 자부심과 기능을 약화시킨 두 가지의 상충한 모습을 지니고 있던 감이 있다. 따라서 우리가 사회학적 상상력에 의해 의식이 억압을 받고 있다고 느낀다면, 마땅히 이 같은 선택적·제한적인 대상 수용의 자세를 반성하고 전면적이며 총체적인 세계 이해로의 눈을 열어야 할 것이다. 이러한 태도를 굳이 사회학적 상상력과 대비해서 말한다면, 인문학적 상상력 또는 인문주의적 상상력이라고 불러 무방할 것이다. [……] 인문주의적 상상력이란, 세계를 인간의 눈으로 보는 것을 말하는바, 이때 그 인간은 어떤 정치적·경제적·역사적·도덕적 이념의 구속을 받지 않는 순수한 인간 그 자체이다. (같은 책, p. 84)

인문주의 정신이란 한마디로, 인간의 총체성을 강조하는 정신이다. 그에게 인문주의적 상상력은, 시적 자아와 마찬가지로, 사회학적 상상력과 대비되는 인간 이해의 또 다른 한 면이라기보다는, 그것에 의하여서만 인간의 총체적 이해가 가능한 포괄적인 능력이다. 그것은 꿈꾸는 능력이다. 그 능력은 현실을 외면한 현실 인식이 결여된 자리에서 이루어지는 것이 아니라, 혹은 현실 인식과 대비되는 것이 아니라, 그것을 포괄하는 자세로서, 현실을 뛰어넘는 능력이다. 다시 앞서의 인용을 예로 든다면, 그것은 '언어를 알고, 현실을 알고, 마침내 양자까지 터득하고 난 다음에 주어지는 값진 시인의 몫이다.' 인문주의적 상상력을 주장하는 그의 입장에서 '정신주의자'의 면모도 보이지만(뒤에 가서 언급이 있을 것임), 우선은 그 포괄성·보편성 안에서 모든 것을 수용하고자 하는 종합의 의지가 두드러진다. 기실 『변동 사회와 작가』 및 『새로운 꿈을 위하여』에서, 인문주의적 상상력의 우월성이 단호히 주장되기 이전의 그의 글들에서는, 작가의 현실 인식이 꽤나 중시되는 부분을 쉽게 찾을 수 있다.

그러나 이 자리에서 중요한 것은 그러한 개인과 관련된 차원이 아니라 그러한 시인과 더불어 존재하는 사회이다. (『문학 비평론』, p. 190)

어느 특정한 과거의 현실을 그 본질에 대한 역사적 실증과 가치 판단 없이 단순한 소재면에서 선택하는 모순 [……] (같은 책, p. 192)

대다수 향수자들이 그 본질을 만나지 못하는 창작가 그 혼자만의 목소리는 적어도 오늘 이 시대라는 구체적인 시간 공간 안에서는 어떠한 긍정적 평가도 받을 수 없는 것이 당연하다. (『변동 사회와 작가』, p. 152)

시는 의식의 소산이면서 동시에 현실의 반영이다. (같은 책, p. 163)

그에게 인문주의 정신이란, 따라서 언어와 현실 중 어느 것을 선택하라는 정신이 아니라, 그 둘의 종합을 지향하는 정신이다. 그러기에 비교적 현실적으로 강한 목소리를 가진 듯한 김준태의 시에서 "현실과 언어를 살아 있는 변증법"(같은 책, p. 239)을 보기도 하며, 한국에서의 이른바 1950년대의 모더니즘 시에 대해 "전쟁이 준 의미를 새겨보고 비극이 마련한 역사성에 정면으로 조우하였다기보다, 마침 유입된 실존주의 사조에 관념적으로 편승해서 자기 의식의 전개를 스스로 감추어버린 것이다"(같은 책, p. 245)라고 비판을 가하기도 하며, "전통이란 그가 실제로 창작을 하든 하지 않든, 창조적 개인의 능력 속에 전달되는 역사의 어떤 영성이라고 할 수 있다"(같은 책, p. 192)라고 이야기하기도 한다. 또한 "문학의 실천적 힘에 대한 맹목적 믿음"에서 벗어난 모습을 아이러니컬하게도 황석영의 작품에서 발견하기도 하며(같은 책, p. 31), 순수주의라는 이름이 결국은 우익 문학, 민족 문학의 다른 이름에 불과함을 밝혀내기도 한다(같은 책, p. 32). 여기서 우리는 중대한 문제와 만나게 된다. 인문주의적 상상력에 의하여서만 참모습을 드러낼 수 있는 보편적 인간상, 순수한 인간 그 자체와 시대 인식에 투철한 인간상이라는, 일견 모순되어 보이는 인간 이해, 문학 이해는, 김주연 개인관에서 어떤 식으로 상호 지양, 종합되는가의 문제가 그것이다.

　서둘러 말한다면, 그는 "모든 시대 인식적 요소를 함께 지니고 있는 위대한 작가"를 기다린다(『문학 비평론』, p. 241). 모든 시대 인식적 요소가 객관적 상황이라면, 위대한 작가는 철저한 주관이다. 그는 공허한 주관만의 폐쇄성도 배제하지만, 객관적 현실의 단순한 반영으로 문학을 간주하는 태도는 더욱더 혐오스러워한다. 그에게 좋은 문학 작품을 낳는 것은 시대적 상황이 아니라, 그 시대적 상황을 외면 않는 뛰어난 작가의 주관이다. 따라서 하나의 문학 작품이 보편성을 얻지 못하는 것은 철저히 작가 자신의 문제가 된다. 현실은 있는 그대로의 현실이 아니라, '바로 그것을 인식하는 주체와의 관계'이며, 중요한 것은 현실에 대한 전체적 인식이다. 그것은 달리 말한다면, 주관과 객관의 관계에 대한 문제라고 부를 수도 있을 터인데, 김주연이 오랫동안 천착해온 문제는 바로 문학에 있어서의 주관과 객관, 문학의 자율성과 사회성의 문제라 해도 과언이 아니다. 그는 그 문제의 답의 많은 부분을 아도르노에게서 빌려온다. 그가 보기에 아도르노는 문학 정신이 지닌 초월성을 인정하면서 현장에 대한 증언의 임무에도 소홀하지 않은 고도의 어려운 문학관을 실현시킨 이론가이다. 아도르노의 영향하에서, 김주연에게 '문학에서의 주관이란 고도로 훈련된 객관의 뒷면'이며, 자아의 위치는 집합성이나 객관성에 반대되는 곳에 있는 것이 아니라, 그것을 포괄하는 위치에 있다. 「아도르노의 문학 이론」(『외국문학』, 1985년 봄호)이라는 제목을 달고 있는 이 한 편의 논문은, 제목 그대로 아도르노의 문학 이론의 소개이면서, 동시에 오랫동안 김주연 자신을 사로잡고 있던 문학에 있어서의 주관과 객관의 문제, 문학 언어의 자율 구조와 사회성에 대한 자신의 견해 피력이라고 보아도 무방하다. 그가 보기에 아도르노 덕분에 확실해진 한 가지 사실은 "문학에 있어서의 자율성과 사회성이 서로 연계의 형태로 결합되는 어떤 종합적 상황이 아니라, 본원적으로 양자는 동전의 안팎처럼 붙어 있는 존재론적 상황이라는 점이다"(같은 책, p. 67). 즉 '사회적인 내용을 구체적으로 질문하는 것이 문학 예술 작품의 정당성이자 의무라고 하더라도, 그 작품은 하나하나의 언어 조직을 충실히 하여야 한다' 는 동시적 요구를 아도르노는 하고 있다는 것이다. 그러나 문학의 자율성 자체에 대한 그러한 발언은 그다지 특이한 것은 아니다. 단지, 문학에서의 주관은, 문학주의라는 이름으로 옹호될 것이 아니라, 그 주관 자체가 '사회 전체와의 관계 속에서 특권처럼 빚지고 있다' 는 것이며, '작가와 시인이 자기 침잠을 통한 보편성을 획득하게끔 삶의 곤경이 가하는 억압으로부터 허락된 것이지, 무조건 문학 그 자체를 위해 존재하는 것은 아니다' 라는 발언을 통해, 주관과 객관을 상호 변증법적인 종합을 지양하는 두 면으로 보지 않고, 언제나 붙어 다니며 상호 존중되는 것으로 여겨야 한다는 데에서 아도르노의 뛰어남을 본다. 그 이야기를 범박하게 풀어본다면, 한 작가의 주관, 주체성(이제는 천재성이라고 말을 바꾸어도 되겠다)이 객관성이라는 미명하에 저열한 위치로 끌어내려지는 일이 있어서도 안 되며, 작가의 주체적 자아라는 미명하에 자아가 몸담고 있는 현실이 외면되어서도 안 된다는 것이다. 즉 "문학의 보편성이란 개별화를 통해 이루어지며, 개인적인 자아가 작품을 통해 객관화를 획득할 수 있는 것은, 자아 속에 궁극적으로 집합적 요소가 내재해 있기 때문이다"(같은 책, p. 78). 그래서 얻어낸 결론은, 문학이란 '발생학적으로 주관적인 것이며, 생명을 가진 유기체가 성장하듯, 자아의 실현체' 라는 것, '그러나 여기서 작용한 주체성은 객관성을 획득할 때 비로소 주관성을 동시에 획득할 수 있는 것이기 때문에, 주관과 객관은 발생의 선후나 가치의 우열을 가릴 수 없는 이를테면 운명적으로 짝을 이루는 개념들'이라는 것이다.

우리가 앞서 살펴본 대로, 한국에서의 소위 '1950년대의 모더니즘'이나, '문학의 실천적 힘에 대한 믿음'이 동시에 공격받게 되는 것은 위와 같은 문학관의 입장에서이다.

그러나 다시 우리의 문학적 현실로 눈을 돌릴 때, 김주연에게는 우리의 삶에 대한 객관적 안목의 획득 자체보다는 그러한 안목을 획득한 보다 높은 정신의 출현이 더 절실히 요구되는 듯이 보인다. 인문주의 정신을 강조하는 "1970년대의 시 작품들은 사회학적 상상력에 의해 역사와 현실 인식을 확충할 수 있었으나, 〔……〕 사회학적 상상력에 의해 의식이 억압을 받고 있었다고 느낀다면 〔……〕 전면적이고 총체적인 세계 이해로의 눈을 열어야 할 것이다"라는 글이나, "우리의 주체성의 약점은, 정치·사회적 요인을 중심으로 한 사회과학적인 해석이 있을 줄 알지만, 인간적인 차원에서의 개인적인 각성, 다시 말해서 개성 의식의 발아와 확립이라는 역사적 체험이 결여되었던 탓"(『변동 사회와 작가』, p. 376)이라는 글에서 두드러지는 것은, 인간의 삶을 총체적으로 볼 수 있는 정신의 힘의 고갈에 대한 아쉬움이다. 그가 보기에 삶의 객관성이라는 것은 정치적·사회적 삶에만 국한된 것이 아니라, 인간이라는 이름하에서 행해지는 온갖 것을 포용하는 넓은 의미로 쓰여져야 하기에 가능한 발언인 듯이 보이기도 하지만, 사실상으로는 한 개인의 정신의 높이, 드높은 자아의 출현 및 실현에 큰 내기를 걸고 있기에 가능한 발언인 것처럼 내게는 보인다. 문학사 기술 방법의 문제에서는, 문학사의 연대를 괴테 이전과 괴테 이후로 나누는 방법, 즉 작가의 크기와 높이에 따라 나누는 방법을 은근히 권유하는 데서도 보이듯 그의 정신주의의 면모를 보여주는 대목은 무수히 나타난다.

상상력은 한 작가에게 운명적으로 주어져 있는 능력이며, 체험은 그가 사회와의 관계에서 부단한 노력 투쟁 끝에 얻은 귀중한 후득적 산

물이다. (『변동 사회와 작가』, p. 56)

압력으로부터의 탈출은 본능이지만 남들은 그것을 압력인 줄 모르고 〔……〕 생활의 편의를 즐기고 있는 판에 홀연히 그것을 압력으로 느낀다는 것은 〔……〕 하나의 능력이며 어떤 정신의 힘이다. (같은 책, p. 17)

물질 문명의 후진성보다 더욱 무서운 것은 정신 문화의 후진성이다. (『문학 비평론』, p. 317)

그(아도르노)는 작품의 미학적 원리를 지지하는 자이며, 다만 깨어 있는 정신을 강조하는 자로 생각된다. (『변동 사회와 작가』, p. 393)

가령 이러한 모든 분석 종합을 통해서 그 모든 시대 인식적 요소를 함께 지니고 있는 위대한 작가를 만난다면 얼마나 좋겠는가. (『문학 비평론』, p. 241)

야우스의 이러한 입장은 물론 역사의 새로운 상대주의라는 이름으로 불려질 수도 있을 것이다. 그러나 나로서 이들 새로운 의지에 관심을 갖는 것은 그들이 보여주는 정신의 높은 힘 때문이다. 한국 문학이 주목해야 할 점은 바로 이러한 면전에의 대치이며 정신의 높은 힘 그 윤활력이다. (같은 책, pp. 281~82)

위의 인용문들에서 드러난 정신주의의 면모는 그가 이른바 대중 소설을 논할 때에도 드러난다. 「대중 문학 논의의 제문제」라는 글에서 그가 관심을 갖는 것은, 산업 사회에서의 이른바 대중 소설, 상업 소설 자체에 대한 문제라기보다는, 즉 엄밀한 의미에서의 대중 소설론이라기보다는, 인기 있는 소설=대중 소설이라는 도식적 이해의 그릇됨이다. 거기서 논의되는 최인호·박완서·황석영 등이 대중 소설가로 옹호되는 것이 아니라, 그들의 소설이 잘 팔리고 있지만, 그렇다고 곧 그들이 대중 소설가는 아니라는 것, 그들은 인기와는 무관하게 훌륭한 소설가라는 점을 강조함으로써, 김주연은 대중 소설에 대해 논하는 자리에서도 자신의 입장에서 한 발자국도 비켜나 있지 않다.

　여기서 범박하게 김주연의 문학관을 정리한다면 이렇게 될 것이다. "문학은 인간의 마지막 보루를 지켜줄 마지막 패, 인간이 생각해낸 최후의 카테고리"(『변동 사회와 작가』, p. 373)로서, 그것은 역사·현실·상황과 관련을 맺되, 그것을 뛰어넘는 보편적 인간애의 정신적 높이를 지니며, 그 정신적 높이에 의해서만 '자아를 전제로 하는 구체적 실체'로서의 현실 인식이 가능하다. 그 정신적 높이는 보편성의 이름을 한, 개인의 다른 이름이다. 현실 속에서의 결핍을, 제도적·이념적·물질적 결핍으로만 보는 것은 일면적·선택적·제한적 안목으로서 인간에 대한 총체적 인식을 억압하게 되며, 보편적·총체적 정신의 높이를 지닌 개인의 출현을 방해한다. 지나치게 범박한 요약이 되고 말았지만 요컨대 문학의 전체성·자발성, 혹은 인간의 어떤 정신의 힘에 대한 믿음에 근거하고 있는 문학관이라고 보아도 무방하리라.

　객관성을 보여주는 이 어떤 정신의 힘에 대한 갈망은 김주연을 초월에의 열망으로 이끈다(혹은, 그가 갖게 된 신앙이, 그 정신의 힘의 자리에 초월을 위치시키게 했는지도 모른다). 「한국 문학, 왜 감동이 없는가」(『문예중앙』, 1984년 가을호)라는 글에서 김주연은 문학이 주는 감동의 힘의 유무를 초월성이 있느냐 없느냐에 따라 나눈다. 그는 그 글에서 서구의 리얼리즘과 모더니즘을 모두 공박하는데, 한마디로 하면 모두 인간에게서 초월성을 박탈하고 세속성에의 길을 부추기고 뒤따르기 때문이다. 이전에 '문학의 현실 변혁에 대한 맹목적 믿음'

을 갖고 있다는, 그 순진성을 이유로 비판받던 리얼리즘은, '정신화의 한 형식으로 올라가야 할 문학'을, '물질 현상과 같은 범주의 하나로' 세속화시켰다는 이유로 비판을 받는다. 리얼리즘의 입장에서 정신의 높이나 이상주의적 면모를 주장하는 경우가 없지는 않지만, 그 모두 인간 정신의 초월과는 무관한 것으로서, 그때의 정신이란 현실에 대한 개인의 주관적 선택의 범주에 머물 뿐이며, 이상주의라는 것도 사회적 비전의 현실화일 뿐이다. 요컨대 리얼리즘이 추구한 가치라는 것은 철저히 물질적·경제적 가치만으로 인간을 격하시킨 것으로, 훌륭한 인간에서 기계에 이르는 과정을 바람직한 가치로 보는 오류를 범했다. 모더니즘은 그와는 약간 다른 각도에서 인간의 초월성을 차단하고 있다. 모더니즘이 '신의 실종'이라는 현상 한가운데서, '압도적인 물질주의·과학주의·정치주의가 인간을 소외시키고 세계 불안을 고조시키는 주범들이라는 인식에 직접적으로 매달리고' 있지만, 그리고 '새로운 초월성 정립'의 시도를 하고 있기는 하지만, 그 초월성의 자리에 예술 자체를 대입시켜, '예술의 절대화를 통해 절망적인 현실을 극복할 수 있다'고 주장하거나, 예술 자체가 신의 자리에 오를 수 있다고 믿는 것은, 기실 초월과는 무관한 지상적 인간의 오만함에 불과하다는 것이다. 즉 모더니즘은 훌륭한 인간에서 예술로 이르는 모든 과정을 바람직한 가치로 봄으로써 또 다른 세속화의 길을 마련한다는 것이다. 그 세속화는 김주연에게는, 단순한 세속화일 뿐만 아니라, 바로 인간의 비인간화로 여겨진다. 그에게는 초월성의 회복에 의해서만 인간의 변혁도, 세계의 변혁도 가능할 뿐이다.

무엇을 통해서 새로운 세계를 창조할 것인가. [……] 낭만주의를 포함, 리얼리즘 역시 이 지상의 인간적인 어떤 것에 대해서는 그 새로움에 일정한 한계가 있음을 나는 지적하고 싶다. 초월적인 가치가 실체이든 아니든, 그것은 초월적인 가치에 의해서 어느 정도 가능하리라는 것이 이 글의 태도이다. 다시 말하면, 인간(작가)은 아주 높은, 혹은 아주 깊은 어떤 경험을 함으로써 거듭 태어날 수 있고, 세계를 새롭게 볼 수 있을 뿐이다. 그 아주 높고 깊음이 초월성이다. (같은 책, p. 63)

그 초월성은, '지상적인 것이 이 지상을 넘는 초월성을 갖기란 근본적으로 불가능하다' 는, 한계에 대한 겸허한 깨달음 앞에서 가능하다. 리얼리즘이 인간의 물질화에 기여했고 모더니즘이 인간 정신의 완벽주의에 기대면서 모두 초월성을 저버렸다는 말은, 한마디로 뭉뚱그린다면 서구의 합리주의 자체에 대한 비판의 내음을 짙게 풍긴다. 그리고 그 비판은, 그가 우리의 문학이 인정주의적 · 전근대적 · 비합리적 · 취락적이라고 비판하던 모습에서 보이던, 자연 관조의 태도를 비난하고 시적 자아를 강조하는 그의 모습에서 보이던, 합리주의자적인 면모와는 근본적으로 상치되는 듯하다. 초월에의 꿈이 그러한 변모를 가능하게 했을까?

그러나 나는 그 변모를 김주연의 근본적인 변모라기보다는 오히려 애당초 그가 가지고 있던 이원적 사고의 심화로 보고 싶다. 나는 여기서 이원적 사고라는 말을, 대립되는 두 항을 설정했다는 의미로 사용하는 것이 아니라, 대립되는 두 항이 화해의 기미를 보이지 않고 한쪽을 끝끝내 타기하려 애쓴다는 의미로 사용한다. 그러나 이원론적 태도가 근간으로 삼고 있는 것은, 인간의 의지에 의해 삶의 활성화를 추구하는 하나의 동력학이다. 합리주의적인 이원적 사고에 침잠해 있을 때, 삶의 정태주의 · 인정주의 · 취락주의가 비판을 받는 것은 당연하다. 또한, 산업 사회화되어가면서 인간이 물질화의 길을 걷고 있다고 느껴질 때, 두 대립항은 정신/물질로 설정이 되어, 인간의 정신의 힘은 강조된다. 그런데 그가 초월에 관심을 기울이게 되면서, 아니 초월의 의미를 확실하게 자기의 것으로 하면서, 이제는 정신/물질 대신에 초월/세속, 초월/현실, 꿈/현실로 대립항이 대체된다. 그때의 현실은 물론 감각적·경험적, 혹은 객관적 현실이다. 그가 초기에 은연중 영향을 입고 있던 서구의 합리주의는, 인간의 이성의 능력에의 절대적 믿음에 근거하고 있기에, 초월/세속성의 대립항 속에서 타기해야 할 대상으로 변모한다. 그러나 그 변모 속에서도 변함없는 미덕으로 존중받고 있는 것은 현실감과 함께하는 강력한 동력학이다. 그가 기독교를 보는 눈도 바로 이 동력학에 입각해 있다.

사실 기독교는 그것이 생겨난 이스라엘 땅과 출애굽 사건 이후의 역사가 극명하게 보여주듯이 강력한 동력학을 그 성격으로 하고 있다. 무수한 죄와 놀라운 은혜, 피비린내 나는 살육과 뜻밖의 이적에 의해 삶과 죽음이 연결되는 드라마는 다이나믹한 하늘과 땅의 교통이다. 이 점 지극히 정태적인 동양 종교와는 지극히 대조적이다. (『현대 문학과 기독교』, p. 116)

위의 인용문에 쓰인 동력학은, 물론 기독교가 품고 있는 현실 극복의 드라마를 염두에 두고 한 말이지만, 그것은 곧 기독교적 초월이 조용한 내적인 초월이 아니라, 타기해야 할 것과의 부단한 싸움을 통하여 이룩되는 초월임을 뜻하기도 한다. 다시 간추려 말하면 그 부단한 싸움은 선과 악의 싸움이다. 사실 초월에의 믿음이 직접적으로 천명되기 이전에도, 김주연이 인간의 악을 타기의 대상으로 보고 선을 지켜야 할 지고의 것으로 여기는 발언은 있었다.

선이라는 명제는 어떠한 현실 변동에도 불구하고 결코 마멸되어서는 안 될 가치로서 지켜져야 한다. (『변동 사회와 작가』, p. 140)

그의 이원적 사고가 지닌 동력학은 그 선을 포기하는 것, 오염시키는 것, 달리 말해 인간 정신을 훼손시키는 것에 대하여 수수방관하지 못한다. 그렇다, 그가 서늘한 마음씨, 인문주의적 상상력을 강조하면서도, 때로는 시적 자아가 치열하지 못하다고, 때로는 지나친 현실 감각에 함몰되어 있다고, 때로는 초월성이 결여되어 있다고 작품에 대하여 준열한 비판을 삼가지 않는 것은 바로 그 자신이 지니고 있는 내적인 동력학의 치열함 때문이다. 그가 그토록 자주 언급하고 좋아하는 말인 시적 자아는 바로 그 동력학의 다른 이름이며, 그와 더불어 강조되는 인문주의적 상상력이나 꿈은 보편성이라는 이름하에 그를 초월로 유도해간다. 그 초월에의 꿈은 더없이 귀중한 것이다. 인간의 한계 내에서의 오만함은, "우리가 죽음을 넘어설 수 없는 것처럼"(『문예중앙』, 1984년 가을호) 기껏해야 침묵으로 이르는 길밖에 마련해주지 못할지도 모르기 때문이며, 그 초월에의 꿈이 강력한 동력학과 함께 주장되는 한, 그것이 땅을 무시한 공허한 주장이 아니라, 땅만 보고 걷는 데에 대한 중대한 경고가 될 수 있기 때문이다. 그리고 초월성을, 인문학적 상상력을 주장하는 그의 존재는 우리 문학계에서 상당히 귀중한 존재임에 틀림이 없다.

　그러나 그와 함께 몇 가지 아쉬운 점을 끝으로 지적하지 않을 수 없다. 그의 글들을 읽으면서 끝까지 아쉬웠던 것은, '인간의 총체적 이해' '보편적 이해'를 가능케 할 수 있는 '인문학적 상상력'이 하나의 주장으로 되풀이되었거나 또 하나의 작품 가치 판단의 기준이 되었을 뿐, '인문학적 상상력' '인문학적 사고'가 어떻게 하여 인간의 총체적 이해를 가능케 하는지(이성적·공작적·상징적·초월적 등등 인간에 붙여진 무수한 형용사들이 제 나름의 빛을 발하는 것을 보아도 그 문제가 쉬운 주장만으로 설득력을 갖기가 어렵다는 것은 자명하다. 그리고 인간의 동물성·원시성을 죄악시하는 발언을 그의 글에서 몇 번 볼 수 있는바, 인간의 동물성은 비인간적인가, 그것은 인문학적 상상력의 대상에서 제외되는가 하는 질문도 던질 수 있다), 또한 그 총체적 인간의 모습은 어떠한 것인지에 대한 자세한 천착은 거의 없이, 너무 쉽게 초월로 가버린 듯이 보였다는 점이다. 그리고 그의 인문학적 상상력이, 그가 확립한 믿음을 따라 작품에 드러난 상상력 및 이미지와의 풍요로운 만남을 통해, 그것이 줄 수 있는 커다란 행복감을 실제로 보여준 경우가 많이 눈에 띄지 않았다는 점이 아쉬움으로 남는다. 그 아쉬움이 커지면, 그가 주장하는 인문학적 상상력은 그의 이야기대로 그야말로 총체적인 인간 이해를 부추긴다기보다는 인간의 선한 의지만을 부추기고 보여주자는 것만은 아닌가, 그것이 이원론적인 사고의 경직화와 합쳐질 때 때로는 옹고집식의 주장으로 변모하지나 않을까 하는 우려까지 낳는다. 인간은 초월을 꿈꿈으로써만 인간 소외로부터 진정으로 벗어날 수 있고, 위대한 문학의, 감동을 주는 문학의 탄생이 가능하다는 얘기에는 동감할 수 있지만, 그 논리가 극대화되면 위대한 정신이 곧 위대한 문학 작품의 창작과 연결된다는 결코 용납하기 어려운 범박한 등식을 아무런 반성 없이 받아들이는 결과를 낳을 수도 있다. 문학은, 그 문학이 지닌 초월성으로 감동을 줄 수도 있지만, 감히 초월조차 꿈꾸지 못하는 처절한 몸부림으로도 감동을 줄 수가 있다. 내가 보기에 문학은 그의 이원적 사고 내에서 타기해야 할 대상으로 설정되어 있는 것도 포섭하여 감싼다. 그가 초월성의 이름하에 그 반대항으로 설정한 신비주의라는 것도 초월성의 이름하에서(유일신적인 기독교적 초월성의 이름하에서)는 매도될 수 있는 것인지는 몰라도, 보다 폭넓은 인문학적 상상력 속에서는 인간이라는 이름하에 하나의 꿈꾸는 능력으로 포섭되어야 하는 것이 아닐까? 자연의 일부로서의 인간 인식이 인간의 피조물로서의 자각을 낳을 수도 있지만, 그래서 창조주에 의한 구원을 염원하는 경건심을 불러일으킬 수도 있지만, 애당초 그 창조가 잘못되었을 수도 있다는, 지극히 불온한 정신까지도 문학만은 용납한다. 감히 말한다면, 그 불온한 정신은 반드시 현실에 집착하는 세속화 논리의 지배하에만 있는 것은 아니고, 다른 식의 초월을 꿈꾸는 모습으로 볼 수도 있다. 내가 보기엔 신비주의나 샤머니즘은 그것이 세상의 이치를 신비한 것으로 은폐시킨다는 식으로, 철저히 합리주의적인 입장에 의해 비판을 받을 수 있을지는 몰라도, 그것이 도착된 꿈, 거짓된 꿈, 세속화된 꿈이라는 이유로, 문학 속에서 초월의 이름하에 매도될 수는 없다. 샤머니즘도 하나의 신화요 꿈일진대, 문학이, 어느 것이 우월하다는 식의 등급매기기와는 거리가 멀다고 보기 때문이다.

그러나 그런 식의 아쉬움이나 우문들은 결코 김주연 자신에 대한 비난의 의도로 씌어지는 것은 아니다. 오히려 그의 평론들을 찬찬히 읽어볼 기회가 있었다는 것은 내게 있어 커다란 행운으로 남는다. 그의 글들은 우리의 삶 속에서, 문학 속에서 진짜로 소외되어 있는 부분일지도 모를 '초월성' '꿈'에 대하여 진지하게 성찰해보는 것이, 그리하여 '인문주의적 상상력'을 부추기는 것이, 역사로부터, 구체적 삶으로부터 유리된 공허한 자기 도피의 작업이 아니라, 기실은 진정한 세계 변혁의 꿈과 연결될 수도 있을 것이라는 희망을 품게 한다. 단지 아직 나에게는 그 초월의 모습이, 선의 모습이, 그 초월을 꿈꾸는 모습이, 신이 그려 보여주는 행복한 손짓을 향한 경건한 마음속에서 확실하게 보이질 못하고, 삶 자체를 싸잡아 고통스럽게 질문하는 고통의 모습으로밖에는 보이지 않는다는 점이 그런 우문들을 낳게 했는지도 모른다. 〔『문학의 시대』, 1985년 제3호〕

논쟁적 사랑: 방법적 이원론의 세계*
──김주연론

정과리

> 그때 나는 혼자였었다. (6: 106)

> 19년 전 그날은 어디서 그런 힘이 솟았었는지 스스로
> 알 길이 없습니다. 혁명을 좋아하지 않으면서도 때로 솟
> 아나는 자신도 모를 힘, 바로 이것이 형과 나를 맺어주
> 고 있는 가장 튼튼한 끈이 아니겠습니까. 형과 나뿐 아
> 니라 우리 친구들을 맺어주고, 우리 시대의 절망하지 않
> 는 모든 이웃들을 맺어주는 끈일 것입니다. (6: 388)

1

우리가 그들을 통상 1970년대 비평가라고 부를 때, 그 호칭의 둘레
에는 그들이 1970년대 한국 문학을 이끌었다는 사실만이 놓여져 있
는 것이 아니다. 그 호칭은 실증사적 울타리일 뿐만 아니라, 철학의
창문이기도 하며, 추억의 그늘, 욕망의 상자이기도 하다. 그 어사를

통해서 우리는 한국 문학의 주체성의 발원지를 찾으며, 그 어휘의 그늘 아래에서 우리는 정규 교과목의 문학과 결별하고 새로운 문학의 대지에 입문했던 우리의 옛 모습을 발견하기도 하고, 그러나 동시에 그 어사 속으로 우리의 과거와 그들을 함께 밀어넣고 남은 자리를 차지하려 애쓰는 우리의 욕망을 본다. 1970년대라는 호칭은 화려하고 아늑하며 불꽃피운다. 그러나 그들에게 그것은 그렇게 적절한 용어가 아니다. 그들이 지금까지 보여주고 있는 왕성한 활동은 1970년대라는 관형사 속에 우리의 추억과 그들을 함께 가두려는 우리의 욕망을 무색케 한다. 아니, 보다 중요한 것은 그 반대편에 있다. 1970년대라는 열매의 씨앗은 4·19에 있었고, 그들 비평의 동력은 바로 4·19로부터 솟아나온다. 그들은 한국사의 새로운 장을 연 그 학생 혁명 때의 학생이었고, 그때의 의지와 열정으로 한국 문학을 쇄신한 세대였다.

'4·19'는 시간적 개념이라기보다 공간적 개념이다. 그것은 독재 권력을 무너뜨렸을 뿐만 아니라, 세계 인식의 패러다임, 문화 패러다임의 전면적인 교체를 가져왔다. 그 점에서 그것은 현상적 사실이 아니라 집단적 삶, 집단 무의식이며, 차라리 하나의 세계 그 자체이다. 그

---

* 인용문 뒤 괄호 안의 숫자는 각각 다음의 참고 문헌과 그 면수를 나타낸다.

1. 김병익, 김주연, 김치수, 김현 공저, 『현대 한국 문학의 이론』, 민음사, 1982.
2. 김주연, 『문학 비평론』, 열화당, 1986.
3. ———, 『변동 사회와 작가』, 문학과지성사, 1979.
4. ———, 『새로운 꿈을 위하여』, 지식산업사, 1983.
5. ———, 『문학을 넘어서』, 문학과지성사, 1987.
6. ———, 『문학과 정신의 힘』, 문학과지성사, 1990.
7. 김주연 엮음, 『대중 문학과 민중 문학』, 민음사, 1979.
8. 홍정선, 『역사적 삶과 비평』, 문학과지성사, 1986.
9. 김병익, 『부드러움의 힘』, 청하, 1988.
10. 진형준, 「시적 자아에서 초월까지」, 『문학의 시대』, 1986년 제3호.
11. 권오룡, 「문학과 초월」, 『세계의 문학』, 1987년 가을호.
12. 성민엽, 『문학의 빈곤』, 문학과지성사, 1988.

세계는 아직도 그 관여성을 잃지 않았으며, 끊임없이 변모하고 갱신되고 있다. 4·19는 체적을 가진 꿈틀거리는 생명이다. 우리가 4·19 세대라는 이름으로 그들의 비평 세계를 추적한다면, 그것은 '70년대'라는 관형사와는 달리, 그들의 기원에 그들을 못박지 않고 그들의 생동하는 구조를 주물하기 위해서이다.

　4·19 세대의 비평가들이 한국 문학에 가져온 성과는 '주체성'이라는 말로 요약될 수 있다. 그들은 그것을 당시 한국 문학에 미만해 있던 두 개의 미망에 맞서 싸움으로써 세워나간다. 그 하나의 미망은 인습·습속·취락 등의 어휘로 표현되는 샤머니즘이며, 그 다른 하나는 서구 추수이다. 4·19 세대의 비평가들은 우리의 즉자성에 침몰하는 전자의 태도와 외래의 신기성에 열광하는 후자의 태도에 똑같이 지극한 자기 모멸감이 숨어 있음을 발견하고, "철학적 뿌리 없이 방랑하는 한국인의 삶"(2: 150)에 삶의 철학을 뿌리내려야 할 요구에 사로잡힌다. 그 철학은 어디서 솟아나는가? 그들은 자신에 대한 자각이야말로 그것의 시초라고 말한다. 4·19 세대의 비평가들이 새로운 문학의 핵자로 발견한 최초의 것이 "자기 세계"였다. 그것은 그러나, 자기애가 아니다. 그것은 "철저한 시대 인식"(2: 221) 혹은 상황 인식 속에서 태어나는 자기 인식, 다시 말해 세계 내적 존재로서의 자기의 확립을 뜻한다. 또는 거꾸로 "자기 속에 외계"를 심는 것, "밖에 팽개쳐져 있는 자연을 단지 그대로의 외연으로서 받아들이지 않고 내포를 확대시켜, 인간의 의식과 내접시"(1: 273)키는 것을 말한다. 그들이 1960년대 문학에 대해 이름을 붙이고 적극적으로 옹호한 "내면화," 혹은 "개인화"의 의의가 바로 거기에 있었다. 그것은 한국 근현대사의 비극적 현실을 "우리 자신의 삶"으로 "선택하여 도전한다는 근대적 의지"의 획득(김병익)을 의미했다. 그것을 통해 그들은 "허위의 타파를 외치다가 자기에 대한 정당한 인식을 못 하고 마침내 허세의 포즈로 떨어져버린 1950년대의 문학"(2: 271)을 비판할 수 있었고, 한국인의 심성을 물들이고 있던 수난 의식을 상황과의 대결 의지

로 바꾸어놓을 수 있었다.

　그러나 두루 알다시피 4·19는 승리와 좌절이 한몸인 사건이었다. 군부 쿠데타가 그것을 헛간에 처박았다. 그 좌절의 표면적인 원인은 일부 정치 군인들의 야욕이었지만, 그러나 그것에 힘과 명분을 대준 것이 또한 4·19였다는 점에서 심층의 원인은 4·19 자체 내에도 있었다. 4·19가 내건 자유와 민주의 깃발을 펄럭인 이념은 생활에서가 아니라 학습으로 이루어진 것이었다. 그것이 꿈꾼 개인주의, 인간주의는 서구 부르주아의 그것들과 동형이었다. 주체성의 내용은 우리였지만, 그것의 형식은 타인이었다. 자기 도취에 빠진 4·19가 한 발만 잘못 디디면 바로 음탕한 5·16이었다. 그것은 그것의 이복 형제였다. 4·19의 순수 열정은 그것의 산술과 무력에 의해 지하로 유배되었다. 4·19 세대는 이념의 현전과 부재의 동시성 앞에 선 자의 현기증에 굳어버린다. 그들은 '이상과 현실'의 엄청난 격차에 절망하고 스스로 지하로 잠적한다. 그러나 지하야말로 드넓은 장소였고, 생활과 문화의 산 공간이었다. 그들은 그곳에서도 '관념과 풍속'의 갈등을 목격하지만 그것들은 이상/현실의 불가양립성이 해소된, 교류될 수 있는 대립 항목들로 제시된다. 4·19 세대의 현실 의지는 비로소 거기서 뿌리를 내리고 성장할 수 있었다. 그들은 이념을 선험 존재로부터 추구될 전망으로, 방법을 습득될 규준이 아니라 모색될 양식으로 바꾸었으며, 주체성은 사실이 아니라 정신이었다. 그들은 거기에서 문화를 일구어 물리적 현실에 맞설 또 하나의 세상을 만들어낸다. 『68문학』의 선언은 그 사정을 명료하게 요약한다.

　4·19의 거센 흥분이 지나가고 난 뒤, 우리는 이렇게 하여 역사의 의미와 만났다. 자유의 의미와도 만났다. 무엇을 어떻게 할 것인가. 비록 우리들이 갖고 있는 지식은 빈궁하고, 우리들이 쓰고 있는 언어는 조야하지만, 바로 그렇기 때문에 우리는 지식과 언어에 대한 무한한 사랑을 지니고 있다. 이 사랑은 역사의 의미, 자유의 의미를 탐구하고 현

실의 괴로움을 극복할 수 있는 가장 큰 힘임을 우리는 자부한다. (8에
서 재인용)

그리하여 한국 문학의 새로운 밑자리가 다듬어진다. 한국 문학의
개별성을 정립하고자 한 그들의 노력은 한국의 '자아 인식'의 발단을
영정조까지 소급함으로써 오래 단절되었던 전통과의 연속성을 회복
하였으며, 한국 문학의 성립과 민족어의 수립을 동궤에 놓음으로써
문학의 지반을 확보하였고, 작가의 상상 세계와 현실의 대결에 착목
함으로써 권력과 생활, 언어와 현실, 문학과 사회 사이에 교통로를
개설하였다. 4·19 세대의 문학인들은 말의 바른 의미에서의 근대적
민족주의를 실천하였다.

2

김주연의 비평도 4·19 정신 속에서 성장하고 변모해왔다. 개성·인
문주의·시민화·시적 자아·총체성 등 그가 자주 사용했고 사용하는
용어들은 4·19 세대의 공유 어휘권 내에 있다. 하지만, 4·19 내에 무수
한 4·19가 있듯이 김주연의 비평도 독특한 양상을 가지고 있다. 그리
고 그 독자성은 그와 많은 공통 분모를 가지고 있는 『문학과지성』 동
인들 사이에서도 나타난다.
김주연의 비평은 선명하다. 그의 글은 그의 칼이다. 그는 호불호를
분명하게 밝히며, 그가 의심하는 어휘·개념 들과 그가 의심하지 않
는 어휘·개념 들 사이에는 뚜렷한 경계가 있다. 그가 의심하지 않는
어휘·개념 들이 바로 4·19 세대가 주창한 어휘·개념 들에 다름 아
니라면 그는 누구보다도 4·19의 의의를 신뢰하고 있다. 그는 그것들
을 단호하게 주장하고 그것들에 의해 예리하게 재단한다. 몇 개의 예
를 보자.

98

i) 말하자면 작가의 세계가 이미 지니고 있는 질서에 어느 정도 자기를 굴절시키고 들어가 그 작가의 특징을 부각시키는 것 대신에 그의 완강한 비평 기준에 의해서 작품을 재단하는 것이다. 이 경우 독자 쪽에서는 작가의 개성보다 비평가의 개성을 더욱 직접적으로 만나게 된다. 참된 비평은 어쩌면 이런 비평 행위 속에서 가능할지 모른다. (3: 356)

ii) 시인이 자기 스스로 선택한 컨텍스트 안에서 자신이 선택한 시어들의 집합에 의해 고유한 이미지를 발견해내지 못할 때 그것이 일반 사회 현실과도 지시적 관련을 못 맺고 있다면, 대체 그것은 어떻게 설명되어야 할 것인가. 〔……〕 그것이 그런 대로 허무한 삶의 분위기를 빚어내는 데에 성공하고 있으면서도 결정적인 감흥을 일으키지 못하는 것은 이와 같은 이화감 때문일 것이다. (3: 162)

iii) 요컨대 구문에 맞지 않거나 서로 조합이 안 되는 품사들을 억지로 꿰맞춘 표현들이 적잖은데, 이러한 현상은 한마디로 말해서 시인 의식의 내부에서 조성된 감성과 외계의 풍경, 혹은 사물과의 관계에 등가적 인식이 이루어지지 못한 결과라고 할 수 있다. (3: 179)

iv) 이제 문학 정신의 비극을 말하려면 관념과 풍속의 괴리를 말할 것이 아니라 이상주의와 현실주의의 공존을 말해야 할 것이다. (2: 44)

위 예문들은 김주연의 비평적 특징을 날카롭게 부각시킬 뿐 아니라, 동시대의 다른 비평가들과 그 사이의 미묘한 차이를 읽게 해준다. i)은 김병익의 비평관을 "비평가의 칼을 먼저 빼들고 작품에 접근하는 방법과 작가의 질서에 먼저 순응하고 들어가는 방법"(3: 357)의 둘로 요약하면서 한 발언인데, 그는 김병익의 본령이 후자에 있으며 그것이 "특유의 따뜻한 사랑"에 근거한 김병익 비평의 "소중한 축"임을 인정하면서도, 그것에 쉽게 동의를 보내지 않는다. 그가 보기에 "비평가의 가치 기준을 선행시키지 않고 보다 작품 내의 질서에 동화될 경우 자칫 그는 '모든 이야기를 할 수 있다'는 함정에 빠질 위험이 있"기 때문이며, 심할 경우엔 '비평의 정도'를 벗어날 수 있기 때문이다. 그에 비해 전자의 방법은 "약간의 아전인수가 있다고 하더라도 [……] 용인되고 권장되어야 할 부분"(3: 356)이라고 그는 말한다. i)과 ii)는 바로 비평가의 개성의 칼이 작품을 베어 보여준 단면의 보기이다. ii)에서 그는 현실과의 지시적 관련이 있는가 없는가를 따진다. 그것은 상상과 현실의 두 축을 동시에 포착하고자 하는 비평가의 총체론적 성향을 선명하게 드러내면서, 또한 그 둘 사이에 '직선의 통로'를 뚫으려 하는 비평가의 의지를 보여준다. 그는 에움길과 늪과 절벽을 인정하지 않는다. 그에게 그것들의 상당수는 "온갖 괴팍한 형식 · 논리"(4: 33)이거나, 초점을 흐리는 행위이다. 튼튼한 교량을 그는 요구한다: "무엇을 기준으로 해서 그의 비킴이 이루어지는가? 어떤 윤리적 덕목? 정치적 이념? 아니면 생활상의 단순한 관행? 그것이 애매하기 때문에 풍부한 감수성과 유려한 문체에도 불구하고 자칫 그의 소설은 초점이 흐려지는 흠을 이따끔 보여준다. 현실을 보다 철저히 바라볼 때 그가 유년기 의식에서 건져야 할 아름다움의 정체도 보다 확연해질 것이다"(5: 168). iii)은 4·19 세대의 언어 의식의 극단에 그가 자리하고 있음을 보여준다. 그의 실제 비평의 대부분은 문법의 적확성을 따지는 일에서 출발한다. 그에게 문법은 "반드시 맞춤법만을 의미하지는 않는다. 문법은 논리의 세계를 말하는 것이다. 무엇이 긍정이고 무엇이 부정이며 무엇이 종합인지에 관한 규칙이다. 무엇이 범주이며 무엇이 차원인지에 관한 질서가 문법이다"(6: 407). 그는 그 문법이 바로 지켜졌을 때 기교도 비유도 수사도 의미를 획득한다고 말한다. 아니 더 나아가, 기교와 수사 자체가 "우리 현실의 개명과 언어의 미화"(3: 184)에 기여해야 한다고 그는 주장한다.

그 점에서 그는, 그 자신은 그 용어를 별로 좋아하지 않으나, 4·19 정신의 한 축인 '계몽적 합리성'에 아주 가까이 있다. 모든 것이 피폐하고 모든 것이 수난이며 상실인 세계, 저 미정형의 슬픔의 덩어리에게 그보다 더한 약이 어디 있겠는가. 그것이 4·19의 원형이었다. iv)는 그가 그 원형의 4·19에 밀착해 있음을 단적으로 보여준다. 무력에 의해 좌절한 4·19 세대가 관념과 풍속의 자리로 내려앉았을 때 그는 거꾸로 거슬러 올라가 현실과 이상의 경계를 짓고 그 대결을 희망했다. 「병신과 머저리」에 대해서도 그는 이렇게 말한다: "형과 동생과의 대립은 여기서 관념과 경험의 대립이라는 관계를 인습과 개성의 대립이라는 차원으로 바꾸어놓는다"(1: 283). 또한 우리는 '괴리'와 '공존'의 용어에 대해서도 주목해야 할 것이다. 다른 비평가들에게 교류될 가능성으로 비쳤던 것이 그에게는 괴리로 받아들여졌고, 다른 이들에게 양립 불능으로 이해되었던 것들에서 그는 오히려 공존과 대결의 긴장을 이끌어내려 한다.

그외에도 보기는 많다. 그가 "역사를 창조하는 개인"에 초점을 두어 '작가 단위'의 문학사를 권유했을 때(2: 236)나, "순수 투혼의 세계와 무력 내지 물신적 타성의 세계 사이"(4: 30)의 싸움을 북돋웠을 때, 혹은 "문화는 그 자체로서 하나의 저항"(5: 38)임을 그가 힘주어 말했을 때, 그는 이상의 현전을 누구보다도 신뢰하고 그것의 현실화를 꿈꾸었던 것이다. 하지만 이 모든 양상들을 아우르며, 김주연 비평의 단일성을 첨예하게 빚는 것이 있으니, 그것은 개인의 확실성이란 의미로서의, '시적 자아'의 개념이다. 그를 평한 모든 비평가들이 이구동성으로 지적하여 이제는 인용조차 번거로운 일이 된 그의 '시적 자아'는 그의 비평을 꿰고 있는 염주의 실이라고 해도 과언이 아니다. 그 대표적인 정의를 보자.

시적 자아란 괴테가 그의 자연시에서 골몰한 이래 아직까지 시의 힘을 버텨주는 근본 원리로 통용되는 것으로서, 외계에 대한 인식이 완

성되는 순간에 획득되는 자신의 주체적 각성을 의미한다. (3: 236)

시적 자아의 자아는 개인의 주관성 그 자체가 아니다. 그것은 외계와의 통일이 극적으로 달성된 곳에서 획득된다. "지나친 감정 집중으로 주관이 방일한 정도로 넘"칠 때는 오히려 "서정적 자아의 상실이라는 문제를 야기"(3: 261)시킨다. 그러나 그 외계와 자아가 통일되는 자리는 바로 자아의 내부이다. 그것은 "내부에서 스스로 발생하는 자발적인"(4: 62) 것이며, "시라는 언어의 옷을 입고 있는 자연이 그 나름의 율동을 보이는 가운데 그 맞은편에 있는 인간에게, 아니 그 인간의 속에서 번득이는 자연의 본질을 끌어내는 것이다. [⋯⋯] 시적 자아란 이때에 생겨나는 인간의 모습, 즉 시인의 모습이다. 시적 자아를 말할 때, '발상' 혹은 '획득'이라는 말을 쓰는 것은 이러한 과정과 연관된다"(3: 193). "문학에서 중요한 것은 언제나 '우리'이며 '나'이다. 이 주체적 입장을 상실할 때, 문학의 감동의 체계는 분산된다"(3: 233)는 것이다. 시적 자아는 시인에게만 있는 것인가? 그것이 비평가와 시의 문제라면, 시적 자아는 비평가의 개성과 동의어이다. 그의 문체론은 문체의 형태학도, 문체 사회학도 아니며, "문체란 작가 자신이다"라는 말의 의미로서의 개인 문체학이다. "문체만큼은 철저히 작가 개인의 것"(4: 65)인 것이다.

주체와 대상, 외계와 내부의 대립은 주체, 자아 속으로 수렴됨으로써 통일된다. 그 자아야말로 4·19적 인간형에 다름 아니다. 무엇이 그를 그 순수 이상에 접근시키는 것일까? 그의 동료 비평가들이 4·19적 정신에 대한 믿음을 4·19적 정신에 대한 끝없는 질문으로 바꾸고, 정신과 현실의 화해와 종합을 꿈꾸면서, 혹은 공감과 동화의 비평으로, 혹은 목적론의 배제와 분석 정신으로 나갈 때, 『68문학』을 함께 출범시켰던 소설가가 부랑의 길을 택했을 때, 무엇이 김주연의 자아로 하여금 완강하게 본래의 자리에 머물게 하는 것일까. 그러나 그럼에도 불구하고 그에게서 4·19에 대한 언급이 좀처럼 나타나지 않는

것은 또 왜인가. 오히려 "한국사에는 수많은 반역·반란이 기록되고
있다. 멀리는 만적의 난으로부터 동학 운동, 3·1 운동 ……에 이르기
까지 당시의 체제, 정부 권력에 대한 갖가지의 민중 봉기를 본다. 그
러나 대부분의 난이 난에 끝나고 항거에 끝난다"(2: 221)와 같은 진
술에서 볼 수 있듯이, 그에게 한국의 역사에서 뜻있는 저항은 없었
다. 무슨 까닭인가? 왜 그는 말없음표 안에 그 자신의 사건을 생략하
는 것인가? 나는 한동안 그것을 이해하지 못해 꽤 안달했다. 그러다
문득 나는 한 가지 표지를 찾아냈다.

　　김원일의 『마당깊은 집』을 읽으면서 나는 어느덧 30년이 훨씬 넘는
시간 저쪽을 헤매고 있는 나를 찾아내었다. 그 시절, 그러니까 유월 이
십오일 이후의 뜨겁고 지루했던 여름과 배고픔·무서움·어두움으로
점철된 그해 가을·겨울, 그리고 또 그 다음해 봄·여름…… 몇 해가
더 계속되었는지 불분명한 세월을 나는 앓고 지냈던 것이다. 가족과
헤어졌고, 엄청난 폭격을 피해 기었으며, 등가방 위에 작은 이불 보따
리를 메고 정처 없는 산길을 걸었고, 낯선 곳에 쓰러져 잠을 잤고, 때
로는 허기에 지쳐 밥통을 들고 구걸까지 나서야 했던 시간들, 달리는
기차의 짐칸에 대롱대롱 매어달리던 일, 충청도 옥천에선가 사흘을 굶
고 외나무다리를 건너다 강물에 빠진 채 실신했다가 백사장에서 깨어
났을 때 바라본 파란 하늘과 밝은 햇빛의 기억이 지금도 서럽게 다가
온다. 그때 나는 혼자였었다. 열 살에서 열한 살, 열두 살 즈음의 기억
들이다. 그 가운데에는 부산 피난 시절의 것들이 꽤 많다. 신문 열 부
를 옆구리에 끼고 '신문—' 소리를 내지 못해 하염없이 낯선 도시를
쏘다니기만 했던 일과 '신문—'을 부르는 소리를 쫓아 뛰다가 밤 개
천 아래로 추락한 일, 신문팔이 때문에 학교조차 결석하고 있는 사실
이 알려져 급우들이 동정 사업에 나섰던 일마저 손에 닿을 듯한 가까
운 시간으로 나타난다. 1952년 여름엔가 엄청난 폭우로 영주동 산기슭
에 있던 종이집(판잣집도 못 되는, 군부대에서 나오는 두꺼운 종이 상

자로 만들어진 집이었다)이 떠내려가던 캄캄한 새벽과 양담배를 받으러 부대에 갔을 때 흑인 병사가 총을 들고 위협하던 순간은 지금도 나를 열 살의 어린 가슴으로 되돌려놓고 한없이 떨리게 한다. 〔……〕 한때 나는 내가 겪은 아픔과 고통이 유독 다른 사람의 것보다 특이하고 대단한 것이 아니었을까 생각한 적이 있었다. 어린 마음이었을 것이다. 그 마음속에는 내가 죽을 고비를 여러 번 넘겼다는 신기함과 나의 비극이 우리 민족의 그것을 대변하는 어떤 상징 구조를 갖고 있다는, 어린 마음으로서는 다소 암팡진 구석이 숨어 있었다(실제로 나는 부산 남일초등학교 6학년 시절, 『피난민의 설움』이라는 제목의 내 경험담을 프린트로 된 책으로 내놓은 적이 있다). 그런 날카로운 생각의 각이 깎이기 시작하게 된 것은 언제부터인지 확실치 않다. (6: 106~07)

그가 지긋한 중년에 접어들어서 비로소 털어놓고 있는 삼십 몇 년 전의 체험은 그에게 4·19 이전에 그보다 더한 사건이 있었음을 알려준다. 6·25는 한민족의 보편적 수난이기 이전에 그 개인사의 '무시무시한' 고난으로 닥쳤다. 그때 그는 혼자였었다! 현실은, 아니 역사는 그에게 암흑 그 자체였던 것이다. 그것은 한순간 지나가는 회오리가 아니었다. 그것은 "몇 해가 더 계속되었는지 불분명"할 만큼 꽤 오랜 지속성을, 역사를 가진 것이었다. 그 암흑의 세월 속에서 그를 살아내게 한 것은 무엇이었을까. 나는 그것까지는 모른다. 그러나 어쨌든 그는 살아남았다. '불분명한' 이나, 그리고 마지막 문장의 "언제부터인지 확실치 않다"는 진술은 그가 현재와 그때 사이에 단단한 빗장을 지르려 한다는 것을 거꾸로 드러낸다. 그는 그것을 시간 저편으로 던져버리려 한다. 그러나 그럼에도 거기에는 지속의 시간이 있었다. 그리고 그렇다면, 그는 그때를 망각 속에 묻는 것이 아니라, 현재의 저편에 실재화하고 그것과 치열한 대결을 벌이고 있는 것이다. 그 대결은 현재와 그때 사이에만 일어나는 것이 아니다. 싸움은 그때 이미 있었다. 그는 고난의 세월에 맞서 한 권의 책을 내놓았었다. 그때 그는 그의 수난을 민족사의 비극으로 확대시키고 자신을 그 거대 비극을 치러낼 고행자로 변신시키고 있었다. 오늘의 그는 그랬던 자신의 과거를 "어린 마음이었을 것"이라고 겸연쩍어 하지만, 그러나 동시에, 그때의 그가 "어린 마음으로서는 다소 암팡진 구석이 숨어 있었"음을 숨기지 않는다. 암팡진 어린이는 절망을 방치하지 않고 자기 내부로 빨아들여 대상화하고 있었다. 그리고 그것을 양분으로 자기의 세계를 만들어내었다. "대상화된 절망은 더 이상 절망하지 않는다. 그것은 이미 극복되고 있는 절망이다"(4: 22). 어떻게 그가 그 어린 나이에 극복의 기술을 터득했는지 나는 여전히 알 수가 없다. 다만 확실한 것은 그는 그 스스로 절망을 살아냈으며, 그에게 외계는 자신이 몸담을 현실이면서 동시에 싸워 넘어설 대상이었다는 것이며, 그 외계로 향한 문은 바로 그 자신, 그의 자아였다는 것이다. 그것은 한계 상황에 직면한 자의 마지막 버팀목이었고, 한계 상황을 돌파할 최전선의 무기였다.

이제야 나는 그가 작품들에서 '슬픔'이라는 어휘를 그토록 발견해냈는지를 이해할 것 같다. 그가 그러면서도 슬픔으로의 매몰을 그토록 질타한 이유도 알 것 같다. 그가 4·19 정신의 원형을 고수하면서도 4·19의 승리와 좌절에 대해 무심했던 이유도 알 수 있을 것 같다. 이미 극단의 절망을 치르고 나온 사람에게 그것은 현실의 광포한 모습의 한 가지일 뿐이었던 것이며, 그저 살아낼 일만이 남아 있을 뿐이었던 것이다. 그리고 무엇보다도, 그의 '자아'의 비밀을 알 것 같다. 그의 자아·개인은 학습만으로 이루어진 자아가 아니었다. 서구 민주주의의 학습이 이름을 부여해주긴 했지만, 그 실체는 체험으로부터 형성되었다. 그것은 그의 교육, 그의 체험, 그의 행동이 복합적으로 얽혀 이룬 다원적 결정체였다. 아니 그렇게만 말해서는 안 된다. 그것들이 서로 제어하고 북돋우며, 외계와의 총체적 통일로서의 자아를 이루었다는 것까지 말해야 한다. 그가 끊임없이 참조하는 서구 인문주의의 고장은 독일이었고, 그것의 시기는 18, 19세기의 낭만주의 시대였다. 그가 독문학자라는 단순한 이유 때문이었을까? 아니다. 그는 거기서, 파탄 혹은 피페이고 좌절일 뿐인 '정치 정세'를 "이상주의적 정신 운동"(2: 314)을 통해서 시민화를 촉진하려 했던 독일 문화인들의 모범적 노력을 보았던 것이고 그것은 비평가가 발 디딘 한국적 정황과 김주연의 자아 속에서 행복하게 상응했던 것이다. 그가 이문열의 『변경』에서 '어두운 열정'을 찾아냈던 것은 또한 무엇인가? 그것은 "좌우 이데올로기가 이들 일가에 억압적으로 작용하면서 이들 가족 한사람 한사람에게 만들어준 '역설적인 에네르기'"로서 그들을 "때로 강한 원망의 힘으로, 어쩔 수 없는 연민의 힘으로, 그리고 때로는 거부의 힘으로 살아가"(6: 130)게 한 것이었는데, "정신적 성찰과 세계관적 전망을 결여했을 때"(6: 131) 그것은 범죄, 모략, 방탕 등 욕망의 부정적 발산으로 추락한다. 명훈이 어두운 열정으로부터 탈출할 가능성을 갖게 되는 것은 대학의 유식한 선후배와 만나면서이며, '철이'를 통해서 보여진 "어두운 열정의 승화 내지 양식화"는 "문학"(6: 133~34)이라는 이름을 가지고 있다. 살아내기의 체험은 인문주의적 정신에 의해 조절되어 어두움으로부터 밝은 사랑으로 변모한다. 한편, "계몽적 합리성을 거부함으로써 보다 자유스러운 정신에 도달한다는 낭만적 아이러니 이외에 우리의 그것(아이러니)은 이 시대 현실의 한 핵심을 찌르는 무기일 수도 있다는 시대성이 첨가(된다). 쉽게 말해서 18세기의 농촌 사회 현실과 지금의 그것은 현저하게 다르기 때문이다"(3: 184~85)라고 발언할 때를 보라. 서구 자유—자아의 정신은 우리 현실의 요구, 당위에 의해 재구성된다. 체험은 학습에 의해 승화하고 학습은 현실 인식에 의해 재구성되며, 현실 인식이 준 당위는 체험 속으로 빨려들어가 살아 있는 정신이 된다. 그 이질적인 요소들의 다원적 결정체, 그것이 김주연의 자아였다.

3

　현실을 빨아들여 그것과 대결을 벌이는 자아, 그것 속에는 두 개의 극단이 뒤엉켜 몸부림친다. 그 몸부림이 '반성'을 조성하고 '초월'을 꿈꾸게 하는 것은 당연한 일이다. 왜냐하면 자아는 자기 속에 자기 아닌 것을 함께 공존시켜야만 하기 때문이며, 자아 속에 갇힌 현실은 그럼에도 압도적인 힘을 발휘하여 자아까지 물들이기 때문이다. 대결의 의지가 강하면 강할수록 그것은 더욱 그렇다. 자아는 그가 배척하는 모든 것들을 침묵의 동굴에 가두지 못하기 때문이다. 그는 그것들을 끊임없이 끄집어내어, 그것의 비뚤어진 얼굴, 흉한 냄새, 웅크린 몸을 가리키며, 질타한다. 그럼으로써 그는 밀어내고 싶어 하는 것들을 거꾸로 글의 무대 전면에 등장시키고 그 실존의 육체를 되살려놓는다. 우리가 읽는 것은 윤리의 전횡이 아니고, 정신의 긴장이다. "시의 안팎은 눈물과 웃음, 참회와 전망, 낙관과 비관이 서로 존경하며 싸워가는 장바닥의 열기가 드리워지는 곳이다"(3: 218). 그 때, 현실에 대한 부정은 "자기 부정으로부터 이루어"(4: 168)지는 것이고, '문화'란 '반성'과 동의어(5: 47)이다. 이 자기 부정, 반성은 곧 사람살이 전반의 한계에 대한 성찰로 이어지고, 그리하여 초월로 나아간다. 그의 자아는 현실과 대결하면서, "낙관과 비관의 끝을 함께 바라보는 초월적인 가슴의 가능성"(3: 221)을 향해 솟아오른다. 그의 초월은 현실과의 대립 항목이기도 하며, 현실과 자아의 대결을 연료로 날아오르는 정신이기도 하다. 그가 "모든 것을 박탈당했음에도 불구하고 정신적으로 의연할 수 있었다는 의식"(6: 52)을 말할 때, 그 드높은 정신의 힘은 현실과 맞서는 힘이며, "유머를 통해서 획득된 작가의 객관성과 자신감은 세계를 당대적인 현실의 동의어로 수락하지 않겠다는 강건한 입장을 수립한다. 그의 서 있는 자리는 가난한 농촌의 땅 위이지만, 그는 결코 자신의 모든 것을 거기에 놓아두려고 하지 않는다. 그는 말하자면 몸은 그 자리에 두되 정신은 무변의 자유 속을 부유하고 있는 것이다. 이른바 초월하고 있는 것이다"(2: 113)라고 말할 때의 초월은 현실과 대결하는 정신의 초월이면서 동시에 유머와 핍박한 현실의 대립을 뚫고 솟아오르는 비상이어서, "지향과 반성의 긴장된 힘"(5: 100)으로서의 복합적 초월이며, "초월은 뜨겁다기보다 서늘하다. 그것은 모든 현실을 현상적으로만 파악하지 않고, 본질로서 파악하고자 하는 자의 가슴에서 우러나오는 분위기이다. 본질로 가는 자, 창조와 창조주를 기억하고자 하는 자 앞에서 인간적인 모든 현실은 [……] 똑같은 자격으로 투영되게 되며, 똑같은 자끼리 서로서로를 억압할 수 없는 엄숙한 진리를 만나게 된다"(5: 112)고 설파할 때의 서늘한 초월은 현실의 온갖 법석임을 두루 싸안아서, 저 드높은 곳을 향하여 끌어올리는 초월이다: "인간은 아주 높은, 혹은 아주 깊은 어떤 경험을 함으로써 거듭 태어날 수 있고, 세계를 새롭게 볼 수 있을 뿐이다. 그 아주 높고 깊음이 초월성이다"(5: 197).

그의 초월은 현실과의 대결을 통해 현실 저편으로 날아간다. 외부 현실을 내부에 빨아들였던 자아는 어느새 그것과 함께 머나먼 밖으로 퍼져나간다. 그 과정 속에는 끊임없는 압축과 점증적인 확산이 동시에 진행되고 있다. 도시하면 그림과 같다.

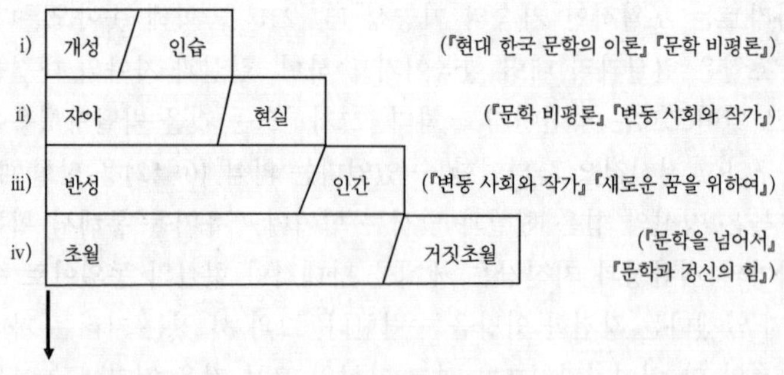

이 그림에는 하나의 수직선과 중층의 수평선이 있다. 그것이 의미하는 바는 다음과 같다. 개성/인습의 대립은 개성으로 수렴되어 자아로 건너뛴다. 자아는 그만큼 커지고, 그 대결 대상을 현실로 확대시킨다. 자아/현실의 대립은 다시 자아로 수렴되어 반성으로 건너가며, 그것은 싸워야 할 대상을 인간으로 확대시킨다. 다시, 반성/인간의 대립은 반성으로 수렴되어 초월로 도약한다. 그러면서 그는 생명 현상 일반(이른바 신비주의)과 대결을 벌인다. 왼편에 있는 것은 끊임없이 솟아오르고, 오른편에 있는 것은 끊임없이 확산된다. 그렇다면, 우리는 앞의 "밖으로 퍼져나간다"라는 진술을 수정해야 할 것이다. 그 과정은 '수평적 확대의 수직적 집약'이라고 이름 붙일 만하다. 그것의 초점은 상승에 있다. 그것은 세상을 날개로 날아가고자 한다. 하지만 날개는 단순히 도구일 수 없다. 그는 그것과 함께 날아야만, 날 수 있다. 그것은 그의 몸이다. 그리고 그렇다면, 그의 상승 의지가 높이 오르면 오를수록 그의 날개는 가없어진다. 무거워진다. 그는 신천옹의 고뇌를 가슴에 안는다. 이 그림을 통해서 우리는 한 가지 사실을 확인할 수 있고, 다른 한 가지 사실을 암시받을 수 있다. 그 하나는 그가 끊임없이 변모해왔다는 것이다.

그림의 오른쪽에 적어본 그의 평론집들의 제목은 그 변모를 도식적으로 적용해본 것이다(나는 『상황과 인간』을 읽지 못했다. 게으른 탓이다). 그것은 아주 도식적일 뿐이다. '초월'이라는 용어는 이미 『문학 비평론』에서 빈번히 출현하고 있으며, 『문학을 넘어서』 이후에도 '개성'과 '자아'는 김주연 비평의 핵심적 용어로 남아 있다. 그것들이 본래 하나이기 때문일 것이다. 그리고 변모는 순서적으로만 있는 것이 아니라, 공간적으로도 전개되기 때문일 것이다. 다만 오른편의 주석은 그의 각 시기별의 주도적 성향을 짐작하는 데에 도움이 될 수 있을 것이다. 그 주도적 성향은 대체로 현실주의/낭만주의의 대위법적 변주를 보여주면서 범주적 확산을 이룬다. i)은 개성의 시절이다. 그는 '자기 세계'의 기치를 들고 낡은 인습의 세계에 항거한다. 이때

의 그는 아주 현실주의적이다. ii)는 자기 세계가 깊이를 얻게 되는
시기이다. 그는 자신을 포함한 한국 비평에 “사료의 단편적 섭렵, 피
상적인 인상의 병렬”(2: 1)은 없었는가 반성하고 자신의 객관화에 주
력한다. 객관화? 그것은 자아의 세계에 대한 탐구에 다름 아니었다.
낭만주의에 대한 본격적인 참조가 이루어지는 것은 이때부터이다
(「리얼리즘의 폭넓은 이해」에서의 리얼리즘에 대한 비판적 이해, 「한국
문학은 이상주의인가」 「후진국의 문학」 등에서의 낭만주의의 탐구와 한
국적 적용). iii)은 ‘산업화’와 ‘범속성’의 시기이다. 그는 다시 현실
로 부상한다. 혹은 내려앉는다. 그는 산업화를 필연적인 과정으로 이
해하는 한편, 그것이 파생시키는 부조리, 특히 구조적 모순과 소외에
대해 묻는다. 황석영, 조선작, 최인호, 박완서 등이 비평 대상이 되고
옹호된다. 그 과정의 끝에 김광규 시 읽기를 통해 ‘범속한 트임’이라
는 개념을 획득한다. 범속성이란 “대상과 더불어 〔……〕 함께 있는
것” “말과 삶이 어울리는 단순성”(4: 210)을 말한다. 그것은 “더불어
작용하는 힘”(3: 365)이다. 이때에 i)의 치열한 대결 의식은 ‘사랑’이
라는 동반자를 얻는다. 현실은 폭넓게 긍정되고, 대신 ii)에서 ‘인습’
이라고 불렸던 것은 ‘신성성’이라는 이름하에 비판적으로 검토된다.
더불어 낭만주의에 대한 비판적 이해가 조심스럽게 시도되며(3: 25),
그에 대한 선호는 아도르노의 문학 사회학에 대한 선호로 대체된다.
그러나 이 표면적 낙관주의 밑에는 은밀한 비관주의가 숨어 있었던
것인가? 우리는 iv)에서 그의 돌연한 변모를 본다. “약간의 학식은 신
에게서 멀어지나 많은 학식은 신에게 다가간다”는 베이컨의 말을 증
명하기라도 하듯, 1983년에 기독교로의 회심이 있고, ‘신성성’이 적
극적으로 옹호되기 시작한다. 그 변모가 얼마나 돌발적이었는가는
같은 해에 쓴 글들에서 ‘범속성’에 대한 옹호와 ‘신성성’에 대한 옹
호가 동시에 나타나고, 그가 완강히 주장했던 ‘시적 자아’에 대한 비
판적 접근(6: 20)과 “단단한 시적 자아”(6: 29)라는 표현이 몇 페이지
를 사이에 두고 공존하고 있다는 것만으로도 충분히 알 수 있다(그의

평론집 『문학과 정신의 힘』은 그 상극의 입장들을 같은 장에 뒤섞어놓고 있다. 의도적이었을까? 그는 그것을 통해 그의 오늘의 신성성이 그의 옛날의 범속성의 연장선상에 있음을 보여주고 싶어했던 것일까? 마치 그에 대한 비판들에 저항하듯, 혹은 "딱히 종교가 아니더라도 종교적 초월과 같은 구조, 같은 기능을 갖는 문화 형태가 달리 존재하지는 않을까" [11: 115]를 묻고, "초월 문학이 아닌 문학적 초월의 탐색을 구체적으로 펼쳐가기를 기대" [12: 77]한 후배 비평가들의 조언에 적극적으로 대답하는 듯). 그의 회심은 아마도, 권오룡이 적절하게 집어냈듯이, "오랫동안 그것이 '참'이라고 믿어왔고, 그것을 이룩하기 위해 노력해온 자신을 버리는 용기와 힘" (5: 44)을 수반한 것이었을 것이다. 왜 그는 자신을 버리는 용기와 마주해야 했을까? 회심 직전의 평론집 『새로운 꿈을 위하여』를 다시 들여다보면, 우리는 그의 전환이 그렇게 돌발적인 것은 아니었다는 것을 알 수 있다. 김광규론을 담고 있는 장의 제목은 바로 '분열된 시대의 시인들'이다. 서문은 "이 시대가 시정신과 멀리 떨어진 곳에서 얼마나 생물적인 작동만을 일삼고 있는 것이냐!"라고 쓰고 있으며, 비판될 듯하던 낭만주의가 "영원한 파괴와 생성의 정신" (4: 80)으로 다시 옹호되고 있다. 산업화의 마지막에서 그도 1980년의 광주에 절망했던 것일까? "인간이 인간의 능력에 대한 강한 신뢰를 보인 끝에 그 결과는 오히려 좌절과 절망의 깊은 고통을 맛보게 되었다" (5: 51)는 도저한 자기 부정(그는 "현실을 객관적으로 조망할 수 있는 기본 단위"로서 '인간' [3: 46]을 설정한, 말 그대로 원형적 인문주의자가 아니었던가)은 어디서 비롯된 것일까? 문면에 드러난 것은 아무것도 없다. 다만 확실한 것은 iv)의 시기가 이전의 시기들과 명백한 단절을 긋는 것은 아니라는 것이다. 그것은 그의 현실주의/낭만주의의 대위법적 변주 내에 위치하고 있다. 대신 낭만주의는 신성성으로 대체되고 있는데, 낭만주의는 리얼리즘과 더불어 인간의 유한한 한계에 머물러 있을 뿐이기 때문이다. 거기서 그의 비평은 '겸허'라는 개념을 획득하며, 새로운 차원으로 건너뛴다. 그는

"풍자의 제의(낭만적 아이러니)를 넘어서" "정신의 무량한 힘(신성)"
으로 간다.

4

그의 마지막 단계의 변모는 생각에 따라서 큰 변모일 수도 있고,
자연스런 변모일 수도 있다. 인간의 삶에 초점을 맞출 경우엔 그것은
획기적인 전환일 것이고 활동의 구조를 보고자 하는 사람에게 그것
은 그의 운동 회로의 한 자리를 차지하고 있을 뿐이다. 전자의 측면
에 관심이 깊은 사람에게는 세계관의 드러남과 다른 세계관들과의
갈등과 화해가 관찰될 것이며, 후자의 관심을 좀 더 밀고 나가면 그
의 운동이 무엇을 생산해내고 있는가를 추적할 수 있다. 내가 앞에서
한 가지 암시라고 한 것은 그것을 두고 한 말이다.

우선 우리는 비평가의 변모 자체가 앞의 그림 그대로 일직선적이
라고만 말할 수 없음을 알게 되었다. 그것은 나선의 회로를 가지고서
두 극 둘레를 순환하면서 상승한다. 그 순환, 소용돌이를 유발한 것
은 바로 그가 함께 싸안으려 한 대립물, 인습, 현실, 인간이었다. 아
니, 거꾸로 말해야 할 것이다. 그 비평가의 내면적 방황의 원천은 그
가 인습, 현실, 인간을 함께 아우르며 나가려 했다는 그 행동 자체에
있었다고. 그것은 그의 끊임없는 상승의 동력이 되어주었으며, 동시
에 그의 날개를 한없이 무겁게 한다. 그것은 용수철이며 동시에 낚싯
바늘이다. 도약하는 정신은 끊임없이 내려앉는다. 그는 초월의 이름
으로 초월하지 않고, 세상에 여전히 남는다. 거기서 그가 그토록 역
설해 마지않았던 '방법 정신'이 태어난다. 방법 정신이란 무엇인가?

i) 필자는 주저없이 재미의 근원을 그의 소설이 갖고 있는 극 사이
의 긴장에서 오는 것이라고 보고 있다. (2: 174)

112

ii) 그것은 방법적 관능이며 방법적 파행이라는 사실이 최인호에게
는 중요하다. 관능만을 그림으로써 인간을 무기력하게 하고 파행만
을 그림으로써 인간을 거칠게 한다면 이미 그것은 '방법적'이라는 지
적 조작의 차원을 벗어난다. 그러나 최인호의 그것은 어디까지나 방
법이다. (3: 117)

iii) 우리는 최인훈의 '사랑'이, 대립하는 두 세계를 화해시키는 지
렛대로 쓰여지고 있다는 사실을 거듭 상기할 필요가 있다. 이때 '화
해'라는 표현 대신 '지양'이라는 표현을 쓴다면, '사랑'이라는 개념
또한 '변증법'이라는 개념으로 바꿔어도 무방한 것이 되어버린다.
(3: 348~49)

iv) 방법적 정직성이란 그의 시가 정직함을 위장하고 있다는 이야기
가 아니라 정직성을 통하여 그 상황을 넘어서고자 한다는 지적이다.
(6: 218)

v) 참다운 민중은 대중 속에 뿌리를 박고 지식인다운 고뇌를 통해
성립되는 그 어떤 깨어 있는 정신일 것이다. 우리는 '대중'의 실체를
인정하고, '민중'을 실체 아닌 방법 정신으로 인식함으로써 문학의 민
주화를 향한 정직한 방법론을 개발할 수 있을 것이다. (7: 21)

방법 정신은 깨어 있는 정신(v)이며 그것을 통해서 상황을 넘어서
고자 하는 무엇(iv)이다. 그것은 현실과 같은 얼굴을 갖기도 하며
(ii), 반-현실의 빛이기도(v) 하다. 그것은 두 개의 극 사이의 긴장을
잘 놀이할 뿐만 아니라(i), 그것 자체가 두 개의 극으로 이루어져 있
다. 그것은 현실 내용을 방법적 삶으로 뒤바꿈으로써 역동성을 부여
한다(iii).

  방법 정신은 두 극의 거리를 가능한 한 넓히고, 그것들 사이의 긴장을 최대한도로 높임으로써 세상 전체를 아우르고 세상 곳곳을 들끓게 하는 방법이다. 그것은 존재들, 사물들과 혼융·융해되는 대신, 존재와 존재 사이, 사물과 사물 사이에 위치해 그것들을 끊임없는 반성의 상태로 몰고 간다. 그것은 "문화란 끊임없는 반성이기 때문에, 어떤 상태에 이르든 반성을 잃어버린 사회는 이미 문화적 사회라고 할 수 없을 것이다"(5: 18)라는 말에서의 '문화'와 동의어이며, 그 문화는 "끊임없는 자기 부정을 통해 〔……〕 다양한 존재의 평화를 이룩"(5: 44)하고자 하는 마음의 자세이다. 그것은 삶의 화석화를 방지하는 것, 항상 살아 있게 하는 것, 생기를 향한 열망의 다른 말이다. 그렇다면 그의 비평적 단계들에서 그가 주장했던 삶의 내용들은 그의 방법 정신이 낳은 것이지, 절대적으로 주어진 것이 아니었다. 과연 기독교로 회심한 이후의 그도 "문학에서 중요한 것은 신 자체라기보다 오히려 신성이라고 해야 할 것이"(5: 219)라고 말하고, "초월성은 현세성을 무화 내지 약화시켜주는 개념이 아니라, 그 자체를 강화·승화시켜주는 방법 정신"(5: 204)이라고 말하고 있지 아니한가. 사물화가 광범위하게 진행된 후기 산업 사회의 상황, 들끓는 욕망들의 세상에서 그는 "언제나 담대하게 새로워질 수 있는 능력의 마음씨"(5: 268)가 절실했던 것이리라. 그리고 그 방법 정신의 충격을 통해서 그 저마다 진리인 것들의 들끓음을 생산적인 토론과 논쟁으로 바꾸고 싶었던 것이리라. 오늘의 그가 신성과 초월을 이야기할 때 그토록 '겸허'를 '역설'한 이유가 거기에 있었다. "인간이 덕을 손에 쥐려고 하면, 그것은 희화로 떨어진다. 실제 그것은 인간의 사건(affaire), 즉 인간이 이루어야 할 것(à-faire)이다"(얀켈레비치)라는 한 철학자의 말처럼, 그는 진리(신)를 장악하지 않고 진리에 접근하는 길을 진리의 초월성에 비추어 일깨운 것이었다. 그러니 알겠다. 혼자 남은 어린이가 터득한 세상 극복의 지혜가 무엇이었던가를. 그의 실제 비평이 논쟁적인 이유를. 그곳에서 왜 그가 항상 두 개의 알

터네이티브를 제시하고 그것들을 저울질했는가를. 그가 찬사와 비판을 동시에 쏟아 붓는 이유를. 그가 내세운 이상에서 멀어져가는 작가를 끝끝내 읽어내고 꼼꼼히 분석하는 힘이 어디서 나오는가를. 그의 비평 방법 또한 방법적이었던 것이다.

초기부터 지금까지 김주연의 비평적 구조는 일관되었고, 비평적 내용은 부단한 갱신과 교체를 이루어왔다. 그 지속과 변모의 사이에서 그의 비평 세계는 같은 형태의 범주적 확산이라는 의미를 갖는 일종의 나선형적 진보, 신칸트주의자들의 역사 인식과 상응하는 나선적 진보를 보여준다. 하지만 중요한 것은 그것이 그의 육체의 운동을 통해 드러나지, 그의 의식의 얼굴이 아니라는 것이다. 그는 그것을 '방법'이라는 형태와 '자아' '반성' '초월'이라는 이름을 업고 실천한다. 그의 비평이 포괄적이고 역동적인 것은 그 때문이다. 그 방법 정신이 이념으로 이해될 때, 그것은 때로 세계관의 충돌을 낳지만, 그것은 그의 본령이 아니다. 그의 본령은 끝없는 긴장, 세계관의 충돌마저 생산적 토론으로 바꾸는 논쟁적 사랑이다.

〔『문학과사회』, 1990년 여름호〕

보편성을 향해 움직이는 정신
─ 김주연 비평의 본질에 대하여

성민엽

1. 본질에 대한 관심

본질이라는 개념을 부정하는 추세가 지배적인 현금의 지적 상황에서 본질을 운위하는 것은 얼핏 시대 착오적인 것처럼 여겨질지 모른다. 그러나 종래의 본질 개념과 그 사용에 이데올로기적 계기가 새겨져 있다면 그것을 비판적으로 극복하는 일이 필요한 것이지 아예 본질이라는 것 자체를 포기해버리는 것은 온당치 않은 것이 아닐까.

김주연의 비평 세계를 간략히, 그러나 전체적으로 조망하기 위해서는 본질 차원으로의 초점 맞추기가 더욱 필요하다고 생각된다. 왜냐하면 김주연의 비평 자체가 본질에 대한 관심을 축으로 하고 있기 때문이다. 그가 독일 문학에 관해 쓴 글들을 모은 최근의 저서에『독일 문학의 본질』이란 제목을 붙인 것도 우연이 아니다.

1966년에 공식적으로 비평 활동을 시작한 김주연은 첫 평론집『상황과 인간』(1969)에서 최근의『문학, 그 영원한 모순과 더불어』(1992)에 이르기까지 일곱 권의 평론집을 내며 부단한 글쓰기를 수행해왔다. 한편 놀랍고 한편 감동적인 것은 그 글쓰기가 갈수록 더 활발해지는 것이라는 사실이다. 조로 현상이 지배적인 한국 문학에서 이는 귀중한 미덕이 아닐 수 없다.

최근 10년 동안 네 권의 평론집을 상자한 그에게는 어떤 젊은 평론가들에게서보다도 더욱 가열찬 문학적 젊음이 있다. 더구나 그 부단한 글쓰기는 끊임없는 자기 혁신과 함께 이루어져왔는바, 그 자기 혁신은 언제나 본질에 대한 관심이라는 높이에서의 그것이었다.

초기에 김주연의 관심은, 그의 첫 평론집 제목이 시사하는 바와 같이, '상황'과 '인간'의 관계에 있어서 '인간'이라는 주체에 대한 추구를 향했다. 그리하여 첫 평론집의 서문에서 김주연은 "세계의 이원론을 인간 내부에서 찾고 그 갈등과 극복을 모두 인간 그 자신의 능력 —눈물, 웃음의 능력 —을 통해 찾아보려는 것이 나의 생각"이라고 언명한다.

그와 동세대의 문학에서 그는 새 시대 문학의 성립을 보아내고 그것에 '인식의 출발로서의 60년대'라는 이름을 부여하는데, 여기서의 인식이란 바로 '개인의 인식'이다. 그것은 바로 근대적 자아의 각성에 다름 아닌바, 그 인식을 김주연은 '추상적 상상이 아닌 구체적으로 그려진 본질'이라는 차원에서 추구했다.

그 인식의 추구는 1970년대 중반 이후로 '시적 자아'와 '인문주의 정신'이라는 명료한 개념을 얻는다. 시적 자아는 '일상적 자아의 초월로서 성취되는 그 어떤 정신의 힘이며 공간'이고, 인문주의 정신은 '세계에 대한 전면적·총체적 이해'를 지향하며 그것을 가능케 하는 정신이다.

1983년, 김주연은 커다란 자기 혁신을 이룬다. 그 자기 혁신은, 한 후배 평론가의 표현을 빌리면, '제2의 김주연'을 태어나게 했다. 그것은 사적으로 보자면 그가 기독교 신앙을 갖게 되었다는 것과 관련된다.

그의 기독교 신앙은 주변의 많은 사람들로부터 우려를 사기도 했는데, 그 우려의 주된 이유는 그가 신앙으로 인해 그의 명철한 이성과 지성을 상실하게 될지 모른다는 데에 있었다. 그러나 김주연의 신앙은 비이성적인 것이 아니었다. 그것은 오히려 그의 이성과 지성을 '정신'의 차원으로 승화시켜주는 것이었다.

김주연의 신앙은 그의 사유와 글쓰기에 초월성에 대한 일층 깊고 넓은 성찰을 가능케 해주었다. 초월성의 추구는 현세성의 한계를 인식하는 데에서 시작되지만 그것은 현세성을 단순히 부정하는 것이 아니라 현세성을 포괄함으로써 현세성을 보다 온전한 것으로 만들어주는 것이다. "이 세계의 진리는 구체적인 삶의 현장과 현실을 통해 구현되어야 하는 당위성을 갖는 것이지만, 그것이 실현되기 위해서는 보다 근원적인 힘에 대한 고려와 성찰이 수반되어야 하는 것"이기 때문이다. 최근의 김주연은 이러한 성찰을 문학적인 글쓰기 속에서 넓고 깊게 펼치고 있다.

2. 한국 문학의 비판적 파수꾼

부단한 자기 혁신 속에서 김주연 비평이 일관되게 보여주는 방향이 있다는 점은 주목될 만하다. 어느 의미에서 김주연 비평은 대단히 논쟁적이다. 아니, 더 정확히 말하면 비판적이다.

본질에 대한 그의 관심은 허공에서 맴도는 추상적인 것이 아니며 그의 비판은 과녁 없는 화살이 아니다. 좁게는 한국 문학, 넓게는 한국 문화가 드러내는 부정적 면모나 한계가 김주연의 과녁이다. 김주연의 담론은 항상 그 과녁과의 상관 관계 속에서 행해진다. 최근의 한 대담에서 그 자신이 사용한 표현을 옮기면, 그의 담론은 대타 의식을 축으로 하는 것이다.

초기의 '인간'이라는 개념은 1950년대 문학 이래의 한국 문학의 부정적 면모를 과녁으로 하는 것이었다. 1950년대 문학이 인간의 내적 실존이 아닌 외적 상황을 지나치게 중시하며 따라서 상황에 일방적으로 규정되는 인간만이 두드러진다는 점, 그것을 비판하며 그것의 극복 방향으로 그가 제시한 것이 바로 주체로서의 인간이었다. 그 '인간'의 '인식'이 1960년대 문학 내지 4·19 세대 문학의 형성에 있어서 중요한 원리가 되었음은 주지하는 바와 같다.

1970년대 중반 이후의 '시적 자아'라든지 '인문주의 정신'이라는 것은, 그 무렵의 한국 문학이 사회·정치적 현실에의 관심으로 현저히 경사되면서 드러낸 한계와 관계된다. 우선 현실이란 무엇인가라는 물음부터 제기된다. 김주연은 현실을 정치·경제적 현실로만 이해하고 현실 의식을 사회 의식·정치 의식으로만 파악하는 통념에서 벗어나 인식하는 주체와의 관계 속에서 전체적으로 파악한다.

현실은 "자아를 전제로 해서 존재하게 되는 구체적 실체"이고, 현실 인식은 "시 속에서 스스로 싹터 개체와 자발성을 통해 성취되는, 그럼으로써 객관성을 얻어가는 객관적인 힘"이다. 또, "사람의 삶을 왜곡시키고 억압하는 조건에 대한 성찰이 정치·사회적 시선으로만 관찰할 때, 그것은 오히려 그 사회적 이념의 덫에 걸리는 결과가 되기 쉽"기 때문에 세계에 대한 전면적이고 총체적인 이해를 지향하는 인문주의 정신이 요청된다는 것이다. 이 비판의 의미는 최근 들어 더욱 각별히 살아나고 있는 것처럼 보인다.

1980년대 중반 이후의 '초월성'은 우리 문학의 근본적 한계라 할 세속주의와 신비주의를 겨냥하고 있다. 김주연에 의하면, 리얼리즘은 전자의 한계를, 모더니즘은 후자의 한계를 뚜렷이 보여준다. 리얼리즘은 "작가에 의한, 문학에 의한 이 세계의 현세적 개혁이 완벽에 가깝게 성취될 수 있다는 믿음"을 갖고 있는바 이는 '문학적 세속주의'의 표본이며, 모더니즘은 '지상적인 것'을 '새로운 초월성'으로 정립하려 함으로써 문학적 신비주의에 빠진 것이다.

김주연 비평은 대타 의식을 축으로 하는 까닭에 형식 논리적 차원에서의 내적 정합성을 중시하지 않는다. 오히려 그는 모순과 충돌을 적극적으로 좇아간다. 그 모순과 충돌은 김주연 비평에 역동성을 부여하며 한국 문학의 여러 부정적 면모와 한계들에 가열차게 맞서간다. 어쩌면 이 점이 김주연 비평의 가장 감동적이고 매혹적인 모습일는지도 모르겠는데, 그것은 한국 문학의 비판적 파수꾼이라는 이름에 썩 어울리는 모습이다.

3. 보편성을 향해 움직이는 정신

그러나 그 일관되는 비판성보다도 더 깊은 곳에서 일관되게 작용하는 김주연 비평의 본질이 있다. 그것은 하나의 정신인데, 이 정신은 보편성을 향해 끊임없이 움직이는 정신이다. 보편성을 향해 움직이기 때문에 그것은 끊임없는 자기 확대의 과정 속에 있다.

1983년을 전후한 김주연 비평의 변모는 얼핏 날카로운 단층처럼 보일 수도 있지만 — 그래서 '제2의 김주연'이라는 말도 나오는 것이지만 — 그러나 그 변모는 보편성을 향해 움직이는 정신의 자기 확대 과정 속에 자리하는 변모일 뿐이다. 가령, 총체적 인식이라는 점에서 보면, 1983년 이전의 인문주의 정신은 사회과학적 상상력의 일면적 인간 인식을 포괄하는 보다 보편적인 것이지만, 1983년 이후의 초월성은 인문주의 정신의 현세성을 포괄하는 보다 더 보편적인 것이다.

또 초월이라는 개념 자체도 보편성을 향한 확대를 이루어왔다. 한 젊은 비평가가 날카롭게 지적했듯이 이미 첫 평론집 『상황과 인간』에서도 "시는 힘을 지니고 있는 지속적인 것이어야 하며, 그 힘 속에 초월적인 영원성이 들어 있다"고 진술한 바 있는 것이니, 초월이라는 개념은 김주연 비평의 원점에서부터 중요한 위치를 차지해왔다고 하겠다.

중요한 것은 그 개념이 자기 확대를 이루어왔다는 점이다. 그러니까 초기의 초월과 근자의 초월은 같으면서도 다르고 다르면서도 같은 것이다.

초기의 초월은 초역사적 지속성을 뜻하는 것이었는 데 비해, 1970 년대 후반 1980년대 초반의 초월은 "일상적 자아의 초월로서 성취되는 그 어떤 정신의 힘이며 공간"이라고 설명되는 시적 자아의 개념에서 보듯 일종의 문화적 초월이며, 이 두 가지가 인간적 영역 내에 갇힌 초월이라면 1980년대 중반 이후의 초월은 인간적 영역까지를 포괄하는, 신과 관련한 구원의 차원으로까지 넓혀진 초월이다.

보편성을 향한 열망, 그 지향의 역동성 — 김주연 비평의 본질을 이렇게 파악하고 보면, 김주연의 비평 정신이야말로 말의 본뜻에서의 낭만주의인 것처럼 보인다. 병든 낭만주의나 축소된 왜소한 낭만주의, 그리고 소위 혁명적 낭만주의만이 판을 쳐왔고, 그래서 낭만주의라는 말 자체에 대단히 부정적인 색깔이 덧씌워져 있는 우리 문화에서 김주연이 보여주는 낭만주의는 몹시 귀중한 것이라 하지 않을 수 없다.

포스트모더니즘이라는 명분 아래 온갖 허무주의적이고 패배주의적인 행태가 횡행하는 바로 '지금 이곳'에서 김주연이 보여주는 정신의 힘은, 그에 동의하든 않든, 우리의 정신을 강하게 충격하여 일깨우는 것이다.　　　　　　　　　〔『김주연 평론 문학선』, 문학사상사, 1992〕

비평의 정신주의

송희복

1. 글의 실마리

예전의 비평과 이즈음의 비평을 서로 맞대어 비교할 때 달라진 점이 있는가. 1980년대 비평과 1990년대 비평 사이에는 눈에 띌 만한 차이점이 있는가. 충분히 예상될 수 있는 질문이다. 만약 이러한 유의 물음이 실제로 가능하다면, 10년 단위로 시대를 구분하는 통속적인 관례에 길들여진 범위 내에서는 매우 도식적이기는 하나 소기의 대답을 기대할 수도 있으리라. 그러나 비평적 가치의 중심 이동이라고 일컬을 만한 현저한 주제론, 혁신적인 방법론 등이 그다지 주목되지 않는다는 점에서 분명한 변화의 마디, 혹은 상이한 경험의 징표를 쉽사리 발견할 수 없다.

다만 우리 비평의 현단계에서 수월찮이 엿볼 수 있는 쟁점의 한 세목으로 포스트모더니즘을 거론할 수도 있다. 얼핏 보기에, 최근 3년간 이를 둘러싼 논의가 평단·문단·학계를 간헐적으로 들썩거리게 했지만, 한 시대와 공명할 수 있는 담론의 테이블 위에 올려놓기에는 다분히 작위적인 면도 없지 않았다. 또 그런가 하면, 논의의 방향도 초점을 상실하면서 다소 지리멸렬하기까지 했다. 비평가들이 시속을 추수하면서 공소한 목소리만을 드높이는 일이 결코 엊그제의 일이 아니로되, 여태껏 논의된 포스트모더니즘이 우리의 실정과 공유할 수 있는 이론인가 하는 수용 문제를 차치하고서라도 비평적 논의가 창작의 실상과 극단적으로 유리되고 있다는 점에서부터 그리 환영할 만한 일이 못 된다.

더욱이 평소에 비평도 전통적인 시학의 범주로 마땅히 환원되어야 한다고 믿고 있는 필자로서는, 그것이 무성한 말의 잔치만으로 끝맺음하는 감을 준다든가, 심지어 별무소득의 비생산성을 드러내고 있다든가 하는 점이 우리 비평의 심각한 맹점을 다시금 되풀이하는 것은 아닌가 하는 우려감마저 들게 한다. 해서, 필자는 경박하게도 이론의 유행성 · 화제성을 되살펴보는 데에 만족지 않고, 구체적인 창작의 현장과 진중히 관련되는, 우리 비평의 주된 현상을 그러한 맥락에서 이해해보고자 한다.

2. 내적 성찰로의 비평적 과제

1970년대 이래 오늘날에 이르기까지 경제 제일의 물량주의라는 외현적 요인에 의해 우리 사회 · 문화적 양상 속에도 물질주의적 가치관 내지 세계관이 깊이 내재해왔다. 이로부터 파생된 개념적 범주가 민중과 대중으로 집약될 때 양자는 내적으로 상충하는 것 같으면서도 경우에 따라서는 의미의 동질성을 띠면서 인간을 억압하는 조건에 대한 기능적인 반동으로서의 일정한 역할을 수행한 것은 사실이다. 그러나 우리 사회가 근대화 · 산업화 · 도시화에로 심화되면서부터 그것이 오히려 여러 양상의 역기능을 보여준 것도 사실이다. 충분히 가치로울 수도 있는 민중 · 대중이 전략적으로 개념화된다든가 상업적으로 오도될 때 영웅주의나 센세이셔널리즘으로 기울 수밖에 없는 것은 어쩌면 당연한 일인지도 모른다. 삶의 중심부로부터 소외되고 분배적 정의로부터 버려진 집단적 삶을 지나치게 생산 관계나 경제 구조에 의해 규정함으로써 민중의 개념을 과격하게 관념화하거나, 성을 달콤한 위안으로 포장하여 본원적 미학과 상관없이 본능적 욕구를 부추기거나 인간의 모든 기능조차 자본주의적인 물신에 의해 상품의 척도로 규정시킴으로써 대중이란 이름을 허울 좋게 세속화하곤 한다.

우리가 평범한 소시민으로 양심껏 살아가노라면, 크고 작은 편견으로 가득찬 세계와 반드시 만나게 된다. 우리를 에워싸고 있는 세계의 편견은 과연 영웅주의의 미망이나 센세이셔널리즘의 허상으로 극복될 성질의 것인가. 정신의 값어치를 귀히 여기는 마음이야말로 우리의 삶을 풍요롭게 하고 그 질을 드높인다는 명제를 신뢰할 때, 세계의 편견을 격파할 수 있는 것은 극단에 휩쓸리거나 시속에 영합하지 않는, 때로 유연하고 때로 견고한 정신의 힘일 따름이다. 1980년대 후반 우리의 문학을 주도하면서 적잖은 영향력을 행사해왔던 민중주의가 이즈음 보편적인 호소력을 발하지 못하고 한 걸음 주춤 물러선 까닭도, 최근에 평균적 상식을 전도시키는 기이한 경박성이 미묘하게 기승을 부리는 까닭도 기실 그 자체로서는 껴안기 힘겨운 형이상의 결핍에 있다 할 것이다. 정신의 값어치를 귀히 여기는 것을 '보수적 억압'이라고 우기는 사람들도 적지 않지만, 그러나 정신은 물질적·육체적 조건은 말할 것도 없거니와 그러한 발상조차도 초월한다. 이 대목에서 오늘날의 비평이 시사하는 바 적지 않으리라.

'비평의 정신주의'는 다소 생소한 명제이다. 그리고 한국 문학이 오랫동안 해결하지 못한 '정신의 빈곤'으로부터 벗어날 수 있는 그것이 비평적 과제로서의 새로운 현실적 대안이 될 수 있는지를 확인해 보는 척도가 되기도 한다. 얼핏 드는 생각으로는, '비평의 정신주의'란 외현으로 드러난 화제에 집착하지 않고 텍스트 안으로 눈을 돌려 인간의 내면을 심오하게 통찰함으로써 세계를 이해·인식·파악·해석하려는 취향적 과제이다. 물론 여기에는 또 비평가 자신의 내적 성찰도 깊이 간여한다.

정신주의의 관점에 따라 작품을 분석하고 있는 비평가로서는 김주연과 최동호의 경우를 주목할 수 있겠고, 이들의 비평 역시 정신주의라는 개념적 범주 속에 놓일 수 있음도 자명하다. 1960, 70년대부터 비평 활동을 해온, 그래서 지금은 평단의 중진과 중견으로 위치해 있는 김주연, 최동호는 1980년대부터 문학의 정신적 가치를 중시해왔다. 정신주의라는 용어도 이들에 의해 처음 사용되었다. 시에서의 정신주의는 최동호가 「서정시와 정신주의적 극복」이라는 글을 통해 세속적인 물신주의에 의해 고통받는 인간성을 지키기 위해 정신주의적 자기 극복이 절대적인 명제가 될 것이라고[1] 천명함으로써. 소설에서의 정신주의는 김주연이 「역동성, 또는 정신의 힘」이라는 대담에서 이청준이 추구해온 일련의 작품 가운데 형이상학적 탐구의 깊이를 보여준 소설들을 '정신주의의 승리'[2]라고 규정함으로써 비로소 이름 붙여졌다. 물론 정신주의를 비평의 아이템으로 수용하는 데 서로 간에 넓게는 상응하고 좁게는 대응하고 있는 점도 흥미로운 비교의 대상이다. 그러나 그것을 이 두 비평가의 지적 소유권으로 한정지을 수는 없다. 이 글에서는 허락된 지면의 사정으로 인해 비록 논외로 했지만 한편으로는 소장 비평가 가운데 남송우, 이동하, 고형진, 신진으로서는 이혜원 등도 유사한 과제를 추구하고 있다. 사사롭게는 세속적인 통념에 의하면 결코 수월찮은 과제로 여겨지는 이 '비평의 정신주의'는 필자 자신도 힘 닿는 대로 애호하고 옹호하는 입장이다.

---

1) 최동호, 「서정시와 정신주의적 극복」, 『현대시학』, 1990년 3월호, p. 113.
2) 김주연, 「역동성, 또는 정신의 힘」, 『문학정신』, 1990년 6월호, p. 27.

3. 김주연의 역동성, 혹은 시적 긴장감

김주연은 주지하는 바 4·19의 설렘을 감각적으로 체득한 세대에 속한다. 그는 독문학계의 아카데미션으로 활동하기 훨씬 이전부터 우리 비평의 현장에 일찍이 참여했다. 오랜 비평적 경험이 말해주듯이 그는 일가를 이룬 비평가로서는 몇 되지 않는 현역이다. 많은 후진들이 화려함에 심취되면서 비평안의 눈뜸을 가능하게 했을 만큼 우리 비평사에 가장 화려했던 시대는 물론 1970년대였으며, 이 화려한 비평 시대의 대표적인 주역의 한 사람으로 그는 현장 비평에 적잖이 기여했고, 그럼으로써 이제는 비평사에서 상징적 기호의 하나로 존재하고 있다. 그의 비평을 두고 어떤 이는 시민적 전망을 추구하는 확고한 인문주의적 신념으로 보았고,[3] 또 어떤 이는 끝없는 긴장, 세계관의 충돌마저 생산적 토론으로 바꾸는 논쟁적 사랑으로 파악했다.[4]

우선 그의 비평 문체는 독특하게도 날카롭고 치밀하다. 때문에 논리를 구사하는 데에서 쉽사리 헛점을 드러내지 않는다. 이러한 문체적 개성은 한편으로는 공소한 관념을 거부하고 한편으로는 미문의 유혹을 거부한다. 그러면서도 비평의 심미적 작품성을 적극적으로 배려해왔다. 이러한 요인들을 바탕으로 삼아, 그는 자신의 비평에로 인문주의라고 이름되는 특유의 지적 세련을 인도했다.

지성 혹은 교양과 같은 외향적 미덕을 신뢰하고 이를 비평의 범주 안으로 인도했던 그는, 그러나 최근에 이르러 내성적 충실을 기하는 정신주의로 약동한다. 즉 그에게 있어서 이 용어는 지나치게 세속적이고 이념적인 방향으로만 문학 논의가 진행되는 것에 대한 반명제

---

3) 성민엽, 「김주연의 시민적 전망과 인문주의 정신, 고통의 언어 삶의 언어」, 『한마당』, 1986, p. 161.

4) 정과리, 「논쟁적 사랑: 방법적 이원론의 세계」, 『문학과사회』, 1990년 여름호, p. 777.

로 상정된다.[5] 비평적 가치의 이동 과제를 인문주의로부터 정신주의에 치중하고 있는 그는 양자 사이의 개념적 가교에 해당되는 '시적 자아'를 이미 설정한 바 있다. 이는 여러 차례 되풀이해 사용한 술어이다.

> 시적 자아란 괴테가 그의 자연시에서 골몰한 이래 아직까지 시의 힘을 버텨주는 근본 원리로 통용되는 것으로서, 외계에 대한 인식이 완성되는 순간에 획득되는 자신의 주체적 각성을 의미한다.[6]

스스로의 부연에 의하면, 일상적이고 경험적인 자아를 뛰어넘는 절대적 정신의 힘이라고 누차 반복해왔어도, 인용문만을 한정할 때 '시적 자아'란 이른바 직관과도 상당히 이웃하는 개념이 아닌가 한다. 물론 본인 자신은 직관이란 말을 사용한 바 없지만, 인문주의자로서 정교한 논리를 구사했던 그가 최근에 이를수록 작품 평가의 잣대를 직관에 의존하는 인상을 스스로 강화시키고 있다. 하지만 '시적 자아'는 우리가 흔히 알고 있는 이심전심류의 비언어적 직관은 아닌 듯하다. 관념이 본래의 자아를 회복하여 정신으로 복귀한다는 소위 헤겔류의 직관과 유사한 개념이 아닌가 하는 생각도 든다.

시적 자아의 획득이 인문주의 상상력 혹은 그 정신에 의해서만 가능하다는 설명이 있었거니와, 그것은 인간적인 힘에서 가치를 추구하는 인문주의로부터 '경험적 감각으로는 도달할 수 없는'[7] 초월성의 세계까지 두루 걸치는 이음새가 된다. 인문주의 정신이란 이를테면 교양, 논리, 이성, 자유 의지, 휴머니티, 근대적 욕망 등과 같은 의미의 세목들로 구성된다. 따뜻한 사랑과 서늘한 마음씨로 스스로 표현된 인문주의 정신은, 그러므로 제도와 이념을 축으로 하는 사회과

---

5) 특별 좌담, 「정신주의 문학의 위상」, 『문학정신』, 1992년 2월호, p. 12.
6) 김주연, 『변동 사회와 작가』, 문학과지성사, 1979, p. 236.
7) 김주연, 「세속성과 초월성」, 『동서문학』, 1990년 8월호, p. 33.

학적 상상력, 감각과 경험만을 능사로 하는 자연과학적 추리력과 대응하는 개념이 될 것이다. 따라서 정신은 육체와 영혼을 동시에 거부하는 것, 말하자면 비감각적으로 구현되는 인간적인 힘이다.

감정이나 감수성으로만 문학을 이해하고자 하는 인상주의, 욕망의 표현으로 관찰하고자 하는 심리주의는 일종의 자연과학적 세계관의 변주로서, 벌써 시대를 지나간, 오래된 생각이 아닐까. 아무래도 문학은 그 이상, 즉 최소한 정신적 작업이어야 한다.[8]

김주연에게 있어서 정신이란, 신칸트 학파의 개념과도 관련되며 감정이나 욕망과는 사뭇 다른 차원의 내면적 요구와 같은 것이다. 감정의 배설을 확인한다, 욕망의 뿌리를 캔다 하는 것은 그에겐 매우 육체적인(감각적인) 범주에 속한다. 특히 희로애락과 같은 일차적인(본능적인) 정서의 반응에 따른 언어적 표현은 몸짓과 유사한 '말짓'에 불과하다.

이러한 관점에서 볼 때, 그는 세칭 문지파를 함께 주도했던 오랜 동반자 김현과 비평적 근원을 현저히 달리한다. 어디에선가 그는 김현의 비평을 심리주의 내지 신비주의로 규정한 바 있다. 정서·심리·상상력 등은 신비주의의 영역에 속하기 때문이다. 그에게는 감각적인 아름다움에 매료되는 어떠한 육체적 반응이 아무리 정신분석의 대상이 된다 해도 결국은 자연과학적 사유의 일환에 불과한 것이다.

인간에겐 물론 물질도 중요하고 권력도 중요하며, 명예도 중요하다. 그것은 육체를 지닌 인간의 어쩔 수 없는 실존적 조건들이다. 그러나 보다 중요한 것은 이것들을 관리, 지배하는 정신이다. 문학 정신은 바로 이것을 일깨우는 정신이다. 문학 평론은 바로 이 정신이 문학 작품

___

8) 김주연, 『문학과 정신의 힘』, 문학과지성사, 1990, p. 174.

속에 올바로 구현되고 있는지 그것을 점검하는 정신이다.[9]

최근 그의 비평관이 집약된 말이다. 문학이 정신의 높은 단계에 도달해야 하는 것은 극히 당연시해온 명제였지만, 그는 비평조차도 높은 단계의 정신으로 약동시키고 있다. 이런 점에서 비평이란, 정신에 대한 정신인 셈이다. 이를 일컬어 우리는 '비평의 정신주의'로 규정해도 좋을 듯하다.[10] 따라서 세속적인 제도의 모순이나 공리적인 이념의 추수를 기질상 거부해온 그는 최근에 이를수록 통속적 내지 물질적 몰가치를 배제하고 정신의 영역으로부터 문학적인 가치를 적극적으로 선택하고자 하는 경향을 선명히 보여주고 있다.

우리는 정신을 흔히 고여 있는 것이라고 생각하기 쉽다. 육체의 범주를 초월하기 때문에 비활동적인 것으로, 가시적인 차원을 넘어서기 때문에 텅 빈 것으로 받아들이기 쉽다. 그러나 김주연의 정신주의는 삶을 보다 충일·충실하게 수용하려는 역동적인 힘을 신뢰하고 있다. 때문에 그것은 상황에 따라 탄력성 있게 변주하는 개념이기도 하다. 삶의 좁은 범주를 벗어나 인간을 보다 총체적으로 파악하기도 하고, 억압적인 삶의 조건을 인간다운 그것으로 개선시키기도 하고, 범속성으로부터 초월성에로 결합을 유도하면서 문학 자체를 드높은 단계에 이를 수 있게 하는 뜨거운 과정이 되기도 한다. 기독교적인 문맥에서 살펴본다면, 그것은 부도덕한 인간이 죄를 참회하는 극적인, 혹은 역동적인 과정이기도 하다. 즉 그의 정신주의 한쪽은 헤브라이즘에 연원을 두고 있다.

---

9) 김주연, 「문학 평론의 두 가지 기능」, 『문학정신』, 1990년 6월호, p. 37.

10) 진형준이 지적한 바 있듯이, 김주연의 정신주의적 면모는 이미 무수한 흔적으로 나타나 있다. 예컨대 한 개인의 정신적 높이와 드높은 자아의 출현을 강조한 대목이다. 문학사의 연대를 작가의 크기와 높이에 따라 구분하는 방법 등에서 그 점을 충분히 짐작케 한다. 진형준, 「시적 자아에서 초월까지: 김주연론」, 『문학의 시대』, 1986년 제3호, pp. 118~19.

사실 기독교는 그것이 생겨난 이스라엘 땅과 출애굽 사건 이후의 역사가 극명하게 보여주듯이 강력한 동력학을 그 성격으로 하고 있다. 무수한 죄와 놀라운 은혜, 피비린내 나는 살육과 뜻밖의 이적에 의해 삶과 죽음이 연결되는 다이나믹한 하늘과 땅의 교통이다. 이 점 지극히 정태적인 동양 종교와는 지극히 대조적이다.[11]

그는 1983년 이래 개인적인 신심을 얻었고 성서에서 역사를 훨씬 넘어서는 감동적인 리얼리티를 발견했다. 인간 중심으로 사유하는 기독교 정신으로 자신의 문학관을 확대·심화시켰다고나 할까. 이를 두고 초월성이라고 이름했다. 하늘을 바라보고 껴안는 땅의 힘은 땅만을 바라보고 뛰는 힘을 능가하게 마련이다.[12] 이 잠언 같은 명제도 역동적이다. 그 초월이 구체적인 삶의 현장으로부터의 단순한 도피가 아니라 현실을 껴안는 초월이므로. 그러나 입증해줄 작품을 만나지 못할 때 그것은 추상적인 논리에 빠질 우려도 없지 않다는 지적도 있다.[13] 어쨌거나 그는 괴테와 도스트예프스키의 위대함을 새삼스레 확인했고, 이청준, 백도기, 조성기, 고정희, 정호승, 김정환 등의 작품에도 관심의 눈길을 돌리기 시작했다.

세간에는 그의 비평을 두고 다소 편협해지지 않았나, 라고 의문을 제기한다. 하나 스스로도 호교론자가 아님을 수차 밝힌 바 있듯이, 문학에 어떠한 종교 교리가 작용하면 억압적이고 권위적이게 마련이다. 특정 종교와 상관없이 정신의 역동성이 발견될 때, 주목의 대상이 된다. 정신의 역동성이 불교에 대한 어머니의 헌신의 표정에서 편안함과 아름다움을 맛보는 딸의 내면적 발전 과정을 그렸다는 박완

---

11) 김주연 엮음, 『현대 문학과 기독교』, 문학과지성사, 1984, p. 116.
12) 김주연, 「세속성과 초월성」, 같은 책, p. 39.
13) 남송우, 「궁극적 관심에 대한 사색」, 『오늘의 문예비평』, 1992년 여름호, p. 220.

서의 「부처님 근처」를 높이 평가한 것도 그 때문이다.[14] 그는 어떠한 형태로든지 제도화된 억압과 권위에 맞설 정신적인 역동의 힘을 신뢰하기 때문에 문학 비평이 욕망의 뿌리를 캐는 것조차도 자족하지 않는다. 그가 콤플렉스니 원형이니 구조니 물질적 상상력이니 하는 심리주의적 내지 신비주의적 과학에 그다지 동의를 표하지 않거나 관심을 두지 않았던 까닭도 그 이론들이 덜 역동적이고 다소 환원적인 헬레니즘에 근거를 두었기 때문일 터이다. 또 그가 최근에 황동규와 조정권의 시를 높이 상찬한 것도 그들의 시에서 역동적 정신의 힘을 발견할 수 있었기 때문일 터이다.

「풍장」 이후 황동규의 최근 시가 동양적 선의 세계, 혹은 달관적 풍모를 띠어가고 있다는 사실은, 얼핏 눈에 쉽게 잡히는 현상이다. 그것은 역동성 대신 정태성을 연상시키는 세계이며, 적지 않은 한국 시인들의 만년에서 종종 발견되는 현상이다. 그러나 황동규의 최근 시를 그렇게만 관찰하는 데에는 많은 무리가 남는다. 무엇보다 그의 시에는, 그럼에도 불구하고 힘찬 역동성이 숨쉬고 있기 때문이다. 달관과 역동성 ─ 이 배반적인 요소를 평화롭게 파악할 수 있다면 나의 황동규 시 읽기는 도로가 아닐 수 있을 것이다.[15]

「산정묘지」 연작에 나타나는 조정권의 자연이 보여주는 이미지는, 무엇보다 역동적인 힘이다. 자연이 인식의 대상으로 부각될 때, 본질에 가까운 그 무엇을 드러내지만, 그때 그 이미지는 정태적이다. 자연 자체가 움직이고 있는 느낌을 주지 않으며, 무엇보다 인간과의 관계가 분명하게 포착되지 않기 때문이다. 그러나 조정권의 자연은 부지런히 자리 옮김을 하면서, 부지런히 인간과의 관계를 맺고 있다. 자연 그 자

---

14) 김주연, 『문학, 그 영원한 모순과 더불어』, 현대소설사, 1992, p. 55.
15) 같은 책, p. 191.

체의 본질이 때로 선명하게 떠오르지 않는 경우도 있으나, 아무튼 역동적인 이미지를 꾸며내고 있는 것은 사실이다. 이 역동적인 이미지가 시적 묘사와 결합할 때 이 시인의 시는 가장 아름답게 빛난다.[16]

두 인용문을 볼 때, 김주연의 역동성은 시적 자아의 정신적 힘에서 변용된 기능적인 서술 미학이기도 하다. 가령 김춘수와 김종삼의 경우처럼 대상을 철저히 인식한 상태로 남는 정태적인 이미지의 묘사에 그는 별로 환영을 표하지 않았던 반면에, 황동규와 조정권의 경우에서 드러난 환하고 활달한 이미지의 묘사를 매우 긍정적으로 주목하고 있다. 시인의 선취적 달관은 자칫 체념과 허무를 유발하기 쉽다. 그런데 황동규의 그것은

　　겨울난 화초들이 화초들이 심호흡하며
　　냄새 맡기 분주하다.
　　형광등 불빛이 슬쩍 어두워진다.
　　화초들 모두 식물 그만두고
　　훌쩍 동물로 뛰어들려는 찰나!

에서처럼 유다른 역동성을 얻고 있다. 오히려 삶의 현장 속에서 약동하고 있다. 즉 김주연은 역동성과 달관이라는 이질적인 요소의 공존 속에서 황동규의 시가 역동적인 긴장감을 자아낸다는 점을 확인했던 것이다. 그는 앞의 시를 두고 오랜 시적 체험의 힘에서 비롯한 '비상한 역동성'이라고 했다. 이러한 적극적·선택적 체험이 「몰운대행」과 같은 여행 체험으로 확산된다는 것이다. 역동성이란, 다름 아니라 시적인 긴장감일 터이다. 그러나 시에서의 선취적 요인이 사물을 정관할 때 반드시 신비적 초월로 향한다. 시의 역동적인 운동성이 달관의

정지된 순간을 지양할 때 시인이 이룩한 세계는 드높고 드넓은 달관의 전망을 아름답게 보여주리라. 김주연은 이 점을 결코 간과할 수 없었으리라.

위대한 정신이여 오라.
영혼 속으로 방문하라. 두드리라.

조정권의 역동성도 우리를 달뜨게 한다. 조정권의 시는 대체로 시적 자아가 낮은 곳으로 임하기보다는 높은 곳으로 향하고 있다는 점에서 동양적이다. 반면 내밀한 공허보다는 신성divinity으로 충만한 뜨거운 외현을 느낄 수 있다는 점에서 서양적이다. 이를테면 정신의 문화적 근원이 절묘히 혼재되어 있다.

김주연의 「산정묘지론」은 차라리 비평가 자신이 한 편의 완미한 창작품을 만날 때 갖는 기쁨, 고조되는 기분이 그대로 반영된 비평적 장문이다. 그는 여기에서 시적 자아의 초월성을 부여하는 시인의 욕구 그 자체만으로 정신이라 이를 만큼 이례적으로 호평했다. 감성에서 비롯된 조정권의 시가 감성적인 안주를 거부하는 정신을 지향한다는 점이 현저히도 역동적일 수밖에 없기 때문이다.

김주연은 최근 어느 지상에 김명인의 화제작 「소금」에 관해 짧은 견해를 밝힌 바 있다. 물론 이 작품에서도 정신의 역동성은 번득인다. 그의 표현에 따르면 그 정신의 역동성이란, 다름이 아니라 비유컨대는 '아프되 숨을 죽이고 인내하는 시간 속에서 저 명민하고 심오한 정신의 물레를 돌리는 것'이다. 김명인의 소금이야말로 오염되고 부패한 삶을 거부하는 정신의 객관적 상관물이기 때문이리라.

그러나 지금 시인들은 앓고 있다. 병명도 모르는 병을 앓고 있는데 무서운 사실은 그들이 병에 걸렸다는 사실을 모르고 있다는 점이다. 많은 시인들은 그러면서도 앓는 소리를 내고 있다. 아프되 숨을 죽이고 인내하는 시간 속에서 저 명민하고 심오한 정신의 물레를 돌리는 것이 아니라 아프지도 않으면서 짐짓 고통과 신음의 달콤한 제스처를 거듭 재생산해감으로써 시의 소명과 시인의 영예를 혼란시킨다. 해체시와 포스트모더니즘의 불분명한 탁류 속에서 너무 많은 허위가 지배하고 있다는 인상에서 나는 나의 눈썹을 뗄 수 없다.[17]　　　　　　　　　　　　　[『오늘의 문예비평』, 1992년 겨울호]

---

17) 김주연, 「욕망 뛰어넘는 사랑과 의지」, 동아일보, 1992년 10월 21일자.

김주연, 정신, 초월
그리고 잃어버린 신의 묵시를 찾아

남송우

1

김주연은 독문학자다. 그래서 『독일 문학의 본질』『고트프리트 벤 연구』『독일 시인론』 등의 저서가 그를 늘 따라다닌다. 독문학을 전공하지 않은 나는, 그가 남긴 독일 문학에 대한 연구가 독문학계에 어느 정도 기여하고 있는지에 대해서는 정확한 판단을 할 수 없다. 국문학을 공부하고 있는 나에게 김주연은 한 비평가로서의 이미지가 더욱 강하다. 1966년 비평 활동을 시작한 이후에 그가 펼쳐놓은 『상황과 인간』에서부터 『현대 한국 문학의 이론』『문학 비평론』『변동 사회와 작가』『새로운 꿈을 위하여』『문학을 넘어서』『문학과 정신의 힘』『뜨거운 세상과 말의 서늘함』『문학, 그 영원한 모순과 더불어』『사랑과 권력』 등에 이르기까지의 비평적 행로가 뚜렷한 하나의 흔적으로 남아 있기 때문이다.

한 비평가가 남겨놓은 비평적 행로는 어느 작가에 못지 않은 다양한 모습의 색채를 띠게 마련이다. 그 다양한 색채들의 질감과 색상의 의미들은 단색적이거나 단순하지 않다. 이력의 정도가 길수록 그것은 복합적이고 다면적이다. 그러므로 드러난 색채를 밑받침해주는 비평가의 생각의 골 역시 그렇게 단순하지만은 않다. 비평가론의 우선 과제가 그 비평가의 생각의 골을 따라가보는 것에 있는 이유가 여기에 있다.

김주연의 비평 세계를 재구성해보는 이 짧은 한 편의 글에서 그의 비평 세계가 지닌 세밀한 생각의 골을 전부 해명할 수 있다고 하는 것은 그 생각 자체가 과욕이다. 그래서 나는 이 글에서 김주연이 요즘에 와서 특별히 많은 관심을 보이고 있는 문학에서의 정신·초월·사랑·종교 등에 눈을 돌리고자 한다. 이런 개념들이 그의 비평 세계의 중요한 생각의 골을 이루고 있기 때문이다.

그는 최근에 펴낸 『사랑과 권력』이란 평론집의 책머리에서 그가 현재 도달해 있는 비평적 관심을 고백한 바 있다.

자신을 죽이는 일에 흥분하고 있는 젊은 문학의 반복 화면이 두렵다. 그러나 문학의 창조적 파괴의 힘이, 과연 어떤 테크노피아 속에서 사라져버릴 것인가 하는 질문에 대해서 나는 별로 두렵지 않다. 그 오랜, 운명적인 힘은 필경 컴퓨터도 부수고, 그것에 의해 조작·지배되는 권력의 세상도 마침내 부술 것이니까. 비록 그것이 유토피아나, 심지어 진리라 하더라도 그 앞에서 군림할 수 있는 것은 없다. 나는 그것을 믿는데, 문학은 사실보다 믿음이기 때문이다. 사랑은 그것을 가능하게 한다. 문학은 결국 사랑, 마지막 사랑일 것이다. 종말의 세상에서도 당신이 사랑하는 인간을 구원하고자 하는 신의 사랑을, 문학은 닮지 않을 수 없다.

아무리 세상이 변해도 우리가 부여잡아야 할 가장 가치 있는 것이 있다면, 그것은 사랑이라는 확신, 그리고 문학은 이 사랑의 구현체가 되어야 한다는 믿음, 궁극적으로 문학이 신의 사랑을 닮아가야 한다는 당위론의 제기. 이는 어떻게 보면 별스런 결론이 아닐 수도 있다. 그러나 이러한 발언에 스며들어 있는 신앙 고백과 같은 그의 문학에 대한 믿음은 결코 예사롭지 않다. 확신에 찬 목소리로 문학에서의 사랑론이 번져나고 있기 때문이다. 그러므로 김주연의 비평 세계를 확인하는 일은 그가 말하고 있는 이런 발언 내용의 뿌리를 캐내어보는 작업이다. 즉 그는 왜 문학에서 정신을 중시하고 있으며 그가 말하는 정신, 나아가 사랑은 무엇인가를 확인하는 일이다.

2

　김주연이 정신을 포괄하면서 자주 사용하는 개념은 초월성·범속성·신비성 등인데, 이런 개념의 자기화 이전에 김주연은 이의 뿌리에 해당하는 '시적 자아' 개념을 먼저 사용하고 있다. 그래서 이를 우선 해명하면서, 그의 비평적 사유의 골을 따라가기로 한다.
　진형준은, 김주연의 비평 세계를 「시적 자아에서 초월까지」를 통해 다루면서, 그의 비평 세계를 살피는 데에 있어 출발점으로 삼을 수 있는 동시에 귀착점이 될 수 있는 가장 핵심적인 말은 '시적 자아'라고 밝힌다. 문학의 자율성과도 통하는 '시적 자아'라는 이 말이 그의 초기 평론집 속에 산재해 있기 때문이다. 사실 진형준은 이 '시적 자아'를 그의 비평 세계를 살피는 데에 있어 출발점임과 동시에 귀착점이 될 수 있다고 했지만, 내가 보기에는 출발점에서 바라보는 것이 더 설득력이 있는 것 같다. 이 시적 자아 개념은 그의 비평적 이력이 깊어지면서 점진적으로 그 개념의 외연이 넓어져왔기 때문이다. 그러면 김주연이 사용하고 있는 시적 자아는 어떤 의미를 가지는 개념인가.

　시인은 일상적 자아이면서 동시에 그것을 뛰어넘는 정신, 즉 시적 자아를 창조해가는 사람에게 붙여진 이름이다. 일상적 자아와 시적 자아는 그러므로 같은 차원에서 마주 보거나 나란히 놓여 있는 것이 아니다. 시적 자아는 일상적 자아의 초월로서 성취되는 그 어떤 정신의 힘이며 공간이다.[1]

김주연이 생각하는 시적 자아는 일상적 자아의 초월로서 성취되는 그 어떤 정신의 힘, 즉 일상적 자아를 뛰어넘는 주체적 정신을 말한다. 시인에게 있어 무엇보다 필요한 것이 이 시적 자아의 실현이라고 보고 있다. 그래야만 일상적 자아에 갇힘으로써 빠지게 될 현실 세계에 대한 편협한 인식에서 자유로울 수 있다는 것이다. 여기서 우리는 김주연의 관심이 정신 혹은 내면 의식에 가 있음을 확인하게 된다. 그런데 이러한 시적 자아를 통한 정신의 확인은 구체적으로 문학에서의 정신이 무엇이며 왜 필요한지에 대한 논의로 옮겨지게 된다.

김주연이 정신의 문제를 본격적으로 논의하고 있는 평문이 「문학과 정신의 힘」이다. 여기서 그는 정신은 감정이나 욕망 등 인간이면 누구나 갖고 있는 육체적·원시적 요소와 달리 사람만 갖고 있는 능력으로서, 그것을 생각하는 자에게만 생겨나는 것으로 인식하고, 이는 외면적인 감각적 인지라는 차원과는 다른 어떤 내면적인 요구와 관계되는 차원으로 이해하고 있다. 그래서 그는 한 사회에 있어, 그 발전은 정신의 함양이 중요함을 역설하고 있으며, 문학에 있어 올바른 정신을 따져볼 필요가 있다고 주장한다. 그리고 문학이 지닌 이런 정신적 측면을 신성성 나아가 벤야민이 말한 아우라의 개념과 함께 연계시켜놓고 있다.

그런데 김주연의 관심은 이런 정신적 가치 추구의 문학이 한국 문학에서 빈약하다는 지적이다. 그 가능성을 보이고 있는 시인, 작가로

---

1) 김주연, 『새로운 꿈을 위하여』, 지식산업사, 1983, p. 198.

김지하, 한승원, 이청준을 내세우고 있는 정도이다. 김주연의 이러한
문학에서의 정신 개념은 「세속성과 초월성」에 오면 초월성이란 옷으
로 제시된다. 김주연이 여기서 말하는 "초월성이란, 아주 쉽게 말해
서 이 땅의 모든 물상적 현상을 넘어서는 세계에 대한 문제를 이름한
다." 그 구체적 예의 하나로 그는 우리 인간의 존재 이전과 존재 이후
의 세계와 같은 것으로 들고 있다. 그리고 그것을 달리 형이상의 세
계로 명명하고 더 구체적으로 종교가 이 초월성의 문제에 정면으로
만나고 있다고 본다. 김주연의 생각에 의하면, 물상적 현상에 관련된
영역이 세속으로, 나아가 형이하의 세계로, 물상적 현상을 넘어서는
세계에 관련된 영역이, 초월성 나아가 형이상의 세계로 구분되고 있
다. 그런데 중요한 것은 문학은 이 두 세계를 함께 지니고 있으며 또
있어야 한다는 문학적 인식이다.

문학은 그 자체가 종교가 아님에도 불구하고 이 두 세계의 통합
성·단일성을 미리부터 알도록 운명지어진 양식으로서, 형이상과 형
이하의 세계를 자유자재로 넘나든다. 눈에 보이는 현실과 그 현실의
가장 직접적인 현실태인 사회 현상을 반영하는가 하면, 눈에 보이지
않는 현실에 대해서도 상상력을 통해 접근하고 꿈을 그려낸다. 이 두
가지는 어느 한쪽이 다른 한쪽보다 중요하다는 방식으로 인식되어질
성격의 것이 아닌, 하나의 몸이 지닌 등과 배의 양면성과 같은 것이다.
말을 바꾸면, 이것이 문학이 지닌 세속성과 초월성이다. 세속성과 초
월성은, 그러므로 그 두 가지가 문학의 현실을 구성하는 두 부분이며,
이 중 어느 한쪽에 기우는 문학이 있을 수는 있어도, 어느 한쪽과 아예
무관한 문학은 존재할 수 없는 것이다.[2]

이상의 김주연의 문학 비평론에 나타나는 그의 문학 인식에 귀를

---

2) 김주연, 「세속성과 초월성」, 『문학, 그 영원한 모순과 더불어』, 현대소설사, 1992, p. 69.

기울여보면, 그는 시적 자아, 정신, 초월성 등의 개념을 통해 문학이 지닌 내면적·정신적 측면을 강조하면서도, 그와 짝하는 또 다른 면을 함께 인식하고 있는 이원적 태도가 드러난다. 즉 시적 자아, 정신, 초월성은 일상적 자아, 육체, 세속성과 대립되는 선에서 그의 생각의 골이 이어지고 있다. 그러면 그의 이러한 이원론적 세계 인식은 어디로부터 온 것이며 언제부터 시작된 것인가.

그의 이원론적 세계 인식 태도는 『상황과 인식』에서부터 그 모습을 드러내고 있다. 그는 서문에서 "세계의 이원론을 인간 내부에서 찾고 그 갈등과 극복을 모두 인간 그 자신의 능력—눈물, 웃음의 능력을 통해 찾아보려는 것이 나의 생각"이라고 밝히고 있다. 그런데 중요한 것은 그가 세계를 이렇게 이원론으로 파악하면서도 어느 한쪽으로의 경도보다는 조화와 종합을 지향하고 있다는 점이다. 앞서 문학적 현실을 세속성과 초월성으로 인식하고 이 두 요소가 함께 있어야 하며 하나의 몸이 지닌 등과 배의 양면성과 같은 것으로 인식하고 있음은 이런 결과이다. 이런 그의 이원적 시선은 그가 한국 문학을 체계화하는 실제 비평에서도 작용하고 있다. 「소설의 장래와 역할」(『문학과 정신의 힘』)에서 김주연은 우리 소설을 형식 보존적 충동과 형식 파괴적 충동으로 이분화하여 분석하고, 이를 바탕으로 우리 소설의 전망을 시도하고 있기 때문이다. 또한 이러한 이원적 세계 인식과 그 종합에의 태도는 '문학 평론의 두 가지 기능'을 인식하는 데에서도 그대로 나타나고 있다.

평론이 작품 하나하나에 대한 해설에만 몰두할 때 자칫 그것은 혹 군더더기와 같은 췌사에 지나지 않는 것으로 폄하된다. 그런가 하면 이와 달리 평론이 작품에 앞장서서 이래라 저래라 하는 식의 호평을 할 때, 작품의 실제 몸을 잃어버리고 제멋에 취해 칼을 휘두르는 돈 키호테의 우스운 모습으로 조롱된다. 물론 해설과 가치 판단은 비평의 중요한 축이다. 그러나 이 두 가지는 하나로 종합될 때 올바른 기능으

로 살아나 문화적 의미를 획득할 수 있는 것이다.[3]

이런 김주연의 세계 인식 태도는 어디로부터 비롯된 것인가. 그 뿌리를 찾아보는 것 역시 그의 비평 세계의 중요한 부분을 해명하는 일이다.

3

비평가들의 생각의 골은 언제나 자생적으로 만들어진 것은 아니다. 자신의 생각을 가능하게 하는 원천 혹은 선이해가 의식·무의식 간에 작용하게 마련이다. 김주연에게 있어서도 이런 모습은 다른 비평가 못지 않게 나타난다. 그가 세계나 대상을 이원적으로 인식하고 이를 통합해가려는 지향성을 내보이는 것 역시 그가 전공한 독문학에의 영향임이 드러나기 때문이다.

그는 「독일 문학의 정신사적 계보」(『독일 문학의 본질』)를 논하면서 독일 문학의 특징을 우선 비현실성에서 찾고 있다. 그리고 이 비현실성이 내포하고 있는 개념으로 관념성·이상주의·낭만주의·신비주의를 들고 있다. 이런 현상은 독일 문학뿐 아니라 독일 정신 나아가 독일 역사의 전반을 통해서도 나타난다고 본다. 즉 독일 역사의 영광과 오욕의 원천을 비현실성·낭만성·관념론·이상주의를 뿌리로 하는 거대한 신비적 에네르기로 파악하고 있다. 이러한 김주연의 독일 문학에 대한 이해는 그의 문학적 토대를 형성하는 데에 있어 현실주의적 시각보다는 이상주의적 요소를 더 중요하게 인식케 함으로써 이원적 세계 인식의 모습을 보이고 있다는 것이다. 실제보다는 낭만에 더 관심을 두게 함으로써 근본적으로 세계 인식의 틀을 이원적

---

3) 같은 책.

으로 갖게 하면서도 정신을 더욱 내세우는 쪽으로 기울고 있다는 것이다.

특히 그가 근대 독일 문학의 창시자라 할 수 있는 괴테의 『파우스트』를 신비주의와 계몽주의가 기독교에 의해 새롭게 극복된 양상으로 이해함으로써 독일 문학의 큰 줄기가 유토피아 지향적임을 내세우고 있다. 그래서 김주연은 「18세기 독일 문학 이론 연구」에서도 레싱의 이론을 기독교 사상의 수용으로부터 이해하고 있으며, 헤르더의 '모든 것은 신적이며 모든 신적인 것은 또한 인간적'이라는 명제는 결국 '신의 계시의 역사는 인간의 정신사와 일치한다'는 명제로 해석하여 인간 정신을 내세우고 있다. 그리고 실러의 「소박 문학과 감상 문학」에서는 실러의 문학 이론의 구조가 철저히 이원론적 입장에 있다고 보았으나 그가 현실주의의 와중에서 현실과 이상의 조화를 도덕성의 기준 위에서 객관적으로 바라보고 이를 지키려고 했던 점을 중요하게 간취함으로써 통합에 의미를 두고 있다.

그러나 김주연의 비평적 시각에 있어 표나게 영향을 미치고 있는 것은 아도르노의 문학 이론이다. 아도르노의 문학론 중 우선 중요한 것은 부정의 변증법과 관련된 문학과 사회와의 관계 인식이다. 그는 문학과 사회와의 관계는 문학의 자율적 구조 속에 사회성이 어떻게 내재하고 있는가 하는 인식 회로를 통해 탐구되며 사회성의 존재론적 존재 양상이 문제된다고 본다. 모든 존재는 무엇이라고 규정될 수 없는 것인데, 바로 이 비규정성적 규정을 통해 존재는 자신을 파괴하고, 거듭 세워나가게 되는 바, 이것이 바로 부정의 부정이며, 이러한 기능을 통해 모든 존재가 생성된다는 것이다. 그런데 문학 예술 작품이 이 같은 부정의 과정을 가장 잘 구현한다고 보고 있다.

이런 측면에서 문학 언어는 그 구조가 자율적으로 되어 있으면서도 동시에 사회적 성격을 지닌다는 것이다. 이는 아도르노가 강조하고 있는 문학에서의 주관론과도 결부된다. 즉 문학에 있어서의 주관은 작가와 시인이 자기 침잠을 통한 보편성을 획득하도록 삶의 곤경이 가하는 억압으로부터 허락된 것이지 무조건 문학 그 자체를 위해 존재하는 것은 아니라는 것이다.

주관적이면서 객관적이며, 자율적이면서 사회적인 문학 언어의 이중성이야말로 아도르노 문학 이론의 핵심이라 할 수 있다. 즉 아도르노에게 있어 문학은 발생학적으로 주관적인 것이며, 생명을 가진 유기체가 성장하듯 자아의 실현체로 인식하고 있다. 그러나 여기에 작용한 주체성은, 객관성을 획득할 수 없는 것이기 때문에, 주관과 객관은 발생의 전후나 가치의 우열을 가질 수 없는, 이를테면 운명적으로 짝을 이루는 개념으로 본다. 그래서 아도르노에게 있어 단순한 직접성에 의해 문학 예술이 현실을 반영할 수 있다는 생각에서 출발한 리얼리즘적 시각에 기초한 사르트르, 브레히트는 비판의 대상이 되고, 대신 보들레르, 발레리, 베케트, 게오르게, 하이네를 긍정적으로 평가하고 있다.

결국 이러한 아도르노의 문학적 인식은 김주연에게도 자연스럽게 수용되어 나타나고 있는데, 그것이 앞서 확인한 바와 같은 이원적 문학 세계 인식 —세속성과 초월성—에서 문학의 두 요소로 하나의 몸이 지닌 등과 배의 양면성과 같은 것으로 인식하면서도 리얼리즘적 시각에서는 벗어나 있는 시선에서 찾아볼 수 있다.

4

김주연이 세계를 이원적으로 인식하여 그 통합을 시도하고 있는 모습을 내보이기는 하나, 그의 현실적 논리는 갈수록 조화나 통합보다는 육체보다는 정신, 현실보다는 이상, 세속보다는 초월성으로 기울고 있음을 본다. 그의 이러한 경향은 문학과 종교를 논하면서 더욱 구체화되고 있다. 그가 말하는 문학에서의 종교는 기독교인데, 이는 그가 줄기차게 관심을 가지고 있는 문학이 지녀야 할 초월성을 기독교가 대표적으로 지니고 있다고 보기 때문이다. 그가 개인적으로 기독교를 신앙으로 받아들인 것은 1983년 여름부터라고 고백하고 있는데, 이후의 그의 평문들에서는 부쩍 기독교 세계관으로 문학을 바라보려는 자세가 역력하게 나타난다. 「성서와 문학」「문학과 정신의힘」「사랑과 권력」 등이 그 예로 제시될 수 있다.

그럼 왜 김주연은 한국 문학에서 기독교를 그가 내세우는 초월성을 구체화할 수 있는 종교로 보고 있는가. 그 근본 토대는 우선 문학과 종교를 정신의 두 날개로 인식하고 있음에서 출발한다. 그리고 한국 문학이 세계 문학으로서 보편성을 획득하려면, 샤머니즘과 허무주의를 극복해야 하는데, 이를 넘어서는 형이상학으로는 이 시대에 기독교가 그 가능성의 한쪽을 맡고 있다고 믿기 때문이다. 즉 한국 문학이 좀 더 깊이 있게 발전하기 위해서는 종교를 포함한 사상면에 더욱 큰 관심을 가져야 하는데, 김주연이 볼 때는 기독교가 그 가능성을 어느 정도는 담보하고 있다고 생각한 것이다. 김주연은 독일 문학사를 통해, 신화주의와 계몽주의를 넘어서는 『파우스트』라는 문학적 높이를 가져다준 것이 기독교와의 만남이라는 사실을 확인했다. 그래서 그는 「한국 문학의 정신사적 계보」를 개관하면서 오늘의 한국 문학에서 남는 과제는, 현실의 세속성을 바탕으로 하면서도 그것을 뛰어넘는 성스러운 어떤 힘을 문학이라는 양식이 창출해야 하는데, 식민지 시대부터 그 힘을 보여주고 있는 기독교 정신과의 제휴는 이런 각도에서 하나의 새로운 만남으로 각별히 주목된다고 말한다. 그러면 김주연은 한국 문학에서 종교와 관련해 문학의 깊이를 구체화할 수 있는 작품으로 어떤 대상들을 다루고 있는가.

우선 시에 있어서 그의 관심은 황동규, 한승원, 조정권에서 출발하고 있다. 김주연은 「역동성과 달관」에서 황동규의 시를 시적 체험의 시적 정신화라는 명제로 풀어나가고 있다. 「풍장」 이후 황동규 시인이 보이고 있는 동양적 선의 세계 혹은 달관적 풍모가 정태적 세계를 연상시키는 면이 없는 것은 아니지만, 그의 정태적 달관 속에는 역동

성이 살아 숨쉬고 있다는 것이다. 김주연은 이런 황동규가 내보이는
역동적 달관의 세계가 오늘 이 시대에 있어서 가장 바람직스러운 초
월인가에 대해 회의를 표한다. 이는 황동규 시인이 깨달은 동양적
달관의 세계가 자칫 신비주의에 머물 수 있다는 판단 때문이다. 즉
기독교 세계관에서 볼 때, 신비주의는 극복되어야 할 대상이기 때
문이다.

　김주연은 황동규의 시에서 보았던 초월성의 또 다른 한 모습을 한
승원의 시집 『열애일기』에서 발견하고 있다. 그러나 한승원의 에로스
적 사랑과 결부된 초월성은 순간순간의 초월성으로 이는 지속적 형
태가 보장되지 않는다는 점에서 올바른 초월성이 되지 못한다고 평
가한다. 순간적인 사랑을 통한 초월은 영생을 보장해주지 못하기 때
문이다.

　황동규와 한승원의 시에서 만났던 초월성이 아직 김주연의 기대
밖에서 서성거리고 있는 초월성이라면 조정권의 「산정묘지」에서 확
인되는 초월성은 신성으로 충만한 그래서 상당히 흥분된 어조로 표
현되는 초월성으로 평가되고 있다.

　　조정권의 「산정묘지」는 아름답다. 시인의 말대로 가장 높은 것들은
추운 곳에서 빛나기 때문일까. 그 아름다움은 아마 당분간 더 춥게 떨
고 있을지 모르지만, 마침내 높은 곳에서 얼음처럼 빛날 것이다. 그 높
은 곳은 어차피 모든 시, 특히 오늘의 시가 한 번쯤 경험해야 할 자리
이기 때문이다.[4]

　조정권의 시가 보이는 정신의 높이가 오늘의 시가 한 번쯤 경험해
야 할 자리라는 평가는 현실을 초월해 있는 그 정신적 높이의 고도를
높이 평가함이다. 그것은 바로 정신의 높이로 인식되고 있다. 그러면

---

4) 같은 책, p. 215.

왜 김주연은 조정권의 시를 이렇게 높이 평가하고 있는가. 그가 추구하고 있는 종교성이 초월성의 의미로 조정권의 시에서 실현되고 있기 때문이다. 즉 조정권은 초월성의 실재로서의 신을 「산정묘지」에서 보여주고 있기 때문이다.

그런데 조정권이 「산정묘지」에서 보이는 신성은 불교, 범신론 내지 샤머니즘, 기독교적 신성 등 다양한 색채로 나타나고 있어 김주연의 기대를 흡족하게 하지는 못한다. 기독교 신성을 고대하고 있기 때문이다. 이러한 김주연의 기독교적 신성 찾기 혹은 초월 정신의 탐색은 김지하의 생명 사상에서, 이시영의 신의 그림자 찾기에서, 이태수의 하늘을 오르는 사닥다리에서, 송찬호의 얼음 상징에서, 마종기 시인의 사랑, 고진하 시인의 묵시론적 전망 등에서 끝없이 지속되고 있다.

김주연의 종교적 신성 탐색은 시에서만 시도되고 있는 것이 아니라, 소설 속에도 계속된다. 인간의 세속적 욕망을 다루고 있는 현길언의 「내가 만든 예수」나 이승우의 「일식에 대하여」가 지닌 현대 문명과 종교의 본질을 다루고 있는 작품에 대한 긍정적 평가나, 조성기의 「야훼의 밤」, 이청준의 「잃어버린 말을 찾아서」 「비화밀교」 등의 작품에서, 우리 소설도 이제는 형이상학적 테마에 관심을 갖게 되었다고 새로운 소설의 가능성을 엿보고 있다.

특히 김주연은, 김원일의 「믿음의 충돌」을 기독교인의 신앙 형태를 본격적으로 다룬 최초의 소설로 지목하고, 이는 종교를 수용하는 인간의 문제를 다각적으로 살펴보고 있다는 점에서 근본적으로 문학적이라고 평가한다. 그래서 문학과 종교는 때로는 대립되어 있거나 너무 멀리 떨어져 있는 것처럼 보이지만 둘은 오히려 같은 뿌리의 쌍생아로 생각한다. 종교가 인간의 생사를 넘는 대초월을 맛보게 하는데, 문학적 초월은 대초월인 종교 경험을 감싸안을 때 그 감동의 깊이를 늘린다고 본다. 여기에 종교의 문학적 기능이 강조되고 있음을 본다. 그러면 그 종교적 기능 중 김주연이 우선 가장 관심을 두고 있는 것은 무엇인가. 다시 말하면 김주연이 이렇게 문학에 있어서의 종교(기독교)를 내세우면서 결국 도달한 곳은 어디인가. 그곳은 바로 사랑이다. 결국 문학의 정신과 원리는 사랑이며, 그것은 모든 인간과 사물, 세계를 총체적·전면적으로 껴안는 것이다(『사랑과 권력』). 그런데 사랑의 가장 고귀한, 이상적인 형태는 물론 하나님, 즉 신의 사랑이기에 문학에서의 종교성(신성성)이 김주연에게 있어서는 필연적인 요소가 될 수밖에 없다는 인식에 이른 것이다. 그래서 사랑을 본질로 하는 문학이 제도화되어가면서 그 본질을 잃어가는 것, 즉 문단의 권력 추구의 도구로 타락해가고 있는 문학 현실에 대해 개탄스러운 반응을 보이고 있는 것이다. 여기서 시적 자아, 정신, 초월성, 종교(기독교), 사랑으로 점철되어 있는 김주연의 비평적 담론의 의미를 새삼 확인하게 된다.

5

김주연의 관심은 문학에 있어서의 정신 문제에 가 있지만 또 한편에 자리잡고 있는 그의 관심은 문학사 기술에 대한 것이다. 어느 비평가든 한 번쯤 의욕해보는 궁극적 과제가 있다고 하면, 그것은 문학사 기술에 대한 도전이다. 왜냐하면 현실적으로 거의 모든 문학사는 비평가에 의해 씌어지고 있기 때문이다. 이는 문학사와 문학 비평은 서로 아무 관계가 없는 별개의 것이 아니라 상호 관련성을 깊게 지니고 있기 때문이다. 그래서 김주연 역시 문학사에 대한 관심을 표명하고 있음은 자연스럽다. 그의 문학사에 대한 관심은 「문학사와 문학 비평」(『문학 비평론』)에서 우선 제기된다. 여기서 그는 근본적으로 문학사가 가능할 것인가. 가능하다면, 문학사 기술의 근본적 원리는 어떻게 제시될 수 있을지를 우선 모색하고 있다. 그가 제안하고 있는 참조틀은 윌렉의 '여러 관계 도표 Scheme of Relationship'를 통한 문학사 서술, 에리히 슈미트의 '국민 정신 생활의 발전사로서의 문학사,' 칼비에틀의 '정신 사조로서의 독일 문학사,' 그리고 프리드리히 젱글레의 '문학사와 문학 비평의 통일'의 논의를 통해 문학사 기술의 방법론을 모색해보고 있다.

그런데 여기서 김주연은 이제 현대 문학에 대한 비평력 없이 문학사가는 존재할 수 없는 시기가 되었다고 말함으로써 프리드리히 젱글레의 '문학사와 문학 비평의 통일'을 자신의 문학사 기술에 대한 하나의 논리로 원용하고 있음이 드러난다. 즉 문학사 서술에 있어서 가장 중요한 문제 중의 하나인 시대 구분에 있어서 한국 문학에서의 근대 기점을 어떻게 잡을 것인가 하는 문제를 논하면서, 결국 문학사 기술에 있어 시대 구분은 시대 인식의 발견 여부가 문제되는데, 이를 문학 자체의 속성과 결부되는 문제로 봄으로써 문학사는 문학 비평 방법론과 숙명적으로 만날 수밖에 없다고 본다.

이런 입장에서 그는 한국 문학사 서술에 있어 논란이 되었던 「근대 문학 기점 논의의 문제점」을 비판적으로 점검하고 있다. 이 평문에서 김주연은 김용직, 염무웅, 정병욱, 김윤식, 김현 등이 제기한 근대 기점 논의를 비판적으로 정리하고 문학사 기술에 있어 역사 단위를 무엇으로 설정할 것인가에 대해 골몰한다. 결국 김주연의 생각에는 문학사의 시대 구분은 문학의 양식, 의식 등의 분석 종합을 통해서 그 모든 점에서 새로운 시대 인식적 요소가 나타날 때, 그것을 문학사의 시대 구분의 잣대로 사용해야 한다는 것이다. 이러한 구체적 방법의 하나로 김주연은 문학사의 시대 구분은 작가 위주로 이루어져야 한다는 것을 제안한다. 즉 문학 외적 조건이 준비해준 시대 인식에 안이하게 편승할 것이 아니라, 문학 스스로의 기준, 즉 개별 작가의 크기와 높이에 따라 마련되어야 한다는 것이다.

예를 들어, 그는 18~19세기 초는 독일사는 파행에 이르지만 독일 문학사는 괴테가 있었던 시대였기에, 물질적 힘에서 상실한 바를 정신적 힘으로 회복한 시절로 인식한다. 그러므로 사회사의 파행이 문학사의 직접적 파행을 초래한다는 논리는 후진국의 논리라고 말한다. 이는 문학사의 시대 구분은 문학 자체의 변화를 근거로 이루어져야 한다는 것을 강조함이다. 그래서 독일 문학사의 경우, 한 위대한 작가를 문학사의 한 기점으로 삼는 것은 벌써 하나의 견고한 방법론을 이루고 있다고 본다. 예를 들면, 젱글레 교수가 독일 문학을 '괴테 이전의 문학' '괴테 이후의 문학' '토마스 만 이후의 문학' 등으로 나누는 가설을 내놓기도 하는데, 그것은 그대로 독일 문학사를 가늠하는 자가 되고 있는 것이다.

이렇게 김주연이 문학사 기술에 있어서, 작가의 작품의 정신적 높이에 의한 문학사 기술을 주장하고 있는 데에는 그 나름의 문학 인식과도 맥을 같이하고 있는 부분이다. 그것은 다름 아닌 문학에서의 신성한 것, 즉 정신의 추구이다. 그래서 그는 「한국 문학사의 제문제」에서 다음과 같이 의미있는 발언을 하고 있다.

『한국 문학사』(김윤식, 김현 공저)에서 필자를 가장 공감케 하는 부분은 "그 밖에도 그 나름의 신성한 것을 찾아내야 한다"는 저자들의 주장이다. 실로 이 포괄적인 한마디야말로 한 나라의 문학이 가야 할 길을 말해주는 그 전부이다. [······]

문학사의 시대 구분은 이렇듯 작가들 내부에서 뛰쳐나가는 힘에 의해 연역적으로 얻게 되는 가장 고귀한 결론이다. 그것은 방법이 아니라 목적이다. 그것은 곧 한국 문학에서 그 나름의 신성한 것을 찾아내는 일과도 통한다.

김주연의 생각에는 문학사 역시 신성한 정신을 찾아 그 역사를 엮어내는, 정신사의 일부로서의 문학사여야 한다는 것이다. 이는 지금까지 김주연이 그의 평문에서 문학에 있어서 정신을 강조해온 점을 감안한다면, 그렇게 새삼스러운 것은 아니다. 문제는 정신사로서의 문학사를 김주연이 어떻게 구체화하고 있느냐 하는 점이다. 그는 문학사 논의에서 줄기차게 주장해온 정신사의 문제를 「한국 문학의 정신사적 계보」(『문학, 그 영원한 모순과 더불어』)에서 구체화하고 있다. 이를 점검해보는 것이 그의 문학사 기술의 실현 가능성을 확인하는 일이다.

그는 이 글에서 우리 문학을 신라 시대 향가를 전후로 해서부터 1970년대 시·소설의 면모까지를 통시적 관점에서 짚어내는 의욕을 보이고 있다. 그 흐름의 맥을 무엇으로 잡고 있느냐가 관심의 대상이 된다. 김주연은 이글에서 신라, 고려 시대의 문학에서는 불교, 조선 시대에서는 주자학을 그 시대의 종교 나아가 주도적 정신으로 보고 이를 중심으로 한국 문학의 흐름을 조명해보고 있다. 그런데 최근사로 올수록 이러한 종교를 중심한 정신사로서의 문학사 정리는 그렇게 명확하고 철저하게 그리고 일관성 있게 제시되고 있지는 못하다. 이런 아쉬움은 그가 내세운 정신사로서의 문학사 기술이 아직 구체적인 방법론으로 정립되지 않음에서 비롯된 것인지, 아니면 한국 문학이 보이는 정신의 깊이나 폭이 부재한 때문인지는 좀 더 따져보아야 할 점이긴 하나 우선 분명한 것은 한국 문학에서의 정신의 높이를 계속 내세우고 있는 점으로 보아서는 그의 관심은 후자 쪽에 기울어져 있는 것 같다.

그래서 김주연은 문학이 그 시대 현실의 이용물이 되지 않고 초월성을 얻으려면 현실의 세속성을 바탕으로 하면서도 그것을 뛰어넘는 성스러운 어떤 힘을 문학이라는 양식이 창출해야 한다고 보고 있다. 이 점에서 김주연은 한국 문학이 1960년 이후 집요한 노력을 하고 있다고 판단하며 식민지 시대로부터 그 힘을 보여주고 있는 기독교 정신과의 만남을 각별히 주목하고 있다. 신라 시대의 향가를 불교 문학으로 정리했던 김주연이 근현대 문학을 정신사의 하나로 정리한다면, 기독교 정신으로 체계화해야 하지 않겠느냐는 김주연의 바람이다. 그러나 이렇게 현대 문학을 기독교 정신에 의해 전부 정리한다는 것은 무리가 따른다. 한국 문학의 전통으로 보아, 불교나 유교 그리고 또 다른 무속적 사유가 한국인의 심성에 남아 있고, 아직 그 흐름이 우리의 문학에 혼재해 있기 때문이다. 이 공존해 있는 한국인의 보편적 정신을 기독교적 세계관으로 어떻게 수용할 것인가가 선결되어야 하기 때문이다. 이 문제가 해결되지 않는 한 기독교 정신에 의한 한국 문학사 기술은 상당히 편협성을 넘어서기 힘들다.

그러므로 김주연의 기독교 정신에 의한 한국 문학사의 기술은 아직은 남겨진 과제라고 생각한다. 그러나 정신이 내팽개쳐지고 있는 이 물량주의 시대에 있어, 그가 내세우는 문학에서의 정신은 모든 문학인들이 외면할 수 없는 과제임에 틀림없다.

〔『오늘의 문예비평』, 1992년 겨울호〕

신앙과 이성이 조화를 이룬 심미적 비평
──김주연의 신앙과 문학

유성호

해묵은 비유이지만, 문학에서 '창작'과 '비평'은 두 가닥의 영원한 평행 레일이다. 이 두 행위는 '문학'이라는 마을에 자신만의 고유한 영역을 갖고 있는 이웃이자 서로의 타자이다. 그런데 전통적 의미에서 '비평'은 '창작'이라는 1차적 행위에 대하여 2차적 위치의 운명을 부여받게 마련이다. 작품이나 작가에 대한 해석과 가치 평가를 본연의 임무로 삼는 것이 비평이기 때문에, 창작의 선차성과 비평의 부차성은 불가피한 진실이 되는 것이다. 그만큼 비평은 문학이라는 무대에서 늘 '조연'이고, 그 가계(家系)에서는 언제나 '서자'가 된다.

그러나 최근 문학 비평은 작품과 독자를 매개하는 2차적 직능에서 서서히 벗어나 그 자체가 하나의 심미적 텍스트를 지향하고 있다. 비평가는 문학 현상의 사후 평가자라는 수동적 소임에서 벗어나 자기 고유의 문체와 시각으로 자신만의 언어적 텍스트를 생산하고 있다. 이제 비평은 문학 작품을 효율적으로 이해하기 위한 참고서가 아니라, 비평가 스스로의 의식과 세계관, 무의식까지 반영하고 있는 원텍스트이다. 비평가는 자기만의 문취 속에 자신의 체험과 사유의 언어

를 작품과의 대화를 통해 담아내고, 독자들은 비평가의 눈을 통해 대
상 작품이나 작가에 대한 해석의 묘미는 물론, 그 비평가의 생각과
인간을 동시에 느끼게 된다.

30년을 넘게 애오라지 문학 비평과 독문학 연구에 매진하고 있는
김주연은, 이 같은 비평의 독립적 위상에 걸맞는 심미적 문체와 탄력
있는 관점으로 자신의 비평 세계를 풍요롭게 구축해온 중견 비평가
이다. 그가 누리고 있는 높은 인지도와 후의 어린 평판은 지칠 줄 모
르는 그의 비평 활동에서도 기인하는 것이지만, 그보다는 그의 유연
하고도 깊은 지적 배경과 함께, 여타 비평가들과 다른 그만의 독특한
비평적 안목 때문이다. 나는 그것이 신앙과 이성의 조화를 통한 '사
랑'의 미학이라고 생각한다.

원래 작가와 나누는 인터뷰에서 김주연은 나의 대선배 격이다. 그
가 일찍이 펴낸 『나의 칼은 나의 작품』(1975)이 서정주, 김동리, 황순
원, 김현승 등 당대의 기라성 같은 문인들을 만난 우리나라 최초의
인터뷰집이니까 말이다. 그래서 인터뷰의 생리를 누구보다도 잘 알
고 있을 그와의 만남에서 내가 제일 먼저 가진 느낌은, 나의 서투름
이 내비칠 것 같은 일종의 두려움이었다.

1. 『문학과지성』, 상호 신뢰와 문학적 진정성

숙명여대 캠퍼스에서 만난 김주연의 외관은 서구적 교양으로 단련
된 지식인의 그것으로 보였다. 그가 쓴 글을 학부 다닐 때부터 익혀
온 나는 그의 이름을 『문학과지성』이라는 지적 흐름과 연루시키는 고
약한 관행을 지금도 버리지 못하고 있는데, 우리들 사이에서 이른바
'4K'라고 불렸던 김병익, 김주연, 김치수, 김현 네 분의 이름이 아직
까지도 이 까마득한 후배에게 하나의 강렬한 에콜로 각인되어 있기
때문이리라.

"사실 저는 『문학과지성』 창립 동인은 아니에요. 1971년에 독일에 갔다가 이 년 만에 돌아왔는데 그때는 이미 5호가 나온 후였고, 저는 6호부터 참가했어요. 제가 1966년 『문학』이라는 잡지에 문학 평론으로 나온 후 쭉 같이 활동하던 친구들이라, 당시로서는 별 큰 생각 없이 참가했어요. 문학이라는 것이 원래 혼자 생각하고 글 쓰는 것이 본질이지만, 언어를 통한 작업이기 때문에 사람들 간의 이해와 소통을 필요로 하는 것이기도 하지요. 그래서 함께 작업하는 것도 그 나름으로 긍정적 의의가 있다고 여겼고, 개인 활동과 동인 활동이 모순되는 것은 아니라고 생각했어요. 생각해보면, 동인 모임을 통해 우리 모두는 서로 커다란 상승 작용을 했어요."

네 사람의 이름으로 처음 꾸며진 『현대 한국 문학의 이론』의 서문은 김주연이 집필했는데, 거기에서 그는 "문학은 전통의 끝에 앉아 있는 그의 성실한 상속자인 동시에 그에 끊임없이 도전하는 창조적 반역이다. 비평 역시 마찬가지라고 생각한다. 상속과 반역의 통로에 찡그린 얼굴로 앉아 있는 불만의 이름이 아니라, 그 유통을 도와주는 이론의 헌납자라고 믿고 싶다. 창작 행위와 이론 행위는 문학에 관한 한 서로 마주보고 서 있는 대립의 개념이 아니라 서로 이를 맞물고 돌아가는 톱니바퀴의 개념일 것이다"라고 적고 있다. 비평 행위로 업을 삼는 이들의 역할과 그에 대한 자존, 그리고 비평의 의의를 명징하고도 야심차게 내보인 것이다. 따져보니 그가 서른두 살 때의 일이다.

『문학과지성』이 발간될 때마다 서문에 주로 씌어진 내용은 한국 문학에 짙게 드리워져 있던 패배주의와 허무주의 그리고 샤머니즘의 극복이었다. 우리 것이니까 무조건 가치 있는 것이라는 근거 없는 민족주의적 자부심, 그리고 식민지적 역사관으로 우리 것은 별것이 아니라는 자조적 태도 모두 배격되어야 한다는 논리가 끊임없이 덧보태졌다. 지금 생각해보면, 이러한 샤머니즘이나 허무주의의 극복이라는 테마는 김주연의 평생의 비평관을 꾸준히 이끌었던 원형적 힘이었다.

또 그들이 추구한 것은 문학을 통한 현실 극복이었는데, 이때 말하는 '현실'이 정치적·이념적 의미의 현실이 아님은 자명하다. 정치적인 의미의 현실 저항에서 문학적 출구를 찾는 것이 아니라, 우리 사회의 역사적 구조나 체질 같은 보다 근본적인 것의 속성을 규명하고 그것을 변화시켜야 한다는 명제가 그들이 추구한 문학적 소명이었던 셈이다.

김주연은 당시 『문학과지성』 편집 동인들은 누구라 할 것 없이 한 사람 한사람에 대한 굳건한 신뢰를 비평의 기준으로 삼을 정도로 전폭적인 상호 신뢰 속에서 그 암울한 연대를 빠져나왔다고 회고한다. 그는 최근 '문학과지성' 출신의 젊은 시인들이 취하고 있는 아방가르드적 편향에 대해서는 비판적이지만, 그 안에서도 문학적 진정성과 성취도가 있다면 그것을 인정하는 태도가 필요하다고 말한다. 상호 존중과 신뢰가 자신의 비평은 물론, '문학과지성' 그룹을 이끌어온 핵심적 동력이었다는 것이다.

2. 신앙과 이성의 조화, 기독교 문학

김주연은 한때 우리 문학 비평을 현란하게 주도했던 리얼리즘적 안목보다는, 신성 지향과 초월성에 가치의 구심을 두는 독자적인 비평 행위를 꾸준히 전개해왔다. 첫 평론집 『상황과 인간』으로부터 최근에 이르기까지 이러한 그의 관점은 지속성을 띠며 심화된다.

"1983년에 기독교를 믿게 됐는데, 사실 그때 저는 문학적으로도 일종의 위기를 느끼고 있던 터입니다. 저는 근본적으로 사회주의 리얼리즘 같은 좌파 이론이나 자유를 표나게 강조하는 우파 이론 모두에

회의를 느끼고 있었고, 그런 데서 오는 일종의 갑갑함과 좌절감을 가지고 있었어요. 새로운 이론적 돌파구를 만들어야 한다고 생각했던 때입니다. 원래 비평이라는 것이 이론과 감상, 직관과 실증을 다 결합시킨 총체적인 것이지만, 그 중에서 '이론'이 가장 중요하다고 생각했어요. 게다가 연령적으로 사십대를 맞은 위기감도 더해져 있었는데, 마침 기독교를 만나면서 일종의 개안이랄까 새로운 지평을 경험했던 거지요. 그래도 명색이 제가 서양 문학을 공부하는 사람인데 헤브라이즘 쪽에 무지한 채 공부를 해왔구나 하는 것을 절감했어요. 우리 사회의 지식인들은, 지금도 그렇지만, 대개 헬레니즘적인 전통에 경도되어 있었어요. 독일 작가 카프카 하나만을 보아도 그의 문학에서 기독교적인 컨텍스트는 사라지고 사회적인 면모만 부각됐던 것이 사실이니까요. 그러나 알고 보면, 서양 지성계에서 도출된 이른바 독신론(瀆神論)조차도 결국은 기독교적 전통의 언어 아닙니까. 니체조차 자기 나름으로 종교적 언어 안에서 모색과 싸움을 벌인 것이지요. 저는 그때, 인간에게 이성이라는 것이 주어진 것을 보면 신을 인정할 수밖에 없다고 한 독일 철학자 레싱처럼, 이성을 신의 계시의 현장으로 보게 되었습니다. 이성과 신앙을 대립적 형질이 아닌 상호 보완적인 것으로 보기 시작한 거지요."

김주연은 자신이 기독교적 시각을 결여한 채 서양 문학을 해왔던 시간이 사실은 매우 무지한 상태였다고 겸허하게 술회하고 있다. 지금 그는 기독교적 관점을 제외하고는 서양 문학사를 일괄할 수 있는 안목이 불가능하다고 믿고 있다. 그가 초기에 샤머니즘의 극복을 추구했던 것도 생각해보면, 그의 의식 안에 이러한 종교적 지향이 잠재되어 있던 증거가 아니었나 싶다.

"그런데 우리 문학은 초월성의 결핍이라는 근본적인 맹점을 가지고 있어요. 문학의 목표인 자기 구원이라는 것도 결국 '작은 초월'인

데, 우리 문학은 이러한 입체성을 결여하고 현실주의적 평면성을 줄
곧 고수해왔어요. 말하자면 문학적 상상력이라는 것이 형이상학적
초월에까지 가야 하는데, 그러한 문화적 층의 빈곤이 안타까운 것입
니다. 한 가지 더 말씀드리면, 한국 기독교는 그동안 자신을 지탱해
왔던 도덕성·물질성·시간성을 넘어서야 합니다. 착하게 살고, 잘
살고, 오래 사는 데 일차적 관심을 가졌던 시각은 신앙의 전제로만
남기고, 문화적 메커니즘에서 기독교적 안목이 해야 할 역할에 눈떠
야 합니다. 이때 하나님이 인간에게는 '이성'이라는 다른 동물에게는
없는 훨씬 높은 정신의 힘을 주셨다는 사실은 매우 중요합니다. 문학
은 바로 이 힘과 관계됩니다. 종말의 세상에서도 당신이 사랑하는 인
간을 구원하고자 하는 하나님의 사랑을, 문학은 닮지 않을 수 없는
겁니다. 종교의 문화적 힘의 회복은 더없이 중요한 것입니다."

　현실의 본질을 질문하지 않고 사물의 미세한 내부와 사물들 간의
관계에만 집중하는 문학은, 그 나름대로의 세계를 갖는 것이기는 하
지만 그것이 반드시 좋은 문학이라고는 할 수 없다는 것이 김주연의
궁극적 믿음이다. 따라서 그는 "휴머니즘을 전면에 강조하는, 인간
중심주의보다 올바른 신 중심주의가 인간을 보다 인간답게 만든다"
는 역설을 자신의 비평에 받아들이게 된다. 그러면서도 그는 비평의
진리 독점주의를 반대하면서, 열려 있는 비평적 감수성을 가져야 한
다고 생각하고 있다. 그의 비평적 융통성과 탄력을 보여주는 실례일
것이다.

　"기독교에서 지금까지 문학과 개인적 신앙은 철저히 괴리되었던
것 같아요. 저는 기독교 문학이 가능하기 위해서는 우선 작가들이 마
음을 열어야 하고, 둘째는 올바른 지식을 공부해야 한다고 생각해요.
기독교적인 상상력은 깊이와 높이의 문제이기 때문입니다. 이제 우
리는 변신론이나 호교적인 감각으로 문학을 해서는 안 됩니다. 기독

교적 사유 방식이 편협한 종교적 도그마에 갇히지 않고, 현실을 풍부하고 유연하게 바라볼 수 있는 합리성을 잃지 않는 것이 중요합니다."

또한 김주연은 우리나라에서 처음으로 독일의 프랑크푸르트 학파 이를테면 아도르노 같은 학자를 소개한다. 독문학자로서의 그의 선구성이 돋보이는 장면이다. 아도르노의 「시와 사회에 대한 강연」은 흔히 개인적인 취향의 문제로 간주되어온 미적 형태가 사실은 개인적인 취향을 넘어선 보편성의 표현이라는 점을 역설하였는데, 김주연은 정직한 개체화에 의해 문학의 보편성이 기대된다고 보는 아도르노에게서 당시 우리 문학계의 대립적 진영이었던 참여 예술과 예술 지상주의 두 시각을 다 같이 지양할 수 있는 가능성을 보았던 것이다.
결국 김주연은 신앙을 받아들임과 동시에 양극으로 분화되었던 당시 문학적 조류를 통합할 수 있는 시각을 만들 수 있었다. 그것의 이름은 신앙과 이성이 조화를 이룬 '사랑'의 미학이었다.

3. 자기 구원으로서의 문학과 종교

김주연의 비평을 꼼꼼히 통독해본 독자라면, 그의 비평적 안목이 이같이 '사랑'이라는 정서와 인식에 철저히 빚지고 있다는 것, 그리고 그 '사랑'이 유한하고 물리적인 지상적(地上的)인 것이 아니고 초월적 의미와 반성적 의미를 동시에 내재하고 있는 것임을 알게 된다. 다음 글은 그 흔적의 하나이다.

문학은 사랑을 그리면서 사랑을 지향한다. 적어도 그렇다고 생각함으로써 문학은 독특한 자부심을 느낀다. 나 역시 그런 생각과 더불어 30년 가까운 세월을 문학 평론이라는 일에 종사해왔다. 그렇기 때문에 나를 포함한 거의 모든 문학인은, 문학이야말로 인간을 사랑하는 가장 보람

된 분야라고 막연하게나마 굳게 믿고 있다. (『사랑과 권력』에서)

그의 비평은 비인간적인 샤머니즘 및 샤머니즘적 사고 방식의 지양, 세계의 폭력화에 대한 저항, 그리고 심미성의 발견을 통한 인간적 위엄의 고양 등에 집중적으로 바쳐져 있다. 그러나 그는 그것 또한 하나님의 '사랑'을 흉내내보고자 하는 일에 다름 아니었다는 것을 겸허하게 인정한다. 따라서 김주연은 우리 문학이 '사랑'의 문화를 통하여 신성을 회복하는 것이, 자기 위상을 정립하는 데에 더없이 중요한 일이라고 본다. 그는 그것이 좁은 의미의 초월적 신성의 세계로 가는 것은 아닐지라도 올바른 인간성 회복이라는 차원에서도 매우 중요한 현대 문학의 관심이 되지 않을 수 없다고 본다. 그것이 종교와 문학이 동시에 추구하는 자기 구원의 길이라고 믿는다.

"글을 쓴다는 것은 삶의 반성이고, 반성은 순간순간 초월을 체험하게 합니다. 그런 의미에서 문학은 초월일 수 있는 거지요. 우리 문학에 초월적 기능이 결여되어 있다면, 우리의 문학적 반성이 제대로의 반성이 되지 못했기 때문입니다. 저는 기독교 문학이 이성과 신앙의 통합을 통해 구현되어야 하며, 더 나아가 기독교 교회 현장에서 발생하는 역기능을 경고하는 역할도 해야 한다고 생각해요. 이 세계에 존재하고 또 발생하는 모든 현상과 사물이 상호 억압적인 위치를 버리고 아름다운 질서를 획득하는 것으로 나타날 수 있게끔 정신적으로 고양시키는 일, 그것이 종교적 감상주의와 문학적 현실주의를 다 같이 극복할 수 있는 우리 문학의 초월성이고, 기독교 문학이 지향해야 하는 정신적 지표입니다."

그는 신앙 속에서 사람들이 거듭남의 체험을 원하듯이, 새로운 승화를 보여주고 삶의 원리를 끊임없이 재정리해주는 문학 속에서만 진정한 감동이 가능하다고 생각하는 비평가이다. 그는 우리 문화에 필요한 것은 분열이 아닌 다양성이고, 독선이 아닌 사랑임을 강조한다. 상대방을 인정할 줄 아는 마음이 필요하고, 서로 다른 원리와 규범은 어떤 것이 우리 인간들을 참되게 하는지 실천적 경쟁을 통해서 끊임없이 추구되어야 한다고 생각한다. 상당 기간 동안 기독교 정신이 지배했던 서구 사회에서 다원적 민주주의가 가능했던 원인을 우리는 읽어야 한다고 힘주어 말한다. 그의 비평적 입장 중의 중요한 하나의 배경이, 열려 있는 다원적 감수성임을 알려주는 예이다. 사실 기독교라는 일원주의와 상대방을 인정하는 다원적 시각의 공존은 매우 모순되는 듯이 보이지만, 반드시 필요한 기독교적 안목의 하나인 것이다. 김주연은 그 힘겨운 조화에 자신의 비평적 관심을 쏟고 있는 것이다.

그의 이 같은 신앙적 힘과 지성적 힘의 결합을 보여주는 실례로 나는 그가 최근에 번역하여 펴낸 노작『문학과 종교』(한스 큉, 발터 옌스 공저, 분도출판사, 1997)를 들 수 있다고 생각한다. 어려운 개념과 복잡하게 서술된 역사적 사실 때문에 무려 10년이나 걸려 완성한 이 책은 '문학과 종교에 비친 근대의 출발과 와해'라는 부제가 말해주듯이, 그리고 파스칼로부터 카프카에 이르는 간단하지 않은 여덟 명의 작가적 면면이 일러주듯이, 매우 심도 있는 기독교 문학의 광맥을 보여주는 '사제 없는 시대'의 역사적·문학적 지표가 될 저작이라고 할 수 있다. 우리는 이 책을 통해 서구 지성사에서 펼쳐졌던 기독교적 지향으로부터 우리 문학에 필요한 자양에 대한 강력한 시사를 받을 수 있을 것이다. 따라서 이 책은 평론가적 덕목 외에 김주연이 갖고 있는 연구자적 자세를 보여주는 적절한 실례로도 충분해 보인다.

4. 시대의 변화와 페미니즘에 대한 관심

김주연은 문학과 종교는 같은 근원을 가지고 있으며, 인간을 감동시켜 구원으로의 길을 보여주는 초월적 작업을 한다는 점에서 서로 참조되어야 할 역사를 갖고 있다고 생각한다. 따라서 현대 문학의 종교 대체적 기능이 중요하다고 본다. 문학도 종교도 그 지향하는 바는 마찬가지인데, 그것이 바로 인간의 '구원'이라는 것이다. 그런데 총체적 인간학인 문학이 최근 욕망론과 심리론에 기울어 감각적 쇄말주의로 떨어지고 있는 느낌을 김주연은 갖고 있다. 심지어는 중요한 생명 현상으로서, 신학적 인식을 포함한 다각적 접근이 이루어져야 할 죽음마저 일방적 지식에 의해 감각적으로 처리되는 것을 볼 수 있다. 문학이 이렇듯 지적 교만의 다른 이름으로 행세한다면, 그것은 지식인의 왜곡된 얼굴을 덧칠해주는 일일 수밖에 없고, 결과는 그 글을 쓴 사람 외의 어떤 사람으로부터도 환영받을 수 없을 것이라는 것이 김주연의 걱정이라면 걱정이다. 김주연은 이렇듯 30년이 넘는 시간을 일관된 비평적 견해를 가지고 현장 평론을 해왔다.

그러나 그 역시 시간의 풍화를 전적으로 비껴가지는 못한다. 그는 최근 젊은 작가들의 세계를 탐색한 『가짜의 진실, 그 환상』을 펴냈는데, 그 서문에서 그는 그가 느끼고 있는 세대 간의 격절감과 자신의 세대적 감수성이 이제는 또 다른 타자들을 향해 힘겹게 열려야 한다는 생각, 그리고 아득한 시대적 변화에 대한 남다른 소회를 담고 있다.

90년대와 눈높이가 다를 수밖에 없는 접근이지만, 종말론적 세계관의 끊임없는 간섭 안에 있는 오늘의 현실은 어차피 다양한 눈높이의 시각들과 만나지 않을 수 없을 것이다. 세기말 작가들과 어울리게 된 60년대 한 비평가의 작품 읽기로 읽혀지기 바란다. 〔……〕 따라가기도 힘들고, 거부하기도 어려운 현실이, 보다 정직하게 고백한다면, 이 책 뒤에 붙어 있는 심리적 배후다.

벌써 중견의 반열마저 지나고 있는 이 "60년대 한 비평가"는 이제 자신의 비평적 혜안을 이른바 '페미니즘'이라는 지적 조류에 집중적으로 할애해볼 생각이다. 세기말 문학의 세기말적 상징으로서의 여성의 문제, 그것은 단순한 여성 문제가 아니라, 해체에서 이야기하는 것처럼 남성과 여성을 가르는 등호와 부등호의 해체 작업이고, 가장 실천적이면서 구체적인 문제라는 생각 때문이다. 정치적인 문제가 한시적이고 다른 문제가 개입할 요소가 많은 데에 비해, 페미니즘은 비교적 전면적이면서 문화적 시각을 적용하기에 좋기 때문이라는 것이다.

짧은 시간 동안 많은 이야기가 오갔다. 서양 문학과 한국 문학, 그리고 이성과 신앙 사이를 자유로이 오가는 김주연의 간단없는 논리와 정열이 그의 비평에 문학과 삶에 대한 균형 감각을 주고 있는 듯이 보였다. 문학이 정신 문화 일반에서 감당해야 할 몫이 여전히 중요하다고 보는 김주연은 앞으로 비평의 독자가 지금보다 훨씬 소수가 될지는 모르지만, 비평의 품격이나 위의가 떨어지지는 않을 것이라고 생각한다. 그에게 있어, 인간 정신의 치열한 어떤 불꽃들을 내연시키는 글쓰기 작업은 즐겁고도 고통스러운 자기 구원이라는 고전적인 명제를 충실히 이행하고 있는 듯이 보였다.

그러한 열정과 시간이 축적되어갈 때, 그의 심미적 비평은 이제 우리 문학에서, 김주연의 이름을 빌린 일종의 언어 유희pun를 감행한다면, 창작의 조연이 아닌 독자적인 '주연(主演)'이 될 것이다. 그때 김주연이 추구해왔던 신앙과 이성이 조화를 이룬 심미적 비평은, 우리 사회에서 척박하기 이를 데 없는 초월적 이성의 소중함을 말해줄 것이고, 얼마 안 있으면 이순을 맞을 김주연을 다른 논자들과 구별시켜주는 고유한 문학적 브랜드가 될 것이다.

[『소금과 빛』, 1999년 9월호]

김주연 비평 이론의 전개 과정
──대중 문학론에서 디지털 욕망까지

김태환

1. 머리말

1960년대에서 현재에 이르기까지 30년이 훨씬 넘는 기간 동안 김주연의 비평은 상당한 변모를 보여왔다. 가장 두드러진 변화는 1980년대 초 그가 기독교 신앙을 갖게 되면서 일어났다. 그후 그는 문학에서 기독교적 신성의 추구를 중시하는 입장을 취하면서, 문학과 예술 속에서 궁극적인 구원의 길을 찾는 일부 모더니즘의 경향으로부터 거리를 두기 시작한다. "문학 예술만이 현실을 극복할 수 있는 유일한 힘이라고 굳게 믿었던 고트프리트 벤으로 학위 논문까지 썼"던 그였지만[1] 비교적 최근의 비평에 나타나는 벤에 대한 그의 입장은 상당히 유보적이다. 그는 이러한 입장 변화와 관련하여 스스로 다음과 같이 이야기한 바 있다.

---

1) 김주연, 「문학, 그 영원한 모순과 더불어」, 『김주연 평론 문학선』, 문학사상사, 1992, p. 449.

현대시에 집중적인 관심을 가졌던 60년대 후반, 시인 김춘수에 대해 썼던 나의 일련의 글에서 보여지듯, 시적 인식, 혹은 문학적 인식에 흥미가 많았던 것은 사실이다. 게다가『문학과지성』의 편집 동인이 된 이후에는 으레 현실 개혁에 대한 관심, 즉 이념적인 측면보다 문학의 내재적 가치, 즉 문학적 순수성에만 주력하는 평론가처럼 받아들여지게 되고, 그것은 결국 문학 구원론의 지지자처럼 간주된다. 그러나 앞서 말했듯이 문학이 정말 온전한 구원 그 자체를 구현할 수 있는가. 이 명제는 오랫동안 나를 간단없이 괴롭혀왔다. 1986년『문학을 넘어서』를 상자하기 전후하여 나는 작고한 김현과 이 문제를 둘러싸고 심각한 토론을 여러 번 벌이기도 했다. 상징주의·심리주의·모더니즘을 그 비평의 기조로 삼고 있는 그는, 문학이 충분히 그 역할을 감당할 수 있다고 믿는, 이를테면 좋은 의미의 문학주의자였다. 그는 문학이 곧 초월이라고 주장했다. 그러나 나는 문학의 초월은 정서적 초월이라는 한계 이쪽의 것이며, 참된 초월은 종교적 초월을 포함하는 정신 경험을 껴안을 때 가능하다고 말했다. 나의 주장은 문학 자체가 초월이 아니라, 초월을 향해야 한다는 것이었다.[2]

이 대목에서 김주연은 자신의 기독교적 관심이 어느 날 갑자기 하늘에서 뚝 떨어지듯 생겨난 것이 아님을 얘기하고 있다. 이에 따르면, 그가 1960년대에 "시적 인식," 즉 시(문학)에 특유한 인식이라는 문제에 흥미를 가진 것은 사실이지만, "시적 인식"의 가치를 절대화하려 한 것은 아니다. 김주연은 자신이『문학과지성』의 편집 동인으로 활동하면서 "문학의 내재적 가치, 즉 문학적 순수성에만 주력하는 평론가"로, 또 "문학 구원론의 지지자"로 간주되었다고 말하고 있다. 이는 1970년대에『창작과비평』과『문학과지성』이라는 두 계간지가

형성한 대립 구도를 생각해본다면 이해할 만한 일이다. 『창작과비평』
이 참여 문학의 전통을 이으면서 강한 이념적·실천적 성향을 보였
다면, 『문학과지성』은 이에 비해 상대적으로 문학 자체에 더 주목하
고 문학의 자율성을 존중하는 입장을 취했기 때문이다. 하지만 김주
연은 자신에 대한 그러한 평가가 오해의 소산이었음을 시사한다. 『변
동 사회와 작가』에 실린 그의 1970년대 비평문들을 읽어보면 이 점은
분명히 드러난다. 물론 그는 여기서 참여 문학, 민족 문학, 민중 문학
논의의 문제점을 날카롭게 비판한다. 하지만 문학의 내재적 가치를
절대시하는 순수 문학론에 대해서도 반대 입장을 분명히 하고 있는
것이다. 그에 따르면 문학은 엄연히 사회 역사적 현실이 부과하는 여
러 조건 속에 제약되어 있는 것이고, 이 현실과의 대결을 회피하는
'순수 문학'이란 공허한 말장난에 지나지 않는다. 그가 아도르노, 마
르쿠제의 논의에 기대면서 강한 문학사회학적 관심을 표명하는 것은
이러한 맥락에서 이해할 수 있다.

　이렇게 현실의 제약을 벗어날 수 없는 유한자로서의 문학이란 제
아무리 신성한 외관을 갖추고 초월의 포즈를 취한다고 하더라도, "온
전한 구원 그 자체를 구현할 수 있는" 그 무엇은 되지 못하는 것이다.
따라서 무한자·절대자를 향한 추구는 문학의 영역을 넘어갈 수밖에
없다. 그것이 후기의 김주연에게서 기독교적 신성이라는 모습으로
나타나는 것이다.

　그렇다면 김주연의 기독교 수용과 그로 인한 비평적 입장의 변화
는 그가 그 이전부터 지니고 있던 문제 의식이 낳은 귀결로 볼 수 있
지 않을까? 그러므로 그의 변모를 제대로 이해하기 위해서는 기독교
수용 이전과 이후의 차이점만을 부각시킬 것이 아니라 그의 비평 세
계를 관통하는 어떤 공통된 흐름을 재구성해야 할 것이다.

2. 대중 문학론

그의 1970년대 비평들을 모은 『변동 사회와 작가』에서 가장 최근의 비평집 『디지털 욕망과 문학의 현혹』에 이르기까지 반복적으로 나타나는 주제 가운데 하나는 대중 문학, 대중 문화, 문화 산업의 문제이다. 그리고 이 문제는 언제나 사회 전체의 경제적 · 기술적 발전이라는 문맥 속에서 고찰되고 있다. 1970년대에는 산업화에 따른 대중 문학의 대두가 논의의 대상이 되었다면 현재는 컴퓨터와 인터넷의 확산, 즉 매체의 변화가 가져온 대중 문학 및 문화 산업의 문제가 그의 관심권 안에 놓여 있다. 이런 성격의 글들을 눈에 띄는 대로 열거해 본다.

「우상 파괴기의 한국 문학」, 『변동 사회와 작가』, 문학과지성사, 1979.
「대중 문학 논의의 제문제」, 『변동 사회와 작가』, 문학과지성사, 1979.
「문화 산업 시대의 의미」, 『문학을 넘어서』, 문학과지성사, 1987.
「문학과 공중의 딜레마: 작가는 신인가, 대중인가?」, 『문학을 넘어서』, 문학과지성사, 1987.
「산업화와 문화 충격」, 『문학을 넘어서』, 문학과지성사, 1987.
「작가는 신인가, 대중인가 2」, 『사랑과 권력』, 문학과지성사, 1995.
「대중 문화의 확산과 문화의 변모」, 『사랑과 권력』, 문학과지성사, 1995.
「기술 발전과 대중 문화」, 『가짜의 진실, 그 환상』, 문학과지성사, 1998.
「대중 문화 시대의 대중 문학」, 『디지털 욕망과 문학의 현혹』, 문이당, 2001.
「대중 문학에 대한 의문」, 『디지털 욕망과 문학의 현혹』, 문이당, 2001.

이 정도면 김주연이 산업 사회와 대중, 대중 문화의 여러 문제에 얼마나 커다란 관심을 쏟고 있는지 충분히 짐작하고도 남음이 있을 것이다.

그는 1970년대에 누구보다도 먼저 산업화 과정에서 형성된 새로운 독자 대중의 중요성을 인식했으며, 자기 나름의 문학성을 지니면서 대중을 상대로 글을 쓰기 시작한 새로운 세대의 작가들, 즉 최인호, 황석영, 조선작 등에 주목했다. 그리고 이들이 당시 문단의 인습적·제도적 틀이 만들어낸 순수 문학과 통속 문학의 경계를 무너뜨리고 긍정적인 의미의 대중 문학을 창조해낼 수도 있으리라는 기대감을 표현한다.

> '순수'와 '대중'의 허망한 분류가 이들에게서부터 손의 바닥과 잔등에 지나지 않는 것이 될 때, 이들은 뜻밖에도 문학사에서 새로운 영광의 인물이 될지도 모른다. 뛰어들어라. 그리하여 대중을 개성화하라.[3]

당시 김주연은 산업화 과정에서 생겨난 문학 대중에 대해 낙관도 비관도 하지 않고 있었다. 그는 한편으로 문학이 소수의 전유물이고 또 그래야만 순수한 것이라는 낡은 관념에 젊은 작가들이 정면으로 도전하기 시작한 것을 긍정적으로 평가했고(「우상 파괴기의 한국 문학」), 그러면서도 다른 한편으로는 문학 대중이란 쉽게 획일화·단순화되고 조작될 수 있는 존재라는 점도 의식하고 있었다. 그렇게 된다면 대중 문학은 판에 박은 통속적 상업 문학으로 전락하고 말 것이다. 하지만 위의 인용문에서 드러나듯이 그는 이제 형성되기 시작한 대중이 아직 여러 가지 가능성을 지니고 있다고 판단했고, 그들이 훌륭한 작가들의 영향으로 개성적인, 즉 자기 나름의 미적 감수성을 가진 독자 대중으로 성장할 수도 있을 거라고 기대했다. 이런 희망은

---

3) 김주연, 「신문 소설과 젊은 작가들」, 『변동 사회와 작가』, 문학과지성사, 1979, p. 62.

어떤 근거에서 생겨난 것일까?

최인호를 예로 이 물음에 접근해보자. 70년대의 김주연의 평가에 따르면 최인호의 소설(예컨대 「타인의 방」)은 산업화와 자본주의적 물질 문명의 확산이 초래한 인간의 소외감을 표현하고 있다. 최인호의 소설이 대중적인 반향을 일으킨 것은, 단순히 산업화의 현실을 풍속적인 면에서 잘 포착했기 때문이 아니라 그 속에 감추어져 있는 소외의 문제를 드러냈기 때문이다. 이러한 해석이 전제하는 것은 독자 대중이 스스로의 힘으로든 작품을 통해서든 자기 자신의 소외 상태를 반성하고 소외를 낳은 현실에 대해 비판적 의식을 가질 수 있다는 가정이다. 즉 그는 음으로 양으로 대중의 비판적 잠재력을 믿고 있었던 셈이다.

「대중 문학 논의의 제문제」라는 글에서 그는, 엘리트와 대중을 날카롭게 대립시키면서 "물질적 풍요 속에 정신적 고민을 저버리고 있는 대중의 무지몽매함을 개탄"[4]하는 오르테가 이 가세트의 반대중적‥ 귀족주의적 입장을 비판한다. 오르테가에게서

대중의 무교양성 · 야비성 · 조잡성 · 순응성은 역사적 수평에서 고려되지 않고, 마치 선천적인 유전의 그것처럼 더욱 불치의 것으로 선전된다.[5]

하지만 김주연이 보기에 대중은 그렇게 구제 불능의 존재가 아니다. 작가(엘리트)와 대중 사이의 소통 가능성은 열려 있다. 이러한 인식으로부터 대중 문학의 정당성이 도출된다. 대중 문학은 흔히 대중과 결부되는 부정적 속성을 지닌 문학이 아니다. 그것은 대중을 위한 문학이지, 대중에 의한 문학이 아니기 때문이다.

---

4) 김주연 「대중 문학 논의의 제문제」, 『변동 사회와 작가』, 문학과지성사, 1979, p. 17.
5) 같은 글, p 17.

　　문학의 창조는 결국 작가가 하는 것이고 작가란 개인이지 대중은 될
수 없는 것이다. 말하자면 대중을 위하되, 대중에 의한 것은 될 수 없
는 것이 대중 문학의 한 본질일 수 있을 것이다. 그것은 개성의 확산일
뿐, 몰개성의 복사일 수는 없다. 〔……〕 대중 문학이라고 해서 작가의
개성이 없을 수 없다. 다만, 그는 작가끼리의 방언 대신 대중 현실을
그의 주요한 문학 현실로 삼고 있는 자이다.[6]

　　그는 여기서 대중 문학의 가능성을 적극적으로 옹호하면서 대중
문학이 나아갈 방향을 제시하고 있다. 예컨대 대중이 획일화되어 있
다면 그러한 획일성에 영합하는 것을 대중 문학이라고 할 수는 없다.
진정한 대중 문학은 작가의 개성을 대중 사이에 확산시키는 것, 위에
서 본대로 '대중을 개성화' 하는 것이다. 그리고 우리는 이 대목에서
'작가끼리의 방언' 으로 이루어진 폐쇄적 엘리트주의에 대한 김주연
의 비판적 시각도 읽어낼 수 있다. 그는 대중 문학의 정당성에 관해
다음과 같이 말하고 있다.

　　대중 문학이란 무엇보다 제한된 소수 엘리트 계층이 그들만의 방언
으로 기껏 지역 문화를 만든다는 점에 대한 문화적 반성으로부터 정당
성이 나오는 것이다.[7]

　　문학의 엘리트주의 내지 폐쇄적 예술 지상주의에 대한 비판은 훨
씬 나중에 발표된 글들에서도 변함없이 나타난다. 예컨대 「문학 언어
는 절대적인가」라는 글에서 그는 다음과 같이 적고 있다.

---

6) 같은 글, p. 29.
7) 같은 글, p. 29.

　시인은 대체 누구인가? 그는 언어를 창조하면서도 그것이 사적인 자기 혼자만의 방언으로 떨어지는 것을 막는 사람이다. 이 어려운 일을 오늘의 문학은 감당해야 하는 것이다.[8]

　문학이 새로운 언어를 창조한다고 해서 그것의 소통적 측면이 무시되어서는 안 된다는 지적이다. 이러한 입장에서 그는 문학 언어를 일상 언어와 현실로부터 단절된 어떤 절대적인 영역에 옮겨놓으려는 태도나 "문학 언어의 순수한 자율성에 대한 맹목적 신봉"[9]을 거부한다. 또 다른 글에서 그는 '문학을 위한 문학이란 없다. 삶을 위한 문학이 있을 뿐'이라고 선언한다. 그가 1970년대부터 지금까지 줄기차게 대중 문학의 문제에 대해 발언해온 것도 그의 이런 기본 입장 때문이라고 할 것이다.

　하지만 1980년대의 김주연은 문학과 대중 사이의 소통 가능성에 대하여 조금 더 조심스러운 태도를 취하고 있다. 물론 1970년대에도 그가 대중 문학의 장래를 낙관적으로만 보았던 것은 아니다. 하지만 최인호, 황석영, 조선작 등에게서 작가와 대중 사이의 발전적 관계의 싹을 보았기에, 그는 '작가들이여, 대중을 개성화하라'고 외칠 수 있었다. 하지만 이제는 작가가 자기만의 개성적 언어를 창조한다는 것과 다수 독자와의 소통 관계를 잃지 않는다는 것이 해결하기 어려운 일종의 딜레마처럼 묘사되고 있다(물론 아무리 어렵다고 해도 그것만이 문학의 갈 길이라는 생각에는 변함이 없다. 그렇기 때문에 김주연은 소통의 단절을 감수하면서 언어 창조에만 몰두하는 태도에 이의를 제기하는 것이다).

　이런 미세한 입장 변화는 최인호 이후 '1980년대 대중 문학'의 경

---

8) 김주연, 「문학 언어는 절대적인가」, 『문학과 정신의 힘』, 문학과지성사, 1990, p. 167.
9) 같은 글, p. 169.

험과도 관련이 있을 것이다. 김주연의 기대와는 달리 최인호는 『별들의 고향』 신문 연재 이후 자의든 타의든 '본격 문학' 진영으로부터 멀어져갔고, 1980년대 초반에 폭발적인 인기를 모은 김홍신의 『인간시장』은 문학성과는 너무나 동떨어진 작품이어서, 오히려 엘리트 문학과 대중 문학의 벽을 공고히하는 데에 기여했던 것이다. 이것은 아마도 김주연이 작가와 독자 대중에게 걸었던 기대와 희망을 어느 정도 포기하게 된 원인 가운데 하나였을 것이다.

우리는 대중 문화와 대중 문학에 대한 그의 시각이 차츰 부정적으로 변해가는 것을 확인할 수 있다. 가장 최근의 비평집 『디지털 욕망과 문학의 현혹』에 실린 「대중 문화 시대의 대중 문학」에서 우리는 다음과 같은 구절을 발견한다.

중요한 것은, 대중 문화의 확산이 마치 문학의 민주화로 등식화되고, 그것은 곧 좋은 것, 바람직한 것이라는 인식이 만연하고 있다는 사실이다. 과연 정보화가 무비판적으로 찬양되고 PC 문학의 등장과 일반화를 포함한 대중 문학의 보편화 현상이 문학의 민주화로 가는 길일까. 아니, 문학은 민주화되어야 하며, 그것은 가능한 일일까.[10]

이어지는 구절은 그가 '대중의 개성화'를 말했던 때의 입장으로부터 상당히 멀리 와 있음을 보여준다.

대중은 많고, 많은 것이 한꺼번에 움직이는 것은 소박하다. 그 움직임에는 섬세한 다양성이 끼어들 자리가 비좁다.[11]

순전히 형식적인 차원에서 본다면, 최인호, 황석영, 조선작의 신문

---

10) 김주연, 「대중 문화 시대의 대중 문학」, 『디지털 욕망과 문학의 현혹』, 문이당, 2001.
11) 같은 글, p. 25.

소설 연재를 문단의 기성 권위에 대한 도전(「우상 파괴기의 한국 문학」)으로 높이 평가하는 김주연과 기존의 제도적 개입에서 벗어나 있는 'PC 문학'의 도전을 비판하는 김주연 사이에는 모순이 있는 것처럼 보인다. 보기에 따라서는 김주연 자신이 문단의 기성 권위가 된 탓에 그의 입장 역시 보수화된 것이라고 해석할 수도 있을 것이다. 하지만 그러한 해석은 최인호 등의 1970년대 소설과 현재 통신이나 인터넷상에 연재되는 판타지물 사이의 차이점을 무시한 형식 논리에 지나지 않는다. 단순히 대중 문학에 대한 김주연의 시각이 변한 것이 아니라 대중 문학 자체가 많은 변화를 겪었던 것이다. 그리고 김주연의 입장 수정은 이러한 변화에 대한 대응의 성격을 띠고 있다. 그의 기독교 수용 역시 이러한 문맥에서 이해해볼 수 있을 것이다.

3. 근대화의 진전과 가치의 붕괴

잘 알려진 대로 막스 베버는 근대화를 세계가 탈주술화 Entzauberung 되고 합리성의 원칙이 점점 더 넓은 영역에서 관철되어가는 과정으로 파악했다. 여기서 합리성이란 좀 더 정확히 말하면 목적 합리성, 즉 도구적인 합리성이다. 그것은 어떤 목적을 달성하기 위한 가장 효율적인 방법이 무엇이냐의 문제와 관련되는데, 이때 그 목적이 추구할 가치가 있는가 하는 질문은 고려의 대상이 되지 않는다. 예컨대 나치가 유대인을 학살하면서 이용한 가스실이 그 극단적인 사례일 것이다. 가스실의 학살은 흥분한 병사들이 칼과 창을 휘두르며 자행하는 피비린내 나는 전근대적 학살보다 훨씬 더 '합리적'이다. 그것은 다수의 사람을 짧은 시간에 적은 노력으로 죽일 수 있는 효율적인 방법이라는 점에서 목적 합리성을 갖추고 있다. 그리고 이 문제는 특정한 민족을 말살한다는 목표가 과연 정당화될 수 있는가 하는 문제, 즉 가치 합리성의 문제와는 완전히 별개의 차원에 있는 것이다. 목적 합리성은 가치에 무관심하다.

목적 합리성의 원칙은 자본주의 경제, 시장 경제의 원리와 불가분의 관계에 있다. 시장의 경쟁 속에서 기업은 주어진 여건 아래 최대한의 목적 합리성에 도달하기 위해 끊임없이 노력하지 않을 수 없다. 시장에서 기업의 가치는 효율성의 관점에서 평가된다. 시장은 그 기업이 어떤 제품을 생산하는지, 포르노 비디오를 만들어내는지 아니면 아동 도서를 만들어내는지 묻지 않는다. 기업에게는 목적 합리성이 가장 중요한 것이고, 가치의 문제는 부차적일 수밖에 없다. 설사 어떤 기업이 특정한 가치를 추구하고 고집한다 하더라도 그것은 시장이 그러한 고집을 허용하는 범위 안에서만 가능한 일이다. 그 가치가 장사에 결정적인 방해가 된다면, 기업은 그것을 포기하든지 아니면 스스로의 존립을 포기하든지 둘 중의 하나를 선택해야 한다.

근대 자본주의의 발전과 함께 기업뿐만 아니라 개인도 동일한 메커니즘 속에 점점 더 심하게 예속되어간다. 개인은 기업과 같은 조직의 소속원으로서 목적 합리성을 실현하는 첨병이 된다. 또한 소비자로서 개인은 기업의 이윤 추구 활동의 객체가 된다. 기업은 장사를 위해서 소비자의 욕망을 자극하는 다양한 수단을 개발한다. 기업이 소비자를 조작하는 방식은 북풍과 태양 가운데 태양의 방식에 더 가깝다. 나그네의 옷을 벗기기 위해 옷을 벗고 싶은 마음이 들게 한 태양처럼, 기업은 소비자들을 강요하기보다는 그들에게 물건을 사고 싶은 마음이 스스로 일어나게 하려고 노력한다. 그렇게 해서 자본주의 사회는 욕망을 개발하고 확대하고 부추기고 충족시키고, 또 다른 욕망을 개발하고, 이런 과정을 끝없이 반복한다. 편리한 것, 쾌적한 것, 쾌감을 주는 것들이 날마다 소비자들을 유혹한다. 전근대적 사회에서와는 달리 개인의 조작과 동원은 어떤 이데올로기적·종교적 강요에 의해서가 아니라, 이러한 욕망의 회로 속에서 이루어지며, 그 과정에서 전통적인 가치 체계의 기반은 근본적으로 흔들린다. 전근대적 사회에서 사람의 행동이 주로 옳으냐 그르냐의 코드 속에서 결정되었다면 자본주의가 발달한 근대 사회에서는 좋으냐 싫으냐의 코드가 항상 전면에 부각된다. 여기서 개인은 스스로 좋고 싫은 것을 판단하고 그것에 따라 행동할 수 있는 자기 결정권을 가진다는 점에서 옳음/그름의 코드 속에서 숱한 의무와 금기를 짊어진 전근대적 사회의 개인보다 자유롭다고 할 수 있지만, 개인의 자기 결정권 배후에 놓여 있는 시장의 욕망 조작 메커니즘을 생각한다면, 그러한 자유 역시 허상에 불과하지 않은가 하는 의혹을 떨쳐버릴 수 없는 것이다.

문학의 운명 역시 이런 컨텍스트 속에서 결정된다. 근대는 문학(예술)을 종교·철학·이데올로기(가치 체계)에의 예속 상태로부터 해방시켰다. 그렇다고 해서 문학이 완전한 자율성을 획득한 것은 아니다. 그것은 특정한 가치 체계의 속박에서 벗어나 시장이라는 욕망의 체계 속에 속박되었을 뿐이다. 이런 상황에서 문학은 다음과 같은 선택 앞에 직면한다. 시장에 순응하면서 사람들의 욕망을 부추기고 또 충족시켜주는 상품이 될 것인가 아니면 시장이 구축한 욕망의 체계 자체와 그로부터 초래된 가치 체계의 공동화(空洞化) 현상에 대한 반성과 비판을 시도할 것인가?

김주연이 지향하는 문학이 이 둘 중에 어느 편인지는 분명하다. 그에게 문학이란 언제나 맹종과 순응이 아니라 반성과 비판을 의미하는 것이었다. 『문학을 넘어서』의 서문에서 그는 이렇게 쓰고 있다.

> 글을 쓴다는 것은 삶의 반성이고, 반성은 순간순간 초월을 체험한다. 그런 의미에서 문학은 초월일 수 있을 것이다.[12]

그에 따르면 문학은 육체적 욕망과 감정을 넘어서는 정신의 발현이어야 한다. 그는 한국 문학을 비판하면서, "문학이 감정이나 욕망 놀이에 머무는 한, 한국 문학이 세계 문학적 보편성에 이르기는 힘들

---

12) 김주연, 『문학을 넘어서』, 문학과지성사, 1987.

다"고 진단한다.[13] 이 맥락에서 정신에 대한 슈프랑거의 정의를 인용한다. 정신이란 "비감각적으로 이해되는, 삶에 올바른 의미를 부여하는 어떤 인간적 힘"을 의미한다.[14] 여기서 우리는 김주연이 지향하는 문학의 의미가 근대 자본주의 사회에서 욕망의 체계에 밀려나버린 가치 체계의 문제(옳음/그름)와 관련되어 있음을 알 수 있다. 또한 기독교로의 전향도 그가 욕망을 반성하고 비판하며 비물질적 가치를 추구하는 문학을 지향한다는 사실로부터 설명될 수 있다. 그리고 그는 신문 연재 소설 『별들의 고향』의 성공으로 많은 평론가들에게 대중 작가로 낙인 찍힌 최인호에게서도 이런 반성과 비판의 계기를 발견하고 그를 적극 옹호했던 것이다.[15] 반면에 1990년대 이후 젊은 작가들의 시와 소설의 주류를 보는 김주연의 태도는 차갑다. 그 속에서는 극단적인 욕망과 죽음에의 충동만이 난무하고 어떤 비판과 초월의 계기도 찾아볼 수 없기 때문이다. 최인호의 소설이 대중 문학의 외관 밑에 진정한 문학의 지향을 감추고 있었다면, 이제는 이른바 본격 문학조차 대중 문학(상업 문학)의 차원을 넘어서지 못하는 것이다. 그래서 김주연은 「대중 문학에 대한 의문」에서 "모든 문학은 대중 문학이며, 모든 대중 문학이 그대로 문학의 자리에 있어 보인다"고 적고 있다.[16]

김주연이 느끼는 이러한 상황 변화는 아마도 우리 사회의 자본주의화 과정과 밀접한 관련이 있을 것이다. 지극히 가설적인 주장이지만, 나는 이 과정을 대체로 두 단계로 나눌 수 있다고 본다. 1970년대는 산업화와 도시화가 본격적으로 진행되면서, 욕망의 체계에 포섭된 대중이 형성되기 시작하는 시기이다. 그러나 이들 대중은 대부분 농촌과 같은 전통 사회 출신으로 구성되어 있었으며 그들에게 전통

---

13) 김주연, 「문학과 정신의 힘」, 『문학과 정신의 힘』, 문학과지성사, 1990, p. 175.

14) 같은 글, p. 173.

15) 김주연, 「상업 문명 속의 소외와 복귀」, 『변동 사회와 작가』, 문학과지성사, 1979, p. 115.

16) 김주연, 「대중 문학에 대한 의문」, 『디지털 욕망과 문학의 현혹』, 문이당, 2001, p. 29.

적 가치가 부차적이 된, 목적 합리성과 욕망의 체계가 지배하는 새로운 사회는 아직 낯설고 이질적인 것이었다. 그것은 소외와 노동 문제 같은 산업 사회의 부정적 측면에 대한 날카로운 비판 의식이 형성될 수 있는 토양이 되었다. 여기서 최인호, 황석영, 조선작 등의 문학이 나왔다. 그런데 1980년대와 1990년대를 거치면서 목적 합리성과 욕망의 체계는 지배권을 완전히 확립한다. 대중은 그 속에 편입되고 익숙해진다. 가치에 대한 무관심은 목적 합리성에 따라 구성된 체제의 속성일 뿐만 아니라 개개인에게 내면화된 태도로 자리잡았다. 최인호가 다룬 소외의 문제 따위는 이제 더 이상 중요한 것으로 인식되지 않는다. 이는 문학에서도 순응주의와 비판 의식의 약화라는 결과를 초래하게 된다. 대중 문학에 대한 김주연의 입장이 예전에 비해 훨씬 더 부정적으로 바뀐 것은 이러한 사정에서 기인하는 것이 아닐까.

4. 디지털 문명과 1990년대 문학에 대한 비판

가장 최근의 비평집 『디지털 욕망과 문학의 현혹』에서 김주연은 장정일 이후 1990년대 문학이 '감각화·관능화' 되었다고 지적한다. 그것은 섹스와 죽음에의 충동이 노골적으로 표현되는 문학이며, '어두운 감각주의자들'[17]의 문학이다. 그는 이를 디지털 문명의 발전과 연결시키고 있다. 컴퓨터와 인터넷의 모습으로 우리의 삶을 변화시킨 이 새로운 기술은 근대 사회가 구축한 욕망의 체계의 파괴적인 성격을 증폭시키고 있는 것이다. 욕망의 회로는 디지털 문명을 통해서 더욱 가속화되고 있다.

1990년대 초부터 퍼스널 컴퓨터가 일반에 보급되기 시작했고, 이

---

17) 김주연, 「대중 문화 시대의 대중 문학」, 『디지털 욕망과 문학의 현혹』, 문이당, 2001, p. 21.

어서 통신 문화가 생겨났으며, 1990년대 중반 이후 인터넷이 생겨났다. 그리고 이제 인터넷 전용선의 보급으로 인터넷 이용은 더욱 편리해지고 더욱 대중화되는 추세다. 여기에 덧붙일 수 있는 것은 휴대 전화의 급속한 보급. 1990년대 안에 삐삐라는 것이 생겨났다가 사라졌고, 휴대 전화가 그 자리를 대신하게 되었다. 이렇듯 예전에 비해 통신의 자유는 거의 무한대로 확장되었다. 10년이면 강산도 변한다고 하지만, 디지털이 지난 10년 간 일으킨 변화는 너무나 현란한 것이다. 1990년대 한국 문학은 세계의 디지털화 과정과 운명을 함께했다. 1990년대부터 작가들이 컴퓨터로 글을 쓰기 시작했고, 통신을 통해서 종이로 출력되지 않은 상태의 글을 전송하고 발표할 수 있게 되었다. 이제 전자책이 등장했을 뿐만 아니라, 작가들에게 인터넷 공간에서의 글쓰기 활동은 점점 더 중요해지고 있다.

이러한 발전이 가져온 가장 두드러진 영향은 역시 성적 금기의 파괴다. '원조 교제'의 가장 중요한 수단이 인터넷과 휴대 전화라는 사실은 시사적이다. 휴대 전화는 개인의 소유물이라는 점에서 가족 구성원의 공동 소유였던 전화와 구별되며, 그 때문에 가정의 성적 통제를 현저히 약화시키는 요인이 된다. 또한 사람들이 자기를 얼마든지 숨길 수 있는 인터넷 공간은 마음속의 은밀한 욕망을 부추기고 또 공공연히 드러낼 수 있는 장이다. 자살 청부업자가 등장하는 김영하 소설 『나는 나를 파괴할 권리가 있다』는 인터넷 자살 사이트를 통해서 우리의 현실이 되었다. 요컨대 디지털 문명은 욕망을 감시하고 통제하는 사회적 권위의 약화를 초래한다. 김주연이 말하는 디지털 욕망이란 바로 이런 것이다. "욕망의 첨탑이라 할 수 있는 성적 욕망의 노출과 표현이 거의 아무런 조정 기제의 개입 없이 이루어지고 있다. 가치 평가의 겨를도 없이 밀려온 이러한 현상을 나는 여기서 디지털 욕망이라고 부르고자 한다."[18]

---

18) 같은 책, p. 131.

　김주연에 따르면 '디지털 욕망'의 근본 특성은 속도성이다. 컴퓨터
는 "그 발전의 개념을 속도에 두고 있다."[19] 사람들은 컴퓨터가 점점
더 많은 정보를 더 빠르게 처리하기를 원한다. 모니터 앞에서 기다리
는 시간은 점점 더 참을 수 없게 된다. 디지털 문화의 속도성은 문학
에서 스피디한 문체의 발전으로 나타난다. 그것은 그 자체로 매력적
인 것이지만 반성과 성찰의 여지를 남겨놓지 않는다는 부정적인 측
면이 있다.[20]

　김주연이 명시적으로 지적하고 있지는 않지만 속도성 역시 욕망의
문제와 밀접하게 관련되어 있다. 인터넷 세계가 보장하는 욕망의 손
쉬운 충족은 마음의 평화를 가져다주는 것이 아니라 새로운 욕망과
불만을 불러일으킨다. 인터넷의 주기는 '욕망―충족―욕망'이며 이
주기는 점점 짧아진다. 마치 그림 형제가 정리한 민담 「어부와 그의
아내」에서 소원을 들어주는 물고기가 점점 더 큰 욕망을 점점 더 빨
리 불러일으키듯이. 어부의 아내는 처음에 아담한 오두막집을 원한
다. 그 소원이 이루어졌을 때에는 한동안 만족하고 살았다. 그러다가
더 큰 집을 원한다. 더 큰 집을 얻고는 얼마 되지 않아 귀족의 성(城)
이 갖고 싶어진다. 새로운 욕망이 생겨나는 주기가 점점 단축된다.
마지막에는 욕망이 충족됨과 동시에 다른 욕망이 생겨난다. 충족이
곧 결핍이 되는 것이다. 그녀는 결국 교황의 자리에까지 오르는데,
교황이 되자마자 곧바로 신이 되고 싶다고 말한다. 하지만 이 소원만
큼은 이루어지지 않는다. 그녀는 오히려 가졌던 모든 것을 빼앗기고
가난한 어부의 아내로 되돌아간다. 이 이야기는 인간의 교만함과 욕
망의 파괴성에 대한 우화로서, 김주연의 비평이 전하는 메시지와도
무관하지 않다.

　기독교적 세계관 위에 서 있는 김주연에게 근대는 무엇보다도 초

---

19) 같은 책, p. 135.
20) 같은 책, p. 135.

월적 신성이 부정되어가는 세속화의 과정이며 동시에 인간이 세계의 주인이라는 인간 중심주의가 관철되는 과정이기도 하다. 계몽주의 이래 믿음 대신 앎이, 신앙 대신 이성이 인간의 삶을 이끌어갈 지도 원리로 인식되기 시작한다. 전통적인 형이상학은 경험 과학의 발전으로 점점 의심스럽게 되고, 이에 따라 문학 예술에서도 리얼리즘이나 자연주의 같은 조류가 득세한다. 이제 초월적 차원이 제거된 세계는 일원론의 틀 속에서 파악된다. 세계는 경험적·인간적 현실만으로 이루어져 있다는 생각, 이러한 사상은 사회 속에서 가치 체계를 배제한 목적 합리성과 욕망의 원칙이 관철된 것에 대응된다. 경험주의나 유물론은 그러한 일원론의 대표적 사례일 것이다. 일원론은 가치 역시 일원화하려고 시도한다. '좋다'는 말에는 두 가지 뜻이 있다. 행복하다·기쁘다·기분좋다·쾌감을 느낀다 등의 의미가 하나의 계열을 이룬다면(욕망·물질적 가치), 선하다·훌륭하다·숭고하다 등의 의미가 두번째 계열(우리가 앞에서 가치 체계라고 부른 것, 정신적·이념적 가치)에 속한다. 인간적 세계와 차원을 달리하는 신의 왕국을 상정하는 기독교적 세계관에 따르면 두 계열의 의미는 철저히 구별되지 않으면 안 된다. 선의 근거는 인간의 호불호나 행불행과는 무관한 차원에 놓여 있는 것이다. 반면에 초월적 세계를 부정하는 일원론은 선을 오직 인간적으로밖에는 근거지을 방법이 없다. 선은 궁극적으로 인간의 행복에 있다. '좋다'는 단어의 두 의미가 이렇게 해서 한 줄기로 합류하게 된다. 최대 다수의 최대 행복을 선으로 보는 공리주의는 바로 이러한 일원적 가치론을 대변하고 있다. 그런데 일원적 가치론은 결국 가치의 부정으로 이어진다. 현실 속에서는 개인의 욕망이나 행복은 사회의 집단적 규범과 분명한 괴리가 있다. 공리주의는 이 점을 설명하기 위해 공동의 행복(최대 다수의 행복)이라는 개념을 끌어들이지 않을 수 없었는데, 하지만 이런 관념이란 경험적이기보다는 환상적인 성격을 벗어날 수 없는 것이었다. 마르크스주의는 한 사회에서 통용되는 선이 특정 계급의 불행을 대가로 한 특정 계급의 행복에 지나지 않는다고 주장함으로써 가치의 일원론을 한 걸음 더 밀고 나갔다. 이제 선은 더 이상 보편적이지 않고 특수하며, 그 뿌리에는 계급이라는 집단 주체의 욕망이 숨어 있는 것이다. 가치는 욕망의 가면일 뿐이고 어떤 주체에게 선인 것이 다른 주체에게는 악이 된다. 가치의 부정, 가치의 상대주의는 일원적 가치론의 귀결로서 '모더니즘'에서 '포스트모더니즘'으로 이어지는 흐름 속에서 더욱 번창하고 있다. 이제 남은 것은 가치에 무관심한 욕망, 프로이트의 이드뿐인 것처럼 보인다. 이런 맥락에서 김주연은 모더니즘과 포스트모더니즘을 근대에서 시작된 세속화 과정의 연장으로 이해한다. 이는 '포스트모더니즘'(그리고 때로는 '모더니즘'까지도)을 근대와의 근본적인 단절로 파악하는 일반적인 관점과는 매우 다른 입장이다. 그가 흔히 대립적인 개념으로 여겨지는 '리얼리즘'과 '모더니즘'을 한데 묶는 것도 같은 이유에서다. 그는 이미 「한국 문학, 왜 감동이 약한가: 그 초월성 결핍을 비판한다」라는 글에서 "문학의 세속화라는 관점에서 보면 둘은 그리 멀리 있는 것 같지 않다"고 쓴 적이 있다.[21] 『디지털 욕망과 문학의 현혹』에서 그는 남진우, 김태동, 장정일, 은희경, 전경린, 서하진, 김영하 등의 비교적 젊은 시인과 소설가들을 언급하면서 모더니즘에서 포스트모더니즘으로 이어지는 흐름이 한국 문학의 주류를 이루고 있으며, 이러한 흐름의 가장 큰 특징은 섹스와 죽음에의 탐닉이라고 진단한다. 문학에 있어서 페미니즘적 경향 역시 억압되어온 여성의 성적 욕망을 분출시킨다는 점에서 이 대열에 합류하고 있다. 그것은 "모두 형이상학 내지 영성을 잃어버린 인간들에게 남겨진 마지막 실체들이기 때문이다."[22] 즉 가치가 부정된 자리에 남은 것은 욕망뿐이라는 것. "괴물스러운 몬스터

---

21) 김주연, 「한국 문학, 왜 감동이 약한가: 그 초월성 결핍을 비판한다」, 『문학을 넘어서』, 문학과지성사, 1987, p. 190.
22) 김주연, 「세기말 감성과 신비주의 정신」, 『디지털 욕망과 문학의 현혹』, 문이당, 2001, pp. 86~87.

만들기, 섹스와 절망 속으로 질주하는 자살의 미학 같은 것은 모두 영성을 우습게 여기는, 기계 시대가 낳은 타락한 천사들이다."[23]

일원적 가치론이 결국 가치의 부정 내지 가치 허무주의로 갈 수밖에 없었다면, 그것은 가치를 인간적으로, 다시 말해 이성적으로 정초하려는 시도가 파탄에 이르렀음을 의미한다. 여기서 김주연이 찾은 것은 인간의 욕망으로 환원될 수 없는 가치, 그것과 절대적으로 다른 차원에 놓여 있는 초월적인 신성의 가치다. 그의 세계관과 문학관은 그 근본에 있어서 이원론적이며, 그의 비평적 평가 기준도 육체/정신, 세속성/초월성, 인간성/신성, 욕망/영성이라는 이원적 틀로부터 도출된다. 그는 이원론에 관해 다음과 같이 말하고 있다.

> 삶에 관한 모든 이원론은 사실 인간이라는 실존적 조건 자체에서 발생한다. 인간은 육체로 구성되어 있으면서도 부단히 정신을 지향하고 있기 때문이다. 육체와 정신! 그것은 원초적 이원론이다. [……] 삶의 현실은 항상 물질 세계와 육체의 세계 속에서 규정되지만, 인간의 정신은 그 규정을 부단히 넘어서고자 한다. 그 넘어서고자 하는 곳에 문학이 있다.[24]

욕망에 탐닉하는 문학, 인간을 오직 욕망의 측면에서만 묘사하는 문학은 평면적이고 일차원적이다. 문학은 인간 욕망의 한계를 직시하고, 그것을 뛰어넘어 초월적 신성을 지향하는 수직적 움직임을 보여주어야 한다. 김주연이 이승우 소설을 살피면서 한 다음과 같은 진술은 그의 문학관을 가장 선명하게 드러내주고 있다.

> 욕망이라는 인간성이 신성과 함께 논의될 수밖에 없는 절반의 인형

---

23) 같은 책, p. 149.
24) 김주연, 「비극적 세계관과 새로운 생명」, 『사랑과 권력』, 문학과지성사, 1995, p. 64.

이라면, 그것을 관리하는 보다 높은 힘, 즉 창조의 신성과 만나는 일은 지극히 당연한 논리의 세계라고 하지 않을 수 없다. 지금까지 많은 작가와 시인들이 욕망의 문제에 매달려 왔으나 「목련 공원」의 이승우처럼 통합적으로 이 문제를 바라본 이는 내 기억으로는 아직 없다.[25]

이런 뚜렷한 입장 때문에 그의 비평은 단순한 현상 기술이 아닌, 작가와 작품에 대한 단호한 평가와 비판적 개입으로 자리잡을 수 있었다.

김주연의 비평은 특히 1990년대 이후 한국 문학의 감각화·관능화·가치 파괴 경향에 대해 비판적으로 대응하면서 문학이 지닌 반성의 기능을 강조해왔다. 여기서 반성이란 인간 욕망의 유한성을 깨닫고 초월적 신성을 통해 이를 극복하려는 태도를 가리킨다. 그것은 현대 문명을 특징짓는 가치의 위기에 대한 한 가지 중요한 대응 방식이며, 가치가 파괴된 상황에서 가치를 수립할 수 있는 자리는 어디인가 하는 질문에 대한 진지한 고민의 결과라고 할 수 있다. 사실 그가 비판하고 있는 모더니즘 역시— 물론 모더니즘에도 여러 가지가 있지만 —어떤 면에서는 가치의 위기를 근대적 이성이 도달한 한계로 파악하고 반성의 중요성을 강조했다는 점에서 그의 문제 의식과 일맥상통하는 바가 있다. 서양 모더니즘의 중요한 모티프는 합리적이고 세속적인 부르주아적 일상을 뛰어넘으려는 것이었으며, 이를 (예컨대 후기 위스망스처럼) 종교적 초월성을 통해 추구하는 입장 역시 모더니즘의 다양한 흐름 가운데 하나이기 때문이다.　　　　〔2001〕

---

25) 김주연, 「보석과 애벌레」, 『디지털 욕망과 문학의 현혹』, 문이당, 2001, p. 175.

사회와 역사에의 인식

이재선

우리 문학에 대한 인식의 폭을 확대하고 고양시켜줄 두 개의 좋은 평론집이 거의 같은 시기에 나오게 되었다. 김주연의 『변동 사회와 작가』와 염무웅의 『민중 시대의 문학』이 그것이다. 주지하다시피 이들 평론가는 서로 매우 다른 관점에 서서 비평 활동을 수행하고 있는 사람들이다. 전자가 산업화 시대의 중압과 관계된 당대 문학에 대한 사회―미학적 인식에 투철하다면, 후자의 경우는 역사적인 인식을 통한 민족의 아이덴티티로의 적극적인 복귀 및 민중에의 신뢰를 그 기반으로 하고 있다.

김주연의 평론집 『변동 사회와 작가』는 이미 그 표제가 잘 시사하고 있듯이 문학에의 탐색과 이해에 있어서 사회의 변동이 문학 의식의 지각 변동을 가져온다는 생각을 전제로 하고 있으며, 또 결과적으로 1970년대의 문학을 대상으로 한 그러한 파악이나 해석에서 크게 성공하고 있는 점에서 주목된다. 그는 우선 이 책의 서문 격인 책머리에서 그의 비평적인 입장과 견해를 다음과 같이 피력하고 있다.

언제부터라고 딱 잘라서 말할 수는 없는 일이지만, 최근 10여 년래 한국 사회는 이른바 '산업화'의 거센 소용돌이 속에서 표류하고 있는 느낌이 강하다. 그로 인한 부정적인 가치의 출현에도 불구하고 이 같은 현상이 역사 발전의 불가피한 국면인지 어떤지는 지금으로서 잘 알 수 없으나 한 가지 분명한 것은 그로 인해 빚어지는 사회 변화의 여러 양태가 우리로서는 퍽 낯선 것이라는 점일 것이다. 부분적으로는 이미 낯설지 않은 것이 되어버리기도 한 이 같은 사회 변동은 정신사의 측면에서 새로운 충격으로 이해되겠으나 문학으로서도 강한 도전을 만난 것이 틀림없다. 우리 문학을 오랫동안 점잖게 지배해온 엘리트 위주의 가치관이나 신성성의 견지 같은 통념의 동요는 예컨대 그 비근한 도전의 양상들이라고 할 수 있을 것이다. 〔……〕 이 같은 사회 변화의 여러 조짐을 일련의 새로운 문학 현상을 통해 감지하고 있었던 비평가의 한 사람으로서, 보다 역사적인 지평에서 그것들의 구체적인 작품들과 대조함으로써 조금이나마 밝혀보고 싶을 따름인 것이다. 〔……〕

이 시대의 먼지를 몸의 때처럼 묻히고 있는 작가들의 현장에서 그 숨결의 앙금을 길러내야 할 것이라고 나는 믿는다.

다소 장황한 인용이긴 하나 이 글을 통해서 우리는 이 평론 전체에서 실천되고 있는 그의 비평 행위의 분명한 기반과 좌표축을 이해할 수 있게 되는 것이다. 그것은 무엇보다도 먼저 의식의 현장성이다. 그의 비평은 어떤 선험적인 가치나 기준에 의해 지배되기를 거부하면서 우리들이 현실적으로 당면하고 있는 산업화 사회의 문학 현상이 지닌 양상들에 대한 점검과 해명에 정직성을 드러내려는 의식으로 일관되어 있다. 이 점에서 그는 어느 누구보다도 오늘의 문학과 사회에 대한 의식의 눈을 밝게 뜨고 있는 비평가 가운데 한 사람인 것이다. 그것은 현상에 대해서 의식을 열어놓고 있다는 증좌인 것이다.

물론 '변동 사회'로 흘러드는 시기의 파악이 모호하다든가 또는 유독 이른바 1970년대 작가와 시인들에 대한 옹호와 애착에 너무 기울어진 나머지 그 이전의 문학의 가치와 작가에 대해서는 결과적으로 폄하해버린 듯한 인상이 없지는 않다. 그러나 문학의 역사적인 체계화에 주요 의도를 두지 않는 평론서이니만큼 이를 운위하는 것까지는 무리다. 요컨대 변동의 충격이 문학 의식의 변화를 탄생시킨 데 대한 현장 확인에 그 의의가 두어진다.

여기에 실려 있는 29편의 평론은 거의 모두가 당대, 즉 이른바 1970년대의 작품들에 대한 평석으로서, 시간적으로는 우리와 가장 가까운 거리에 있으면서도 이를 충분히 정리하고 해석하는 작업에 있어서는 오히려 가장 먼 거리에 있는 작품들을 이 정도의 폭으로 감싸안고 또 종합하고 있다는 점은 같은 길을 걷고 있는 사람으로서도 여간 놀라운 일이 아니다.

그의 비평의 관심은 한국 사회의 급격한 변동과 관련된 문학 작품에 대한 진단과 그런 변동으로 인한 문학적인 변이의 실체가 무엇인가를 찾아내려는 데 주력하고 있다. 따라서 '변동'의 개념적 키 워드가 되고 있는 것은 '현대화' '산업화' '도시화' '사회 변화' 등과 같은 일련의 낱말들이다. 이러한 새로운 말들과의 관계 속에서 문학을 해명한다는 사실은 자칫하면 이에 편승된 문학의 신기성만을 예찬하는 나머지 그 이전의 문학으로부터 받은 정신적이거나 미학적인 부채를 전혀 거부하거나 외면해버릴 수 있는 여지를 남기기가 쉬운 것이다. 그런데 이 책은 이런 우려와는 관계 없이 극히 근래에 이루어지고 있는 급격한 사회 변동이 주는 충격 앞에서 이 시대의 문학이 수행하거나 또는 받는 도전과 주름살이 무엇인가를 진지하게 밝히려 하고 있다. 말하자면 오늘의 우리 사회에서 일어나고 있는 산업화 내지는 변동과 산업주의와 이에 대면하고 있는 작가와의 동력학적인 가역 관계와 이러한 시대를 수용하거나 감내하고 있는 문학이 지닐 수밖에 없는 징후를 발견하는 일에 주력하고 있다. 그 때문에 이 작업은 이 시대의 문학이 지니고 있는 '대중 문학'성에 대한 옹호와 상업주의 문학으로서의 곡해의 혐의를 받음에 대한 부재 증명 및 전통적인 우상에의 파괴로써 비롯된다.

전 5부로 나누어진 이 책에서 우리가 가장 주목해볼 곳은 제1부다. 그 가운데서 「대중 문학 논의의 제문제」는 이른바 '대중 문학'이란 용어에 대한 인식의 고정 관념을 다시 재고하고 이를 바로잡아놓으려는 의도를 드러내고 있는 글이다. 이런 논의의 보다 근접적인 요인은 1970년대 작가들의 세계가 상업주의와 대중 문학의 이름으로 매도되는 편견에의 교정에 두어지고 있다. 그런데 이 글은 이 책에 실려 있는 다른 여느 글들과는 달리 주를 달고 있는 논문 형식의 글인 데다가 이론화를 위한 원용의 논리에 너무 치중된 느낌이 없지 않다. 계도적인 성격을 띤 글이기 때문에 이 같은 원용이 불가피한 것은 사실이겠지만 이러한 드러냄은 독자로 하여금 핵심의 행방을 찾기 위한 너무도 지루한 인내력을 강요하는 것이 아닐 수 없다. 결국 이 글은 '대중 문학'에 대해서 다음과 같이 규정하고 있다.

대중 문학이란 무엇보다 제한된 소수 엘리트 계층local group이 그들만의 방언으로 기껏 지역 문화를 만든다는 점에 대한 문화적 반성으로부터 정당성이 나오는 것이다. 그것은 실스의 말대로 모든 개인의 감수성의 신장이다. 그러나 문학의 창조는 결국 작가가 하는 것이고 작가란 개인이지 대중은 될 수 없는 것이다. 말하자면 대중을 위하되 대중에 의한 것은 될 수 없는 것이 대중 문학의 한 본질일 수 있는 것이다. 그것은 개성의 확산일 뿐, 몰개성의 복사일 수는 없다. 이렇게 볼 때 70년대의 많은 작가들의 세계가 대중 문학이냐 아니냐 하는 문제는 스스로 분명해진다. 대중 문학이라고 해서 개성이 없을 수 없다. 다만, 그는 작가끼리의 방언 대신 대중 현실을 그의 중요한 문학 현실로 삼고 있는 자이다. 물론 상업주의와 대중 문학은 분간되어야 한다. (p. 29)

하나의 통념을 바꾸어놓는다는 사실이 그렇게 용이한 것은 아니다. 그런데 이 글은 1970년대 문학=대중 문학=통속 문학=상업주의의 등식으로 추리되는 판단의 오류를 바로잡는 데 있어서 상당한 시사성을 제시하고 있다. 이를 그는 특히 소재주의의 '신성성 divinity'에서 연유되고 있음을 경계하고 있다. 좋은 문제 제기라고 생각한다. 그러나 이른바 '신성성'이란 용어의 문제라든가 이 글에 원용되고 있는 1970년대 작가들의 작품이 과연 상업주의와 확연히 '분간'되어질 만큼 상업성이 없으며, 그들의 일회성의 여자 소설이 "순수 문학에서 터부시되던 우상을 파괴하고 흡사 오물처럼 피해 다니던 여자와 섹스의 문제를 시대의 아픔과 결부"(p. 63)된 것이란 성과의 긍정적인 점검에는 논란의 여지가 없는 것이 아니다.

「우상 파괴기의 한국 문학」은 문학에 있어서는 언제나 우상은 파괴되어야 한다는 명제를 전제로 하고 그 논의로 보아 특히 1970년대를 우상 파괴의 시기로서 규정하고 있다. 그는 한국 문학에 있어서의 고질적인 우상의 정체를 문학의 실천적 힘에 대한 맹목적인 믿음, 순수주의라는 미망 등으로 봄으로써 이른바 '참여'와 '순수'의 양분법적 논의가 얼마나 허망한 우상 숭배주의에 함몰되어 있는 것인가를 일깨워보고자 한다. 그 밖에도 그는 문학을 미문가의 문장 연습으로 생각한다든가 문학을 지나치게 신비화한다든가 문학에의 실증주의적 파악은 문학이 인간과 인간의 사랑에 의해 만들어지는 실체라는 인식을 방해하고 우상화를 돕는 요소들이라고 지적하고 있다. 여기에서 우리는 이른바 '참여' '순수' 어느 쪽에도 서기를 거부하는 그의 위치와 그가 신뢰하는 문학관이 무엇인가를 파악하게 된다.

문학은 인간과 인간의 사랑에 의해 만들어진 실체다. (p. 33)

인간의 정신을 항상 자유스럽게 해주는 문학은 모든 억압에 대항한다. (p. 69)

　이처럼 그의 문학관의 기조에는 '인간' '사랑' '자유'에 대한 믿음이 깔려 있다. 따라서 피부와 피부에서 이루어지고 있는 실제적인 비평은 '근대화' '산업화' '도시화' 등으로 크게 연역될 수 있는 사회 변동의 과정에서 빚어지는 인간 소외와 전통의 붕괴로 인한 정신의 실향성, 아픔, 의식의 상업주의 등등을 수용하고 있는 황석영, 최인호, 박완서, 이문구, 송영과 같은 작가들의 작품을 다루고 있다. 이 밖에도 시론이 전개되고 있는데, 시에 관한 한 그의 평가는 보다 냉엄한 것 같다. 그는 「최근의 한국 시에 대한 견해」에서 "시인은 명상과 추억을 통해 그의 상상력에 언어의 옷을 입히게 되는 것이지만, 그것이 생명이 있는 문학이 되기 위해서는 자신이 서 있는 현실의 주소를 알아야 한다"(p. 159)고 주문하고 있다.

　이런 평론집에서 아쉬움이 남는다면 수시로 쓴 평론의 모음이란 점 때문이기도 하겠지만 한 시대나 사회에서의 문학을 평가함에 있어서 그 대상과 시야가 다소 특정한 작가나 시인에 편향·제한되어 있다든가 옹호의 대조적 논리를 명료히하기 위해서 그 나름대로의 정당한 존재 이유를 지닌 그 이전의 문학에 대해서 너무나 당돌한 판단을 내리고 있지나 않은가 하는 점이다.

〔『문학과지성』, 1979년 가을호〕

문학사 인식의 다양성과 깊이

송희복

  김윤식과 김현의 『한국 문학사』가 1972년 계간지 『문학과지성』에 연재되기 직전에 김주연은 이미 「문학사와 문학 비평: 한국 문학사를 어떻게 볼 것인가」, 오늘날의 수준에서도 상당히 무게 있는 그리고 희귀한 안식(眼識)의 깊이를 보여준 논문을 발표한 바 있다.
  그는 이 글에서 우선 문학사란 무엇인가 하는 원론적인 물음을 제기한다. 그리고 시간의 선상에 축적된 진보의 개념과 본질적으로 진보의 개념을 거부하는 예술과의 날카로운 상충점을 지적하면서, 근대 기점을 둘러싼 역사학계의 시비를 불러일으킨 바 있었던 시대 구분의 단위Einheit에 관한 문제를 문학사에 한정하여 집중적으로 거론하고 있다. 이때 물론 단위란 선행 시기와 후속 시기의 차별성을 특징짓는 유의미한 마디이다. 김주연은 문학사 시대 구분의 단위를 일반사의 경우처럼 외적 수단에 의해 일률적으로 적용되는 것이 아니라는 견해를 이 이후에도 수차례 되풀이한 바 있듯이 연대기적 기술을 통한 역사적 진보 개념에 대한 회의, 시대 구분에 있어서의 내재적 요인의 가능성을 분명히 밝히고 있다. 그는 문학사의 시대를 구분한 외국의 사례, 즉 앙리 세, 트로레치, 베르너 크라우스, H. K. 바인

너트, 야우스 등의 경우를 소개하고 있는데, 이 중에서도 특히 다음의 경우에 그와 같은 인상을 집중시키고 있다.

시대 개념을 단위 분절의 최소 요구를 인정한다면 우리는 가령 베르너 크라우스 같은 학자의 다음과 같은 말에 동의하면서 문제를 발전시킬 수 있다. "시대 개념은 두 가지, 즉 순서 개념Ordnungsbegriff이거나 본질 개념Wesensbegriff이거나이다. 본질 개념의 기준은 르네상스가 르네상스인을, 바로크가 바로크인을 잉태할 것을 필요로 한다." 순서 개념과 본질 개념의 양분은 태도의 양분이라는 의미에서가 아니라 시대 구분상의 두 본질적 어려움을 간명하게 정리하고 있다는 점에서 퍽 도움이 된다. 순서 개념이 오랫동안에 걸쳐 그 시대의 내용물을 시제(試劑)로서 다음 시대에 전달하는 것이라면, 본질 개념은 하나의 특수하면서도, 엄격한 점검을 요구하는 것이다.[1]

세기, 집정 시기, 주요 사건 등에 따라 물리적 시기를 분류하는 것이 순서 개념이라면, 본질 개념은 한 시대를 다른 시대와 식별케 하는 요인을 언어 양상, 문체, 양식, 장르 등 내적 구조에 치중하거나, 아니면 그 밖의 내용에 의한 동질의 시대 공간으로 묶을 경우에 비로소 실현되는 것이다.

김주연은 한국 문학의 특수성을 극복하기 위해 이 특수성을 명백히 인식해야 한다고 전제하고 있으며 이러한 조건이 이룩되지 않고서는 문학사의 시대 구분, 더욱이 근대 문학의 기점을 운위한다는 것이 말장난이나 헛된 수고가 될 뿐이라고 강조한다. 결국 그는 한국 문학사 시대 구분의 노력이 순서 개념과 본질 개념 중에서 어느 것이 타당한가 하는 방법 자체의 어려움 때문에 이 문제가 문학 비평 방법론에 귀속되는 질문으로 규정하고 있다. 문학 비평이 가치 평가를 지

---

1) 김주연, 「문학사와 문학 비평」, 『문학과지성』, 1971년 겨울호, pp. 751~52.

향하는 것이라면 문학사 역시 민족·언어의 가치를 통해 그 의미가 평가되는 것이리라. 김주연은 문학 자체의 속성의 발견이 부득이 요청되는 문학사에서 언어 의식의 발전, 언어 양상의 변이에 특히 관심을 둔 이론가이다.

문학사란 결국 민족 문학사이며, 그 민족 문학사의 틀 속에서 언어의 가용량을 어느 정도 확대할 수 있느냐 하는 점에 극히 시사적인 일로서 보여준다. 그러므로 한글 의식 유무를 시대 구분의 한 자[尺]로서 삼는다는 것은 현대 문학 비평에 있어서 언어 문제를 작가가 얼마만한 것으로 의식하고 있느냐 하는 점, 요컨대 한국 문학이 표현형이냐, 이념형이냐 하는 연구 과제를 동시에 가늠하는 문제가 된다.[2]

김주연의 이러한 생각은 「근대 문학 기점 논의의 문제점」이란 글에서도 반복된다. 작가가 언어 문제를 얼마만큼 의식하고 있느냐 하는 척도를 중시한다면, '근대'로 이름되는 시대 개념의 도입은 문학사 자체의 방법론에 큰 도움을 줄 수 없다. 오히려 큰 모순을 내포할 위험성도 있다. 그는 근대화를 일찍 전개하지 못한 독일의 경우, '근대'라는 용어를 회피하는 대신에 '질풍노도 시대' '괴테 시대' '괴테 이후 시대' 등의 문학사적 명명을 사용하였음을 주목하면서 김윤식, 김현의 문학사 등이 왜 반드시 근대 문학의 기점론으로 풀이되어야 하느냐, 왜 굳이 근대 문학의 기점을 영정조 시대로 소급시키려 하느냐 하는 문제에 상당히 회의하고 있다. 그는 근대라는 시대 개념보다 '한 작가의 질의 차이, 위대성의 차이'로 문학사가 설명되어야 한다고 주장한다. 이 대목에서 김윤식, 김현과 김주연 사이에는 큰 견해차가 존재한다. 김주연의 이들에 대한 회의는 다음의 사실에 근거하고 있다. 말하자면, 그것은 문학사를 실체가 아니라 형태로 파악하고

---

2) 같은 책, p. 759.

있는[3] 김윤식, 김현의 문학사가 소박한 역사주의를 넘어서야겠다는 애초의 의도를 내포하고 있으나 방법에 있어서 진보의 개념인 근대를 적극적으로 도입함으로써 심각한 모순을 초래하고 있다는 점, 또 한국 문학이 주변성을 극복하는 데에 있어 왜 서구적 3분법이 필요하냐는 점이다. 의도와 방법의 심한 모순을 지적한 후, 김주연은 다음의 자기 주장을 펼치고 있다.

우리가 서양 문학의 이론, 방법론에서 받아들일 수 있는 최소한의 것은 문학의 보편적인 내포, 그 질서에 관한 것일 것이다. 중요한 것은 '근대'의 기점이 영정조 시대에 있다는 것이 아니라 한글로 씌어진 작품이 언제부터 누구에 의해 시작되었다거나, 개인 의식, 그 표현에의 욕구가 언제부터 적극화되었다거나 혹은 민족 의식이 집합적으로 언제부터 추구되기 시작하였다거나 하는 일들일 것이다. 그러한 요소들은 한 개인, 개인을 통하여 산재한다.

문학사가 문학사를 통하여서 하여야 할 일은 이들 산재되어 있는 개별끼리의 관계를 이끌어내고 그 도표를 작성하는 일이다. 그리고 거기에 이름을 붙여줄 수 있을 것이다.

이러한 과정은 서양의 유개념을 역사학과 똑같은 차원에서 받아들이고 그러한 수용 아래에서 '우리도 이러한 것이 있었다'는 개별의 적발을 연역적으로 이루어가는 과정과 상반한다.

문학사를 저술하는 방법은 그 역이 되어야 하며 특히 이 점은 한국 문학사 기술 방법론에서 더욱 강조되어야 할 요체라고 생각한다.[4]

---

3) 이른바 근대 문학을 하나의 완성된 실체로 볼 수 없다는 입장을 전제한 염무웅의 글 「한국 근대 문학의 의의」는 문학사를 실체로 인정한 셈이 된다. 따라서 문학사를 실체로 보느냐, 형태로 보느냐 하는 차이는 역사주의와 구조주의의 첨예한 대립으로 간주할 수도 있다.

4) 김주연, 「근대 문학 기점 논의의 문제점」, 『세대』, 1972년 6월호, pp. 122~23.

김윤식, 김현은 부분과 부분과의 관계를 통해 형성된 일종의 의미망이 문학사를 이룬다고 했다. 이 의미망 개념의 도입은 역사주의를 대신하고 진보 개념을 대체시키는 매우 포괄적인 대안으로 이용된다. 김주연은 부분과 부분을 조직하는 관계 가치의 총체인 이 의미망을 웰렉의 '제관계 도표 Scheme of Relationships'와 야우스의 '상호 유발론'과 유사한 개념으로 이해하고 있다. 이 점에 있어서는 탁월한 인식의 소산임을 십분 인정하고 있지만, 그러나 그는 김윤식, 김현의 문학사가 이러한 의도와 달리 실제 방법에 있어서 심한 모순을 드러내고 있다고 비판하고 있다. 이 비판이 더욱 구체화된 글은 『서울평론』 제23호(1974년 4월 18일)에 실렸다가 다시 『한국문학』, 1974년 6월호에 재수록된 「한국 문학사의 제문제」이다. 다음에 인용한 글은 가장 직접적인 느낌으로 다가오는 부분이다.

우리는 앞서서 저자들이 진보의 개념을 부정한 것을 보았다. 그 이유는 그것이 서구식 발상이라는 까닭이었다. 거기서 우리는 이미 고대·중세·근세의 3분법이 배척되고 그 대신 새로운 의미망을 구축해내겠다는 저자들의 각오를 읽은 바 있다. 그런데 갑자기 몇 페이지 넘기지 않아서 튀어나오는 '근대' 논의는 어찌된 일인가. 저자들이 그토록 타매해 마지않았던 서구 콤플렉스, 향보편 콤플렉스, 새것 콤플렉스를 바로 드러낸 것이 아닌가. 심한 자기 모순이라 하지 않을 수 없다. 그것이 이식 문화론, 전통 단절론을 불식하기 위한 것이라면 더욱 자가당착적인 진술이라 의아스럽기 짝이 없다.[5]

김윤식, 김현의 『한국 문학사』가 연재되고 또 단행본으로 간행되자 당시 학계와 비평계에 뜨거운 관심을 불러일으킨 것이 사실이다. 대체로 평가는 찬반 양론으로 나누어졌는데 이형기, 김인환 등은 다

---

5) 김주연, 「한국 문학사의 제문제」, 『한국문학』, 1974년 6월호, p. 346.

소 찬의를 보내는 입장이었다. 과거를 단순히 정리하지 않고 그 정리의 기준이 현재를 거쳐 미래로 연결되는 시간의 연속성을 확보하고 있다는 점을 높이 평가하고 있는 이형기는 두 사람의 문학사가 필경 오늘의 위상을 밝히고 미래에로 도전하는 주체적 작업의 결과가 되는 것을 당연한 귀결로 파악하고 있다. 1960년대 평단의 한 쟁점이 된 바 있었던 전통 논의에서 전통을 계승해야 한다고 주장했던 이형기가 두 사람의 문학사에서 강렬한 인상을 심어준 전통 단절론의 극복에 대한 주의주장에 흔쾌히 고무되지 않을 수밖에 없었던 것이다.

이 책이 전통 단절론을 극복했다는 것은 곧 역사의 근본적 의의를 옳게 파악한 결과가 아닐 수 없다. 그리하여 이 책은 근대의 기점을 우리의 일반적 통념과 달리 이조 말엽, 좀더 구체적으로 말하면 영정조 시대까지 끌어올리고 있다. 한국에 있어서의 근대가 과연 그때부터 시작되는 것이냐 아니냐에 대해서는 사람에 따라 이견이 없지도 않을 것이다. 그러나 이견 여하를 막론하고 이 책의 그 통념을 벗어난 새로운 근대의 기점 설정이 전통 단절론의 극복의 결과임은 누구도 부인할 수 없을 것이다.[6]

김윤식, 김현의 문학사에 반대의 의견을 제시한 경우는 앞서 살펴본 김주연 외에 김용직의 논문에서도 구체적으로 나타나 보인다. 『창작과비평』, 1973년 겨울호에 발표된 김용직의 「근대 문학과 비평의 진실: 70년대의 연구 실황에 부쳐」는 주로 김윤식, 김현의 문학사를 대상으로 다루고 있다. 상당히 성실한 분석을 곁들이고 있는 이 논문에서의 반론의 요지는 대체로 두 가지로 압축되는 것 같다. 즉 첫째는 가족 제도의 붕괴보다는 그 확인에 오히려 가까운 작품이기 때문

---

6) 이형기, 「과거의 정리와 미래에의 도전」, 『문학과지성』, 1974년 봄호, p. 126.

에, 또 반체제적인 것이 아니라 반대일 가능성도 있기 때문에『한둥록』을 근대적 작품으로 보는 것은 모순이다라는 것, 둘째는 황현의『매천야록』과 김옥균의『갑신일록』을 기록 문학으로 보고 있으나 아주 초보적인 관점에서부터 문학 작품일 수 없다는 것.[7] 이에 대해 김현의 반격도 만만치 않았다.

월간『한국문학』(1974년 7월호)에서는 '문학사 논쟁'란을 마련하여 편집자가 붙인 듯한 '김주연씨에 대한 일차적 반론'과 함께 김윤식의「한국 문학 연구에 있어서의 장르의 문제점」을, 또 '한국 문학사 비판에 대한 대답'이란 부제로 된 김현의「문학사의 방법과 그 반성」을 싣고 있다. 김윤식의 경우는 이미 발표한 논문을 재수록했다는 점에서 사실상 반론으로 보기 힘들며, 김현의 경우는 김용직과 김주연의 첫번째 비판에 대해서 봉건 사회의 붕괴의 징후를 나타내고 있는 새로운 의식의 성장을 보여주고 있다는 점에서 반체제적이라기보다 체제 개량적이라고 해명하고 있으며, 두번째 비판에 대해서는 티보데의 문학사에 나폴레옹의 연설문이 수록되어 있다든가 파스칼의『팡세』, 드 라 로시푸코의『잠언집』, 마담 드 세비네의『서한집』등이 심지어는 유행가와 영화까지 문학 속에 포함시킨다든가 하는 프랑스의 사례를 적시하고 있다.[8] 특히 후자에 관한 한, 두 사람 간에 장르에 대한 인식의 차이를 드러내고 있는데, 그러나 정작, 제4장르로서의 '교술'에 관한 용어랄지, 장르 확대의 심미적 기준이 어느 정도 실현되어야 할 것인가에 대한 문제는 서로 간에 적절한 견해나 언급이 회피되어 있다. 김현은 김주연의 반론에 관해선 다음과 같이 대답한다 (물론 김주연은 재반론에서 다음의 인용문을 대답이 아니라 질문, 즉 반문이라고 규정한 바 있다).

---

7) 같은 글, p. 126.
8) 김용직,「근대 문학과 비평의 진실」,『창작과비평』, 1973년 겨울호, pp. 963, 970.

  문학 작품을 하나의 기호로 보고 그 기호와 기호가 모여서 전체를 이루는 의미망을 찾아내겠다던 저자들(김윤식, 김현)이 왜 역사적 진보를 문제시하는 근대 기점 문제를 제기하고 있는가 하는 것이다. 중요한 지적이며 동시에 어쩌면 문제의 핵심에 가장 깊이 도달한 연후에 얻어진 지적인지도 모른다. 그러나 그것은 근대 개념을 그 자신이 서구화하는 직선적인 면에서 이해한 결과가 아닌가 하는 의심을 자아낼 수 있다. 구라파의 근대만을 근대로 보는 입장에서 벗어난 근대를 논리적으로 상정할 수 있기 때문이다. 그때의 근대는 단위를 이루는 개념이지 서구화를 뜻하는 개념이 아니다. 하나의 기호와 다른 기호 사이의 관계에 의해 의미가 이루어진다고 할 때, 조선 후기 사회의 구조적 모순을 극복하려는 힘을 근대라는 명칭으로 부른다 해서 그것이 곧 고전적·역사주의적 태도를 나타내는 것은 아니다. 그것은 시간 개념이 아니라 본질 개념이기 때문이다. 〔……〕

  단위를 가르면서 거기에 부여하는 명칭이야말로 단위를 가르는 자의 인생관·세계관의 표현인 것이다. 표면 현상 밑에 숨어 있는 내적 통합 원칙을 그것은 지칭하는 것이며, 그 내적 통합 요소의 발견은 발견자의 세계 인식의 결과이기 때문이다.

  그렇다면 김주연이 근대 운운에 필요 이상의 경계를 한 것은 무엇 때문일까? 아마도 그것은 문학사를 정치사나 경제사의 그늘 밑에 두고 싶지 않았기 때문일 것이다.[9]

  김현에 의하면, 근대화와 서구화의 등식 관계는 파기된다. 즉 그는 근대를 역사적 진보의 개념으로 볼 것이 아니라 기호(작품) 사이의 관계를 맺어주는 의미인 명칭일 따름이라고 강조하고 있다. 그런데 즉 근대가 단위의 명칭을 부여한 자(자신)의 세계 인식의 결과일 뿐인데, 왜 필요 이상으로 이 명칭에 경계심을 가지느냐고 김주연에게

---

9) 같은 책, pp. 344~46.

사실상 비판을 보내고 있다.

　김윤식 역시 김주연에게 비판적 견해를 보낸다. 앞의 책 한 달 후에 발표된 「한국 문학에 대한 어떤 사신: 회의를 위하여」가 그것이다. 그러나 김윤식의 이 글은 직접적인 논쟁을 회피한 듯한 인상을 주고 있다. 그 사신이 김주연에게 보내는 형식이 아니라 자신의 제자 'K군' ― 그것도 구체적인 인물이라기보다 극화된 인물로 짐작되는 ― 에게로 보내는 형식을 취하고 있다. 따라서 김윤식의 글은 상당히 우회적인 성격을 띠고 있다. 그것이 방만한 장문의 글임에도 불구하고 논쟁과 직접적으로 관련된 부분이 다음의 인용문에만 국한되고 있는 것도 바로 이 때문이다.[10]

　네번째로 들어둘 것은 한국사에 관한 것이다. 어느 서구의 문학에서처럼 '셰익스피어 이후'라든가, '괴테 이후' '토마스 만 이후'로 나누어, 그 높이와 깊이를 문학 자체의 업적으로 문학사를 쓰면 된다는 견해도 있다. 한국 문학사란 이광수, 이인직, 박연암, 김만중을 통괄하는 문체와 양식의 연대성을 밝히는 방법임을 제시하는 사람도 있다. 할 수만 있다면 훌륭한 방법론의 하나임엔 틀림없는 일이다. 그러나 다음 몇 가지가 해결되지 않고는 이 방법론은 적용되기 어려울지도 모른다. 첫째 현재의 독일어로도 괴테를 읽을 수 있다는 점이다. 즉 문체의 연속성이 거의 확보되어 있는 듯하다. 뿐만 아니라 정밀한 독일 정신사가 군돌프 이래 수없이 씌어져 있어 그 종주의 관계가 확립되어 있는 것이다. 이에 비하면 한국 문학 속의 작가들은 문체의 단절은 물론 정신적 종주의 구명이 거의 불모 상태임을 지적할 수 있는 것이다. 둘째 장르의 복원 문제가 놓여 있고, 셋째 어느 계층에 관여된 것인가라는

---

10) 김윤식은 K군에게 네 가지 문제를 제기하고 있다 즉 문화권의 문제, 체제에 대한 문제, 철학 체계에 따라 문학관이 뚜렷이 다르다는 문제, 한국사에 관한 문제이다. 그러나 네번째 문제만이 논쟁과 관련되는 것이므로, 김주연 역시 이 문제만을 선별하여 취급하고 있다.

문제가 놓여 있다. 시민 사회의 연속성에 놓인 저쪽의 경우와는 달리 한국사 내부의 그 단절 현상은 간단한 문제일 수가 없다. 결국 문제는 이 모두가 한국사의 파행성에 대응되는 것이며 [······][11]

김현은 김주연에게 근대의 기점과 진보의 개념을 직선적으로 이해하지 말아달라고 주문하고 있으나 김윤식은 그에게 한국 문학사는 한국사의 파행성으로 인해 작가 중심의 시대 구분이 불가능하다는 사실을 극히 간결하고 우회적으로 밝히고 있다. 이에 김주연의 재반론이 또다시 한 달 후에 지상에 발표된다. 그의 「후진국의 문학」은 자신에 대한 김현과 김윤식의 반론에 대해 즉각적으로 제시한 반론이다. 이 글은 쟁점의 핵심을 우회적으로 회피하지 않고 정면으로 맞서 상대측의 논리적인 허를 예리하게 지적한, 그럼으로써 자신의 견해를 일관되게 옹호한 명논쟁문으로 기억되는 글이다.
　김주연은 "약간의 모순, 혹은 오해 [······] 차라리 오독"이란 표현을 사용하면서 김현의 「문학사의 방법과 그 반성」 골자와 『한국 문학사』 본문 내용이 서로 부합하지 않음을 구체적으로 적시하고 있다. 김현 스스로가 『한국 문학사』 본문에서 근대 개념을 서구화와 관련하여 배척해놓고서는 도리어 자신에게 근대 개념을 서구화라는 직선적인 면에서 이해했다고 비판한 것은 명백한 논리적 당착이 아니냐는 것이다. 그러나 김주연은 김현이 쟁점이 된 근대 논의 문제를 '있을 수 있는 실수'로 인정한다면 스스로의 논리적 모순은 해소될 수 있다는 화해의 여지를 보여준다.

　김현씨 글의 모순은 그가 '근대'론을 읽을 수 있는 실수로 받아들일 때 자연히 해소될 수 있는 지엽적인 문제에 지나지 않는 것이다. 왜냐하면 문학사 기술의 이념과 방법에 있어서 근본적으로 그는 필자의 견

---

11) 김윤식, 「한국 문학에 대한 어떤 사신」, 『한국문학』, 1974년 8월호, p. 245

해와 같은 것으로 판단되기 때문이다.[12]

　반면에, 김윤식의 경우와는 날카로운 대립을 보이고 있다. 독일 문학과 달리 한국 문학이 작가 사이의 정신적 종주 관계에 대한 구명이 불모의 상태이기 때문에 작가 위주의 시대 구분법이 곤란하다는 김윤식의 주장에 대해 김주연은 '한마디로 말해서 넌센스에 지나지 않는다'고 반응한다. "그 구명이 불모이기 때문에 그렇게 하자는 것이 아닌가. 〔……〕 작가적 높이를 평가하지 못하는 문학사라면 아무 쓸모 없는 문학사에 지나지 않는다. 〔……〕 그것은 비평의 포기가 아니고 무엇이랴"라는 일련의 반론은 상당히 설득력을 갖고 있다. 시민 사회의 연속성을 보이고 있는 서양과 달리 한국 문학사는 한국사의 파행성으로 인해 작가 위주의 시대 구분이 곤란하다는 주장에 대해서도, 김주연은 사회사의 파행성과 문학사의 그것은 반드시 일치하지 않는다는 사례를 독일 문학사의 경우로부터 지적해내고 있다. 김윤식이 K군에게 보낸 한국사를 공부하라는 충고에 대해서도 김주연은 세계사 전반을 공부하라고 아울러 부탁하고 싶다는 뜻을 밝힌다. 요컨대, 김주연의 시대 구분법은 순서 개념보다는 본질 개념, 사회사적 상황보다는 문화적 상황, 물질적 진보보다는 정신의 지도성 등에 치중한다는 입장을 결론으로 도출하고 있다. 이것이야말로 진정한 후진성의 극복이라고 단언하기에 이른다.

　한국어로 된 작품을 쓰면서 (정치·물질) 문명 의탁적인 태도를 지양하고, 정신적 힘의 의연성을 내보일 때 세계는 그것을 한국의 민족 문학이라고 이름 부를 것이다. 물질 문명의 후진성보다 더욱 무서운 것은 정신 문화의 후진성이다. 문학사의 시대 구분을 작가 위주로 해보자는 주장은 바로 그 후진성을 벗어나보자는 이야기 이외에 아무것

---

12) 김주연, 「후진국의 문학」, 『한국문학』, 1974년 9월호, p. 300

도 아니다.[13]

　돌이켜보면, 문학사 논의의 전성기는 1970년대 전반기, 더 정확히 말해 1970년에서 1974년에 이르는 시기인 것 같다. 1930년대와 해방기 5년 간은 문학사의 실제적 기술에 왕성한 의욕을 보여주었지만 1970년대 전반기에 있었던 폭넓은 이론적 쟁점에 비할 때 선행적 준비 단계에 불과했다. 문학사의 기술과 이론이 거의 불모 상태였던 1960년대를 지나 소위 4·19 세대의 학자·비평가 들이 중심이 되어 문제성의 폭과 넓이를 전례 없이 보여준 1970년대 전반기가 문학사 논의에 관한 한 가장 화려한 시기였다는 것은 두루 인정되는 사실이다. 학문적 경험의 축적에 따른 필연적 현상이 아닐 수 없다. 1971년 10월 11일 서울대『대학신문』이 주관한 좌담 '한국 근대 문학의 기점'과 김주연의 논문「문학사와 문학 비평」이 문학사 논의를 점화시켰고, 1972년과 1973년 간에 김윤식, 김현이『한국 문학사』를 집필·간행했고, 1974년에는 이를 둘러싼 문학사 논쟁이 뜨겁게 확산되기에 이르렀던 것이다.

　김윤식, 김현, 김주연이 벌인 문학사 논쟁은 우리나라 문학 비평 논쟁사의 수준을 한껏 제고시킴으로써 최고 수준의 높이를 여실히 보여준 논쟁이었다는 점도 특히 인상적으로 받아들임 직하다. 다만 아쉬운 점이 있다면, 그것은 김윤식, 김현이 시도적으로 제기한 근대 기점 18세기 소급론은 이들 이후에 후속적인 동조자가 없을 만큼 논리적 체계나 설득력이 미흡했으며, 김주연의 경우는 우리 문학사에 대한 실천적인 기술에 참여한 직업적 문학사가로 자임하지 않았다는 사실이다.

　어쨌든, 이 논쟁의 핵심은 시대 구분의 문제에 있다. 더 구체적으로 지적한다면 그 중에서도 근대 기점의 문제에 달려 있다 할 것이다.

---

13) 같은 책, p. 310.

문학사의 시대 구분에 관해 가장 명쾌한 답변의 하나로 여겨지는 경우는 웰렉의 논문 「문학사에 있어서의 시대와 운동Periods and Movements in Literary History」[14]이다. 그는 이 논문에서 문학사 연대 형성의 기초를 이루는 원칙을 제시할 수 있었던 문학사가는 극소수에 불과하다는 사실을 전제한 후, 국가적인, 혹은 국제적인 시대 구분에 있어서 문학 외적 관점이 인용되고 있다는 사실을 비판하면서 정치적 사건과의 제휴의 소산에 신뢰하지 않는 문학사의 순수한 문학적 기준 — 예컨대 장르의 변화, 스타일의 유형, 모티프 등 언어학적 전통의 기준을 문학사 시대 구분의 원칙으로 수용하고자 했다. 문학 그 자체의 존재 이유가 다른 어떤 분야와 관련하여서는 도저히 설명될 수 없기 때문이란 것이다.

우리의 경우와 마찬가지로 서구에서도 전통적인 국민 문학사에 웰렉이 경계한 문학 외적인 잣대에 의해 시대가 규정된 바 있다. 첫째는 연대기적 방법이다. 100년, 30년, 10년이라는 물리적인 시간 순서에 따라 세기 · 세대 · 연대에 따라 단위를 구분하는 것은 '규정의 관념'이 매우 주기적periodicity인 단순한 질서 형식 Ordnungsform일 따름이다. 이는 발전과 시대 개념을 기계적으로 결합한 것으로서 비역사적인 발상에 불과하다. 둘째는 정치적인 단위의 구분이다. 특히 영문학사에 의하면 빅토리아니즘Victorianism이니 '엘리자베스 시대 정신Elizabethan Mind'이니 하는 표현이 등장한다. 물론 '엘리자베스'라고 해서 반드시 여왕의 생존 기간을 한정하는 것만이 아니라 한 시대에 걸친 영문학의 독특한 맛과 문체를 소유하게 되었다는 의미로 해석하는 이도 있고 '자코뱅 연극'이라는 문학 내적 기준과 합치될 수 있다는 견해도 있으나, 엘리자베스 여왕 사후에도 극작 활동을 계속하여 「폭풍우The Tempest」를 창작한 셰익스피어의 경우를 굳이 예

---

14) 이 논문은 1940년 『영어학회 연감English Institute Annual』에 발표되었다가 이듬해 컬럼비아 대학교 출판부에서 단행본으로 출판하였다.

거하지 않아도, 이러한 명명은 문학사가 정치사와의 타협에 안주하는 듯한 인상을 줄 뿐만 아니라 심지어는 문학 자체의 규범 체계에 대한 절망의 표현으로까지 느껴진다. 요컨대, 엘리자베스 시대, 빅토리아 시대, 영정조 시대, 명치 시대 등과 같이 한 군주의 치세를 문학사 시대 구분의 명칭으로 표시하거나 시대 구분의 기점으로 수용하는 경우는 비평의 편의를 제공한다는 것 외에 독자에게 별다른 인상을 주지 못한다. 셋째는 사조에 의해 시대 구분이 규정되는 경우가 있다. 예컨대, 서구의 경우에 '전기 르네상스'니 '위대한 고전주의 Grands Classiques'니 '원사실주의proto-Realism'니 '질풍노도'니 하는 표현이 있다. 이 역시도 진정한 시대 양식이 아니라 단지 하나의 조류 내지 경향에 불과하거나, 역사의 흐름을 지배하는 확신에 기초한 종합적인 조직 원리로 보기 어렵다.

시대 구분의 문제에 있어서 근대 기점의 논의는 매우 섬세한 주의를 요한다. 근대 문학을 둘러싼 논의가 논쟁적 의미와 의의를 획득하기 위해서는 우선 근대·근대성·근대화 등의 유사어가 포회하고 있는 변별적 대립성을 분리하여 인지하지 않으면 안 된다. 즉 근대의 유형과 특성에는 과거성과 현재성, 완료형과 진행형, 보편성과 특수성, 표준형과 적용형, 가치 중립과 가치 판단 등이 공존하고 있다. 이러한 상충하는 측면에 대한 논자의 입장을 분명하게 밝히지 않을 때 논의의 향방이 지리멸렬하게 되는 것은 필지의 사실이다. 입장을 분명히 밝힌 것처럼 느껴지는 김윤식, 김현의 경우도 상황과 문맥에 따라 혼용하는 개념으로 사용되거나 다소 일관성을 상실한 듯한 인상을 주고 있다.

근대도 하나의 시대라면, 이때 '시대'라는 용어에도 몇 가지 뉘앙스가 은근히 내포되어 있다. 이 용어를 영어로 표현하면 첫째 피리어드period, 둘째 에폭epoch, 셋째 에이지age로 구별할 수 있다. 시대를 일정한 간격에 따른 규칙적인 반복의 연속으로 이해할 때, 아니면 기간의 장단과 상관없이 무색 투명한 성격으로 이해할 때 '피리어드'

를 사용한다. 물론 이때 근대란, 과거를 재구성하기 위한 단순한 도구의 개념이다. 서구권에서도 후진국을 경험한 독일의 경우에, 근대를 근세 Neuzeit, 중근세 neuere Zeit, 최근세 neueste Zeit로 나누는 경향이 있다. 이것은 문학사에 있어 내적 필연성에 의한 본질 형식 Wesensform으로 간주할 수 없기 때문에 연대기적 발상의 편의성에서 비롯된 질서 형식에 불과하다(이를 극복하기 위한 대안의 하나가 작가 중심적 시대 구분법이 아닌가 한다). 어쨌든 주기적 법칙성이나 반동과 계승의 관계를 중시하는 실증주의자와 사조주의자가 말하는 시대란 피리어드 개념에 가깝게 해당한다. 반면에 시대를 획기적 사건, 전환기적 현상, 비교적 새로운 발전의 단서, 즉 시초의 개념에 중점을 둘 때 '에폭'이란 단어를 사용한다.[15] 물론 이때 근대를 논의하기 위해서는 자본주의 이행 논쟁이나 아시아적 생산 양식 논쟁 등 사회사적 규정의 관념까지 면밀히 검토되어야 할 것이다. 근대 문학의 기점을 18세기 영정조 시대에까지 소급한 김윤식, 김현의 경우에 있어서는 근대의 개념이 에폭과 긴밀하게 관련되어 있다. 마지막으로, 중심적인 인물이나 일정 기간, 혹은 상당 기간 지배적 위치를 차지한 물질적 개념에 따라 시대를 구분한다면 그건 '에이지'로 표현된다. 문학사 논쟁 과정에서 작가의 높낮이(가치 평가)에 따라 시대를 구분하자는 대안을 제기한 김주연의 경우가 여기에 해당된다고 할 것이다. 이 경우, 물론 일장일단이 있다. 민족 문학 정체성 위기의 시대에, 만성적인 후진성의 극복이 필요한 시대에, 아니면 위인 중심의 황금 시대에 대한 동경이 요구되는 시대에 예컨대 '괴테 시대' '한용운 시대' 등이 가능할지 모르나 특수한 예외 현상을 일반적 범례로 오인할 가능성도 없지 않다.

  그러면, 논의의 대상을 '문학사 논쟁'으로 다시 되돌리기로 하자. 1974년, 학계·평단의 관심을 집중시킨 세 사람의 논쟁은 논쟁에 직

---

15) 에폭의 유의어로는 기존의 질서를 혁파한 새로운 시대를 뜻하는 이러era가 있다.

접 참가하지 않는 사람들에게도 반응을 불러일으켰다. 그 중에서도, 1974년 8월 『월간중앙』에 발표한 구중서의 「『한국 문학사』 방법론 비판」과 같은 해 11월 『한국문학』에 발표한 김용직의 「한국 근대 문학사의 방법」이 대표적인 예라고 할 수 있다.

구중서의 글은 김윤식, 김현의 『한국 문학사』가 '긍정적인 가치 평가를 받을 만한 요소를 거의 지니지 못했다'고 단정한다. 이러한 결론에 도달하기 위해 그는 두 사람의 문학사 제1장 「방법론 비판」을 집중적으로 비판하고 있다.

그는 우선 '역사주의의 오류에서 벗어나야 한다'는 두 사람의 주장을 문제삼고 있다. 그는 문학사 저술이 역사서로서의 성격을 배제할 수 없기 때문에 역사 기술 방법의 기초가 되는 문헌학적 방법과 실증주의적 방법이 계속 유효하다고 밝혔다. 또 '후진국의 입장에선 진보가 수락될 수 없다'는 주장에 대해서도, 그는 슈펭글러의 『서구의 몰락』의 예를 들면서 오늘날 서구 우월주의가 붕괴된 마당에 진보의 개념을 받아들이기를 거부하는 것이야말로 바로 서구 우월주의의 환상에 사로잡힌 식민지적 지성의 타성이라는 것이다. 두 사람이 비판한 임화의 이식 문화론에 대해서도 그는 이의를 제기한다. 「신문학사의 방법」(1941) 일부를 인용하면서 왜 임화가 전통 단절론자이며 이식 문화론자인가, 하고 의문을 던진다. 오히려 두 사람의 문학사가 그러한 인상을 주고 있다고 반격을 가하고 있다.

그런데 이식 문화론이 '향보편 콤플렉스'로서 사대주의인 것처럼 풀이하고 그것이 필연적으로 전통 단절론을 초래한다고 한 것은 사실과 다른 오류의 해석이다. 오히려 양김 문학사가 고대 문학기를 내포하지 않았는데 통사인 양 『한국 문학사』라는 제목을 붙였으므로 한국 고대 문학과 근대 문학 사이에 전통 단절이 있는 것 같은 인상을 주고 있다.[16]

---

16) 구중서, 「『한국 문학사』 방법론 비판」, 『월간중앙』, 1974년 8월호, p. 372.

그러나 해석의 오류는 구중서 쪽에 있다. 그는 역사주의에 관련된 문맥상의 개념을 정확히 수용하지 못하고 있으며, 게다가 설득력 있는 일반적 자료로 보기 어려운 슈펭글러를 끌어들임으로써 오히려 문제를 혼란스럽게 만들고 있다. 또 임화와 관련된 부문도 일반론을 무시한 거의 지엽적인 비판의 꼬투리에 불과하다. 이때 임화의 문학사론 전 과정을 그 스스로 파악하지 못했다는 반증이 성립된다.

김용직은 1970년대를 여러 가지 의미에서 새로운 문학사가 요망되는 시기임을 전제로 삼고 있다. 비평적 세대 교체에 따라 역사와 현실을 보는 비평적 안목 역시 달라지게 마련이기 때문이다. 특히 이 시기에 이르러 '한국 근대 문학의 사적 정리'가 주 관심사로 부각되는 것을 민족 문학 건설의 선결 요건으로서 아주 당연한 논리적 귀결이라고 이해하고 있는 그는 문학사의 일반적 유형을 다음과 같이 나누고자 하였다.

　i) 연대기적인 입장을 취한 문학사.
　ii) 연대기적 문학사가 지니는 결함을 지양, 극복하기 위해 진화의 개념을 도입한 문학사.
　iii) 문학이면서 동시에 역사이어야 한다는 원칙에 최대한 충실하고자 한 문학사.[17]

물론 그는 종합적이고 변증법적인 성격을 띠고 있는 제3유형의 문학사에 깊은 관심을 나타내고 있다. 왜냐하면, 문학사의 역사주의와 반역사주의를 동시에 극복할 수 있기 때문이다. 그는 결론적으로 문학사 기술의 가능성을 다음과 같이 제시하고 있다.

---

17) 김용직, 「한국 근대 문학사의 방법」, 『한국문학』, 1974년 11월호, p. 318.

  i) 한국 근대 문학의 사적인 정리와 체계화를 위해 자료의 발굴과 수집으로부터 원전 비평에 이르기까지 일부 실증적인 방법이 적용되어야 한다.

  ii) 지나치게 문학을 사회·역사와의 상관 관계 아래서 파악하고자 하는 태도는 지양되어야 한다.

  iii) 올바른 의미의 근대 문학사가 되게 하려면 한국 근대 문학사가 전통의 계승 또는 반발을 중심축으로 편성되어야 한다.

  특히 이 중에서도 i)과 ii)는 앞서 논의한 바와 같이 김윤식, 김현의 문학사와 쟁점이 된 항목이다. 김윤식, 김현의 문학사 「방법론 비판」이 실증주의를 비판한 반면에 그는 이 문학사가 실증적인 검증을 거치지 않는 부분이 적잖이 노출되고 있음을 지적한 바 있다. 또 교술 장르 수용의 범위를 둘러싸고 김용직과 김현 간에 이견이 노출된 바 있었다. 즉 김옥균이 저술한 『갑신일록』과 김교신이 주재한 『성서조선』 등과 같은 비문학적 사회·역사 문헌이 과연 문학사에 취급될 수 있는가에 관해 두 사람의 입장은 전혀 상반된 것이었다.[18]

  1970년대 전반기, 그 중에서도 논의가 가장 활발했던 1974년에 초미의 쟁점이 된 문학사의 근대성 문제는 1980년대 초반까지 연속성을 띠고 있었다. 이 시기 논의를 집대성한 저서는 한국고전문학연구회가 엮은 『근대 문학의 형성 과정』이다.

  이 저서에서 김용직은 근대 기점을 영정조 시대로 소급하는 경우를 '논리의 비약'이라고 단정했다. 즉 그는 이 시대에 경영형 부농과

---

18) 1930년대에 김교신·함석헌 등의 무교회주의자들이 표방한 '속죄양 의식'이 일본 국가주의 이념인 '천황 의식'과 날카롭게 대립하고 있다는 점에서, 김윤식, 김현은 '한국 문학 그 나름의 신성한 것'을 찾으려 했으나, 결과적으로 이것은 과학성의 미달 수준, 문학성의 평가 절하라는 오해를 유발시키는 비합리적이고 비순수한 기준에 지나지 않는다.

상업 형태의 대형화가 이루어졌음을 부인할 수 없으나 생산 형태의 근대적 변화를 실현한 자본주의적 경제 체제로 보기 어려우며, 평민 계급이 사회에 진출했다고 하나 사림·양반 대신에 평민·노비가 역사를 지배한 증거는 나타나지 않는다는 의견을 개진했다.[19]

반면에 이혜순은 영정조 근대 기점론에 신축적인 반응을 보였다. 봉건적 농노제로부터 시민 사회로 발전하는 것이 서구의 근대화라면 동양의 근대화는 이와 전혀 판이한 양상으로 이해되어야 한다고 그는 주장하고 있다. 다시 말해 그는 내적 성장론에 대한 신뢰를 결코 경시하지 않고 있다.

동양의 근대화가 외세의 충격에 의해서 나타났다 할지라도, 이보다 앞서 자체 내에 근대 지향의 의식적 성장이 이루어지고 있지 않았다면 이것은 가능하지 않았을지 모른다.[20]

문학의 경우, 우리와 유사한 역사적 경험과 과정을 체험한 중국에서도 명청 시대에 이미 근대 지향의 요인을 발견할 수 있다는 사실이 이혜순이 주장하는 요지의 논거로 이용되고 있다.

김명호의 논문 「근대 문학론의 기본 쟁점」은 근대 문학의 개념을 규정하는 데 있어서 순수히 문학 내적 요소에만 국한시켜 파악하기가 불가능하다는 입장을 견지하고 있다.

근대 문학 내지 문학에 있어서의 근대성을 순전히 문학 내적으로만 규정하려는 시도를 들 수 있겠지만, 이는 실제로 불가능할 뿐더러, 논리상으로도 모순을 범하고 있다고 할 것이다. 근대라는 개념 자체가

---

19) 김용직, 「한국 근대사의 기점 문제」, 한국고전문학연구회, 『근대 문학의 형성 과정』, 문학과지성사, 1983, p. 125.
20) 이혜순, 「비교 문학적 관점에서 본 한국 근대 문학의 기점」, 한국고전문학연구회, 『근대 문학의 형성 과정』, 문학과지성사, 1983, p. 106.

문학을 그 일부로서 포함하는 사회 전반의 특정 현상을 총괄한다는 가
정하에서 논의가 출발하고 있기 때문이다. 이와 같은 근대 개념의 총
체적 성격 때문에 문학의 근대성을 순전히 문학 내적으로 규정하려는
시도는 그 자체가 모순된 처사이다.[21]

일찍이 김주연은 근대 기점의 단위를 잡는 데에 일종의 '본질 개
념'에 해당하는 '문체와 양식의 변이 양상'을 중시했고, 김용직은 문
학사를 기술할 때 '내재적 방법internal approach'이 선행되어야 한다
고 주장한 바 있다.[22] 이들의 주장에 비하자면 문학사의 근대성이 외
적 현실과의 총체적 성격에 의해 규정되어야 한다는 점에서 김명호
의 주장은 문학과 사회의 역학적 상호 관계라는 관점에 근거를 두고
있다. 또 그는 근대 문학을 완성을 향한 도상의 존재로도 간주한다.
이를테면 근대 문학이란 '있는 것'일 뿐만 아니라 '있어야 할 것'이기
도 하는 것. 따라서 문학사 역시 존재하는 것의 '정리'이자 존재해야
할 것의 '제시'라는 측면을 지닌다. 근대 문학에 관한 논의 중에서도
김명호의 경우는 이처럼 존재Sein보다 당위Sollen에, 이론보다 실천
에, 기점보다 종점에 의미를 부여하고 있는 것을 스스로 특징으로 삼
고 있다.   [『한국 문학사론 연구』, 문예출판사, 1995]

---

21) 김명호, 「근대 문학론의 기본 쟁점」, 한국고전문학연구회, 『근대 문학의 형성 과정』,
     문학과지성사, 1983, p. 83.
22) 김주연, 「문학사와 문학 비평」, 『문학과지성』, 1971년 겨울호, pp. 751~53.

시대와 시의 딜레마

——김주연의 『새로운 꿈을 위하여』

김병익

대부분 1980년대에 들어와 씌어진 시인론·작품론을 중심으로 엮은 시론집 『새로운 꿈을 위하여』는 저자 김주연이 올해 들어 잇달아 간행한 다른 책, 즉 자신의 학문적 전공을 살린 『독일 시인론』과 해외의 좋은 시론들을 공동 번역 편찬한 『시의 이해』와 함께 그가 근래에 시에 대해 새로운 관심을 갖고 그것에 대한 광범한 진단과 성찰을 가하고 있음을 보여준다. 그는 왜 새삼스레 시에 대한 원론적 접근과 독일 시 및 한국 시의 평가라는 입체적 고찰의 필요성을 느꼈을까. 저자는 이렇게 된 심경을 명백히 토로하지 않고 있지만 적어도 이 책을 통해 본 우리 시의 경우 그것은 1980년대의 시적 충격 때문이 아닌가 하는 느낌을 갖게 한다.

그 충격이란 1970년대의 소설의 시대가 지나면서 1980년대는 시의 시대가 되었다는 최근 비평계의 공통된 진단과 궤를 같이하는 것이지만, 근래의 무크지와 동인지, 앤솔로지와 개인 시집의 활발한 출간에서 보여지는 오늘의 시가 그 질에 있어서도 이전의 시들과 상당히 달라졌다는 저자의 반복된 진술에 대해 서평자가 강조하기 위해 사용한 것이다. 이 시적 변화가 저자로 하여금 시란 무엇이며 그것은 어떤 문화적·현실적 위상에서 이루어지고 있으며 또 이루어져야 하는가를 검토하게 만든 것 같다. 물론 저자는 1980년대의 시를 유보 없이 전폭적으로 지지하는 것만은 아니지만 대체로 "60년대 시의 자아의 각성과 내면의 추구라는 환상과 70년대 시인들이 강렬히 추구하는 사회 의식"(p. 85)을 오늘의 시들이 한편으로는 비판을 극복하고 다른 한편으로는 수용·활용하면서 새로운 시의 가능성을 추구하고 있고 적극적인 의미를 부여하고 있다.

그는 더 나아가 "이제 한국의 현대시도 제대로의 자리를 잡아가고 있다는 자부심을 가져도 좋을 것"(p. 31)이라고까지 말한다. 그가 1980년대의 시적 변화를 이처럼 과장적이리만큼 높이 평가하는 근거는 시인의 기능이 "경험적 현실에 만족하지 않고 그것을 뛰어넘는 시적 현실을 창조해내는," 즉 "꿈의 창조"(p. 29)에 있다는 그의 논지를 유추하면 이제서야 우리에게 '자아'의 폐쇄된 공간과 현실의 일상적인 차원을 뛰어넘는 '꿈'이 가능하게 된 데서 찾을 수 있는 것 같다. 그래서 저자는 제2부에서 1960년대에 작고한 조지훈, 김수영으로부터 오늘의 신인 정인섭에 이르기까지 15명의 시인들을 다루면서 거의 세대에 따른 편애 없이 시와 시인에 대한 깊은 사랑 위에서 조명·평가하고 있다. 그러면서도 1980년대의 시적 상황과 동향을 폭넓게 검진하는 제1부에서는 '70년대 중반 이후'에 등단한 시인들, 특히 김광규, 고정희, 김정환, 최승자 등의 시적 의미를 고양하는 데 바치고 있다. 이들은 말하자면 현실에 대항할 꿈을 "인식의 처절함"(p. 79)을 통해 노래하고 있다는 것이다.

이 '새로운 꿈'을 그는 "사물을 총체적으로 바라보게 하는" "인문학적 상상력"(p. 84)이라는 말로도 표현하고 있다. 그가 현실 혹은 우리 시대에 개탄하고 있는 것은 인간과 인간, 집단과 집단이 서로 분열되어 '국지화'하고 있으며 현실적 억압이 이 분열을 더욱 중첩시키고 있다는 점이다. 분열된 시대에서의 시, 꿈을 못 꾸게 만드는 시대에서 추구되는 새로운 꿈, 김주연이 이 책에서 성찰하고자 한 것은 이 같은 시대와 시의 아이러니 혹은 딜레마일 것이다.

이 딜레마 때문에, 그리고 이 아이러니를 위해 이 시론집은 귀중한 성찰의 기록으로 바쳐질 것이다. 그리고 저자 개인적으로는 기독교가 이 딜레마의 탈출구로 그의 새로운 모색을 기다리고 있는지도 모른다. 〔『부드러움의 힘』, 청하, 1988〕

김주연의 시민적 전망과 인문주의 정신

성민엽

한국 비평사에 있어서 1970년대는 진정한 의미에서의 자기 정립의 시대였다. 그 자기 정립의 과정에서 그전의 비평이 안고 있던 한계는 자연스럽게 극복될 수 있었다. 즉 문학이란 무엇인가, 한국 문학이란 무엇인가, 문학 비평이란 무엇인가 등등의, 항상 열려 있어야 할 근본적 문제들이 새삼 제기·검토되고 문학 현상을 사회적·역사적 현상으로 파악하는 주체적이며 전체적인 관점이 획득됨으로써, 문화적 식민주의의 산물로서 그전까지 한국 비평을 지배해온 전통 단절론이나 서구 문학 이론의 규범적 수용 따위가 비판적으로 극복되었던 것이다. 그리하여 1970년대의 비평은 풍요로운 성과를 거두었다. 진실에 박진감 있게 접근하는 비평가들의 섬세하면서도 힘찬 작업이 어떤 의미에서는 한국 지성의 전위로 보일 정도였다.

그러나 1980년대에 들어서면서 그 활기찬 비평 작업에 일종의 침묵이 엄습했다. 그것은 아우슈비츠 이후의 서정시에 대한 아도르노의 탄식을 연상케 하는 그런 상황이었다. 그 침묵의 시간은 물론 오래 지속되지 않았다. 1970년대의 탁월한 비평가들이 다소 조심스럽고 산발적이긴 하나 다시 발언을 시작했고, 한편으로는 새로운 젊은 비평가들이 다소 성급하고 단선적인 면모가 없지 않은 대로 패기 있는 발언을 시작했던 것이다.

그런데 주목되는 것은 젊은 비평가들 중의 다수가 1970년대 비평의 문제점을 창비/문지의 대립(속되게는 참여/순수의 대립으로 불리기도 하고, 보다 설득력 있게는 실천적 이론/이론적 실천의 대립으로, 혹은 현실에의 몸담음/현실에의 반성적 질문의 대립으로 파악되기도 하는)에서 찾고 종합을 통한 그 대립의 극복을 자기들의 몫으로 규정하고 있다는 사실이다. 물론 그 대립의 존재는 엄연한 객관적 사실이지만, 필자에게는 그 대립이 종합에 의해 쉽사리 극복될 수 있을 것으로 보이지는 않는다.

왜냐하면 두 항이 모두 '문학=삶'이라는 깨달음에의 도달을 지반으로 하는 그 대립의 진정한 의미는 '민중적 전망/시민적 전망'의 대립인 것으로 생각되기 때문이다. 민중적 전망이 그 논리를 보다 현실적·과학적으로 심화함으로써 질적 발전을 이루고 시민적 전망이 그 논리를 궁극에까지 밀고 나가 자기 극복의 계기와 마주칠 때 비로소 그 대립의 극복은 가능해질 것이다. 그렇다면 젊은 비평가들의 종합을 위한 노력도 나름대로 일정한 의미가 없지 않겠으나, 보다 중요한 것은 그 대립항들의 자기 세계 천착의 부단한 작업이라고 할 것이다.

김주연의 시론집 『새로운 꿈을 위하여』와의 만남이 반가움이었던 것은, 개별적으로는 김주연이라는 이름의 한 치열한 비평 정신의 건재함을 확인했다는 데에도 부분적인 이유가 있겠으나, 주로 위와 같은 사정이 작용했기 때문이었다.

『새로운 꿈을 위하여』는 이십사 편의 글을 3부로 나누어 싣고 있는데, 날카로운 비평적 감수성과 강단 비평에서 멀찌감치 벗어나 있는 첨예한 현장성, 유연하고 자상하고 설득력 있는 논조, 그리고 무엇보다도 시민적 전망을 추구하는 확고한 인문주의적 신념 등 김주연 특유의 면모가 그 어느 때보다도 더욱 선명히 나타나고 있어, 시민적 전망의 자기 세계 천착이 어느만큼의 치열성으로 어떤 구체적 성과를 거두고 있는가 하는 물음에 대해 많은 대답을 던져주고 있는 것이다.

『새로운 꿈을 위하여』에 실린 글들은 1970년대에 발표된 네 편(2부의 「전통 정서와 한국 시」 「범속한 트임」 「허무의 단단함」과 3부의 「노발리스의 시인관」)과 1980년에 발표된 두 편(2부의 「따뜻한 마음, 따뜻한 시」)과 3부의 「시와 독서」(1980년은 그가 『고트프리트 벤 연구』를 집필하면서, 그의 표현을 빌리면, '겨우 버틸 수 있었던' 해였다)를 제외하면, 모두 1981년 이후에 발표된 것들로서 현장 비평가답게 대부분 당대의 시를 다루고 있다. 따라서 『새로운 꿈을 위하여』는 1980년대의 한국 시의 현상을 시민적 전망이라는 일정한 시각에서 이해·설명하려는 비평적 노력의 소산이라고 말할 수 있다.

그 비평적 노력이 특히 선명히 드러나고 있는 것은 '현실과 꿈'이라는 제목을 달고 있는 1부이다. 2부 '분열된 시대의 시인들'은 조지훈, 김수영에서부터 이성부, 최하림을 거쳐 안수환, 정대구, 강경화, 정인섭에 이르는 열다섯 명의 시인을 개별적으로 분석하여 1부를 보완하고 있으며, 3부 '시를 보는 마음'에도 네 편의 글을 싣고 있으나, 아무래도 이 책의 검토는 저자의 최근의 비평적 노력이 집약된 1부를 중심으로 이루어져야 할 것이다.

주지하듯, 최근에 등장한 많은 젊은 시인들의 활동은 자못 눈부신 바가 있다. 그리고 그들의 경향은 퍽 다양하여 일관된 관점에서의 설명을 쉽사리 허용하지 않는다. 그러나 김주연은 그 쉽지 않은 설명 작업을 '꿈'이라는 개념에 근거하여 명쾌하게 해내고 있다. '꿈'이라는 개념에 의해 얼핏 거의 상반되는 것으로 보이는 시들이 — 이를테면 『자유시』 동인과 『반시』 동인이, 최승자와 고정희가, 장석주와 하종오가 — 한데 묶여진다.

김주연의 관점은 이렇다. 거칠게 말하면, 이들 젊은 시인들은 '시대의 병'을 공통적으로 앓고 있으며, 또 모두가 그 '시대의 병'을 치유하려는 마음씨의 소유자라는 것이다. 치유를 위한 그들의 노력은 '꿈의 창조'로 구체화된다. 시대의 병이란 것이, 예를 들어

> 맹목적인 진보주의의 노예가 되어버린 사람들은 평균화된 가치관에 매달려 삶의 참된 뜻을 알려고 하지 않거나 그것을 한갓 관념적인 허상의 추구로 생각하려고 한다. 권위와 질서는 완전히 허물어진 채, 사람들을 구별지어주는 유일한 조건은 화폐의 다과로 나타나고 있으며, 그것이 권위를 대행하고 있다. 꿈을 잃은 사회의 모습이다. 무엇이 인간다운 삶인가? 무엇이 멋있는 삶인가? 이런 문제에 대해 사람들이 더 이상 생각하기를 그칠 때, 그 사회는 가공할 만한 도덕적 공황을 맞게 된다. (p. 28)

처럼, '꿈의 상실'로 진단되는 만큼, 치유를 위한 노력이 '꿈의 창조'로 나타나는 것은 당연한 일이다. 김주연은 그 '꿈을 생산하려는 노력'을 최승자, 장석주, 김광규, 김명수, 고정희, 정인섭, 하종오, 김창범, 문충성 들의 튼튼하고 정직한 시에서 공통적으로 읽어낸다. 이렇게 보면 이들 시인들에게 '꿈'이란 현실에 대한 문학적 대응 방식이며 현실 극복을 위한 구체적 노력인 것이다.

물론 여기서 '꿈'이란 단순한 개념의 것이 아니다. 그것은 곧 인문주의 정신에 다름 아니다. 인문주의 정신이란 인간을 존중하는 정신이며 인간에 대한 사랑 이외의 다른 것이 아니다. 그가 '서늘한 마음씨'라고 부르기 좋아하는 그것을 시 비평의 용어로 바꾸면, 그의 분석 틀에서 매우 중요한 자리를 차지하는 '시적 자아'의 문제가 된다. 즉 '경험적 자아'에서 '시적 자아'를 창조해내는 정신인 것이다. 그 '시적 자아'의 획득을 여러 젊은 시인들에게서 발견해내면서, 그는 이와 관련하여 정치·사회적 시선 내지 사회과학적 관찰의 한계를 지적한다.

> 사람의 삶을 왜곡시키고 억압하는 조건에 대한 성찰이 정치·사회

적 시선으로만 관찰할 때, 그것은 오히려 그 사회의 정치·사회적 이념의 덫에 걸리는 결과가 되기 쉽기 때문이다. 말하자면 '경험적 자아'는 경험적 자아 그 자체만으로는 극복의 일정한 한계를 갖는다는 것이다. 보다 보편적인 시선, 즉 모든 사람과 사물에 대한 따뜻한 사랑과 편협한 여러 범주 사이의 증오를 넘어서는 서늘한 마음씨를 바탕으로 할 때 제도와 이념을 축으로 한 사회과학적 관찰의 한계가 드러나고 '시적 자아'가 회복될 것으로 나는 믿는다. (p. 30)

물론 김주연이 정치적·사회적 이념 자체를 거부하는 것은 아니다. '때로는 어떤 종류의 정치적·사회적 이념을 과격하게 나타낼 수 있음'을 인정하되, 다만 그것이 '오히려 꿈을 파괴하는 것이어서는 안 된다'는 것이다. 달리 말하면, 사회과학적 오리엔테이션에 의한 세계 접근이라 할 이른바 '사회학적 상상력'이 일면적·선택적·제한적이라는 한계를 가지고 있는 것임을 분명히 인식해서 사회학적 상상력에의 지나친 집착으로 인해 인간에 대한 총체적 인식을 생명으로 하는, 이를테면 '인문주의적 상상력'이 억압되어서는 안 된다는 것이 김주연의 기본적 입장인 것이다. 그러한 입장은, 가령 고정희의 시에 대한 이해에 잘 나타난다. 요컨대 김주연이 고정희를 높이 평가하는 까닭은, 고정희가 사회학적 상상력이 치열하다거나 민중 의식이 투철하다거나 해서가 아니라, '꿈의 세계로 발돋움하는 강력한 현실 비판의 마음씨'를 바탕으로 '역사의 소외된 공간과 소외된 자의 고통을 시적 대상으로 객관화하는 데' 탁월하기 때문이다.
이상과 같은 김주연의 핵심적 크리테리아는 막연한 주장에 불과한 것이 아니고 그 밑에 인식론적 근거를 깔고 있음으로 해서 설득력을 갖는다. 즉 '현실'을 정치·경제적 현실로만 이해하고 현실 의식을 사회 의식·정치 의식으로만 파악하는 통념에서 벗어나 인식하는 주체와의 관계 속에서 전체적으로 파악하고 있는 것이다. 말하자면 현실은 '자아를 전제로 해서 존재하게 되는 구체적 실체'이다. 따라서 그가 틈나는 대로 이야기하고 강조하는 현실 인식이란 '시 속에서 스스로 싹터 개체와 자발성das Spontane을 통해 성취되는, 그럼으로써 객관성을 얻어가는 객관적인 힘'인 것이다.

『새로운 꿈을 위하여』는 김주연에게 있어서 인문주의 정신에의 신념이 종전보다 더욱더 확고해졌음을 분명히 보여주는데, 그 신념의 강화는 한편으로 그의 비평 정신에 한층 더 유연성과 포용력을 부여해준 것 같다. 그의 인문주의 정신이 앞으로 어떤 구체적 진전을 보일지 우리는 쉽게 예측할 수 없다. 다만 한 가지, 현재 시점에서 지적될 수 있는 것이 있다면, 그가 말하는 '인간'의 구체적 내포에 관한 것이다. 그는 이렇게 말한다.

인문주의적 상상력이란 세계를 인간의 눈으로 보는 것을 말하는바, 이때 그 인간은 어떤 정치적·경제적·역사적·도덕적 이념의 구속을 받지 않는 순수한 인간 그 자체이다. (p. 84)

이 '순수한 인간'이란, 만하임이 말하는 '자유부동(自由浮動)의 지성(知性)'을 말하는 것인가, 아니면 어떤 초월자를 말하는 것인가. 어떻든 그것은 과연 현실적으로 가능한 것인가. 인간에 대한 사랑의 구현을 이야기하는 자리에서 그 자신이 강조했듯이, '인간' 혹은 '인간적'이라는 개념 규정 역시 '다른 많은 범주들과의 심각한 고려 아래 행해져야' 하지 않을까 하는 의문이 생겨남을 필자로서는 피할 수가 없다.　　　　　　　　　　　　　〔『정경문화』, 1983년 12월호〕

현상학적 인식의 출발
―김주연의 『새로운 꿈을 위하여』

이경수

　현실 인식에 있어서의 진단과 처방이 오늘날처럼 다양하고 전문화된 마당에서는 오히려 사태에 대한 중립적이면서도 종합적인 시점이 그 어느 때보다도 절실히 요구되는 것인지도 모르겠다. 우리의 학문적·문학적인 선입관이나 이성적 판단을 번번이 배반하는 정치적 현상으로 얼룩진 1970년대 말과 1980년대 초두에 있어서 그러한 배반적인 현상의 인과에 대한 좀 더 자상하고 섬세한 접근은, 우리의 의식 수준의 당위성과는 괴리된 채로 지겹게 반복되는 폭력의 악순환의 예방을 위해서나, 혹은 범위를 좁혀서 우리의 문학적 시각의 보완을 위해서도 절실히 요구된다고 하겠다. 김주연의 시론집 『새로운 꿈을 위하여』에서 확인되는 즐거움은 그 제목에서도 암시되듯이 좌절된 희망 위에서나마 문학 작품을 통해 새로운 시각의 꿈을 심어보겠다는 태도인 것이다.

　저자는 우선 1970년대의 우리의 문학적 상상력을 압도하다시피 했던 사회학적 상상력의 허구와 병폐를 극복하고자 나선 젊은 시인들의 선언에 공감하면서, 사회학적 상상력의 선택적·제한적인 대상 수용의 한계를 극복하기 위해서는 문학적 상상력 또는 인문주의적 상상력이 그 어느 때보다도 필요하다고 역설한다. 이번 저서의 도처에서 만나게 되는 인문주의적 상상력이란, 저자의 말을 빌리면 "세계를 인간의 눈으로 보는 것을 말하는바, 이때 그 인간은 어떤 정치적·경제적·역사적·도덕적 이념의 구속을 받지 않는 순수한 인간 그 자체"이다. 사회학적 상상력의 기반이 되는 경제학이나 법학·정치학 등은 모두 인간의 어떤 특정한 조건이나 상황을 통해 인간의 일면을 조명하기 때문에 그것들은 각기 일면의 진실만을 지닌다는 것이다. 여기서 우리는 사회과학의 인과적 명제를 도출하게 하는 소위 학문적 세계관의 허구성을 공격하고 나선 후설의 『유럽의 학문의 위기와 선험적 현상학 *Die Krisis der europäischen Wissenschaften und die transzendentale Phänomenologie*』을 연상하게 된다. 특히 딜타이의 역사적 정신과학을 공격하면서, 단순한 역사적 현상들만으로는 어떤 종류의 역사의 이해를 가능케 하는 어떤 결론도 유도할 수 없다는 후설의 실증주의 비판을 읽게 된다. 그리하여 그가 또 다른 에세이 「엄밀한 학문으로서의 철학 Philosophie als strenge Wissenschaft」에서 '사물들로 돌아가라 Zu den Sachen'고 한 말은 우리의 외부 세계의 객관적 현실로 돌아가라는 협소한 해석보다는 오히려 김주연이 말하는 아무런 '이념의 구속을 받지 않는 순수한 인간 그 자체'의 주관적인 투영으로 돌아가라는 말과 일맥상통한다고 할 수 있다.

얼핏 보면 유보의 철학 혹은 미완의 철학처럼 여겨지는 후설의 현상학적 인식론은 서구의 경험적 사실에서 나온 인과론적 결정론을 우리의 역사나 사회 현상에 그대로 적용하는 데서 생겨나는 괴리를 극소화시킬 수 있는 한 방법일 수도 있을 성싶다. 예컨대 역사를 지배하는 이성, 혹은 민중이라는 불가시적 현상에 대한 우리 사회과학자들의 거의 종교에 가까운 맹신적인 명제들만 해도, 그것을 일단 어떤 이데올로기적인 선입관들이나 결정론들로부터 고립시켜놓고, 그것이 진정 우리의 역사와 사회의 능동적 주체라면 적어도 네 가지 범주와의 얽힘에서 드러나는 심리 상태에 대한 기술(즉 자연과학에서 말하는 설명이 아닌)이 선행되어야 할 것이다. 개별적인 역사 현상이란 것도 따지고 보면 행위자와 물질 세계의 얽힘이라는 심리 상태의 표출이기 때문이다. 이때의 네 가지 범주란 것은 정밀화된 현상학자들에 의하면, 물질 세계(즉 비인간적 실체들), 사건들, 타자들(즉 다른 인간 존재들), 그리고 자아(즉 자신의 지향적 행위의 내용으로서의 자아)가 될 것이다. 적어도 이 네 가지 범주와의 상관 관계로서의 의식의 내용이 전제가 되어야 한다는 것은, 인간 존재는 단순한(혹은 정태적인) 의식만으로 존재하는 것이 아니라 그의 존재를 둘러싼 환경과의 동태적인(혹은 후설적인 표현을 빌리자면 의식 지향적인) 관계의 총화이기 때문이다. 따라서 우리가 민중을 문제삼을 때 무엇보다도 전제되어야 할 것은, 그 집단적 자아의 의식의 방향이다. 마르크시즘적인 이데올로기에 사로잡혀서 물질의 분배에만 역점을 둘 때 우리는 몫의 상대적인 공정한 분배보다는 몫의 절대적인 대형화에 유혹을 느끼는 민중 대다수의 물질 지향적인 관심을 간과하기 쉽고 자유라든가 민주화라든가 인권과 같은 추상적인 의식 수준에만 역점을 둘 때 우리는 이민족에 대한 식민적 지배나 북한에 의한 적화에 대한 대다수 민중의 피해망상에서 오는 현상 유지의 움츠러드는 경향을 간과하기 쉽다. 사실상 해방 이후 이 땅에서 치러진 유일한 민주 행사라고 할 수 있는 수십 차례의 선거에서의 대다수 국민의 체제 찬성률의 변모는 그때그때의 상황에 대한 민족 구성원 대다수의 의식의 지향성을 그대로 드러냈다고 할 수 있다. 다시 말해서 하나의 정권이 독재화의 경향을 노골적으로 드러낼 때마다 우리의 민중은 투표를 통해서나마 소극적인 저항을 드러내는 현명한 의식 수준을 보여주기도 했지만, 체제의 안위가 대다수 국민의 기존의 소유를 위협하는 국가적 안보와 직결된다는 위기 의식이 고조됐을 때는 체제의 도덕적 합법성에 대한 준엄한 심판을 포기하고 유일한 선택이라고 할 수 있는 체제 옹호적인 찬성으로 돌아서는 야누스적인 측면의 반복이었다고 할 수 있다. 그런 의미에서 "민족이나 민중 같은 집단도 주체적 역량에 있어서는 개인과 똑같다"고 전제하면서 "개인이나 집단이나 똑같이 스스로를 영예롭게 지키려는 자각이 있는가 없는가에 따라 위대해지기도, 비천해지기도" 한다고 파악한 곽광수씨의 인식이야 말로 의식의 지향성에 역점을 둔 데서 오는 실체의 본질을 드러낸 묘사라고 할 수 있다(곽광수, 「민중과 대중」, 『세계의 문학』, 1979년 가을호).

민중에 대한 애착이라는 사회과학적 명제를 굳이 의식의 지향성을 빌려서 그 허구성을 파헤치는 것은, 동시대인들에 대한 애정이라는 실천적인 가치를 창출하여 보다 이성적인 사회의 실현을 앞당기려는 동료 지식인들의 열정에 찬물을 끼얹으려는 심술의 소치는 아닐 터이다. 오히려 동시대인들의 완전한 해방을 위해 자신을 구속하자는 사르트르적인 명제도 사실은 인식론에 있어서 후설의 의식의 지향성이 그 토대가 되었다는 역사적 사실을 밝히는 것으로써 현상학적 인식이 서야 할 땅에 대한 정당화는 충분하리라고 생각된다. 사실상 정신과 물질, 혹은 관념론과 경험론이라는 고질적인 이원론 때문에 평행성을 달리고 있는, 자연과학의 무의미한 인과론과 인문과학의 이념화된 결정론을 유럽 학문의 위기라고 설파한 후설의 현상학적 진단과 종합은 유대인으로서의 후설 자신의 인종적인 약점과 하이데거의 실존주의적 현상학으로의 변질 때문에 유럽에서도 실존주의의 그늘에 가려져온 것이 그동안의 실정이었다.

그러나 가치나 의미의 창출과는 상관없이 문명과 체제의 기능공과도 같은 역할로 타락해버린 자연과학을 위해서나, 혹은 학문 주체자의 이데올로기적인 세계관에 의해 자연과학의 결정론을 무비판적으로 원용함으로써 편견과 분극의 길로 치달려온 인문과학을 위해서나 진정한 종합이 요구된다는 시대적 상황이 현상학의 원류로서의 후설에 대한 재조명을 야기시켰는지도 모른다. 그런 뜻에서 현상학파의 원조로서 브렌타노로부터 역사적으로 고찰하고 있는 허버트 스피겔

버그가 하이데거를 서자 현상학파로 취급하고 있는 것도 이런 문맥에서 이해됨 직하다. 그리하여 특히 1970년대 이후에 현상학적 인식론에 입각한 인문과학은 유럽 대륙 전역과 미국 대륙의 공동 관심사가 되었을 뿐만 아니라, 최근의 서양 철학은 물질과 의식의 얽힘이라는 후설의 의식의 지향성의 인식론을 동양 철학의 전통적인 물아일여(物我一如)의 인식론과 결부시키려는 움직임마저 나타내고 있다.

범위를 문학 쪽으로 국한시켜도 사정은 마찬가지이다. 자국 문학의 텍스트의 의미 분석만 치중하던 미국이 신비평 이후 미국 문학의 고립을 깨뜨리고 유럽의 방법론상의 대세에 끼어든 것은 1970년대 이후부터라고 할 수 있다. 그리하여 작가의 의식의 지향성에 입각해서 그 의식을 묘사하고, 그러고 나서는 의식의 양태와 내용을 형이상학적 편견이 없이 서술하려는 현상학적 방법론은 유럽 대륙과 미국 대륙의 문학적 관심사를 오랜만에 공동의 유대 속에 묶어준 방법론이라고 할 수 있다. 그래서 로버트 매글리올라는 프랑스의 정통적인 지각 현상학자인 메를로 퐁티를 비롯한 일군의 제네바 학파 이외에도 후기의 바슐라르, 그리고 독일의 문체 연구가인 『미메시스』의 저자 에리히 아우어바흐까지도 현상학파 속에 편입시키고 있다. 이러한 방법론이 서구권 전체로 확산된 까닭은, 작가의 의도를 배제한 채 텍스트의 언어상의 결과만을 분석하는 신비평의 객관주의나, 작품 속에서 외재적인 이데올로기를 찾아내려는 비평가의 선입관에 입각한 주관주의가 다 같이 그 나름대로의 인식론상의 한계가 있다는 각성 때문일 것이다.

김주연이 1980년대에 들어서서 개진한 시론들을 묶은 이번 저서에서 드러나는 일관성은, 그가 의식했든 안 했든, 현실 인식에 있어서의 사회과학적 상상력에 대신할 그 어떤 새로운 인식론에 대한 열망이라고 요약할 수 있겠다. 사실상 이번 저서의 도처에서 만나게 되는 독일 현상학의 명제들에 대한 그의 단편적인 언급들은 이제까지의 우리의 지적 세계에 있어서의 인식론상의 한계를 그가 예민하게 느

끼고 있음을 드러내준다. 그러나 현상학적 인식론의 필요성을 그는
비평가의 방법론상의 확립을 위해서보다는, 오히려 이 나라 작가들
의 현실 인식에 있어서의 사회학적 상상력의 한계 극복을 위해서 더
욱 절실히 느끼고 있는 것 같은 인상을 준다. 예컨대 그가 이번 저서
의 표제를 이루는 제하의 에세이에서

> 사람의 삶을 왜곡시키고 억압하는 조건에 대한 성찰이 정치·사회
> 적 시선으로만 관찰할 때, 그것은 오히려 그 사회의 정치·사회적 이
> 념의 덫에 걸리는 결과가 되기 쉽기 때문이다. 말하자면 '경험적 자
> 아'는 경험적 자아 그 자체만으로는 극복의 일정한 한계를 갖는다는
> 것이다. 보다 보편적인 시선, 즉 모든 사람과 사물에 대한 따뜻한 사랑
> 과 편협한 여러 범주 사이의 증오를 넘어서는 서늘한 마음씨를 바탕으
> 로 할 때 제도와 이념을 축으로 한 사회과학적 관찰의 한계가 드러나
> 고 '시적 자아'가 회복될 것으로 나는 믿는다.

라고 말했을 때 우리는 작가야말로 '경험적 자아'를 넘어서서 현상의
본질적인 구조를 발견해내는 타고난 현상학자여야 한다는 비평가의
권고를 읽게 된다. 혹은 그가 「시와 현실 의식」에서 현실을 '바로 그
것을 인식하는 주체와의 관계'로서 정의함으로써 인식 주체의 의식
의 선험적 직관을 강조한 대목이라든가 그러한 선험적 주관성이 집
합성과 객관성을 상실하는 것이 아니라는 주장에서, 우리는 의식의
지향성이 구조를 객관화시켜주고, 통일시켜주고, 관련지어주고, 구
성해준다는 후설적인 명제를 다시 확인하게 된다. 김주연은 그러한
명제를 '통일된 주체'라는 간명한 표현으로 대신하고 있지만, '우리
고유의 민족적 삶'을 강조하는 작가들이 우리의 토속적인 '모습'만
을 현실로 내세울 때 그 묘사가 분열로 끝나고 '통일'로 나아가지 못
하는 까닭을 자아의 주체적 파악의 부재 탓으로 돌림으로써, 의식의
지향이 없는 현상의 무의미함을 감명 깊게 일깨워준다.

　　김주연이 작가들에게 요구하는 이러한 현상학적 직관을 그 스스로 한 작가의 의식 세계의 묘사에 지향함으로써 얻어진 소득이 실제 비평으로서의 조지훈론일 것이다. 이 시인론에서 비평가는 어떤 이데올로기적인 채색도 기대함이 없이 오로지 시인의 '아름다움에 대한 의식'의 본질을 묘사하고자 노력한다. 그러한 본질을 추적함에 있어서 저자는 '꽃'이라는 대상에 대한 시인의 의식의 내용과 양태를 묘사함으로써 시인의 현상학적 자아의 위상을 그려낸다. 그러나 꽃에 투영된 시인의 의식은 작품마다 개별적인 차이를 보이면서 결과적으로는 시인의 '꿈'이라는 하나의 원을 이룬다. 다시 말해서 비평가는 꽃의 이미지들을 분류하는 데 있어서 표면적인 유사성보다는 잠재적인 본질의 항목에 따라서 묘사하기 때문에 꽃이라는 동일한 대상에 대한 시인의 의식이 더할 나위 없이 풍요하게 묘사된다. 이 점이야말로 하나의 동일한 이미지에서 성적 혹은 원형적인 의미만을 찾아냄으로써 작품의 풍요성을 오히려 획일적인 의미로 축소시키는 정신분석학적 혹은 신화적 비평 방법론에 대한 현상학적 방법론의 승리라고 할 수 있다. 마찬가지로 비평가는 '죽음'이라는 현상에 대한 시인의 의식의 양태들을 일일이 점검함으로써, 사물에 대한 조지훈의 주체적 이해가 불교적인 훈련에서 나온 것임에도 불구하고 오히려 독일의 현상학적인 이해와 일치되는 것을 놀라워한다.

　　김주연이 김수영의 범속성의 영향이 1970년대의 김광규와 같은 시인에까지 이어지고 있다고 독특한 진단을 내리게 된 것도 따지고 보면 김수영이 생활 현장과의 거짓 없는 부딪침을 통해 그가 어떻게 범속화되어갔는가 하는 과정을 묘사한 데서 얻어진 부산물일 수도 있을 것이다. 그러나 김주연의 이러한 새로운 인식론에 바탕을 둔 접근 방법도 그것이 현재 활동 중인 젊은 시인들에게 적용될 때는 나로서는 때로 동조할 수 없는 가치 판단도 더러 눈에 띄었음을 고백하지 않을 수 없다. 그러나 그의 묘사의 대상이 아직도 완결되지 않은 상태라는 점을 감안해서 나 자신의 판단은 잠시 유보해두고 싶다. 여하튼 김주연의 이번 저서를 통해서 1970년 후반 이후에 등장한 젊은 시인의 발랄한 시 세계를 새로운 각도에서 보게 된 것을 이번 작업의 커다란 소득이라고 믿고 싶다.　　　　　〔『세계의 문학』, 1984년 봄호〕

총체성과 보편성을 향한 자기 확대*

성민엽

　김주연의 『문학을 넘어서』는 우리 문학과 문화에 있어서 대단히 중요한 의미 — 설혹 그 입장과 관점에 동의하지 않더라도 인정하지 않을 수 없는(더 정확하게는 입장과 관점이 다르기 때문에 오히려 더더욱 인정되는) — 를 갖는 문학 비평서이다. 기이하게도 출간된 지 반년이 되도록 이 책에 대해 별다른 주목이 주어지지 않았는데, 어쩌면 그 점이 이 책의 의미를 역설적으로 확인시켜주는 것인지도 모르겠다. 이 책의 의미에 주목한 최초의 글은 최근 발표된 권오룡의 서평 「문학과 초월」(『세계의 문학』, 1987년 가을호)이다. 권오룡에 의하면 이 책은 "초월성의 이론적 정립과 그것의 문화와 문학에 대한 적용의 첫 시도"이다. 그렇다. 바로 거기에 이 책의 의미가 있다.

　『문학을 넘어서』에서 그 이론적 정립이 시도되고 있는 초월성이란 어떤 것인지 간략히 살펴보자. 우선 그것은 현세성과 대립되는 개념이다. 그러니까, 초월성이란 "시간과 공간의 한계를 뛰어넘는 어떤 힘에 대한 이름"(p. 203)이며 "항상 지금 여기에 존재하고 있게 마련

---

* 이 글은 『문학의 빈곤』(문학과지성사, 1988)에 실린 「두 권의 비평집」의 일부이다.

인 인간이 그 지금 여기에 있는 상태로부터 벗어나 올라감을 의미한
다"(p. 203). 현세성으로부터 초월성으로의 "차원 돌파"(p.203)가 핵
심인 것이다.

그렇다면 거기에 대해서는 현실 도피라는 혐의가 주어질 수 있겠
다. 그러나 김주연의 초월성은 결코 현실 도피가 아니다. 그의 초월
성은 "현세성을 무화 내지 약화시켜주는 개념이 아니라, 그 자체를
강화·승화시켜주는 방법 정신"(p. 204)이다. 어떻게 그럴 수 있는
가. "이 세계의 진리는 구체적인 삶의 현장과 현실을 통해 구현되어
야 하는 당위성을 갖는 것이지만, 그것이 실현되기 위해서는 보다 근
원적인 힘에 대한 고려와 성찰이 수반되어야 하는 것"(p. 204)이기
때문이다.

김주연의 현세성/초월성의 대립은, 단순히 현세성의 부정과 초월
성의 지향을 기도하는 것이 아니라 초월성에 의해 감싸짐으로써 현
세성이 보다 온전해지는 그런 관계인 것이다. 초월성의 감쌈을 배제
한 현세성만에의 폐쇄는 세속주의라 불리며 그것으로는 현세성의 온
전해짐이 불가능하다는 것이 김주연의 일관된 주장이다. 특징적인
것은 그 초월성을 김주연이 기독교라는 특정 종교로부터 발견하고
있다는 점이다.

> 기복적·구복적 측면이 있는 것은 사실이지만, 그것은 심성의 원초
> 적 바탕으로서 모든 종교에 편재해 있는 것으로서, 기독교는 여기서
> 더 나아가 자아 실현적인 측면, 그리고 마침내는 사회 화평을 지향하
> 는 보편성 지향의 놀라운 특징을 갖고 있다. 이 부분이 바로 기독교가
> 지닌 문화적 성격이라고 나는 생각한다. (p. 226)

이 언명을 어떻게 받아들일 것인가. 그것을 호교론적 입장으로 보
아버려서는 안 된다. 이 문맥에서 김주연의 목표는 초월성에 있는 것
이지 기독교 자체에 있는 것이 아니기 때문이다. 김주연의 샤머니즘

비판, 신비주의 비판도 같은 맥락으로 이해되어야 한다. 김주연에 의하면 샤머니즘은 현세성에 집착, 초월성을 결핍하고 있고 신비주의는 초월을 우상으로 대체, "살아 움직이는 현실과의 건강한 관계 속에서 진리의 임재, 즉 그 살아 있는 힘으로 인식"(p. 133)하지 못하고 관념적 경험 중심주의나 지식 중심주의를 유발하기 쉽다. 그러니까 기독교만이 그런 초월성을 지니고 있는가라는 물음과 그에 대한 찬반은 별 의미가 없다. 김주연 자신, '문화화'(p. 225)하지 못한, 초월성을 상실한 기독교에 대해 통렬히 비판하고 있는 것이다.

이와 같은 초월성 개념 속에서 김주연은 문학을 살핀다. 그때 문학과 종교는 동궤의 것이다. 두 문단을 인용하는 것으로 요약을 대신할 수 있겠다.

i) 문학과 종교는 사실상 이분법적 관찰과 접근을 불필요한 것으로 생각케 하는, 근본적으로 공통적인 토대 위에 서 있다. 문학과 종교, 이 둘은 모두 인간에 대한 총체적 · 전면적 인식을 행함으로써 구원의 양식을 모색한다. (p. 260)

ii) 결국 문학과 종교는 똑같은 일을 하면서도 그것을 세속적 · 현세적인 차원에서 정화시키는가, 아니면 초월성의 차원에서 보다 상대적인 인식을 행하는가 하는 문제에서 상이한 길을 걷는다고 할 수 있다. (pp. 260~61)

초월성 개념에 준거한 이러한 문학관으로부터 비롯되는 리얼리즘 비판과 모더니즘 비판은 퍽 흥미롭다. 그에 의하면, 리얼리즘이 갖고 있는 "작가에 의한, 문학에 의한 이 세계의 현세적 개혁이 완벽에 가깝게 성취될 수 있다는 믿음"은 "문학적 세속주의를 표본적으로 보여주"(p. 189)며, 모더니즘은 '지상적인 것'을 '새로운 초월성'으로 정립하려 함으로써 "과학과 정치라는 우회를 통해 결과적으로 초월성을 차단해버"린 리얼리즘보다도 더하게 초월성과의 관계를 '배반'의 그것으로 갖게 되었다.

김주연이 주목하는 것은, 리얼리즘과 모더니즘이 본래의 의도에 반하여 갖게 된 역기능이며, 그는 역기능의 진정한 극복을 초월성 개념 속에서 탐색하는 것이다. 그 탐색은 이제 막 시작된 것에 지나지 않으므로 그 성과를 묻기에는 아직 이르지만, 그의 초월성 개념이 세계 변혁의 전망으로부터 이륙해버리지 않고 그것을 포괄하며, 그 자신의 표현대로 "항상 현실과의 튼튼한 관계 속"(p. 133)에서 추구되는 한, 우리는 그의 지속적 탐색에 계속 주목해야 할 것이다.

논의의 방향을 조금 바꾸어, 김주연 비평 속에서의 『문학을 넘어서』의 위치와 의미를 살펴보자. 얼핏 보기에 『문학을 넘어서』는 권오룡의 지적대로 "제2의 김주연의 첫번째 평론집이라고까지 할 만"한 것으로 보이지만, 좀 더 생각해보면 『문학을 넘어서』와 그 이전을 한데 묶는 뚜렷한 자기 동일성을 인지할 수 있다. 그것은 총체성·보편성이라는 개념으로 파악될 수 있다. 이 점을 중시하면, 『문학을 넘어서』는 하나의 단절의 소산이라기보다는 오히려 김주연이라는 이름의 비평 정신의 자기 확대인 것으로 보인다. 앞선 평론집들, 『변동 사회와 작가』와 『새로운 꿈을 위하여』에서 김주연이 열정적으로 주장했던 것은 '시적 자아'와 '인문주의 정신'이다. 두 개의 문단을 읽어보자.

i) 시인은 일상적 자아이면서 동시에 그것을 뛰어넘는 정신, 즉 시적 자아를 창조해가는 사람에게 붙여진 이름이다. 일상적 자아와 시적 자아는 그러므로 같은 차원에서 마주 보거나 나란히 놓여 있는 것이 아니다. 시적 자아는 일상적 자아의 초월로서 성취되는 그 어떤 정신의 힘이며 공간이다.

ii) 시인이 세계를 바라보는 눈은 선택적·제한적이어서는 안 되며, 전면적·총체적이어야 한다. 이런 의미에서 볼 때, 지난 1970년대의 시 작품들은 사회학적 상상력에 의해 역사와 현실 의식을 확충할 수 있었으나, 다른 한편으로 세계에 대한 전면적·총체적 이해라는 문학 본래의 자부심과 기능을 약화시킨 두 가지의 상충한 모습을 지니고 있던 감이 있다. 따라서 우리가 사회학적 상상력에 의해 의식이 억압을 받고 있다고 느낀다면, 마땅히 이 같은 선택적·제한적인 대상 수용의 자세를 반성하고 전면적이며 총체적인 세계 이해로의 눈을 열어야 할 것이다.

ii)에서 우리가 읽게 되는 것은 총체적 인간 인식에의 열망이다. ii)의 김주연이 사회학적 상상력을 비판하는 것은 그것이 인간 인식을 일면적인 것으로 제한하기 때문이다. 그에 의하면 총체적 인간 인식을 가능케 하는 것은 인문주의적 상상력 혹은 인문주의 정신이다. 그것은 사회학적 상상력의 일면적 인간 인식을 타기하거나 배제하는 것이 아니라 그것까지 포괄하는 보다 보편적인 것이다. 이와 관련하여보면,『문학을 넘어서』의 초월성 개념은 인문주의 정신의 총체성·보편성이 불완전한 것이라는 반성적 인식 위에 이루어진 총체성·보편성 개념의 확대로 읽힌다. 즉 인문주의 정신이 현세성에 제한된 것이며 인간 중심주의에 제한된 것이라는 인식과 현세성 너머에 초월성이, 인간 중심주의 저쪽에 신이 있다는 깨달음, 그리고 그 초월성과 신이 현세성과 인간을 포괄하는 보다 보편적인 것이라는 깨달음이『문학을 넘어서』의 초월성 개념을 낳은 것이다.

이 확대 현상은 초월이라는 개념에도 일어난다. 초월이라는 개념 자체는 김주연 비평에 그리 낯선 것이 아니다. i)에서 보듯 '시적 자아'라는 것은 "일상적 자아의 초월로서 성취되는 그 어떤 정신의 힘이며 공간"으로 인식되고 있었던 것이다. 다만『문학을 넘어서』의 초월은 '시적 자아'의 초월의 내포가 보다 확대된 결과이다. '시적 자아'의 초월은 신이 개입되지 않은 인간적 초월, 문화적 초월이었던데 반해 이제는 그것까지를 포괄하는 신적 초월로 가일층 확대된 것이다.

그러므로 『문학을 넘어서』에 나타난 김주연의 변모는 무슨 돌연한 전환이 아니다. 현세성의 유한성의 인식이라는 계기가 있었음은 물론이거니와, 그 계기가 『문학을 넘어서』의 비평 세계, 정신 세계를 낳은 것은 김주연 비평의 기본을 이루는 총체성·보편성에의 열망과 그것을 향한 자기 확대인 것이다.

그렇다고 해서 그 변모가 쉽게 이루어진 것은 물론 아닐 터이다. 서문에서 고백되고 있듯 아픈 자기 부정의 과정이 있었던 것이다. "오랫동안 그것이 참이라고 믿어왔고, 그것을 이룩하기 위해 노력해온 자신을 버리는"(p. 44) 것은 얼마나 힘든 일인가. 그 점이 그와 입장을 같이하든 달리하든 그 총체성·보편성을 향한 자기 확대의 모습 자체를 감동적으로 바라보게 만든다.

우리 문학과 문화에 있어서 『문학을 넘어서』의 김주연은 무척 예외적인 존재이다. 그 예외성만으로도 그의 귀중함은 인정되지만 좀 더 욕심을 부리자면, 저항 문학을 비판하고 문학적 저항을 제시하는 그 자신의 논리를 그에게 되돌려 초월 문학이 아닌 문학적 초월의 탐색을 구체적으로 펼쳐가기를 기대한다. 그 탐색이, 그에게 걸릴지도 모르는 여러 가지 혐의들의 시비를 가려줄 것이다.

〔『문학의 빈곤』, 문학과지성사, 1988〕

문학과 초월

권오룡

김주연의 평론집 『문학을 넘어서』는, 섣불리 단정적으로 말하면,
저자 자신에게 있어서나 우리 비평계에 있어서나 매우 중요한 의미
를 갖는 저서이다. 저자의 다섯번째 평론집인 이 책은, 그러나 그 내
용에 있어서는 기왕의 네 권의 평론집과의 연속성보다는, 그것들과
는 다른 어떤 차이가 두드러진다. 『문학을 넘어서』라는 제목이 시사
하는 바처럼, 이번의 평론집에서 우선 주의를 끄는 것은 문학 이상의
어떤 것에 대한 저자의 비상한 관심이다. 그 어떤 것이란 한마디로
말해 '초월성'이라 할 수 있는데, 김주연 비평의 새로운 관점과 원리
로 제시된 이 초월성과의 관련에서 이번의 평론집의 전체적인 성격
을 말한다면 그것은 초월성의 이론적 정립과 그것의 문화와 문학에
대한 적용의 첫 시도라 할 수 있는 것이다. 그것을 첫 시도라고 하는
것은, 첫째 초월이라는 용어가 비평에 자주 사용되지 않았던 것은 아
니지만, 저자 자신도 의아하게 생각하고 있는 것과 같이 초월성의 개
념을 체계화된 이론으로 정비하여 비평의 논거로 삼고자 했던 시도
가 한국 문학의 전통에서 거의 전무하다시피 미미했다는 점, 둘째 저
자 자신이 이 문제에 관심을 기울이게 된 것이 시기적으로 그리 오래

된 것이 아니라는 점, 셋째 앞으로 저자 스스로에 의해서는 물론 이번의 평론집을 계기로 초월성의 문제를 적극 수용하게 될 미지의 후진들에 의해서도 이러한 작업이 그 폭과 깊이를 더해가며 꾸준히 시도될 것으로 보인다는 점에서 그렇다. 이런 의미에서 이번의 평론집을 지금까지의 저자와는 다른, 제2의 김주연의 첫번째 평론집이라고까지 할 만하다.

저자의 이 같은 관심의 변화 이면에는 그 변신의 모습을 필연적인 것으로 만들어주는 내적 드라마가 자리잡고 있다. 즉 이러한 관심의 변화는 아무런 자기 성찰 없이, 이제까지 저자 스스로가 이룩해놓은 비평 작업의 축적 위에 아무렇게나 덧씌운 것이 아니라, 어쩌면 저자 스스로 참담하게 여겼을지도 모를 내적 고뇌, 냉엄한 반성과 자기 부정이 뒷받침되어 있는 것이다. 이 자리에서 필자는 그 드라마의 자취를 더듬어보는 것으로 『문학을 넘어서』에 대한 서평을 대신하고자 한다.

시기적으로 조금 거슬러 올라간 지점에서부터 살펴본다면, 이제까지의 김주연의 비평이 기울였던 관심은, 『문학을 넘어서』에서 거듭 강조되어 개진되고 있는 초월성과는 다른, 훨씬 현실적인 관심이었다고 할 수 있다. 이것은, 굳이 그의 지난날의 평론들 하나하나를 살펴볼 필요도 없이, 『상황과 인간』 혹은 『변동 사회와 작가』라는, 그의 평론집 제목만 상기하더라도 충분히 짐작할 수 있는 사실이다. 미상불 그 네 권의 평론집에서 집중적으로 이루어졌던 것은 사회적 상황 혹은 사회 현실과 그에 대응하는 문학의 위상을 조명하고자 하는 작업이었다. 그 작업은 요컨대, 저자의 용어를 빌리면 세속적 차원의 문학 비평이었던 것이다. 그렇다면 이러한 차원의 작업에 있어 저자가 기대고 있었던 정신적 배경은 리얼리즘이었던가, 모더니즘이었던가? 굳이 그 분류의 어느 항목 속에 김주연의 기왕의 평론들을 귀속시킨다면 아마 그것은 모더니즘 계열에 속하는 것으로 정리될 것이

다. 그의 많은 평론들의 핵심적 개념을 이루는 '시적 자아'라는 것이
구체적으로는 세계를 새롭게 총체적으로 인식하기 위한 인식 주체로
서의 지위를 갖는 것이라는 점에서 그의 비평은 인식론적 성격을 강
하게 지니는 것이지만, 주로 시에 있어서의 언어와 그것의 구조를 인
식의 주된 수단으로 삼는다는 점에서 그의 비평을 모더니즘 계열에
속하는 것으로 이해하는 데에 큰 무리가 있을 것으로 보이지는 않는
다. 그러나 과연 그의 비평이, 그의 문학관이 리얼리즘에 속하느냐
모더니즘에 속하느냐 하는 문제는, 리얼리즘과 모더니즘이라는 양대
문학 정신이 이번의 평론집에서 철저히 비판되고 있다는 점에서 그
리 중요한 문제는 아니다. 정작 우리가 간과해서는 안 될 것은 이러
한 비판이 기실은 지금까지 저자 자신이 기대고 있었던 비평 체계까
지도 비판의 도마 위에 올려놓는 것이라는 점에서, 문학과 삶의 진실
의 추구를 위해서 자기 부정까지도 서슴지 않는 저자의 성실성을 드
러내 보여주는 것이라는 사실이다. 그것은 마치 이러한 자기 부정의
고백처럼 보이기도 하는 다음과 같은 구절에서도 명확히 입증된다.

　　이 끊임없는 자기 부정의 정신은 그렇게 쉽게 단련될 수 있는 것이
　아니다. 거기에는 오랫동안 그것이 '참'이라고 믿어왔고, 그것을 이룩
　하기 위해 노력해온 자신을 버리는 용기와 힘이 있어야 한다. 그것은
　세속성의 유한함을 깨달을 때 가능해진다. (p. 44)

　이미 이러한 인용에서 자기 부정에서 초월에까지 이르는 저자의
정신적 모험의 여정이 드러나는 바이지만, 그것을 좀 더 찬찬히 살펴
보면, 이러한 자기 부정은 우선 저자의 문화에 대한 참다운 이해에서
비롯한다고 할 수 있다. 문화란 무엇보다도 '반성의 노력'으로서 "한
개인이나 집단이 '문화적'이라고 한다면, 그것은 매일매일의 삶에 대
한 반성의 노력이 존재한다" (p. 47)는 것을 의미하기 때문이다. 일단
이렇게 그 자기 부정을 문화적 차원에서만 살핀다면 그것은 상업주

의와 세속화 현상에 오염된 산업 사회의 대중 문화만이 활개치는 오늘날 우리의 현실에서 그 사이비 문화의 부정적 요소를 불식시키기 위해 노력해야 한다고 역설하는 저자의 문화적·반성적 노력이 저자 스스로를 반성의 대상으로 삼았을 때 얻어질 수 있는 결과이겠지만, 그렇다고 해서 그것이 단순한 문화적 차원의 반성을 통해서, 어떤 거룩하고 겸손한 마음과 함께 이루어진 것은 아니다. 사실은 이 정도만 되어도 벌써 그 자기 부정은 훌륭한 빛을 발하는 것이라 할 수 있지만, 문제는 문화적 차원의 반성이란 그것이 문화적인 차원에만 머무는 한 결코 세속적인 차원을 벗어나지 못하고, 따라서 그 반성이란 것도 시간적인 지평 위에서의 단순한 돌아봄일 뿐, "살아 있는 삶을 풍성하고 거룩하게" 해주는 계기가 되지는 못한다는 데에 있다. 이렇듯 문화적 차원의 반성이 세속적인 차원을 벗어나지 못한다는 사실을 보여주는 뚜렷한 사례를 우리는 저자의 모더니즘에 대한 비판에서 찾아볼 수 있다. 저자의 설명대로 "훌륭한 인간에서 예술에 이르는 모든 것을 바람직한 가치"(p. 190)로 상정하고 "예술의 절대화를 통해 절망적인 현실을 극복할 수 있다"(p. 192)는 믿음 아래 "일체의 과거로부터의 탈출, 내용과 형식 모든 면에 있어서의 철저한 거부"(p. 194)의 모습을 보여주는 모더니즘의 자기 혁신의 과정은 분명 일정한 문화적 기반 위에서 이루어지는 반성과 부정, 그리고 그것을 통한 새로운 생성의 노력을 그 근간으로 하는 것이다. 이렇듯 도저한 정신적 모험을 보여주는 모더니즘이, 그러나 궁극에 이르러서는 "마치 해탈의 그것처럼 기껏 침묵에 이를 수 있었을 뿐 살아 있는 삶을 풍성하고 거룩하게"(p. 197) 해주는 데에는 실패하는 파탄에 직면할 수밖에 없는 것은 "지상적인 것이 이 지상을 넘는 초월성을 갖기란 근본적으로 불가능"(p. 193)하기 때문이다. 그러니까 모더니즘의 파탄은 그것이 인간 정신에의 절대적 신뢰를 근거로 하고 있다는 바로 그 이유로 말미암아 초월성을 획득하는 데 실패했다는 사실로부터 유래하는 것이라 하겠는데 이와 마찬가지로 저자의 자기 부정 또한 그것이 문화적인 차원에만 머무는 것이라면 이내 그 한계와 허위성에 봉착하게 마련이리라. 이렇게 볼 때 저자의 자기 부정은 부분적으로는 문화적 차원의 반성을 통한 것이지만, 근본적으로는 초월성에 입각함으로써 가능했던, 한결 철저하고 또한 진정한 것이다.

저자의 문화에 대한, 특히 대중 문화·산업 문화에 대한 비판 역시 이 같은 자기 부정과 궤를 같이한다. 진정한 문화란 "먹고 살아가는 인간 삶의 물질적·육체적 측면과는 다른 정신적인 측면에서의 그 어떤 유익성"(p. 47)과 깊은 관계를 맺는다. 여기서 알 수 있듯 저자의 문화에 대한 생각은 정신주의에 기초해 있다. 그러나 이러한 정신적 유익성으로서의 문화는, 사회가 산업화의 과정을 거치면서 팽배하게 된 "정신적인 작업마저 물질적인 것으로 환원될 수 있다는 생각"(p. 48)을 골자로 하는 물질주의의 지배 아래 놓이게 되면서 정신적 지주로서의 가치를 상실해버리고 만다. 다시 말하면 가치 지향적 개념으로서의 문화는 산업화라는 세속화·물질주의화의 과정을 거치면서 몰가치적인 사이비 문화 현상의 범람으로 전락하게 되고 말았다는 것이다. 문화에 대한 저자의 현상 분석이 만약 이 정도에서 그치는 것이었다면, 그래서 이러한 진단으로부터 저자가 이끌어내는 결론이 단순히 그 부정적 요소, 즉 물질주의, 도구적 합리주의, 편의 제일주의 등을 불식해야 한다는 상투적인 주장 정도에 그치는 것이었다면, 그것은 유달리 새로울 바도 없는 것이었을 터이다. 사실 이러한 비판은 의식의 사물화를 밝혀낸 루카치나 사용 가치의 교환 가치로의 전락을 부정적인 시각에서 관찰한 골드만, 그리고 저자 자신도 산업 사회 비판에 있어 많은 것을 참조하고 있는 벤야민이나 아도르노 같은 이론가들에 의해 이미 충분히 개진되어왔던 바이다. 그러나 저자는 여기서 한 걸음 더 나아가 문화에 본래의 정신적 가치를 되살려놓기 위해서는 "산업화 논리의 바탕이 되는 도구적·합리적 이성, 과학 기술 만능 사상, 맹목적 자연 정복 사고를 뛰어넘는 대초월이 우리들 가슴속에서 용솟음쳐야 될 것"(p. 30)이라는 초월의 당위성·절대성에 대한 주장으로 이어지고 있다. 바로 이 부분이 앞서 열거한 이론가들과 저자가 그 입장의 위상을 달리하는 지점이라 할 수 있는데, 이 같은 문화 비판의 면모를 통해서도 우리는 저자의 자기 부정이 초월성에 입각해 있는 것임을 거듭 확인할 수 있다.

  산업화 과정 속에서의 문화에 대한 저자의 일반적인 생각은 보다 구체적으로 우리의 문화와 문학이 그러한 정신적 가치를 상실하게 된 시기에 해당하는 1970년대의 문화와 문학의 의미를 새삼 생각해 보게끔 만드는 동기가 된다. 이 평론집의 1부를 이루고 있는, 산업화와 문화, 산업화와 문학에 관련된 글들은 바로 이러한 관점에서의 고찰들이거니와, 이 글들이, 비록 '대초월'의 필요성을 역설하고 있기는 하지만 어느 정도 문화적인 차원에서의 반성 작업에서 얻어진 결실들이라면, 주로 기독교와 문학의 관계를 논한 3부의 글들은 초월성에 대한 본격적인 탐구와 그 구체적 조명이 이루어지고 있는 글들이다. 우선 그 초월성은 문학과 종교의 기능을 동일시하는 것으로부터 출발한다.

  결국 문학과 종교는 똑같은 일을 하면서도 그것을 세속적·현세적인 차원에서 정화시키는가, 아니면 초월성의 차원에서 보다 상대적인 인식을 행하는가 하는 문제에서 상이한 길을 걷는다고 할 수 있다. (p. 260)

  이렇듯 현세적인 차원과 초월성의 차원으로 확연히 구분되는 문학과 종교가 그 기능에 있어서만큼은 합치한다는 저자의 생각으로부터 우리는 그 초월성이라는 것이 세속적 현실로부터의 안일한 일탈을 의미하는 것은 아님을 알 수 있다. 초월성을 정의한다면 그것은 "시간과 공간의 한계를 뛰어넘는 어떤 힘에 대한 이름"으로서 "지금 여기에 존재하고 있게 마련인 인간이 그 지금 여기에 있는 상태로부터 벗어나 올라감"(p. 203)을 의미하는 것이지만, 그러나 이때의 벗어남

은 현세적인 것들 모두를 내팽개치는 벗어남이 아니라 그것들을 감
싸안고 떠나는 벗어남이다. 그러니까 "초월성은 현세성을 무화 내지
약화시켜주는 개념이 아니라, 그 자체를 강화시켜주는 방법 정신"(p.
204)이라는 저자의 주장이나, 리얼리즘·모더니즘을 세속적인 것이
라고 몰아붙이면서도, 초월성으로 그것들을 포용한 호프만슈탈의 경
우를 들어 "건강한 현실 의식과 언어 의식을 갖고 있되, 실험적인 온
갖 아방가르드적 노력과 정치적 극단주의가 문명을 파괴하고 있다고
피곤해하면서 초월성 앞에 무릎을 꿇고 새로운 힘의 강화를 기도했
다"(p. 199)고 설명하는 것은 초월성이라는 것이 현세적·세속적인
것과 끊임없는 소통 관계를 지니고 있는 것임을 거듭 확인시켜주는
사례들이라 할 수 있다. 이렇듯 초월성은 수직적 고양과 수평적 확
산·포용이라는 두 가지 동력학을 동시에 필요로 한다. 바로 이 점이
초월이 유독 기독교하고만 연결되는 이유가 된다. 그 두 가지 동력학
은 바로 종교가 지니는 문화적 성격인데, 샤머니즘이나 신비주의, 또
는 정태적인 동양 종교와는 달리 오직 기독교만이 이러한 문화적 성
격을 지니고 있다는 것이 저자의 생각이다.

그러나 기독교는 이와(샤머니즘) 아주 다르다. 기본적·근본적 측
면이 있는 것은 사실이지만, 그것은 심성의 원초적 바탕으로서 모든
종교에 편재해 있는 것으로서, 기독교는 여기서 더 나아가 자아 실현
적인 측면, 그리고 마침내는 사회 화평을 지향하는 보편성 지향의 놀
라운 특징을 갖고 있다. 이 부분이 바로 기독교가 지닌 문화적 성격이
라고 나는 생각한다. (p. 226)

사실 기독교는 그것이 생겨난 이스라엘 땅과 출애굽 사건 이후의 역
사가 극명히 보여주듯이 강렬한 동력학을 그 성격으로 하고 있다. 무
수한 죄와 놀라운 은혜, 피비린내 나는 살육과 뜻밖의 이적에 의해 삶
과 죽음이 연결되는 드라마는 다이내믹한 하늘과 땅의 교통이다. 이

점 지극히 정태적인 동양 종교와는 매우 대조적이다. (p. 238)

　따라서 삶이 보다 풍성하고 거룩한 것이 될 수 있기 위해서는, 그리고 사람들끼리의 공동체적 삶이 신성함까지를 아울러 획득하기 위해서는 필경 기독교적 초월에 의지하지 않을 수 없다는 것이 저자의 생각인 것으로 보인다. 이렇듯 종교적 초월에 대해 이야기하면서도 저자의 시선은 세속적 현실 속에서의 삶 그 자체에로 향해져 있다. 이렇게 본다면 우리는 저자가 문학의 새로운 지향의 대상으로 제시한 초월성이라는 것이 사실은 리얼리즘이나 모더니즘이 애당초 표방했음에도 이루지 못했던 어떤 이상과 꿈을 여전히 문학을 통해 성취하기 위한 제3의 관점이라는 사실을 깨달을 수 있다. 이러한 사실을 충분히 이해할 때 우리는 이번의 평론집을 통해 저자에게 제기될 수 있는 어떤 문제에 대해 우리 나름대로의 답을 만들어볼 수 있을 것이다. 그 문제란, 기독교의 문화적 성격에 대한 저자의 논의를 그대로 인정한다 하더라도 초월성을 절대적인 기준으로 내세워 문학을 기독교와의 관련에서만 이해하고자 하는 것은 그 관점의 좁음으로 말미암아 문학 자체의 폭을 좁히는 결과에 이르지 않겠느냐 하는 가능한 비판을 말하는 것이다. 사실 이러한 비판은 어느 정도 타당성을 갖는 것이 사실이다. 초월성을 절대적 기준으로 내세워 문학과 기독교의 관계만을 강조할 때, 그렇다면 얼핏 생각나는 대로 한용운의 문학에 대한 평가는 어찌될 것인가라는 의문이 자연스럽게 떠오를 수 있기 때문이다. 그러나 여기서 중요한 것은 문제의 핵심이 문학과 특정 종교의 관계에 있는 것이 아니라 문학과 초월, 혹은 문학의 초월성에 있다는 사실을 깨닫는 것으로 보인다. 그렇다면 문학과의 관련에서 기독교만이 가치를 지니느냐의 여부에 대한 왈가왈부보다는 기독교 외의 다른 종교에도 저자가 기독교에서 찾아낸 것과 같은 문화적 성격이 존재하지 않을까 하는 물음, 딱히 종교가 아니더라도 종교적 초월과 같은 구조, 같은 기능을 갖는 문화 형태가 달리 존재하지는 않

을까 하는 등의 물음을 던져보는 것이 훨씬 생산적일 것이다. 이러한
물음들을 통해 문학의 초월성이라는 새로운 주제 아래 한국 문학은
더욱 풍요로운 국면을 맞을 수 있게 될 터이니 말이다.

〔『세계의 문학』, 1987년 가을호〕

비평가의 정신사와 독자적 개성
— 김주연의 『문학, 그 영원한 모순과 더불어』

최동호

　김주연 평론집 『문학, 그 영원한 모순과 더불어』를 읽고 신선한 충격을 느꼈다. 그 신선함은 「카프카 시론」(1966)으로부터 출발하여 오늘에 이르러 독자적인 개성을 확립한 비평가의 정신사적 성장 과정을 알게 됨으로써 촉발되고, 그가 전개하는 논지의 설득력으로 얻어지는 것이었다.

　적어도 이 평론집을 일관하고 있는 그의 비평적 관심은 평론의 과제가 "사회 지배의 보편적 원리로서 문학 정신을 구현해나가는 일"(p. 75)이라는 명제를 충실히 실천하는 데 있다. 그는 오늘의 우리의 상황이 불화의 에네르기가 작용하는 "분열의 시대"(p. 65)라고 진단하면서 보편적 원리로서 문학의 힘을 강조하고, 그 원천으로서 종교의 내재성·초월성을 사회 각 분야에 살아 있는 힘으로 내뿜어야 한다(p. 65)고 주장하고 있다.

　1960년대의 그는 「새 시대 문학의 성립」에서 전후 문학의 고발과 절규의 극복을 자아 의식 형성이라는 주체적 자기 각성이란 시각에서 파악했으며, 1970년대에는 프랑크푸르트 학파의 마르쿠제와 아도르노의 비판 이론을 통해 독일 문학의 이상주의와 낭만주의를 섭렵하면서(pp. 140~41), 문학과 현실에 관한「사회 비판론과 시민 문학론」「분석론 그리고 종합론의 가능성」등의 글을 통해 범속성으로부터 초월성으로 나아간다.

1983년 여름 그는 더욱 중요한 전기를 맞이하는데, 그것은 그의 기독교 입문이다(p. 144). 그는 "인간이 이성적 존재라는 사실이야말로 신이 존재한다는 사실의 가장 손쉽고도 직접적인 증거"(p. 145)라는 레싱의 말을 인용하면서 합리적인 세계관의 추구로서 기독교를 그의 비평적 중심점에 자리잡게 한다. 이 책에 수록된「세속성과 초월성」「성서와 문학」은 이런 점에서 보자면 그의 비평을 든든하게 지켜주는 형이상학적 거점을 명쾌하게 드러낸 글이라 하겠다.

그의 비평적 명제들은 각기 1950년대의 전중 문학에 대한 1960년대의 새 시대론, 1970년대의 리얼리즘에 대한 비판 이론, 1980년대의 세속화에 대한 초월성 또는 내재성으로의 전환이었으며, 이는 앞선 연대의 동시대적 명제에 대한 변증법적 자기 파악의 결과라고 볼 수 있다. 특히 1980년대의 저항과 절규, 비판의 시들에 대한 그의 회의는 문학이 문학인들만의 자기 만족으로 끝나서는 안 되며 "문학이 사회의 보편적 삶의 원리"가 되어야 한다는 시각에서 "한국 문학에서 신비주의는 지양·극복되어져야 한다는 결론"(p. 292)에 이르며, 이는 기독교적 초월성의 선택과 더불어 매우 결정적인 결단이었던 것 같다. 이러한 결단이 그로 하여금 확고하고도 일관된 이성주의적 비평가로서 독자적 체계를 수립하게 하였기 때문이다.

"문학은 개별 세계의 확인을 통한 보편성의 추구"(p. 301)라는 견해는 "우리에게는 여전히 햄릿도, 파우스트도, 라스콜리니코프도 창출되지 않고 있으며 셰익스피어도, 괴테도, 도스토예프스키도 출현하고 있지 못한"(p. 74) 현실에 대한 그의 진단을 공감하게 만든다.

다만, 임진왜란을 패배(p. 28)로 본 것이나 조선 시대 궁중 문학을 출세 구도나 지배 이데올로기의 정당화(p. 81)로 규정하거나 불교에

대한 불신(p. 302) 등은 필자와 관점을 달리하는 바이다. 그러나 어쩌
랴. 필자와 비평적 토양을 달리하는 저자의 글에서 읽게 되는 설득력
있는 논리들은 필자의 비판을 약하게 만든다. 기독교만이 삶의 보편
적 원리가 아니라는 열린 사고에 동의한다면 그의 비평이 하늘과 땅
을 껴안는다는 점에서 "나는 울었다. 그리고 나는 믿었다"(p. 85)는
정신주의적 명제에 깊은 공감을 표명하고 싶다.

〔『삶의 깊이와 시적 상상』, 민음사, 1995〕

균형잡힌 문학적 사유의 흔적
─ 김주연의 『사랑과 권력』

남진우

중진 문학 평론가이며 독문학자인 김주연 교수가 급변하는 시대 상황 속에서 우리 문학이 걸어가야 할 길에 대한 성찰을 담은 비평집 『사랑과 권력』을 펴냈다. 언뜻 대중적인 소설이나 방송극을 연상시키는 제목과 달리 이 비평집에 실린 글들은 대단히 무게가 있으면서도 균형 잡힌 사유의 궤적을 서늘하게 펼쳐 보여주고 있다.

잘 알려진 대로 저자는 우리 문단에서는 보기 드물게 문학과 종교(특히 그 중에서도 기독교)의 상호 관계에 대해 깊은 관심을 기울여온 문학인으로서 그의 이러한 개성은 이번 비평집에서도 그대로 관철되고 있다. 『문학을 넘어서』 이후 저자가 지속적으로 탐색해온 신 중심주의적 세계관에 바탕을 둔 문학적 실천을 향한 모색과 권면은 이제 이번 비평집으로 한 봉우리를 이룬 듯하며 이런 결과를 토대로 저자는 다시 새로운 단계로 도약하고자 하는 의욕을 표출하고 있다.

여기서 새로운 단계란 세계관이나 문학관의 변화와 같은 근본적인 변모를 가리키지는 않는다. 저자가 꾸준히 제기해온 신 중심주의적 세계관은 그대로 견지하되 이를 당위적인 차원에서 주장하는 데 머무르지 않고 구체적인 현실 및 작품과의 대조를 통해 검증·확인하고자 하는 노력을 말한다. 그런 작업을 통해 그는 우리 문학의 모자라고 왜곡된 면을 가차없이 비판하고 시급히 도입하고 바로잡아야 할 점을 지적해주고 있다. 따라서 그의 글쓰기는 항상 극복해야 할 대상을 상정하고 이루어지는 대타 의식이 충만한 행위가 된다. 즉 그는 포괄이나 절충보다는 명료한 배제와 선택을 선호하며 현실의 모순을 무화시키기보다는 치열하게 살아내는 입장에 서 있는 것이다. 그런 의미에서 그는 본질주의자이다. 그 본질주의는 신비주의로부터 신 중심주의를 분리해내고 대중 문화의 위협으로부터 문학의 본래적인 가치 — 창조와 사랑과 초월의 정신을 구출해내게 만든다.

나아가 그는 문학이라는 것 자체가 '운명론적인 모순'의 소산이라고 본다. 그 모순 역시 이중적이다. 먼저 신과 대중 사이에 찢겨 있는 작가의 존재론적 기반에서 기인한 모순이 있다. 작가는 신의 창조를 모방하는 자인 동시에 대중 사회의 일원이기도 하다. 한편에 사랑과 초월이 있다면 다른 한편에 권력과 제도가 있다. 저자는 "사랑도 못 하면서 사랑을 말하는 문학의 허세"를 겸허하게 자아 비판하고 "문학은 제도를 부수는 제도"라는 자칫 망각하기 쉬운 사실을 상기시킨다.

그러나 순응적인 대중 문화나 억압적인 사회 제도에 도전하는 것만으로 작가의 임무가 완성되는 것은 아니다. 문학은 그 어떤 제도나 권력과도 싸운다는 점에서 혁명적이지만 그러한 파괴와 저항이 작품이라는 실체를 통해 구현되어야 한다는 점에서 보수적이다. 이념적 진보와 형태적 보수라는 모순을 또한 문학은 견뎌내야 하는 것이다.

과연 총론이라 할 수 있는 1부에 이어지는 2부의 시인론과 3부의 소설론에서 저자는 이 두 가지 모순과 성실히 싸워온 시인·작가 들의 발자취를 뒤쫓으며 그 문학적 성과를 엄정하게 평가하고 있다. 다양한 연령층의 작가를 두루 넘나들며 분석하는 저자의 작업을 보노

라면 우리는 비평이란 영원히 '젊음'의 행위일 수밖에 없다는 사실을
깨닫게 된다. 김주연, 그는 여전히 젊고 여전히 단호하다. 〔1995〕

세기말을 넘어서는 성찰의 언어
—— 김주연 비평집 『가짜의 진실, 그 환상』

성민엽

1966년부터 지금까지 30여 년 간 치열한 비평 활동을 부단히 펼쳐
온 김주연은 하나의 동일성으로 파악되는 1960년대 이래의 문학 시
대를 대표하는 비평가 중 하나인바, 그가 새로 펴낸 비평집 『가짜의
진실, 그 환상』은 이 시대가 마침내 부딪친 거대하고 심각한 위기 상
황과 정면으로 대결하고 있다. 흔히 '세기말'이라는 말로 표상되는
이 위기 상황은 1960년대부터 지금까지 계속되어온 하나의 시대에
종언을 고하기라도 하려는 듯 근본적으로 낯설고 압도적으로 파괴적
인 현상들로 점철되어 있다. 김주연은 그것을 "따라가기도 힘들고 거
부하기도 어려운 현실"이라고 부르며 그것에 대해 '인내'의 '관람'을
행했을 뿐이라고 말하지만, 그러나 그 겸사와는 달리 그의 '관람'은
보기 드물게 본격적인 성찰을 내용으로 하고 있다.

김주연은 이 세기말의 문화 현상을 대중 문화와 젊은 작가들의 문
학 경향이라는 두 가지 각도에서 살핀다. 대중 문화에 대한 논의는
이미 1970년대부터 있어왔던 것이지만, 1990년대 이후의 대중 문화
는 종전과는 판이한 양상을 보이고 있다. 엄청난 기술 발전과 알게

모르게 우리 삶을 규정하고 있는 후기 산업 사회적 현실로부터 그 판이함은 비롯되거니와, 김주연은 주로 기술 발전의 문제에 초점을 맞추어 기술 발전의 양상과 그것이 문화에 미치는 영향을 꼼꼼하게 검토한다. 그의 검토에 따르면, 멀티미디어—컴퓨터—사이버스페이스—상업주의로 연결되는 기술 발전은 문화 일반에 대중성을 운명적으로 부여해주는바, 이는 거역할 수 없는 현상이다. 문제는 그렇게 이루어지는 대중 문화의 문화성 여부이다. 이에 대해서는 비관적 해석으로부터 낙관적 해석에 이르기까지 여러 가지 해석이 있는데, 김주연은 섣부른 판단을 내리기보다는 그 다양한 해석들의 나름대로의 타당성을 고찰하고 대중 문화의 문화성 문제를 미래를 향해, 그리고 문화적 주체의 해석에 대해 열려 있는 문제로 파악한다.

　젊은 작가들의 문학 경향에 대한 김주연의 관찰은 대단히 예리하다. 젊은 작가들에게서 김주연은 '정적 원근법주의'를 발견하고 '욕망과 죽음의 정치학'을 발견한다. 시각적(혹은 회화적·영상적) 차별화에 의한 실재와 허상의 공존이 바로 '정적 원근법주의'의 내용이고 이는 컴퓨터의 사이버스페이스와 직결된다(제목의 '가짜의 진실'이라는 개념도 여기에서 나온 것이다). 한편, '욕망과 죽음의 정치학'이란 것은 욕망의 추구가 극단에 이르러 죽음 의식을 통해서야 가까스로 삶의 평정이 유지될 수 있을 정도로 파탄을 일으킨 현상과 그것의 신표현주의적 표출을 가리킨다. 이것들에 대한 김주연의 비판의 태도는 단호하다. 그것들은 주관의 직접적 표출에만 머무르고 있고 성찰을 결여하고 있다는 것이다. "문제는 그 욕망의 성찰이며, 그것도 어떤 과정을 거쳐 성찰되고 있느냐 하는 점이다"라고 말할 때 김주연이 실제로 확인하는 것은 문학은 성찰의 언어라는 당위이다. 거짓 밝음의 세계 속에서 문학이 스스로 고통이 됨으로써 거짓 밝음의 허위를 전복시킨다는 고통의 언어 이론과 김주연의 성찰의 언어 이론 사이에는 묘한 긴장 관계가 성립되는데, 고통의 언어가 빠지기 쉬운 습관화된 제스처로서의 고통이라는 함정을 김주연은 날카롭게 지적하고 있는 것이다.

　그러나 젊은 작가들의 세계를 개별적으로 검토하는 김주연의 눈은 긍정적인 가치를 찾아내는 데에도 결코 인색하지 않다. 게다가 그 눈은 깊고 그 감수성은 예민하며 그 언어는 싱싱하게 살아 움직인다. 그래서 김주연의 개별 작가론들은 비평을 읽는 즐거움을 한껏 충족시켜준다. 여기서 김주연 비평의 회춘을 본다면 지나친 것일까. 그 회춘의 소리는 나 같은 사람에게는 꾸짖음의 일갈로 들리거니와, 김주연을 위해, 그리고 한국 문학을 위해 모름지기 경하할 일이다.

〔『대학신문』, 1998년 5월 25일〕

세기말 작가들과 어울리게 된
60년대 비평가의 작품 읽기

박은경

『가짜의 진실, 그 환상』은 1966년도부터 꾸준히 비평 활동에 전념해온 김주연의 최근 비평집이다. 그는 이 책을 "세기말 작가들과 어울리게 된 60년대 한 비평가의 작품 읽기"로 규정한다. "가짜의 진실"은 가상·환상·영상·사이버스페이스 속에서 태어나는 진실들을 말한다. 이렇게 가짜가 진실인 것 같은 세상이, 그에게는 "따라가기도 힘들고, 거부하기도 어려운 현실"이라는 사실이 책머리에서 고백된다. 이미 오래 전부터 한국 비평계에서 탄탄한 위치를 다지고 있는 김주연은, 자신의 비평을 "90년대와 눈높이가 다를 수밖에 없는 접근"이라고 이름 붙임으로써, 그 자신이 속한 메타적 차원의 현실태를 독자들에게 숨김 없이 시인하고 있다. 이 정직함은, 자신의 메타 차원을 독자들 — 작가들을 포함한 — 에 대한 전지적 지평으로 삼지 않고, 독자들과 적극적으로 관계를 맺는 통로로 삼고자 하는 열린 태도일 것이다.

이 책은 제1부 '기술 발전과 대중 문화,' 제2부 '가짜의 진실: 세기말의 젊은 작가들,' 제3부 '성(聖)과 성(性): 세기말 시의 두 얼굴'로 구성된다. 김주연은 기술 발전과 문화 변동이라는 주제가 국내의 현실과 밀접한 관련을 갖고 진지한 학문의 대상으로 등장하기 시작한 것을 1990년대라고 본다. 서구 이론들에 의지하면서도 전체적으로 '현장적'인 입장을 견지하는 1부에 따르면, 20세기 말의 기술 발전은 컴퓨터 및 정보 통신의 세계로 요약될 수 있다. 이는 가상 현실을 창출하게 되며 문화를 화상(畵像) 중심적으로 진행시킨다. 문학 전반의 변모 과정 역시 — 펜과 원고지 대신 등장한 — 컴퓨터에 의해 발생한다. 컴퓨터 통신 등을 통해 문화 소비자를 문화 생산자로 바뀌게 하는 사이버스페이스는, "즉각성·동시성·개방성의 상징적 기능을 압축적으로 수행하는 공간"이 됨으로써 긍정적으로 이용될 수 있다. 즉 기술 발전이 전통적인 의미의 문화 대신 대중 문화의 확산을 가져오는 것인데, 여기서 '대중 문화의 문화성' 검토라는 과제가 발생한다. 그는 이 과제가, 대중 문화 현상의 확대·심화를 지켜보면서 모든 문화적 주체가 그때그때 해석해야 할 과제라고 본다.

2부에서 김주연은 최근의 젊은 작가들의 작품을 특징짓기 위해 '원근법주의'라는 용어를 사용한다. 이는 화상 중심의 서술을 선호하는 젊은 작가들의 텍스트 전개 방식으로서, 가짜와 진짜의 구분이 종래의 리얼리즘적 접근으로는 더 이상 불가능하게 된 시대에 등장한 방식이다. 가짜와 진짜를 한 화면 안에 배치함으로써 양자의 "정확한 감별의 방정식 대신 일루전을 조성"하는 방식인 것이다(김영하, 박성원, 이응준, 백민석 등). 풍경화 같은 서술을 적극적으로 반영하는 예인 배수아의 소설들에서 김주연은 그 안에 공간 감각만이 지배하고 있을 뿐, 시간 문제는 배제되어 있다는 것을 읽어낸다. '정태주의적'인 이러한 사유 가운데 사건들의 인과 관계와 시간 개념이 희박해지면서 작품은 일종의 동화적인 그림으로 정착된다. 김주연은 이 같은 경향을, 전통적 서사의 관점에서는 무력한 나르시시즘으로 비난할 수도 있으나 영상 세대 나름대로의 세계 비판 방식으로 볼 수도 있다고 진단한다. 그는 신세대 작가들의 한계를 날카롭게 지적하기와 더불어 그들의 생산 미학의 긍정적인 가능성을 발견해내기를 잊지 않는다. 송경아의 즉물적인 성교 묘사에서 확보되는 단호한 관찰 공간을 찾아내고, 최윤에게서 '동반자적'인 페미니즘을 발견하고, 윤대녕에게서 문학의 본령인 거짓말 기능을 재인식하고, 신경숙에게서 신세대 문학의 사이버 세계와 통하는 '환영주의'를 추출해내는 데에서, 그가 1990년대 눈높이를 폭넓게 수용하는 모습을 발견할 수 있다.

이 비평집의 또 다른 특기할 만한 점은, 2부와 3부 간 구성에서 드러나는 독특한 긴장감이다. 김주연이 '세기말 문학의 창'에서 감지한 전통적인 성 관념의 붕괴, 그리고 죽음과 욕망의 시학이 파국적인 방향으로 범람하는 상황이 3부의 첫머리에 제시된다. 그는 젊은 작가들이 극단적인 주관 표출 대신 사물과 현상에 대한 침착한 관찰력을 회복해야 한다고 역설한다. 아울러 문학은 '삶에 대한 총체적 고려'이며, 일상의 현장에서 구체적인 계시라는 관점의 — 관념적 · 추상적이지 않은 — '신성'을 회복해야 한다고 이야기한다. 이러한 맥락 아래 그는 몇몇 시인들(마종기, 백미혜, 채호기, 이승하, 이정록 등)의 작품을 분석하는데 여기서 읽혀지는 것들은, 서로 간의 교통 장소가 되는 섹스, 허무주의로 빠지지 않는 죽음, 새로운 시적 공간으로 등장하는 농촌 취락의 정서, 풍경의 자리에 머물지 않고 부단히 움직이는 생명성 등이다. 3부에 제시된 이 내용들은 '첨단을 달리는' 신세대 문학에 대해 "60년대 한 비평가"가 마주 세운 일종의 '대안'이라고 할 수 있다. 그가 은희경에서 읽어낸 것이기도 한, '두 대립 사이의 모순이 만들어내는 역동적인 힘'이 바로 이 비평집 2부와 3부의 대립 구성에서 드러나고 있는 것이다.

김주연이 세기말 문학의 한계와 그 대안처럼 제시한 내용들에는, 젊은 세대의 정서에 다소 부합되기 힘든 내용도 포함될 것이다. 이를테면 '신의 부정'이 반드시 '이성 중심주의'로 이어지는가, '올바른 인간성' '정신과 함께하는 에로스의 아름다움,' 이런 것들이 현대의 '가짜의 진실'과 어떻게 구별되는가, '여성기와 관련된 역동성'에서 실제 여성은 무엇을 말하는가 등의 물음이 던져질 수도 있다. 또한 그를 혼란스럽게 한 '방종한' 성 질서는 젊은이들에게 더 이상 낯설고 도발적인 풍경이 아니다. 성에 대한 묘사는 "삶에 대한 성찰을 동반"해야 정당성을 얻을 수 있다는 그의 공언이 반박할 수 없는 사실인 한편으로, 성이 "삶에 대한 성찰"과 동반 관계를 맺는 양상이 현대의 젊은이들에게 있어 지극히 다양화된 현상 역시 반박할 수 없는 사실이다. 물론 그의 비평은 이 다양함을 수용하고자 하는 모습을 보여주지만, 장정일의 '아담'의 섹스 행각에 대해선 너무 엄격하다는 인상을 준다. 그리고 은희경의 여성 인물들에게서 드러나는 '모순의 역동적 힘'에 있어서는 지나친 관대함이 엿보인다(필자가 보기에 이 인물들에게는 모순은 들어 있지만, 역동적인 힘에 의해 '성숙되는 과정'은 생략되어 있다). 그러나 그의 비평집은 오히려 이 다양한 해석 입장들 간에 생성되는 끊임없는 긴장의 공간이야말로 현재 우리 문학의 가능성을 넓혀갈 수 있는 가능성이라는 사실을 몸소 체현하고 있다. 그가 젊은 작가들의 낯선 정서, 그 '따라가기 힘든 현실'을 향해 계속해서 자신을 개방하고자 했던 보이지 않는 또 다른 긴장의 장, 즉 세기말 문학을 관람하는 그의 거장다운 '인내'를 독자들은 기억해야 할 것이다. 〔『숙대신문』, 1998년 6월 1일〕

성(聖)과 속(俗): 세기말에 다시 던져보는 질문
──『가짜의 진실, 그 환상』 서평

김영옥

1

'극단의 시대'로 20세기를 부르고 있는 홉스봄은 20세기가 끝나가는 지금의 세계가 '외적 폭발과 내적 폭발 둘 다의 위험에 처해 있다'고 진단하며 그 위험의 핵심이 기억 능력의 상실과 그로 인한 과거와의 급격한 단절에 있다고 본다.

과거의 파괴, 보다 정확히 말해서 한 사람의 당대 경험을 이전 세대들의 경험과 연결시키는 사회적 메커니즘의 파괴는 20세기 말의 가장 특징적이고 가장 섬뜩한 현상들 중 하나이다. 금세기 말의 대부분의 젊은 남자들과 여자들은, 그들이 사는 시대의 공적인 과거와 어떠한 유기적 관계도 가지지 않는 일종의 영구적인 현재 속에서 성장했다.[1]

---

1) 에릭 홉스봄, 이용우 옮김,『극단의 시대: 20세기 역사』, 까치, 1997, p. 15.

그렇다면 여기서 요청되고 있는 '과거와의 유기적인 관계'를 가능케 하는 기억의 능력은 어떤 종류이어야 하며 어떻게 다시 획득될 수 있을 것인가. 그것은 정보를 머릿속에 담아두는 기계적 의미의 기억술이 아닌 ─ 그것은 이미 컴퓨터라는 인공 지능이 너무도 충실히 해내고 있다 ─ 모든 생명이 거룩한 근원을 지니고 있음을 기억하는, 종교적 경건성에 뿌리를 둔 기억 능력이어야 할 것이다. 과거의 잔해 속에 파묻혀버린 무수한 역사의 희생자들, 고통받고 피 흘리던 그들을 기억하고 또한 태곳적 삶을 형성하는 유토피아적 구원의 세계에 대한 집단적 소망의 이미지를 기억하는 것은 철저하게 마지막 한 방울까지 거룩한 것의 흔적을 증발시켜버리는 이 세속의 세계에서 하루살이처럼 단절된 삶을 살고 있는 우리에게 이제 시급한 실존적 문제가 되고 있다.

김주연의 평론집 『가짜의 진실, 그 환상』[2]은 그 전편을 통해 바로 이 문제를 예리하게 다각도로 점검 · 성찰하고 있다. 그간의 비평 작업을 통해 문학에서의 정신 · 초월 · 범속 · 사랑 그리고 종교 등의 문제에 집중된 관심을 기울였던 저자는 이번 평론집에서 특히 세기말 문학 상태에 주목하고 있는데 그 결과는 '허상'의 위험한 단독 질주로 나타난다. '테크노피아' '컴퓨토피아' 시대에 '인간성 회복'이라는 일견 진부해 보이기까지 한 문제를 그가 다시 한번 새 세기를 위한 전환의 화두로 던질 수밖에 없는 까닭이 거기에 있다. 멀티미디어와 매체의 복합으로 요약되는 최근의 테크노피아가 약속하는 미래의 모습이나 낙관주의적 미래학이 자본주의에 대한 예찬의 수준을 넘어설 수 있기 위해서는 기술의 올바른 인간학적 운용 방식에 대한 진지한 숙고가 요청되기 때문이다. 문학을 심미적 인간 정신 활동의 표현으로 보는, 근본적으로 보수적이고 전통적인 이제까지의 문학관을 이

─────────────

2) 김주연, 『가짜의 진실, 그 환상』, 문학과지성사, 1998.

제 달라진 상황에서, "새로운 문화형·문학형의 형성 과정"이라는 관점하에 성찰해보는 것 역시 그래서 '우리가 궁극적으로 지켜내야 할 것이 무엇인가'라는 질문과 만나게 된다.

해체와 포스트모더니즘으로 대표될 수 있는 현대시의 첨단적 극점은, 그것이 걸어오고 생산되어진 뿌리와 줄기로서의 인문주의의 결과와 내용이라는 점에서 우리를 전율시키고, 때론 절망시킨다. 과연 인간은, 인간성의 내면을 조명하고 그것을 드러낼 때 어두운 욕망의 덩어리밖에 건질 것이 없는가 하는 질문과 자책 때문에 생겨나는 전율과 절망이다. 〔……〕 신성 회복은 그것이 초월적 신성의 세계로 가자는 것이 아니라 하더라도 올바른 인간성 회복이라는 차원에서도 매우 중요한 현대시의 관심이 되지 않을 수 없다. (p. 300)

그래서 우리가 『가짜의 진실, 그 환상』을 읽으며 특히 주목해야 할 것은 그가 모든 "부담스러움"(p. 135)을 무릅쓰고 1990년대를 종횡무진 질주해온 그 욕망과 권태의 족적을 차근차근 추적하고 있다는 사실이다. 『가짜의 진실, 그 환상』은 이 세기말의 퍼포먼스들이 지니는 의미를 '인간성 회복'이라는 차원에서 긍정적으로 살려내려는 희망찬 노력들로 가득 차 있는 것이다.

2

세기말의 창가에 그는 서 있다. 이 세기를 좀 더 오래, 좀 더 다양한 방식으로 살아온 그의 시선은 그에 걸맞게 좀 더 깊고, 좀 더 너그럽다. "동경과 불안"(p. 121)이 목하 이 세기말의 한국 청년 문학을 인도하고 있는 기본 정조라면 그가 해석하고 주해하는 손길은 이 정조를 감싸안으며 나름대로의 세계관으로 통합하고 아우른다. 그 세계관의 내용은 '신성을 바탕으로 한 인간성 회복'이다. 그러나 그렇다고 해서 그가 목자의 계몽적인 혹은 교조적인 태도를 표방하고 있다는 것은 아니다. 성과 속에 대한 그의 오랜 고민과 성찰은 늘 현장의 구체성에 머물러왔으며, 얄팍한 상황 논리에 빠지는 일은 없는 채 그때마다의 상황에 예민하게 열려 있었다. 끊임없이 그 양상을 달리하고 나타나는 속에 대응하는 성이 어찌 움직이지 않는 한 점으로 고착될 수 있겠는가. 그 모든, 유행의 법칙에 종속되는, 그렇기 때문에 일천한 생명을 지닐 수밖에 없는 속의 현상들을 다 수렴하고 받아들이는 어떤 핵이라는 의미에서 그러나 그것은 하나의 점으로 남는다. 이런 의미에서 그는 오만한 초월적 자세에 기반을 둔 일체의 관념적 도그마주의를 경계하며, "신성의 문제는 가장 일상적인 삶의 현장에서 구체적인 계시와 그 활동의 포착이라는 관점에서 그 효과를 얻을 수 있을 것"(p. 299)이라고 역설한다.

자신이 정의 내린 시간과 공간 속에서 스스로 그 시원과 중심이 되는 역사주의적 주체와는 달리 계시에 바탕을 둔 종교적 인간은 자신이 존재하고 있는 '지금 여기'에서 절대적 시간 및 절대적 공간에 자신을 관련시킨다. 계시를 믿는다는 것은 이러한 관련망 속에 자신의 자리를 정하는 것을 의미한다. 이것은 대단히 사적이면서도 윤리적인 행위로서, 주체의 끊임없는 거듭남을 통해서만 증거될 수 있다. 계시를 믿는다는 것은 그러므로 역사적 존재로서 살아나가는 인간의 또 다른 존재 방식 또는 태도로 이해될 수 있을 것이다. 역사의 한계 저편에 있는, 어떤 거룩한 존재 근원으로서의 절대 시간과 절대 공간을 지평으로 삼을 때 역사 속에서 '올바로' 살고자 노력하는 인간의 행위는 다른 차원의 진정성을 확보할 수 있을 것이기 때문이다. 저자가 비상과 하강의 변증법적 전개 과정을 겪으며 지속적으로 성과 속에 대한 이해의 폭을 넓혀오고 있는 것도 바로 이 때문이다.

장정일로 열린 1990년대를, 즉 이 세기의 마지막 10년 간이라는 통로를 지나가는 젊은 작가들의 문학적 성과들을 『가짜의 진실, 그 환상』의 저자는 크게 '성적 욕망과 글쓰기의 욕망' 간의 근원적 밀접성, 그리고 '그림 모티프와 원근법주의적 세계관'이라는 두 축을 중심으로 파악한다. 이 두 축은 가짜와 진짜 사이의 구분이 모호해진 시대에 행해지는 글쓰기의 양면을 가리킨다고 보아야 할 것이다. 그 나름의 자동 기술의 성격을 갖고 있으며 온갖 현실을 결국 한 평면에 소용·수렴하는 그림 기법은 "결핍과 곤경을 체험해보지 못한 세대"가 "리얼리티 훈련"(p. 66)의 일환으로 끊임없이 불러내고 있는 '죽음과 섹스, 혹은 죽음과 사랑'의 비현실적 소설 전개이다. 이러한 소설 전개는 어차피 진짜와 가짜의 구별이 불투명해진 세상에서 양자를 동시에 같은 화면에 수용함으로써 아마도 이 방법이 오히려 진실하리라는 전언을 담는다는 점에서 현실에 대한 정직한 대응 방식일 수도 있다. 또한 인간의 육체적 존재성과 그 개별적 욕망에 천착함으로써 인간을 관념적인 일의적 주체로 가두어두려는 모든 억압 기제에서 개별자로서의 인간을 해방시킨다는 점에서 글쓰기와 욕망의 관계는 필연적이기도 하다. 그러나 저자는 "욕망의 무반성적 확대와 향수"에서 썩은 세상의 허위성을 극복할 수 있는 욕망의 해방적 기능보다는 "공범과 공멸"(p. 277)로 기우는 위험한 경향을 보고 "문제는 그 욕망의 성찰이며, 그것도 어떤 과정을 거쳐 성찰되고 있느냐 하는 점이다"(p. 284)라고 힘주어 말한다. 이것은 '그림주의'나 '연극주의' — 채영주나 박청호 등에서 특히 강하게 나타나는 연극에의 관심은, 연극적 시공간이야말로 '악덕이며 가면'일 수밖에 없는 허위의 일상성을 대체하는 현실로서의 기능을 수행한다 — 등의 글쓰기 양상에도 마찬가지로 적용되는 비판적 반성이 아닐 수 없다.

중요한 것은, 모든 인식 주체에 있어서 그들의 시각으로 확인될 수 있는 세계이다. 줌 렌즈 안에 들어와 있는 세상, 그것만이 분명하고 '나의 것'이라는 생각이, 모든 사람들의 동의를 얻을 수는 없다. 〔……〕 아름다움은 그 자체로 강력한 힘이다. 아름다움은 자기의 존재를 통해 세상의 더러움을 어쩔 수 없이 정직하게 드러내주며, 그 세상을 비판한다. 그러나 아름다움이 자신의 모습에만 취해버릴 때 그것은 한갓 자기 소외를 유발할 따름이다. [……] 영원한 그 무엇에 대한 관심이 회의되면서 화면 속으로 들어가 앉을 때, 인과적·서사적 질서는 포기된다. (pp. 66~7)

1990년대를 관통하는 젊은 작가들의 현실 대응 방식이 심도 깊고 치열하게 맥락화되기를, 다시 말해 억압적이고 고착된 틀로서가 아니라 그때마다의 현실적 상황을 상대화시킬 수 있는 지평으로서의 유토피아적 관점하에 역동적으로 전개되기를 제안하고 있는 저자의 이런 비평적 목소리는 글쓰기의 고민을 함께 나누는 동시대인의 성찰에서 울려나오는 것이기에 강한 설득력을 확보한다. 그는 '감각의 제국'의 이면, 파국의 잔해만이 간단없이 쌓이고 있는 저 '권태의 제국'의 이면을 응시하고 있다. 그리고 이러한 그의 시선을 집요하게 붙잡고 있는 것은 '그 이후'에 대한 질문이다.

작가는 글을 쓰면서 중독에 빠질 수 있다. 중독 속에서 때로 경계를 벗어나 무아경에 빠지는 꿈을 꿀 수 있다. 작가의 중독은 때로는 필수불가결한 생산의 조건이기도 하다. '지금 이 순간, 여기'의 현존성에 강렬하게 몰입해 들어가는 텍스트의 무한히 동요하고 흔들리는 언어에 그러나 비평의 언어는 '정지'를 선언할 수 있어야 한다. 순간적으로 정지된 화면에 음화처럼 남겨진 이미지에서 '그 이후'의 모습을 현상해내는 비평의 언어, 이것을 수행해내지 못하는 비평은 그 자체로 뛰어난 현재적 성찰의 동반자는 될 수 있을지 몰라도, 문학이, 그리고 문학과 더불어 사회가 걸어나갈 미래적 성찰의 동반자는 될 수 없을 것이기 때문이다.

3

　다시 그가, 그리고 우리들이 서 있는, 세기말의 창으로 돌아가보자.
　나는 『가짜의 진실, 그 환상』을 읽으며 저자가 시작해놓은 사유와 성찰을 조금 더 내 방식대로 밀고 나가본다. 김주연의 비평이 그 지평으로 삼고 있는 신이나 신성은 절대적으로 융숭하고 드넓은 의미에서의 신성일 것이다. 어쩌면 차디차면서도 펄펄 끓는 부정 속에서조차 역설적으로 그 존재의 필연성을 드러낼 수밖에 없는, 부재의 현존이기까지 한 그런 신성 말이다. 그때 그 신 또는 신성은 유한하고 철저하게 세속적이기만 한 이 지상의 실존을 극복할 수 있는 어떤 비전, 혹은 지향점으로서의 '저편'에 대한 모든 세계관들의, 그 몸들의 이름이다. 그것은 죽을 수밖에 없는 존재로서의, 그리고 매 실존의 국면에서 하나의 특정한 성에 귀속되어 살 수밖에 없는 존재로서의 인간이 자신의 그러한 존재됨을 그 어떠한 가면 의식이나 피해가고자 하는 두려움 없이 살아낼 때, 살아내고자 할 때 그가 도달할 수밖에 없는 삶의 태도로서의 세계관일 것이다. 그 세계관은 권력이나 인간 내면 깊숙이에 숨어 있는 악의 본질에 의해 훼손된 모습으로 나타나지만 오히려 그럼으로써 권력의 현실을 극복하기 위한 당위로서의 근본 원리로 작용하는 사랑을 가능케 하는 힘으로서 김주연의 비평 속에서 은은하게 빛났던 정찬식의 '인간 존재의 불완전함에 대한 슬픔'의 세계관이기도 하며, 혹은 마종기식의 욕망의 어두운 늪이 아닌 대상에 대한 조용한 연민에 그 근거를 두고 있는 '사물과의, 세상과의 서늘한 화해'의 세계관이기도 하다. 그러나 장정일식의 '몸을 팔아 뭉크 화집'을 얻는 세속적 아담의 세계관 또한 배제되어서는 안 될 것이다. 그때 그 세계관에서 성숙한 언어들은 성과 속을 넘나드는, 성이 속의 몸이 되고, 속이 성의 몸이 되는 그런 텍스트들을 길러내지 않을까? 김주연이 날카롭게 지적했듯이 "그러나 인생도, 세상도 그 어떤 도덕적·이념적 도식으로 명쾌하게 설명되어지는 그 어떤 것은 아니"(p. 164)니 말이다. 인과율이 제거된 상태에서 철저히 즉흥적 충동성만으로 행동하는 '재즈식' 삶이 부분적으로 진실일 수 있을지언정, 전체적으로는 진실이 될 수 없음을 깨닫는 순간은 성과 속의 바로 그러한 들고남의 살아냄 속에서만 가능할 것이다.

나는 김주연의 비평이 앞으로도 모든 정신적 고뇌의 뒷덜미를 노리는 강압적인 본질주의에 빠지지 않은 채, 상이한 양태를 지닌 다성적 시도들에 큰 귀 기울이며, 최후의 마지막 피조물까지 구원되지 않으면 구원의 역사를 끝내지 않으리라는 신적 사랑을 실천하는 미덕을 계속 확대시킬 것을 믿는다.　　　　　〔『동서문학』, 1997년 가을호〕

타락한 문명과 문학적 초월
── 김주연 비평집 『디지털 문명과 문학의 현혹』

김병익

  김주연의 비평집 『디지털 문명과 문학의 현혹』은 이순(耳順)의 나이에 들고 있음에도 결코 호락호락 수락할 수 없는 시대적 변화에 대한 저자의 비판적 진단과 진지한 우려가 더욱 치열해지는 모습을 보여준다. '세기말 문학의 창'을 통해 들여다본 3년 전의 그의 비평집이 『가짜의 진실, 그 환상』이란 제목으로 1990년대의 우리 문학에서 "가짜의 화면에 오른 진실"을 발견하던 그는 이제 디지털 문명에 문학이 '현혹'당하고 있는 보다 타락한 현상을 분석·폭로하고 있는 것이다. 그렇다는 것은 그가 오늘의 문학을 그렇게 비관─비판적으로 바라보고 있음이며 그 문학이 드러내고 있는 세기말의 문화와 디지털 시대를 그처럼 의혹의 대상으로 음미하고 있음을 말해준다. 이 같은 김주연의 관점과 사유는 이 책의 첫 글 「대중 문화 시대의 대중 문학」에서부터 '의미 깊게 표현되고 있다. 지난 세기(라고 해보았자 불과 30년 전이지만)의 1970년대에 최인호의 소설로부터 그 징조를 현실화한 대중 문화의 성격을 추적한 이 글은 오늘의 대중 문학적 추세가 쉽게, 재미있게 씀으로서 '대중에 의한 질적 하향 평준화'가 진행되고 '섹

스와 죽음에의 탐닉이라는 감각주의의 극대화'에서 연출되면서 문학
의 민주화를 실천하는 현상으로 지목되는 것이기도 하지만 저자는
이 현상 속에서, '문학의 민주화'란 등식으로 "문화라는 이름의 축적
과 세련, 제도의 개입이 원천적으로 배제"됨으로써 언어 질서라는 문
학의 조직이 "단순한 메시지 기능의 지시적 언어로 퇴화될 수도 있는
위험"을 발견한다. 문학이 소박한 대중을 '섬세하게 감각화'하고 있
지만 그 섬세한 감각화는 "거의 아무런 비판의 매개 없이 대량화·획
일화된 상태로 진행"(pp. 24~25)된다는 데에 김주연의 부정적 문제
의식이 제기되는 것이다.

　『변동 사회와 작가』의 비평 활동 초기작부터 시대와 문화의 변화,
그 변화 속에서 문학과 작가의 성격을 탐색하는 김주연의 비평은 우
리 평단에서 희귀할 정도로 정력적이어서, 중진의 자리에 오른 이제
까지 집요하게, 끊임없이 출몰하는 숱하게 다양한 작품들과 다채롭
게 변덕스러운 작가들의 세계들을 점검하며 30여 년 넘게, 그것들에
까다로운 현장적인 분석과 해석을 가하며 문화사적·시대사적 의미
를 천착해오고 있다. 그는 문학과 인간의 변화와 사회와 현실의 새로
운 전개를 넓은 눈으로 바라보면서 작가와 시인, 그들의 소설과 시
혹은 비평을 그에 맞추어 세심한 눈으로 관찰하고, 혹은 거꾸로 개개
의 작품과 작가들을 통해 시대사적 변모를 추출하는 교호적 접근으
로 문학과 문화, 시대와 세계를 대조한다. 열려 있고 부드러우면서도
당당한 주관으로 검토하고 평가하는 그의 비평적 인식은 문학을 그
것이 그리고 있는 현실과 그것이 창조하고 있는 상상 사이의 섬세한
조응으로 떠올린다. 그래서 당대의 작가 작품들을 쉼 없이 검색하고
그 시대의 문학과 문화, 세상과 사람들을 더불어 상대하는 비평은 정
력적인 부지런함과 일관된 감수성을 동시에 요구하는 것인데 김주연
은 이 어려운 자질들을 충분히 발휘하면서 문학 대 세계와의 줄기찬
씨름을 계속하고 있는 것이다. 그런 정신의 또 하나의 소산인 『디지
털 욕망과 문학의 현혹』은 그러나 그가 관찰하고 해석해온 문명사

적·문학적 변화가 점점 더 우리의 기대를 희석시키며 못마땅한 방향으로 타락하고 있다는 진단을 내리고 있는 것이다. 초기에 대중 사회에 대해 긍정적인 관심을 지녔던 그는 이제 그 대중 문화적 현황에 대해 날카로운 비판을 가하면서 세속 세계에의 비관적 전망을 강화하면서 그럴수록 초월적 인식을 강조하는 방향으로 그의 내면을 변화시키고 있다.

오늘의 문화와 현실에 대한 그의 비관주의는 그 스스로 '디지털 욕망'이라고 이름 붙인 '디지털 문화의 압도적인 공략'에서 비롯되는 듯하다. 그는 컴퓨터에서 발현되는 '사이버 문화'가 "인간의 욕망을 속도화함으로써 관찰·인내·성찰과 같은 전통적인 문화의 정서를 현저하게 약화시키고 있"음을 지적하면서 "욕망의 첨탑이라고 할 수 있는 성적 욕망과 노출과 표현이 거의 아무런 조정 기제의 개입 없이 이루어지고 있"(pp. 30~31)는, 현혹당한 문학을 비판한다. 그가 「디지털 욕망의 앞날」을 비판적으로 바라보지 않을 수 없게 만든 것은 그 디지털 문명이 속도 지상주의를 강요하며 인간 관계를 마르쿠제가 예언한 '일차원성'으로 구조화하고 따라서 인간을 획일성으로 몰아가기 때문이다(pp. 32~38). 이런 현상들을 1990년대의 신경숙, 은희경, 전경린 등 여러 작가의 작품들을 통해 예증하면서 그는 그것들을 가상과 환상의 세계를 보여주는 '사이버'로 압축하고 있다. 사이버 세계 속에서 "리얼리티를 느낄 수 있다면 그 속에는 이미 느낌과 환상이 잘 흡수되어, 끊임없이 그것을 재생산·확대하는"것이 되어 '컴퓨터 문학의 가능성'을 시사하겠지만 김주연은 그러나 "사이버 세계, 더 정확하게는 컴퓨터의 액정 화면이 환상과 느낌을 오히려 배척하고 소외시키는 것이 아닌가"(p. 140) 의심한다. 이런 회의적 관점은 이 책에 수록된 많은 글에서 거의 빠짐 없이, 그리고 변주되어 제시되고 있는데, 김태동과 김용택을 통해 자기 모멸과 죽음에의 경사 혹은 현상과 시적 자아를 포기하는 경향을 발견하는 「세기말 한국 시에 대한 질문」과 같은 젊은 세대의 작가 작품론에서, 그리고 "그 자체로

써 21세기 한국 문학의 새로운 방향과 내용에 중대한 영향"(p. 220)을
줄 것으로 본, 우리 여성주의 문학에 대한 야심적인 보고서인 「페미
니즘, 그 당연한 욕망의 함정」과 같은 현상 진단의 글에서 그것은 중
심적인 관점으로 주도한다.

그러나 김주연은 이 '디지털 시대의 욕망'과 그 표현에서의 문학에
탄식하고 포기하는 것은 아니다. "디지털과 자연이 불화 없이 만나
는" "가장 분명한 생태계로서의 문학"을 "당위와 더불어 사실 속에서
도 보고 싶어"(p. 141) 할 뿐만 아니라 실제로 그 수색에 성공한다.
한편으로는 이인성, 최윤, 정찬, 최인석, 백민석, 정영문, 혹은 이승
우, 서하진, 김향숙 등 "세기말적 소설의 특징들과 일정한 거리"에
있는 작가들, 그리고 김혜순, 나희덕, 이나명, 김규린, 박라연, 이원,
최정례, 김언희와 같은 시인들과 남진우, 김미현, 신수정, 김영옥 등
의 비평가, 요컨대 젊은 세대의 문학들에서, 그리고 다른 한편으로는
김주영, 김원일 등의 소설가, 황동규, 마종기, 정현종, 오규원, 신대
철 등 시인들과 비평가 오생근의 평론들을 통해서 그는 "역사의 고비
마다 문학은 그 힘으로 살아왔으며 자신의 자존을 증명한"(p. 141) 예
를 찾아내는 것이다. 특히 그가 깊은 애정으로 공감하며 '자신의 자
존'을 지켜온 문학으로 존중하는 문학인들은 그와 동세대의 시인·소
설가 들에 집중되어 있는데, 가령 그가 가장 힘들여 접근한 김주영에
관한 「문명은, 디지털은 슬프다」에서 그는 반전(反轉)의 기법과 익
살·해학의 정신, 역동적 섬세함을 지닌 호방성으로 김주영 소설의
뛰어남을 요약하면서 그것들을 통해 작가는 "사랑과 연민이 담긴 비
판"(p. 39)으로써 "문학의 자기 성찰"(p. 42)을 수행하는 "우리 문학
의 앞날에 대한 긍정적 예시"(p. 46)를 찾아내고 정현종의 예컨대 「갈
증이며 샘물인」의 형이상적 시에서 너와 나, 희망과 절망 같은 것들
이 대립이 아닌 하나임을 서술하는 데에서, 오규원의 가령 「길」의 묘
사시에서 언어가 세계와의 소통의 길임을 밝혀내는 데에서 "인간과
세계의 구원에 관한 메시지"와 "언어의 진솔한 마력"이라는 "우리 시

의 성숙"을 확인하는 것(pp. 68~69)이 그렇다.

젊은 시인 작가들과 그들의 성과들에 대한 그의 긍정적 시각이 '디지털적 문명'에 일정한 거리를 두었다는 이유로만 이루어진 것이 아니듯이 그와 비슷한 세대에 대한 존중이 그와 비슷한 경험과 정서를 공유했다는 까닭에서만 비롯된 것은 아닐 것이다. 그는 프랑크푸르트 학파에 익숙한 비판적 인문주의자이며 문명과 문화가 변하더라도 그 근원적 성격과 기능이 여전히 유지되기를 바라는 전통적·정통적 문학관을 지키고 있다. 세계는 급변하더라도, 아니, 그러기 때문에, 문학의 고유한 덕성이 발휘되어야 한다는 것은 근대적 교양 문화 계층인 우리 모두가 공유할 소망일 것이다. 그런데 김주연은 여기에 우리와 다른 또 하나의 문학적 집념을 중첩해서 가지고 있다. 그의 이전의 어느 비평집보다 직접적이고 적극적으로 서술·참조되고 있는 기독교주의가 그것이다. 그 기독교는 그의 글에서 의외로 넓고 깊이 포진해 있어서 '하나님 쪽에서 볼 때' '기독교적 의미에서'처럼 흔하게 사용되는 조건적 어휘에서, 혹은 작품을 읽고 종말론적 사유로 분석하는 해석적 비판 전반에서, 그리고 「문학과 영성」「하나님의 슬픔, 문학의 슬픔」「신성성, 그 총체적 세계관의 세계」와 같은 제목의 글만이 아니라 문학과 문화, 인간과 세계를 진단하는 세계관에서 두루 나타나고 혹은 작용하고 발휘하고 있다. 정찬의 소설 「세상의 저녁」에서 그는 '하나님의 눈물'을 발견하고 그 '연민의 눈길'에서 구원을 기원하듯이 문학의 시선 역시 '하나님의 눈물'을 닮을 수밖에 없고 그를 통해 감동을 빚어내야 한다(pp. 191~92)고 역설하며 마종기의 시 「이슬의 눈」에서 "현세적 삶에만 집착하지 말고 그것 위의 진리를 보라는 권유, 즉 초월적 신성에 대한 인식"을 밝히며 그의 시가 지닌 "촉촉하고 서늘한 것이야말로 신성의 구체적 임재이며 계시"(p. 210)라고 해석한다.

그럴 만큼, 그의 기독교는 정통 신학적이고 교회적인 것이며 문학을 사유하고 작품을 해석하는 그의 비평 행위의 견고한 틀을 이룬다.

그것이 어느 정도인가 하면, 문학론에서 기독교의 신성함과 범신론적인 신비함, 종교적 초월과 문학적 초월이 같은 현상으로 생각하기 쉽고 실제로 나 자신도 거의 비슷한 내적 경험이 아닐까라고 짐작했었는데 김주연은 그 혈연성을 인정하면서도 그 사이를 엄격하게 구분한다. 가령 종교적 초월은 '대초월'이며 문학 예술은 '작은 초월'을 경험하는 것이며 "크게 보면 같은 차원이지만 동일한 차원 안에 들어서면 오히려 적대적인 범주로 마주 선다"는 규명이 그렇다. "종교적 초월이 모든 인간 욕망을 포기하고 신의 일방적인 관용을 구하는 데 반해서 문학은 그 스스로가 초월 능력의 자리에 앉고자 하는" "종교적 입장에서 보면 괘씸한 지적 교만"(pp. 200~01)을 저지르고 있는 이유 때문이다. 신성성과 신비성도 이와 같아서 "신성성의 시는 인간 욕망에의 집착이라는 통속적 현실 인식의 지양에 기여하기보다 인간 자신의 신성성 자체가 될 수 있다는, 말하자면 신이 될 수도 있다는 거짓의 유포에 나서게 되"는데 이것 역시 '신비주의화한 시의 교만'(p. 205)인 것이다. 그러니까 디지털 문명의 욕망과 '죽음과 섹스'라는 세속적 추락에 대한 그의 강렬한 비판은 단순한 전통적 인문주의자의 비판 정신에서만 발원한 것이 아니라 스스로 신이고자 하는 오늘의 디지털 인간들의 '교만'에 대한 기독교적 비판도 작동하고 있었던 것이다. 그리고 나는 비기독교인으로서의 관점이지만 김주연이 지목한 이 '교만'에 대해 비슷한 문제 의식으로 공감한다. 오늘의 문명은 인공 지능으로서의 컴퓨터와 그것이 만들어내는 사이버 세계를 통해, 그리고 DNA 조작으로 생명 복제를 시도하고 있는 바이오테크 놀로지를 통해 인간이 인간을 창조하는 '제2의 조물주'로 비약하고 있는 중이다. 그것이 세속의 삶과 세계 속으로 침투해 들어올 21세기가 어떤 모습으로 전개될지, 인류의 그 더할 수 없는 교만에 전율이 일지 않을 수 없는 것이다.

새로운 문명 세계와 그것에 현혹당하는 문학에 대한 김주연의 우려와 비판은 그러니까 한편으로는 교양 세대의 인문주의와 인간의 근원적인 구원을 추구하는 기독교주의의 두 뿌리에서 솟아난 것이다. 그리고 자칫 결렬되거나 편향되기 쉬운 그 두 뿌리는 서로 의지하면서 상호 지원과 보충을 함으로써 자신의 문학적 관점과 분석적 논리, 작품의 평가와 비평을 균형잡으며 자신의 관찰과 사유를 넓히고 깊이 있게 만들고 있다. 그럼으로써 우선, 기독교 문학인은 매우 많고 기독교를 소재로 한 작품도 상당히 많으며 기독교 문학사 논문도 적지 않지만 그런 우리의 사정에서 비로소 '기독교적 문학 비평'을 처음이자 본격적으로 전개한 성과로서 『디지털 욕망과 문학의 현혹』은 독특하고 독자적인 위치를 차지할 것이다. 우리는 이제야 기독교적 세계관과 구원과 초월의 정신으로 문학과 작품을 해명하는, 기독교적 인식론에 기반한 문학 비평집을 가지게 된 것이다. 그리고 이에 못지 않게, 원숙한 눈으로, 그러나 자신의 나이와 관록을 무릅쓰고 오늘의 젊은 문학에 이르기까지 한 세대에 걸친 우리 문학의 현장을 섬세하게 분석하고 현장적인 비평을 가하며 진지하게 그 문학적·문화적 흐름을 짚어내는 성실하고 열정적인 작업을 다시 만나게 된 점도 매우 든든하고 기쁜 일로 반가워해야 할 것이다. 내가 이 책 앞에서 나의 지레 늙음을 부끄러워하면서, 그의 얼굴이 항상 젊어 있듯이 그의 비평 문학도 항상 젊어 있는 것으로 우리를 '현혹'시키는 그의 당대성과의 집요한 싸움과 거기서 보이는 그의 왕성한 정신에 경의를 보내는 것도 이 때문이다. 〔2001〕

신성(神聖)에 이르는 길*
―『디지털 욕망과 문학의 현혹』에 대하여

하응백

1960년대 중반부터 한국 문학의 현장을 고수한 김주연의 『디지털 욕망과 문학의 현혹』은 1990년대 이후 한국 문학의 성감대를 추적하면서 그것의 문제점과 나아가야 할 궁극적 방향을 심도 있게 다루고 있는 평론집이다. 우선 김주연이 관심을 가지는 것은 대중 문화 시대의 문학이다.

그에 의하면 1970년대까지 "우리 문학은 전통적으로 엘리트주의에 근접"해 있었다고 한다. "소수의 귀족적 지성에 의해 문학은 그 질의 수준"이 지켜졌다는 것, 그래서 "대중 문학이란 통속 문학이었다는 것"(p. 15)이다. 그러나 산업화 · 도시화가 진행된 1970년대에 접어들면서 소수의 신흥 상공업자를 제외하면, 모두가 소외된 인간이 되어버렸다. 그 소외된 인간 군상들은 대중 사회의 구성원이 되었

---

* 이 글은 『동서문학』, 2001년 여름호에 「서정적 진실과 신성의 진실」이라는 제목으로 발표된 글 가운데 일부이다. 『김주연 깊이 읽기』에 재수록하기 위해 글쓴이가 부분적으로 수정하였다.

다. 최인호 소설 『별들의 고향』의 '경아'나 조세희의 『난장이가 쏘아 올린 작은 공』의 난쟁이가 바로 그런 구성원들이다. 김주연은 바로 이 지점에서 한국의 대중 사회가 출발하며, 1980년대를 거치면서 모든 문화는 대중 문화로 접어들었다고 단언한다.

1990년대에 들어서면 장정일 같은 작가에게서 보여지듯이 죽음과 섹스가 주요한 관심사로 등장한다. 이를 두고 김주연은 "고상성과 신성성을 본격 문학의 금과옥조처럼 여겼던 전통에서 와도와도 한참 온 것"(p. 19)이라 한다. 이렇게 보면 김주연의 비평은 엄정주의라고 단정하기 쉽다. 하지만 반대로 김주연의 비평만큼 다양한 텍스트에 관심을 갖고, 그 텍스트의 전후 맥락을 사회적·정신사적 방법으로 다양하게 접근하는 비평은 드물다. 그것은 일단 그의 유연한 사고에서 온다고 할 것인데, 가령 "평소 나는 모든 책들이 양서라는, 다소 극단적인 생각도 사양하지 않는 입장이어서 『드래곤 라자』가 서점가를 휩쓸고 있다고 해서 크게 우려하는 처지는 아니다"(p. 21)라는 말에서 보이는 것처럼, 그의 사고는 여유만만하게 진행된다. 물론 이 여유만만은 양시론이나 양비론이 아니다. 그것은 비평가의 덕목 중의 하나인 적절한 거리두기에서, 그리고 문화사적 통찰에 의해서 가능한 것이다. 그는 섹스와 죽음에 탐닉하는 1990년대 문학을 두고,

고도로 섬세해진 기계 문명의 발달된 감각 앞에서 전통적 위의와 고상함만으로 문학의 자장이 유효한 떨림을 지속하기는 힘들기 때문이리라. 그런 측면에서 본다면, 섹스는 전통과 새로움을 잇는 감각의 매개 기능을 원활하게 해주는 제도의 자리에 놓여 있다고 할 수 있으며, 그 의미 역시 평가되어 좋을 것이다. 죽음 역시 세기말에 길게 드리워져 있는 죽음의 그림자에 대한 감각적 포착과 이에 대한 저항적 메커니즘의 반영으로 이해된다면, 섹스와 더불어 환상 공간의 구축을 위한 요소로서 받아들여질 만하다. (p. 23)

라고 평가한다. 이것은 섹스와 죽음과 같은 세태적 글쓰기에 대한 질타이기보다는, 그것을 현상의 하나로 바라보는 시각일 터이다. 하지만 여기에는 문학 자체의 고유성이라 할 수 있는 '저항적 메커니즘'이란 유보 사항이 포함되어 있다. 이 유보 사항이야말로 김주연이 양보할 수 없는 것이며 문학과 유사 문학을 구분하는 경계 지점일 것이다. 때문에 그것을 판단하고, 대중에게 알리는 장치로서의 2차적 과정인 저널리즘이나 비평의 중요성이 강조된다.

특히 경계하고 싶은 것은 문학 저널리즘의 무분별한 대중 문학 수용이다. 전통의 변화가 느리게 진행되는 유럽에서처럼 문학 저널리즘이 가치 판단의 메커니즘을 유지한 채 대중 문학의 영양가를 식별할 수 있다면, 우리의 문학 식단은 오히려 풍성할 수도 있으리라. (p. 23)

'가치 판단의 메커니즘'을 문학 저널리즘이 유지하느냐 그렇지 않느냐에 있다는 말은 경청하지 않을 수 없다. 1990년대 이후 비평이 신문, 잡지, 출판사 등과 연계되면서, 상찬의 매끄러운 미문(美文)으로 문학의 환금성에 복무한 측면이 있다는 것은 엄연한 사실이기 때문이다. 의미찾기와 가치 판단과 평가라는 비평의 고유한 기능은 저널리즘적 측면에서 본다면 상당 부분 유보되고, 심지어 비평의 카피copy화조차도 여러 곳에서 일어나고 있다. 때문에 김주연은 "문학은 근본적으로 소박한 것을 섬세한 것으로 바꾸는 조직이다. 오늘의 문학은 과격하다고 할 정도로 대중화의 양상을 띠고 있고, 그 문학은 많은 대중들을 섬세하게 감각화하고 있다. 그러나 그 섬세한 감각화는 거의 아무런 비판의 매개 없이 대량화·획일화된 상태로 진행된다. 대량화·획일화된 섬세성을, 그런데 나는 여전히 섬세한 그 어떤 것으로 부를 자신이 없다"(p. 25)라고 말한다. 비판의 매개 없이 거짓 섬세화가 이루어지고 있다는 뜻이다.

그렇게 보면 김주연의 비평은 섬세성의 비평이다. 이 섬세성은 장정일에서 김주영까지, 최영미에서 황지우까지 텍스트의 굴곡을 따라 골고루 스며든다. 그것은 1990년대 이후 상대적으로 폭넓게 활약한 여성 시인·작가 들에게도 할애된다. 이 책의 3부에 위치한 여성 문학과의 섬세한 만남이 바로 그것이다. 3부의 총론 격에 해당하는「페미니즘, 그 당연한 욕망의 함정」에서 김주연은 1990년대 여성 소설의 특징을 남성적 폭력과의 싸움, 주도적 성행위의 실천, 가정의 안주성 거부로, 여성 시의 특징을 여성적 언어의 드러냄, 언어 파괴와 여성적 자아의 표출로 각각 분석한다. 이러한 분석에 이의를 제기하기는 힘들 것이다. 다만 이 글의 마지막 "성은, 그것이 남성에 의한 것이든 여성에 의한 것이든, 전면적으로 노출될 때 과장의 측면으로 빠져들기 쉬우며, 비판의 결과보다 퇴폐·타락의 결과로 유도되기 쉬운 속성을 지녔기 때문이다. 새로운 세기의 여성 문학은 그런 의미에서 총체적 인간관·세계관을 준비해야 할 것이다"(p. 260)라는 결론은 뿔 달린 여성 작가·시인들이 겸허하게 받아들이기 힘들 것으로 보인다. 총체적 인간관·세계관마저 남성 세계관의 반영이라고 볼 수 있기 때문이다. 하지만 그 총체성을 이 책에서 김주연이 주목하고 있는 또 하나의 키 워드인 신성성과 연결해보면 생각이 달라질지도 모른다. 신성성의 문제는 "세기말적 문화 전반의 총체적 반성"(p. 198)과 관련 있기 때문이다. 신성성은 자아와 세계의 대립을 넘어서 미시의 세계와 거시의 세계를 통합할 수 있는 것이다. 신성성을 스스로 교주가 되어 거짓 초월을 감행하는 신비주의와 혼동해서는 곤란하다. 그렇다면 김주연이 말하는 신성성의 본질은 무엇인가?

　자신의 상처와 고통, 욕망과 허무를 과장된 울음·비웃음·절규·한숨으로 토해내지 않고 연민과 이웃 사랑으로 따뜻하게 보듬으면서 나아갈 때, 세계는 문득 진리의 한 가닥을 보여줄 것이다. 시인에게도, 그리고 우리 모두에게도 신성성은 그때 더 이상 거룩한 관념이 아니다. (p. 206)

위 발언으로 본다면 그것의 핵심은 사랑과 진리이다. 또한 김주연
은 문학은 신성성에 이르는 가장 인간적인 길이라고 생각한다. 여기
에서 김주연 비평의 본질이 드러난다. 그것은 바로 합리주의적 인간
관과 기독교적 우주관의 결합이다. 이것은 넓게 이야기하면 이성과
신성의 결합이기도 하다. 바로 이 균형 감각이 김주연 비평의 진수이
다. 비망을 위해 한 구절을 인용하고 글을 끝맺자.

대체 문학을 구원이라고 한 자는 누구인가. 이 같은 심리와 모티프
에 주목하지 않는다 하더라도, 문학은 그 제작 행위가 종교적이었다.
적어도 펜과 붓으로 씌어지는 한에 있어서 그러했다. 거기에는 어떤
차출된 정보가 기계적으로 불려나오지 않았고, 어떤 필요한 정보들이
자동적으로 연결되지도 않았다. 훨씬 막막한 상태에서 상상력의 벽을
두드려야 했을 뿐이었다. 상상력 역시 물론 체험의 지배를, 역사의 구
속을 완전히 벗어날 수는 없다. 그러나 상상력은 초월의 소산이면서,
또 다른 초월을 꿈꾼다. 그런 의미에서 기본적으로 상상력은 종교적이
며, 영성과 통하는 그 무엇이다. (p. 147)

영성에 이르는 문학
── 김주연 비평집 『디지털 욕망과 문학의 현혹』

구모룡

김주연 비평의 전체성은 세속성과 영성을 합한 데에서 찾아진다. 『디지털 욕망과 문학의 현혹』에서도 기왕의 입장을 그대로 만나게 된다. 김주연에게 문학은 "총체적 인간학"(p. 197)이며 이는 인간에 대한 미시적인 접근의 일면성을 넘어 거시적 관점에서 신성성의 문제를 함께 통찰할 때 성취된다. 그는 "인간이 피조물이고 육체 이외의 영성의 존재가 엄연한 현실인 상황에서, 양자를 종합적으로 인식하는 일은 문학의 당연한 기능이며 책무"(p. 177)라 주장한다. 인간성의 한계 탐구와 더불어 신성성 혹은 영성으로의 나아감은 그의 비평에서 가장 중요한 주제이다. 오생근을 말하는 자리에서 그는 다음과 같이 비평의 의의를 말한다.

오늘의 한국 문학, 특히 젊은 세대의 그것을 지배하고 있는 이론의 핵심인 욕망론은, 니체나 보들레르의 끊임없는 복창이라고 할 수 있다. 자연에 대한 인간 혹은 인간성의 우월로 특징지어질 수 있는 이 이론은 후기 구조주의, 포스트모더니즘이라는 이름으로 변형되어 세기

말의 문학을 사로잡아왔는데, 그 중간 결과는 유감스럽게도 씁쓸한 것 아닌가. 엽기성이라는 낱말 속에 포박된 그 욕망의 인간은, 자연 질서의 파괴라는 기이한 모습 이외에 다른 무엇일까. 예컨대 해체 이론 속에 드러난 남녀의 해체, 유니섹스의 상황은 남녀의 인격적 공존 대신 천부의 상이(相異)가 무시된 동형성(同形性)으로 우스꽝스러운 자연 왜곡을 가져오고 있다. 이것은 한 보기에 지나지 않을 터인데, 문학 비평이 이 과정에서 어떤 사명과 기능을 하고 있는가 하는 문제에 대한 검토와 반성은 결여되어 있다. (p. 110)

오생근의 비평이 그 나름으로 제대로 된 비평적 기능을 수행하고 있음을 말하기 위해 진술된 전제이지만 이는 김주연 비평의 입장과 지향을 이해하는 데에 매우 요긴하다. 그의 비평은 욕망과 육체에 구속되어 있거나 세속을 맴도는 문학을 비판한다. 아울러 인간성에 대한 깊은 천착으로 이를 초월하는 총체적 관점의 문학을 강조한다. 한마디로 그는 현금의 문학에서 초월성의 결여를 읽고 있는 것이다. 책의 표제가 말하듯 그는 디지털 욕망이 문학의 현혹을 가져오고 있다고 생각한다. 속도와 일차원성을 속성으로 하는 이것은 문학으로부터 아우라를 앗아갔다. "정보의 생산이라는 개념은 약화되고 정보의 유통이 오히려 중요한 모습이 되었고"(p. 146), "가치 판단이 아닌 생산과 소비의 회로뿐인"(p. 21) 디지털 대중 사회에서 문학의 위기와 상상력의 고갈은 더욱 심해질 수밖에 없다. 이러한 정황 속에서 많은 작가들이 문학적 진정성을 추구하기보다 디지털 욕망을 내면화하는 양상을 보이고 있어 더욱 문제인 것이다.

그런데 김주연의 기본적인 입장을 가장 잘 나타내는 것은 모더니즘 비판이라 생각된다. 그는 기회가 닿는 대로 모더니즘의 한계를 지적한다.

   i) 사실 그 숫자의 규모로 보거나 그 화려한 문학적 포즈로 보거나,

저 멀리 헬레니즘 문화에 바탕을 둔 이른바 모더니즘은 우리 문학의 중심부를 장악하고 있다고 해도 지나친 말이 아니다. 특히 많은 문학 청년들에게 문학에 대한 일종의 고정 관념 비슷한 것을 만들어주고 있는 것도 사실이다. [……] 그 결과, 시에 있어서는 언어에 대한 절망과 그로부터 유발된 현학성·난해성이 불가피한 현상으로 대두되고, 소설에 있어서는 서사의 상실과 왜곡이 정당화된다. (p. 86)

 ii) 니체, 혹은 니체에 뿌리를 두고 있는 근·현대의 모더니즘(혹은 포스트모더니즘 전반이라고 묶어도 좋다)이 예술의 우월성에 대한 무한한 믿음에 기초하고 있다면, 정현종의 자연은 초기의 그 믿음으로부터 그가 이제 거의 완전히 벗어나고 있음을 말해준다. 그러나 거듭 말하지만, 자연이 신의 계시의 현장이라는 선언까지는 아직 가 있지 않다. 자연과 예술의 만남이 그 자리일 뿐이다. (pp. 159~60)

 인간 중심주의와 예술주의를 특징으로 하는 모더니즘은 신의 영역을 넘보는 인간의 과도한 욕망과 결부되어 있다. 예술을 통하여 인간이 신성의 하나인 완전성을 추구하려는 것이 모더니즘인 것이다. 그러나 모더니즘의 경과는 전통의 부정뿐만 아니라 새로운 전통을 형성할 터전까지 훼손하고 파괴하는 데에 이르렀다. 즉 자해의 상태에 처하게 된 것이다. i)에서 김주연이 말하고 있는 바도 창조의 고갈과 자기 파괴에 이른 모더니즘에 대한 비판이다. 이러한 비판이 구체적인 사례로 제시된 ii) 정현종 읽기에서 김주연의 입장은 더욱 선명하게 부각되어 있다. 모더니즘을 신과 인간, 초월과 세속적 욕망, 완전성과 불완전성 등의 이항 대립의 틀에서 보는 그는, 자연과 예술의 만남이라는 소중한 성취의 자리조차 한계로 인식한다. 확실히 그의 신은 동양적 자연이 아니며 서구적 기독의 그것이다.
 모더니즘 극복과 관련하여, 또한 세속적 욕망론을 넘어서기 위한 문학적 방안으로 김주연이 제시하는 것은 상상력이다. "상상력은 초월의 소산이면서, 또 다른 초월을 꿈꾼다. 그런 의미에서 기본적으로 상상력은 종교적이며, 영성과 통하는 그 무엇을 지닌다"(p. 147). 즉 상상력으로 영성에 이를 수 있는 것이다. 다시 그는 말한다: "결국 상상력이란 영감, 즉 영성이며, 이 힘이 글의 창조성을 이끌어낸다. 현대 이전의 작가들은 말하자면 하나님을 만나지 못할 때 한 줄의 글도 창작하지 못했던 것이다"(p. 148).

　궁극적으로 김주연의 문학은 인간 구원을 향해 있다. 따라서 문학은 인간의 한계를 드러내는 도정에 불과하다. 그의 비평이 표나게 시적 지향을 보이는 것은 세속성에 바탕을 두는 소설 장르의 본성을 생각할 때 어쩌면 당연한 현상으로 받아들여진다. 김원일, 이승우, 정찬 등의 소설을 통하여 신성을 말하고 있긴 해도 정작 신성이 소설의 경계 밖에 존재하는 것임을 확인하게 한다. 그의 비평에서 소설과 시에 비평적 낙차가 존재하는 것은 어쩔 수 없다. 세속적인 소설보다 궁극에서 구원의 언어가 되어야 할 시적 지향(p. 169)에 대한 김주연의 선호는 영성의 비평을 추구하는 그로서 피할 수 없는 선택이라 할 수 있다.　　　　　　　　　　　　　　〔『동서문학』, 2001년 여름호〕

초월성을 바라보는 감동의 비평
── 김주연 비평집 『디지털 욕망과 문학의 현혹』

오생근

1990년대 소설의 특징을, 정보화라는 말로 통칭되는 사이버스페이스의 출현과 관련시켜 설명함으로써 『가짜의 진실, 그 환상』이란 제목의 비평집을 낸 김주연 교수가, 만 3년도 안 되어서 다시 『디지털 욕망과 문학의 현혹』이라는 비평집을 상자했다. 3년 전의 비평집이 컴퓨터 시대와 문학의 의미를 다각적으로 점검하는 것이었다면, 이번의 비평집 역시 그 제목이 환기시켜주듯, 정보화 시대의 변화 속도에 따른 욕망의 변화, 혹은 우려할 만한 절제 없는 욕망의 가속화 현상을 문학적으로 진단하고 있는 것이다. 그는 이 책에 실린 「디지털 욕망의 앞날」이라는 글에서 "욕망의 첨탑이라고 할 수 있는 성적 욕망의 노출과 표현이 거의 아무런 조정 기제의 개입 없이 이루어지고," "가치 평가의 겨를도 없이 밀려들어온 이러한 현상"을 디지털 욕망이라고 명명하였다. 그러니까 『디지털 욕망과 문학의 현혹』이라는 제목은, 욕망의 속도화가 범람하는 세기말적 변화의 시대일수록 문학은 시류에 흔들리거나 현혹되어서는 안 될 뿐만 아니라, 문학의 문학다운 가치와 힘을 되찾아 이러한 시대적 기류에 맞서는 대항력을 갖추어야 한다는 것을 역설하는 듯하다. 그렇다면 문학의 문학다운 가치와 힘을 어떻게 획득할 것인가? 저자의 논리에 따르면, 그것은 산업 사회의 진전과 더불어 그 위세가 더욱 가열되는 상업적인 대중성에 함몰되지 않으면서 문학의 본래적 역할인 "삶에 대한 총체적 고려"와 성찰을 통해 바람직한 삶을 지향하는 가운데 획득할 수 있다. 여기서 바람직한 삶을 지향한다는 것은, 아무리 구체적인 삶의 세목이 중시되더라도, 초월성의 의미와 가치를 배제하고는 이해될 수 없을 것이다.

김주연이 1980년대 중반부터 계속 강조한 바 있듯이, 문학이 삶에 대한 반성이라면, 그 반성은 초월의 체험 없이 혹은 초월적 기능과 무관한 상태로는 충분하고 완전하게 이루어졌다고 볼 수 없기 때문이다. 그가 10여 년 전에 쓴 비평집 『문학을 넘어서』에는 문학의 초월적 기능이 여러 글에서 강조되어 있다. 한국 문학이 초월성의 발견에 힘쓰면서 초월성과 세속성 사이의 건강한 관계를 모색해야 한다는 주장이 도처에서 보이는가 하면, 그러한 모색과 지향이 결여되어 있는 한, 문학은 독자에게 감동을 줄 수 없다는 논리가 지속적으로 전개되기도 한다. 구체적인 예를 들자면, 그 책에서는 초월성이 이렇게 정의되어 있다.

i) 초월성이라고 하면, 시간과 공간의 한계를 뛰어넘는 어떤 힘에 대한 이름일 것이다. 그것은 항상 지금 여기에 존재하고 있게 마련인 인간이 그 지금 여기에 있는 상태로부터 벗어나 올라감을 의미한다. 일종의 차원 돌파가 초월이다. 무릇 보편적 진리는 이 같은 초월성을 바탕으로 그 구체적 내포가 추구된다.

ii) 문학이 초월성을 획득하려면, 자연과 자연의 창조주 앞에 겸허한 마음을 가져야 하며 어떤 거룩한 신성성 앞에 감사와 찬탄의 노래를 부르는 일에 인색해서는 안 될 것이다.

i)과 ii)는 초월성을 논의하는 글의 같은 맥락에서 뽑아온 것인데, 두 예문에서 초월성이 내포하는 의미는 사뭇 달라 보인다. 다시 말해서 i)은 인간이 시간과 공간의 한계를 넘어서는 존재라는 것과 그러한 한계를 넘어서는 초월성을 통해야 보편적 진리 추구가 가능하다는 주장을 함축하고 있는 점에서 초월성은 보편적 진리와 세계관에 가까운 인식의 문제처럼 보인다. 문학 평론가적인 시각에서 말하자면, 작가는 주어진 구체성의 현실을 바르게 인식하되 그 현실을 넘어서는 초월성의 의지를 가져야 하며, 그러한 의지의 지향성이 보편적 진리에 도달하는 방법이 된다고 말하는 것과 크게 다르지 않다. 이 경우에 초월성은 인식의 바탕이 되기도 하고, 인식의 지향점이 되기도 한다. 가령 부분과 전체의 변증법적 관계의 전개가 중시된다면, 구체성과 초월성의 관계 역시 그런 차원에서 맞물려 전개될 때, 훌륭한 문학이 탄생할 수 있을 것이다. 초월성이 이러한 차원에서 논의될 수 있는 i)의 예와는 달리 ii)의 예는 종교적인 초월성과 신성성이 훨씬 더 강조되어 있다. 여기서 문학은 "창조주 앞에 겸허한 마음"을 가져야 하고, 창조주의 "거룩한 신성성 앞에 감사와 찬탄의 노래"를 불러도 좋은 형태로 언급된다. 그렇다면 i)의 초월성은 ii)의 초월성에 이르는 기초 단계에서의 논의였을까? 나로서는 i)과 ii)의 글에서 확인되는 그러한 내포와 서로 다른 초월성이 김주연의 비평에서, 그의 의도와는 다르게 공존해 있는 것처럼 생각된다. 그러한 공존은 초월성에 대한 개념의 혼란이나 모호성으로 작용하지 않고 오히려 그의 비평을 편협성이 제거된 열린 비평으로 만들면서 그의 비평적 개성을 넉넉하게 만드는 원동력으로 작용하는 것이다. 이런 점은 1990년대에 쓴 그의 비평집 제목이기도 했던 「사랑과 권력」이라는 글에서도 어렵지 않게 확인된다. 그는 문학이 사랑을 이야기하는 것이고, 사랑을 이야기하지 않더라도 사랑의 정신을 지향하고, 사랑을 본질로 삼고 있는 형태인데, 이러한 사랑은 신의 사랑과 구원의 사랑을 외면하는 한 불완전한 것일 수밖에 없다고 지적한다. 특히 문학이 제

도화되어가면서 사랑의 정신과 배반되는 권력 지향성을 보이는 것에 대한 그의 비판은 단호하다. 그러나 그의 단호한 비판은 문학이 본질로 삼는 사랑의 정신을 저버리고 교만해지면서 '은폐된 권력'을 추구하는 비문학적 태도를 겨냥한 것이지 '신의 사랑'이나 '구원의 사랑'을 외면한 세속적 사랑의 문학을 대상화하는 것이 아니다. 다시 말해서 그는 신성과 초월성, 진정한 사랑과 구원의 문제를 진지하게 추구하거나 그러한 정신적 태도를 보이는 문학에 높은 점수를 주고 감동하기도 하지만, 표면적으로 그러한 초월성의 정신과 상관이 없어 보이는 문학에 대한 관심을 끊임없이 열어두고 있는 것이다. 1990년대에 쓴 그의 비평에서 전자의 경우, 첫번째 자리에 놓을 수 있는 작가와 시인은 정찬과 마종기라고 말할 수 있다면, 후자의 경우는 김주영, 김원일과 1990년대의 많은 젊은 작가들, 황동규, 정현종, 오규원, 김광규, 황지우, 김혜순, 박라연 등의 많은 시인들이 해당된다. 이렇듯 그의 비평적 관심은 초월성을 토대로 삼으면서도 초월성의 넓은 범위 안에 폭넓게 확산되어 있다. 특히 끊임없이 새롭게 등장하는 젊은 작가, 젊은 시인에 대한 그의 지칠 줄 모르는 관심은 무엇보다도 비평가의 기본적인 임무에 충실해야 한다는 마음의 다짐처럼 보이기도 한다. 이러한 점은 결국 그가 신성성과 초월성의 가치를 강조하는 비평가이되, 그것의 잣대로만 문학을 재단하지 않으며, 그의 비평적 관심은 결국 감동을 줄 수 있는 훌륭한 문학에 있는 것임을 증명해준다. 정찬에 대한 논의의 결론에서 그의 소설이 "한국 문학의 보편성과 세계성 확보를 향한 소중한 발걸음"으로 주목될 수 있다고 언급한 것 역시 그의 관심이 문학적 가치와 감동의 작품들이 축적되어가는 현상을 통해 한국 문학의 위상이 제고되는 것을 확인하려는 의지의 표명임을 짐작할 수 있게 한다.

이러한 비평 정신과 열린 시각을 바탕으로 한 『디지털 욕망과 문학의 현혹』은 모두 3장으로 구성되어 있다. 오래 전부터 그의 지속적인 관심사였던 대중 문학의 문제와 신비주의에 대한 비판과 우려를 담은 글이 제1장 '디지털 욕망과 대중'의 주축을 이루고 있다면, 지금까지 우리가 주목해보았던 그의 비평적 특징과 관련된 문학과 신성성의 문제는 제2장 '아우라가 사라진 벌판에서'로 이어지고 있다. 끝으로 제3장의 내용은 김주연 비평의 새로운 주제로 자리매김될 수 있는 페미니즘 문학이라는 점에서 각별하게 주목해야 할 부분이다. 그가 앞서 쓴 『가짜의 진실, 그 환상』이 세기말의 젊은 작가들에 초점을 맞춘 것이었다면, 『디지털 욕망과 문학의 현혹』의 페미니즘 논의는 여성 시인과 여성 작가들의 정체성·여성성에 대한 집중적인 탐구와 분석을 보여주기 때문이다.

저자의 지속적인 관심과 새로운 주제가 균형을 이루면서 만들어진 이 책을 관통하는 생각은 이 책의 머리글인 「대중 문화 시대의 대중 문학」에 언급되어 있듯이 종말론적 세계관을 바탕으로 한 희망의 모색이라고 말할 수 있다. 저자는 우리 주변에서 전개되는 생명 파괴와 환경 오염, 온갖 재난과 죽음의 불안한 현상들을 바라보면서, 기독교의 종말론적 세계관에 의하면 "세상의 끝은 결코 완전한 종말 아닌 새 하늘과 새 땅을 의미하는 것으로 나타난다"는 역설의 희망을 피력하는 것이다. 물론 이러한 희망은 기독교의 관점에서 비롯되는 것이지만, 아무리 현실의 절망적 상황이 가중되더라도 문학의 긍정적 역할은 소멸되지 않을 것이란 일반적인 믿음의 표현으로 보아도 무방할 것이다. 그렇기 때문에 "대중에 의한 질적 하향 평준화" "섹스와 죽음에의 탐닉이라는 감각주의의 극대화" "문학의 민주화"에 따른 언어 질서의 파괴 등 대중 문학의 부정적 현상이 팽배할 뿐 아니라 그것이 본격 문학의 설 자리를 빼앗고 문학의 위의를 무색하게 만들더라도, 문학의 힘과 매력은 여전히 존재한다고 그는 생각한다. 이러한 사유의 흐름에서 볼 때 김주영의 소설은 온갖 부정적인 대중 문학이 범람하는 가운데에서도 그것과 구별되는 '이상한 매력'을 발휘하는 소중한 성과로 인식되는 것이다.

김주영 문학의 매력은 무엇일까? 「문명은, 디지털은 슬프다」라는 제목의 김주영론은 김주영의 소설에 대한 여러 비평 중에서 가장 날카롭고 핵심적인 이해와 설명을 보여준 글로 보인다. 저자는 시대의 한계를 넘어선 김주영의 단편소설의 재미를 반전의 뛰어난 솜씨, "익살과 해학이 얽힌 만연체의 특유한 문체" "이야기 전개의 호방성"을 꼽는다. 이러한 재미를 바탕으로 하면서 "삶에 의미를 부여하는 힘"으로서의 작가적 정신은 "풍자와 사랑"이라는 것이다. 저자는 김주영의 "어떤 소설 속에서든 숨쉬고 있는 그의 사랑과 그의 비판 정신"을 주목해야 할 필요성을 말하면서 "디지털 시대가 되었다고 해서 이런 사람된 이치가 달라질 수" 없는 한 그의 존재는 "우리 문학의 앞날에 대한 긍정적 예시"임을 말한다. 또한 김주영의 역사 소설을 비평하는 또 다른 글에서는 그의 역사 소설이 자신에게는 "하나의 교육 현장"으로서 "아득한 배움의 길이 여전히 앞에 널려 있음을" 실감시킨다고 고백하기도 한다. 작가와 작품에 대해서 감탄하거나 감동하며 그것의 긍정적 의미를 이끌어내는 겸손한 비평가적 태도는 김주연의 비평가적 분석과 통찰의 능력 못지 않게 높이 사야 할 덕목으로 보인다. 그러나 문학에 대한 그의 긍정적인 이해와 인식이 작품에 대한 비판적 태도를 배제하는 것은 아니다. 「세기말 한국 시에 대한 질문」은 다양성을 생명과 본질로 삼고 있는 시의 세계를 1990년대 후반의 작품들을 대상으로 돌아볼 때 "지적 함몰의 인상을 주는" 다양성의 결핍을 보이고 있어 우려된다는 비판적 시각을 드러내고 있다. 이런 우려 속에서도 고무적인 현상으로 보이는 김태동의 『청춘』과 김용택의 『그 여자네 집』을 논의의 대상으로 삼은 이 글의 결론적인 말이 "이 스피디한 디지털 시대에 그 세계 사이의 다양성은 대항력으로서의 힘을 더욱 발휘할 것이다"라는 지적은 의미심장하다. 여기서 그 '세계 사이'는 극도로 대비되는 문학적 두 경향의 관계를 가리키는 것으로 보이는데, 그 어느 편에서건 다양성을 발휘하는 일이야말로 문학적인 아름다움을 지키면서 이 시대의 모든 부정적 기운과 맞서 싸울 수 있는 힘이 된다는 것이 김주연의 문학관으로 정리될 수 있다.

  이 책의 제2장인 '아우라가 사라진 벌판에서'의 첫번째 글인 「문학과 영성」에서는 아우라와 비슷한 의미의 '영성'을 둘러싼 기독교적 해석이 논의된다. 여기서 논쟁을 불러일으킬 수 있는 부분은 "상상력은 초월의 소산이면서, 또 다른 초월을 꿈꾸고," 그런 의미에서 기본적으로 "상상력은 종교적"이라는 것, 다시 말해서 "상상력이란 영감, 즉 영성"이라는 것이다. 그러나 플라톤 이후부터 중세를 통해 르네상스에 이르기까지 상상이나 환상, 상상력 등이 인간의 합리적 사고를 방해하는 비합리적 요소로서 폄하되고 위험시되었다는 것으로 이해하는 사람에게 상상력에 관한 그러한 정의는 당혹스러울 수 있다. 쉽게 찾아볼 수 있는 문학 사전에서도 문학이 이성보다 상상력과 관계가 깊다는 생각은 프란시스 베이컨에 의해 처음으로 시도되었다고 언급된다. 베이컨은 "역사는 기억, 문학은 상상, 철학은 이성"에 관련되어 있음을 말하면서 상상력은 "사실의 세계에 매이지 않고 사실들을 마음대로 변형시켜 사실보다 더 아름답게, 좋게 다양하게 만들어 즐기는" 능력이라고 말한 철학자임은 많이 알려진 사실이다. 그는 상상력을 이렇게 정의하면서 그것이 이성보다 훌륭한 것은 아니지만 인간성의 필요를 충족시키는 요소로 본 것이다. 이러한 경험주의 철학자의 견해가 문학 비평가에 의해 받아들여진 것은 18세기에 이르러서이다. 이처럼 상상력의 문제가 간단히 언급될 수 없는 것이기에 "상상력이란 영감, 즉 영성"이며 "현대 이전의 작가들은 말하자면 하나님을 만나지 못할 때 한 줄의 글도 창작하지 못했다"고 말한다면, 이것은 충분히 오해와 논란을 불러일으킬 여지가 많은 글이 될 것이다.

  저자는 '초월성'의 개념을 포괄적인 의미로 사용하듯이 '종교적'이라는 말도 넓은 의미로 이해하고 있다. 가령 정현종 혹은 정현종의 시는 종교적이라고 말할 때가 그렇다. 그는 종교적이라는 말을 이렇게 정의한다. "첫째는 모든 사물과 현상을 바라볼 때, 그것들을 보는 사람 중심으로, 즉 자기 중심적으로만 보지 않으려고 하는 태도"이고, 둘째는 "현상을 현상으로만 보는 태도의 지양" "현상은 그 현상의 배후를 거느리고 있다는 인식," 즉 "'그 뒤'에 숨어 있는 오묘한 섭리에 눈이 가 닿는" 사유의 방법, 셋째는 "세속적 욕망이나 이해 관계로부터 벗어나는 일과 관계"되는 "초탈의 모습"이라는 것이다. 이런 정의에 따르면, 사람은 신앙심을 갖고 있지 않더라도 당연히 종교적이 될 수 있다. 마찬가지로 정현종의 「오늘」이라는 시에서처럼 "해가 지면/집에 돌아간다/밥 먹고 잠자러/들어간다/오늘은 그런데/밥도 안 먹고/잠도 안 잤으면 좋겠다/오늘이 날은 날인 모양이다"라는, 일상적인 삶의 하루와는 다른 '오늘'의 삶은 "명백하면서도 단순한 삶, 종교적으로 초월된 삶"으로 해석된다. '종교적'이라거나 '초월적'이란 말의 의미를 이렇게 넉넉하게 사용하지 않더라도 저자에게 '초월적 신성'에 대한 인식을 감동적으로 보여주는 시인이 있다면 역시 마종기이다. 그는 마종기의 시에 대한 많은 글을 쓴 비평가이지만, 그의 시를 언급할 때면 반드시 감탄하고 감동할 뿐 아니라, 그의 시 앞에서 '평정'의 행복감을 느낄 수 있어 "참으로 고마운 시인"이라고 말하기도 한다. 특히 「보이는 것을 바라는 것은 희망이 아니므로」라는 작품에 대해서는 "몇 줄 안 되는 시행 속에 녹아 있는 인생의 아등바등한 시간과 그 덧없음, 이생에서의 온갖 인연과 그로부터의 해방, 무엇보다도 자신을 내놓고 초월하는 마음씨의 아름다움이 우리를 한없이 가볍게 해준다"고 말하면서, 그 작품을 "우리 현대시가 도달한 가장 높은 경지"에 이르렀다고 평한다. 이런 점에서 그의 비평은 작품에 대해 감동하는 비평이자, 감동의 움직임을 감추거나 억제하지 않고 솔직하게 드러내는 비평임을 알 수 있다. 이러한 진단은 감동의 체험 없이 작품을 분석하고 설명하는 비평이 적지 않은 풍토에서 드물게 보이는 미덕이다. 물론 김주연 역시 왜 한국 문학은 감동을 주지 못하는가라는 주제의 글을 쓰기도 했을 만큼 한국 문학의 현실 안에서 감동할 만한 작품이 드물었기 때문에, 그렇게 체험한 감동의 순간을 소중히 생각하며 표현한 것으로 보인다. 그러나 혹은 그렇기 때문에 자신의 논리에 집착하는 비평가라면 감동하기에 앞서 자신의 세계 속에 타자의 작품을 예속시켜 말할 수도 있다. 이 경우에 그는 자신의 감동을 이야기하는 대신에 작품의 논리에 자신의 자아를 부여하기에 급급하여, 작품을 지배하거나 자신의 논리를 확인하고, 그 논리를 확대하려는 자기 중심적 입장에 빠질 수 있는 것이다.

이 책의 제3장은 앞에서 말했듯이 여성 문학 혹은 페미니즘 문학의 논의로 구성되어 있다. 여기서 제일 중요한 글은 이 장의 첫번째 글인 「페미니즘, 그 당연한 욕망의 함정」이다. 이것은 "1995년 이후에 발표된 여성 작가들 — 시인, 소설가, 비평가 — 의 글들을 대상으로, 거기에 나타난 성 문제의 구조와 성격을 밝히는 것을 목표로" 씌어진 비평이다. 이렇게 여성 문학의 범위를 시기적으로 제한한 것은 아마도 이 시기를 전후하여 여성 작가들의 진출이 많았을 뿐 아니라, 그들의 문학적 성과와 의미가 각별히 주목할 필요가 있었기 때문일 것이다. 저자는 이 주제로 대상화할 수 있는 작가들을 소설의 경우 최윤, 신경숙, 은희경, 공지영, 서하진, 김인숙, 전경린, 이남희, 배수아, 송경아, 차현숙, 함정임, 한강, 공선옥, 하성란, 조경란 등을 꼽고, 시의 경우 김혜순, 황인숙, 박라연, 조은, 이원, 이선영, 최정례, 김언희, 최영미, 신현림 등을 열거하고 있다. 그렇다면 이들의 문학적 특징은 어떻게 정리될 수 있을까? 요약해서 말하자면 여성 작가들은 남성적 폭력성에 대하여 정면으로 대결하는 여성의 모습을 부각시키고, 남녀 간의 성 행위를 기술하면서도 여성의 주체적이고 적극적인 입장을 통해 성적 욕망의 표현을 다양하게 기술하고, 가정을 지키고 가정에 안주하는 관습의 굴레를 거부한다는 것이다. 또한 시의 경우는 종래의 부드럽고, 따뜻하고 연약한 모습으로 인식되어온 여성적 언어가 성차를 짐작하기 어려운 비여성적 언어로 변화하면서 남성적 서사 구조를 파괴하는 격렬하고 과감하고 일탈적인 표현 형태를 드러낸다는 것이다. 저자의 말을 그대로 인용한다면 "시에서는 이른바 여성적 언어로부터의 과감한 탈피를 통한 언어 파괴라고 부를 수 있는 독특한 현상이, 여성성을 확보·구축하는 과정에서 여성시의 새로운 내용으로 나타나고 있다고 할 수 있다"는 것이다. 그러나 그는 이 글의 결론에서 성적 욕망에 대한 여성의 주체적 표현을 긍정적으로 이해하면서도 "성은, 그것이 남성에 의한 것이든 여성에 의한 것이든, 전면적으로 노출될 때 과장의 측면으로 빠져들기 쉬우며, 비판의 결과보다 퇴폐·타락의 결과로 유도되기 쉬운 속성"을 갖고 있기 때문에 앞으로의 여성 문학은 이런 단계를 넘어선 "총체적 인간관·세계관을 준비해야 할 것"이라고 말함으로써, 여성 시인의 성적 표현에 대하여 유보적인 시각을 드러내기도 한다.

지금까지 『디지털 욕망과 문학의 현혹』을 간추려 검토하면서 금년에 회갑을 맞은 비평가의 문학관과 작품을 보는 시각, 비평적 개성 등을 두루 살펴보았다. 이 글을 마치면서 떠오르는 생각은, 김주연은 누구보다도 문학 비평가로서의 첫번째 의무라고 할 수 있는, 시와 소설 읽기를 잠시도 게을리하지 않으면서 그러한 독서의 결과를 꾸준히 비평문으로 쓰고 비평적 시각을 정리하면서 지금까지 살아온 비평가라는 것이다. 그처럼 성실성을 토대로 한 그의 날카로우면서도 따뜻한 눈길의 비평은 한국 문학의 흐름을 잘 정리했을 뿐 아니라, 혼란스럽고 어두운 사회에서 문학의 길을 외롭게 걸어온 작가와 시인들에게 따뜻한 온기를 느끼게 하고, 격려의 손을 잡아준 동반자 역할을 해온 것이다.

그런 점에서 늘 한결같은 그의 젊은 모습처럼, 시들지 않고 경직되지 않은 그의 유연한 정신이 앞으로도 여전하기를 바랄 뿐이다.

[『21세기 문학』, 2001년 가을호]

욕망의 정화를 위한 비판적 성찰
──김주연의 『디지털 욕망과 문학의 현혹』 읽기

우찬제

김주연의 새 비평집 『디지털 욕망과 문학의 현혹』은 우선 그 표제부터 눈길을 끈다. 문학의 현혹은 그렇다 치더라도 디지털 욕망이라니. 지난 세기의 마지막 10년 동안 줄곧 그러했거니와 지금 여기서 초미의 관심사가 되고 있는 디지털과 욕망이란 이름의 화두를 겹쳐놓으면서 그 나름대로 비평적 성찰의 인식 기제로 삼고 있는 것이 아닐까. 인상적으로도 매우 낯설기도 하고 그만큼 도전적으로 느껴지기도 하는 '디지털 욕망'이란 문제적인 화두를 김주연은 과연 어떤 의미로 쓰고 있는가.

그는 「디지털 욕망의 앞날」이란 글에서 이렇게 쓰고 있다. "욕망의 첨탑이라고 할 수 있는 성적 욕망의 노출과 표현이 거의 아무런 조정 기제의 개입 없이 이루어지고 있다. 가치 평가의 겨를도 없이 밀려온 이러한 현상을 나는 여기서 디지털 욕망이라고 부르고자 한다." 욕망이란 애초에 무정부적인 것이게 마련이어서 욕망의 충족이란 없고 언제나 충족과 결핍을 반복하는 운명에 놓여 있다. 그런데 디지털 시대의 속성, 이를테면 속도성이나 자동성, 휘발성 등과 결부되면서 욕

망이 인간의 존엄이나 진정한 가치와 더욱더 멀어지게 된 형국을 성
찰하기 위해 만든 조어가 바로 디지털 욕망인 셈이다.

　이 같은 디지털 욕망은 빠른 속도로 그리고 무차별적으로 관철되
면서 디지털 시대의 문화 조류를 형성하고 있으며, 문학 또한 거기
서 자유롭지 못하다고 비평가 김주연은 진단한다. 그런 가운데 "욕
망의 인간학에 대한 집착은 문학을 피상에 흐르게 하기 쉽다"고 생
각하는 저자는, 디지털 욕망에 대한 비판적 성찰의 중요성을 제기한
다. 보다 중요한 것은 욕망의 현상이 아니라 욕망의 뿌리이며, 그
"극복의 혈투 현장"이라는 것이다. 이런 생각을 밀고 나가면서 저자
는 이런 소망을 내비친다. "생태계의 파괴와 생명의 존엄성 상실, 약
화가 여기저기서 우려되고 있는데, 문학은 사람이 그 한복판에서 숨
쉬고 있는 가장 분명한 생태계이다. 그것은 디지털과 자연이 불화 없
이 만나는 생태계여야 한다. 나는 그것을 당위와 더불어 사실 속에서
도 보고 싶다."

　"디지털과 자연이 불화 없이 만나는 생태계"를 구축하기 위해서는
디지털 욕망이든 자연적 욕망이든 그 뿌리로부터 새롭고도 진정한
성찰이 요구된다. 뿌리로 깊어져 웅숭깊은 성찰을 통해서만 그 욕망
의 정화를 문학은 꿈꿀 수 있는 까닭이다. 그러므로 문학의 역할은
역설적으로 더 중요해진다. 우리 시대에 이르러 디지털 욕망의 정화
라는 새로운 꿈꾸기를 수행할 몫이 보태졌기 때문이다. 그가 여러 작
가와 작품들을 따스하게 감싸며 분석하면서도, 디지털 시대의 부정
적 속성들에 대해 비판적으로 성찰하는 것은 문학과 인간에 대한 변
함없는 애정과 기대 때문이다.

　두말할 필요도 없이 이런 기대의 이면에는 디지털 시대가 되었더
라도 사람됨이나 사람살이의 이치는 변함이 없을 것이라는 생각이
자리잡고 있다. 그는 늘 현재의 정황을 성찰할 때 전통적인 것과 관
련지어 의미 있는 맥락 속에서 조명하고 비판한다. 전통과 현대, 초
월성과 세속성, 신성과 인성, 영성과 욕망, 여성과 남성, 자연과 디

지털 등 이항 대립의 다발들을 넉넉하게 성찰하면서 종합의 테제를 지향하는 것이 김주연 비평의 특징의 하나라고 할 수 있다. 이런 방식은 매우 빠르게 한쪽 편향으로 치닫고 있는 현실에 대한 비판적 인식의 소산이라 하겠다. 물론 기독교적 성찰에 남다른 애정을 보여온 비평가이기에 김주연은 그 대립항들 중, 초월성이나 신성에 대한 고려는 각별한 편이다. 인간적 욕망의 허구성이나 유한성을 깨닫고 초월적 신성의 목소리를 들어야 한다는 생각을, 그는 줄곧 견지한다.

가령 한승원을 무당 소설가라 부르면서 그의 소설에서 신비주의적 요소를 치밀하게 읽어낸다든지, 횔덜린과 견주면서 남진우에게 신비주의라는 이름을 붙여준다든지 하는 것도 이런 사정에서 말미암은 것이다. 특히 그가 이승우를 주목하는 이유를 우리는 이해할 만하다. "형이상학 내지 영성을 잃어버린 인간들"이 판치고, "영성을 우습게 여기는, 기계 시대가 낳은 타락한 천사들"이 "괴물스러운 몬스터 만들기, 섹스와 절망 속으로 질주하는" 현실이기에 이승우의 문학적 성찰이 김주연에게 의미 있게 다가오는 것이다. "욕망이라는 인간성이 신성과 만나는 일은 지극히 당연한 논리의 세계라고 하지 않을 수 없다. 지금까지 많은 작가와 시인들이 욕망의 문제에 매달려왔으나 「목련 공원」의 이승우처럼 통합적으로 이 문제를 바라본 이는 내 기억으로는 아직 없다."

그 밖에도 여러 문제적인 비평적 성찰을 보이고 있으나, 이 비평집에서 특별히 욕망 혹은 디지털 욕망의 문제는 우리에게 많은 생각거리를 제공하는 게 사실이다. 물론 디지털 욕망의 문제들에 대해 저자가 여기서 체계적인 결과물을 제출한 것은 아니다. 현실과 문학에서 중요한 화두를 발견하고, 문학을 통해 고뇌하고, 또 더 많은 사유와 상상력의 출구를 마련한 것만으로도 나름의 의미를 지닌다고 할 수 있다. 그 결과 디지털 욕망과 그 욕망의 정화를 위한 비판적 성찰은 우리 시대의 비평가나 인문학자들에게 아주 중요한 과제로 남겨지게

되었다. 김주연과 그 이후의 비평가들은 앞으로 당분간 많은 시간을
두고 예의 비판적 성찰을 위해 골몰해야 할 게 분명하다.   〔2001〕

제 3 부

김주연을 찾아서

신사(紳士) 김주연

황동규

　김주연은 신사이다. 이즈음 글쟁이에게 이 말이 욕인지 칭찬인지
는 명백하지 않지만, 그는 신사이다. 말을 많이 하지 않으면서도 요
점을 착착 전개하는 그의 말솜씨를 보라. 술집 마담을 점잖게 그러나
꼼꼼히 다루는 그의 언무(言撫) 솜씨를 보라. 신사답게 그에겐 유머
감각도 유별나다. 같은 말을 해도, 때로는 내용이 빈약해도, 그의 말
은 재미있다. 이 신사가 얼마 전 고장난 비디오테이프를 빌렸다가 채
틀어보지도 못하고 따지러 갔을 때, 잘못 다뤄 고장나게 하고는 되레
무슨 소리냐고 비디오 가게 주인에게 야단까지 맞고 2만 원인가 물어
냈다는 말을 듣고서 정문길을 비롯한 우리들은 얼마나 속으로 쾌재
를 불렀던가. 우리 앞에서 거짓말처럼 원숭이가 나무에서 떨어졌던
것이다. 우리 같은 속인들은 수없이 그런 일을 당하며 살지만 그는
평생 열 손가락으로 꼽을 수 있을 만큼만 당했을 것이다.
　신사답게 그는 경우가 밝다. 그와 같이 한 일 치고 미진한 구석이
있었던 일은 한 번도 기억나지 않는다. 다른 사람들이 우리 둘이 짝
이 맞는다고 생각했는지 같이 신춘 문예 심사를 여러 번 했다. 그는
추호의 감정의 개입 없이 일을 처리했다. 물론 의견이 다른 적도 있
었으나 그것도 토의 끝에 의견이 비슷했던 것으로 낙착되곤 했다. 이
런 차이는 우리가 각기 개성을 가진 존재란 사실 이상도 이하도 아닐
것이다.

신사는 그냥 되는 것이 아니다. 나는 우리나라의 교육 제도가 그를 신사로 만들었다고 생각하지 않는다. 과거나 지금이나 우리의 교육은 신사가 되는 일에 도움보다는 방해가 더 많을 것이다. 보다는 수양이 그렇게 만들었을 것이다. 자동차 면허 시험만 해도 대개 두 번만에 붙는데 그는 일곱 번이나 떨어졌다. 그러나 지금 내 주위에서 그처럼 운전을 점잖게 잘하는 사람은 따로 없다. 운전할 때 그는 조심스럽고 은근하다. 옆에 오생근이나 내가 앉아 있을 때도 그러니 숙녀가 앉아 있을 때는 얼마나 은근하겠는가. 불문가지라는 말은 바로 이런 때 쓰는 말일 것이다.

사람의 성격을 아는 데 제일 지표가 되는 것은 도락이고 그 중에서도 도박이다. 도박이래봐야 푼돈 포커였으나 20여 년 전 내가 그마저 끊고 나서 그와 포커 테이블을 마주하고 자리한 적이 거의 없으니 생략하기로 하고 바둑을 가지고 그의 사람됨을 살피기로 하자. 그는 도대체 이기려고 바둑을 두지 않는 체하고, 사실 이기는 경우가 드물다. 소탐대실 직전 소탐 때 그는 즐거움의 탄성을 지른다. 그리고는 조금 후에 탄식을 한다. 그러나 탄성이건 탄식이건 감정이 별로 들어 있지 않기는 마찬가지다. 보다못해 상대가 일부러는 아니겠지만 져주었을 때 그는 인간의 마음 약함에 대한 의심 없이 진심으로 승리를 받아들인다. 진짜 신사의 태도다. 이제 기억난다. 옛날 포커 할 때도 그는 늘 뒤가 깨끗했다.

사람에 따라서는 그가 겉과 달리 속으로 약삭빠른 사람으로 생각할 수도 있을 것이다. 천만에, 그는 속부터 신사이다. 정보에 뒤질세라 사람들이 모두 두 눈이 뒤집힌 오늘날에 '신사답게' 그는 아직도 컴퓨터를 사용할 줄 모른다. 워드 프로세서마저 제대로 쓸 줄 몰라 원고 쓸 때 아직 볼펜으로 끄적거리는 것이다. 문학상 심사 후에 심사평을 쓸 때가 되면, 어느샌가 원고지라는 게 사라지고 없어서, 그는 연신 A4 용지에 볼펜을 놀리며 지금까지 쓴 분량을 잘 몰라 나에게나 옆에 앉아 있는 기자에게 몇 매쯤 되겠는가 묻곤 한다. 우리는 대개 벌써 충분히 썼으니 슬슬 마감을 하라고 일러주게 된다. 어느 신사가 새 기기를 재빨리 배워 여럿 앞에서 날렵하게 사용하겠는가. 그것 하나만 가지고도 그와 술자리를 자주 하는 서우석과 나는 신사가 아니라고 추정해도 좋을 것이다. 이제 비로소 키보드를 익히기 시작했다는 말이 들리니, 신사에게 적절한 속도의 변신이 아니겠는가.

이제 슬슬 문학 얘기로 들어가기로 하자. 나는 그처럼 판단력이 빠른 사람을 별로 본 적이 없다. 그의 손에 들어가면 모든 것이 반듯하게 정리된다. 그리고 비평가답게 고집도 세다. 언제부터인가 우리는 그가 '독한' 기독교인이 된 사실뿐만 아니라 '독한' 기독교 비평가가 된 사실을 목격하고 놀란 일이 있었다. 사방에서 비명 소리가 났다. 과격하게 말해서 대상 작품이 '비기독교적'일 때 그는 그 때문에 작품의 깊이가 모자란다고 내놓고 쓰는 것이었다. 내 시집 해설을 부탁했을 때도 그는 선취(禪趣)가 있는 작품은 모두 빼고 해설했다. 좀 더 혈기왕성한 때였으면 나도 어떤 식으로든 항의했을 것이다. 그러나 나머지 해설 부분이 괜찮아 그 사실을 아무 말 없이 덮어두었다. 그러나 그와 친구 사이가 아닌 데다가 사정을 잘 모르는 사람들의 비명도 충분히 이해했기 때문에, 대상이 내 작품이 아닌 경우 그에게 넌지시 너무 종교를 문학 작품에 개입시키지 말라고 한두 번 '충고'했으나 효과가 없었고, 그의 기독교 문학관을 누그러뜨린 것은 결국 세월이었다. 신사도 늙는 것이다.

그러나 요즘 와서 나는 그의 기독교를 약간 다시 보게 되었다. 이즈음처럼 모든 것이 가차없이 세속적으로 되어가고 물신화되어가는 세상에 비록 인기가 조금 없는 일일지라도 정신적인 가치를 양보하지 않고 내세우는 비평가가 하나쯤 꼭 필요하지 않겠는가 하고 생각하기 시작한 것이다. 사실 자세히 읽어보면 윤리에 관한 한 그의 기독교는 종교 일반일 수도 있다. 그가 신사이기 때문에 자기의 기독교를 '적당히' 종교 일반 속에 희석시키지 않았기 때문에 문제가 부상되곤 했던 것이다. 앞으로 인류의 제일 시급한 과제는 종교 없이도 어떻게 종교적으로 살 수 있는가가 될지도 모른다. 혹시 우리 모두가 신사가 된다면? 그때 그는 조금 생각한 후 조용히 대답할 것이다. 신사라고 해서 종교 없이 종교적으로 살기는 힘들겠지. 과연/역시!

〔시인 · 서울대 교수 · 영문학〕

마른 장작에서 숯불이 되기까지

김원일

　흐르는 시간 속에 어느덧 나이를 먹어 이순에 이르러도 사람들은 대체로 젊은 때의 취미 · 식성 · 버릇 · 성격을 그대로 지니고 있게 마련이다. 얼굴에 주름이 생기고 몸의 균형이 무너져 없던 뱃살이 나오고 어깨가 굽어지는 따위의 외양은 변해가지만, 오래 친교하다 보면 젊을 때나 나이 들어서나 한결같이 변하지 않는 사람이 많다. 대체로 그런 사람은 서로의 흉허물을 덮고 마음 편하게 이야기할 수 있지만, 순풍에 자신의 삶을 안주시켜 변화를 통한 발전의 기회를 놓쳐버린 채 나이를 먹은 경우가 태반이라 아쉬움 또한 따르게 마련이다. 그러나 더러 자신에게 닥친 어떤 계기를 통해 다른 사람이듯 변해버린 경우도 더러 보게 된다. 세파에 부대끼다 보니 젊을 때의 희망 높던 청순함을 상실해 노추가 드러나는 경우나, 노욕를 버리지 못한 채 위엄만 차리면 그 역시 실망이 따를 수밖에 없다. 한편, 젊을 때는 있듯 없듯 평범했는데 오랜 시간을 선하게 다스려 어느덧 훌륭한 인격자로 우뚝 서서 다른 사람이듯 우러러보게 되는 흔치 않는 사례도 있

298

긴 하다.

젊었을 때 김주연은 군살 없는 아담한 체격에 안경 낀 날카로운 인상이 재사로서의 기지가 번득였고, 굵은 톤에 재치 넘치는 그의 논리 정확한 말을 듣고 있으면 그가 왜 조리 있게 따지는 판검사가 되지 않고 골치 아픈 문학을 선택하여 궁상을 채굴하는지 의아스러웠다. 특히 그는 기억력이 좋아 오래 전 학창 시절을 이야기할 때도 상대의 이름, 이력 과정, 만난 장소, 화제가 된 날짜까지 분명히 찍어가며 말하는 통에 나 같은 나쁜 머리를 주눅들게 했다. 수재형의 사람이 그렇듯, 젊은 시절의 그는 마른 장작 같았다. 외모도 그러려니와 그의 말과 글은 촌철살인의 명쾌함이 있었다. 사람과 글을 평가할 때 그 대상을 객관적으로 정확하게 파악하고, 핵심의 진위 여부를 정곡으로 찌르고, 결론을 선명하고 맵게 맺었다. 그 점은 그가 젊어서 평필을 들었고 한동안 기자 생활을 거친 탓이라기보다, 그의 성격이 태생적으로 사리 판단에 올곧은 정직성 탓이 아닐까 여겨진다. 풍부한 인문학적 상상력을 바탕으로 논리적인 사고를 쌓아온 결과 그는 일찍 평단의 주목을 끌었으나, 그의 주목 대상에서 소외된 문인들은, 주인이 자리 비운 사이 그가 모난 돌이라 진단하여 징을 찧기도 했다. 매사에 틈을 보이지 않는 짠 서울내기라 그를 두고 찬바람이 돈다는 말도 있었지만, 그가 언젠가 털어놓았듯 강원도 심심산골 태생이라 마른 장작을 불에 던지면 금세 불길이 타오르는 이치대로 안으로 열정 또한 만만치 않았으니, 그가 취흥에 마이크 잡고 부르는 노래를 듣다 보면 탁 트인 호소력이 심금을 울렸다.

우리가 『문학과지성』 초창기인 1970년에 만났으니 그로부터 적잖은 세월이 흐를 동안 김주연도 느리게 변모의 과정을 거쳐, 목소리는 낮아지고 눈매가 순해졌고, 시시비비를 가리는 자리에서도 자신의 주장을 아꼈다. 한마디로, 마른 장작이 불길로 다 태우고 검정 숯으로 바뀌어갔다. 조각가의 칼질이듯 자신의 삶에서 예각 부분을 스스로 깎아내며, 골짜기의 급류가 바다에 이르듯 자신의 전부를 넉넉한 그릇으로 담기 시작했다. 어느 때부턴가 그와 지방을 여행할 때 주말이면 주일을 빼먹을 수 없다며 부득부득 혼자 상경했다. 연로한 부모님 차 태워 모시고 교회에 출석해야 한다니 기특한 효자를 보는 셈이라 그를 붙잡을 수 없었다. 그가 그렇게 생활의 방향타를 천천히 돌릴 즈음 주위에서는 담배꾼이 금연할 때 보듯, 쟤가 좀 변했어 하고 짐작했지 그의 내부로 들어가지 않은 이상 변모의 내적 고뇌를 깊이 이해하기란 힘들었다. 장작이 까만 숯으로 변할 동안 자기 학대에 따른 가열한 담금질이 있었을 테지만, 그의 변모는 광야에서 신을 찾아나서는 표표한 걸음을 통해 차츰 드러나기 시작했다. 그의 영혼이 운필한 결과 그는 문학 속에서도 신앙관에 따른 '사랑'을 전달하는 말의 수위를 높여갔다. 어느덧 그는 빈 들에 서서, 진실로 내가 겸손하여 순복할 때 하나님의 사랑이 나의 행실을 치고 내 이웃 글쟁이들 글까지 그 사랑 안에서 화해하리라 외치는 사도를 자청했다.

누가 김주연을 그 세계로 인도했을까. 하나님이 그를 불렀을까, 아니면 마음이 불타듯 다가온 자의의 맹세였을까? 하나님이 이루고자 하는 뜻을 인간은 모른다. 그는 자신을 남김없이 태워 한 덩이 숯이 되고자 했으니, 거듭남을 통해 깨어 있는 온유의 종이 되었다. 신을 경애하자 닥친 시련에 대범해지고, 글에도 모서리가 깎이는 대신 넓이와 깊이가 만들어졌다. 그렇다고 그는 자신을 초월의 현자로 격상시키지 않고 아귀다툼의 저잣거리에 남아 사랑을 실천하는 겸손한 증언자로 자처했다. 그가 번역한 『문학과 종교』의 『카라마조프의 형제』해설 편에 이런 인용문이 있다. "무신론자, 이단자, 유물론자를 증오하지 마시오. 여러분 가운데 있는 악한 자들을 증오하지 마시오. 〔……〕 악 가운데도 많은 선이 있습니다. 특히 우리가 사는 시대에는." 또 다른 이런 구절이 있다. "'너희들도 오너라' 하고 말씀하실 것이다. '오너라, 너희 주정뱅이들아. 오너라, 너희 악한 자들아. 오너라, 너희 추악한 인간들아!' 그러면 우리는 모두 부끄러움 없이 앞으로 나아가 그분 앞에 설 것이다. 〔……〕 그러면 그분은 우리에게

손을 뻗칠 것이고, 우리는 모두 엎드릴 것이며 [……] 울 게 될 것이
며 [……] 그리고 모든 것을 깨닫게 될 것이다." 어느덧 그는 그렇게
세속 사회의 문학 속에서 증오의 대상까지 사랑으로 감싸는 실천자
로 나섰다.

마른 나무는 불꽃으로 활활 타오르지만 숯은 주위를 따뜻하게 덥
힌다. 젊을 때의 마른 장작이 어느덧 숯으로 변한 그는 오늘도 스스
로 불을 지펴 기도하고 묵상하며, 아날로그 세대의 글쓰기를 고수하
고 있다. 원고지를 앞에 두고 볼펜으로 칸마다 '사랑'을 채우며, 그
글이 사랑에 주린 삭막한 이웃을 따뜻하게 덥혀주기를 기원한다. 그
과정은 자신을 사랑의 불길로 태우며 재가 될 그날을 대망하는 문학
을 통한 종교적 순교에 다름 아니다. 그는 요한이나 베드로가 아니
다. 오직, 내가 너희들에게 하듯 너희도 그렇게 하라는 말씀대로, 모
퉁이 돌로 남아 우리가 사는 악한 시대를 함께 살고 있다. 김주연은
재로 변해 뭇생명을 키우는 거름이 될 그날까지 사랑으로 달굴 숯불
을 지펴나갈 것이다.   [소설가]

땀냄새를 물씬 풍기는 사람

김수용

나는 김주연 선생님과 여러모로 가까울 만한 이유가 있는 사람이
다. 우선 김선생님은 내 고등학교 선배이시다. 그것도 보통 고등학교
가 아니고 제멋대로의 엘리트 의식으로 똘똘 뭉쳐 있던, 그 옛날 이

른바 일류 고등학교 선후배 사이이니, 그 치졸하게 화석화된 껍질 안에 같이 갇혀 있던 사이라서 유별난 동류 의식 정도는 가질 법도 하다. 우리는 또 동숭동의 옛 문리대에서 독문학이라는 같은 전공을 공부한 동문이기도 하다. 세상을 내려다보는 치기 어린 오만으로 가득 찼던 대학에서, 아는 것은 쥐뿔도 없으면서 세계의 온갖 고민을 한 몸에 지니고 다녔던 시절을 공유한 사람들이니, 누가 보더라도 우리는 일찌감치 개인적으로 가까워야 할 사이임에 틀림없다. 그런데 그렇지 않다. 내가 감히 인간 김주연의 근처에서나마 배회할 수 있게 된 것은 훨씬 후의 일이다. 물론 나는 비평가 김주연의 명성을 잘 들어 알고 있었고, 김선생님 역시 꽉 막힌 꽁생원 같은 어느 후배의 존재 정도는 알고 계셨을 것이지만, 유감스럽게도 그 이상의 다른 것은 없었다.

내가 1986년 독일의 뒤셀도르프 대학에서 연구 교수로 있었을 때, 김주연 선생님도 같은 신분으로 나보다 몇 달 늦게 그곳에 오셨다. 먼 외국에서 같은 건물 안에 앞뒤로 살다 보니 우리는 자연스레 만나는 기회를 자주 갖게 되었고, 자주 만나다 보니 같이 이야기할 시간도 점차로 많아졌다. 나중에 우리는 정말 숱하게 많은 이야기를 나누었다. 문학, 예술, 사회, 국내의 암울한 정치, 우리 전공의 앞날 등등, 우리의 대화에는 소재가 무궁무진했다. 물론 종교와 교회에 대해서 때로는 격한 토론도 했고, 그리고 선후배·동료 들을 같이 씹어대는 꿀 같은 시간도 가졌다.

점차 가까워지면서 나는 김선생님이 아주 복잡하신 분임을 알게 되었다. 때로는 아주 대범하고 소탈하신 분이고 때로는 날카롭고 예민하고 더할 수 없이 섬세한 사람으로 돌변하여 나를 놀라게 했다. 물론 이러한 이중적 성격은 대부분의 사람들이 상황에 따라 가질 수 있는 것이기도 하다. 내가 감히 '김주연적'이라고 명하고 싶은 것은 이 이중성의 독특함이다. 이분의 '대범함'과 '섬세함'에는 짙은 땀냄새가 배어 있는 것이다.

우리의 일상적 삶이나 주변 세계의 요구에 따라 사람들은 때로는 대범해지기도 하고 때로는 섬세한 본성을 앞세우기도 한다. 그런데 내가 보기에는 김선생님의 경우 이 메커니즘이 특이하다. 상황이 그에게 예민함과 섬세함을 요구할 때, 예를 들면 평론 작업을 할 때, 이 외부적 요구가 일차적으로 전달되는 곳은 그의 '섬세 본능'이 아니라 '대범성'인 듯하다. 따라서 섬세하고 날카로운 분석 능력을 얻기 위해 그의 섬세성은 앞을 가로막고 있는 대범성과 힘든 싸움을 해야 한다. 이 싸움이 격렬하기 그지없어서 간신히 저항을 뚫고 전면에 나선 섬세함은 온몸이 땀으로 젖어 가쁜 숨을 몰아쉬어야 하며, 때로는 큰 상처도 입어서 고통스러워하기도 한다. 그의 글에는 이 극복의 과정이 담겨 있어서 짙은 땀냄새와 아픔의 흔적을 보여주고 있다. 이러한 메커니즘은 그 반대의 경우에도 그대로 적용되어 그가 대범해져야 할 때, 예를 들면 사랑·우정 등 복잡하고 예측하기 어려운 인간 관계의 미로에서 벗어나려 할 때, 그의 대범성은 섬세함과 한바탕 악전고투를 거친다. 세밀하고 날카로운 분석적 사유가 인간 관계에서는 흔히 불신으로 귀결되게 마련이니 크게 생각하고 포용하는 대범함의 승리 없이는 친구 간의 우정은 불가능할 것이다.

외부적 요구와 내부적 대응 사이의 이러한 모순적 친화력이 인간 김주연의 독특한 면모를 만들어내었다고 나는 감히 단정한다. 그의 글이 마음껏 경쾌할 때에도 어떤 무게가 느껴지고, 화려하게 밝을 때에도 눈이 부시지 않으며, 어둡고 막막할 때에도 한줄기 빛이 같이함은 이러한 모순적 친화력의 한 결과일 것이다. 그래서 그가 희망을 이야기할 때, 이 희망은 절망과의 힘든 싸움을 거친, 그래서 절망의 내음이 물씬 풍기는 희망임을 우리는 알아야 할 것이다. 비유하자면 희망봉의 바로 앞에서 암초에 부딪힌 선원의 절절한 한이 맺힌 희망인 것이다. 희망봉이 멀지 않은데, 저 멀리 등대의 불빛도 보이는데, 그러나 폭풍에 돛은 찢어졌고 노는 부러져버렸으니 어이할거나! 해류는 반대 방향으로 흐르고 암초들은 여기저기 표류하는 배의 앞을 가로막으니! 이런 절망적 상황의 악몽에서 우리가 벌떡 깨어 일어났을 때, 온몸을 흥건하게 적셔놓은 식은땀의 냄새, 바로 이 냄새가 김주연의 희망의 담론에서 물씬 풍기고 있는 것이다.

김주연 선생님은 줄기차게 우리 문학이 넘어서야 한다고 강조한다. '넘어선다' 함은 물론 문학이 스스로 설정한 한계선을 넘어섬을 의미한다. 그 한계선이 과격한 사실주의일 때는 문학의 초월성을 강조했고(『문학을 넘어서』), 문학이 감각적 감수성의 영역 안에 자신을 고립시키려 하면 문학에게 '정신'이 되라고 요구했으며(『문학과 정신의 힘』), 디지털 시대의 과학 문명적 합리성이 모든 예술을 압도하려 하는 지금 그는 문학을 포함하여 인문학에 종사하는 사람들에게 "정신사적 접근"을 소홀히 하지 말 것을 강조하고 있다(『디지털 욕망과 문학의 현혹』). 이러한 한계선을 넘어설 수 있을 때에만 문학은 세속적 현실주의의 범주를 뛰어넘어 존재에 대한 근원적인 물음을 물을 수 있다는 것이 그의 지론이다. 물론 이런 주장을 하는 사람이 김주연씨뿐만은 아니다. 그런데도 김주연적 넘어섬의 요구가 더욱 절실하게 울리는 것은 그의 초월의 담론에는 넘어설 수 없을지 모른다는 불안한 예감과 두려움이 깔려 있기 때문이다. 이 불안과 두려움은—역설적인 표현이지만—그의 요구에 실체를 부여하고 있는 것이다.

'대범하라'는 외부의 요구에 세심함과 예민함이 먼저 반응하며, '희망하라'는 의식의 명령이 일차적으로 절망의 무의식을 자극하는 모순의 친화력, 이 친화력 때문에 김주연씨는 늘 싸워야 하고 넘어서야 한다. 그 탓에 그는 늘 가쁜 숨을 몰아쉬어야 하고 땀냄새를 물씬 풍겨야 한다. 이 숨가쁨은 단언컨대 우황청심환 몇 알로는 진정되지 않을 것이며, 이 땀냄새는 샤넬 넘버 파이브의 향수로도, 마릴린 먼로의 육향(肉香)으로도 지울 수 없을 것이다. 어찌 그것이 가능할 것인가? 이분이 "허 참!" 하며 실망 어린 탄식을 할 때도 그 아래를 들여다보면 '희망'이라는 요물이 똬리를 틀고 앉아서 빨간 혀를 날름거리며 "그래도, 그래도!" 하고 속삭이고 있는데!

〔연세대 교수 · 독문학〕

40년 묵은 기억의 앨범

김화영

다른 사람들도 그럴까? 나는 사람이 서 있는 장소가 떠오르지 않으면 그 사람 자신의 모습이 잘 잡히지 않는다. 이것이 내 기억의 방식이다. 사람의 몸은 그 몸이 존재하는 조건인 일정한 풍경을 이끌고 다닌다고 하지 않던가.

김주연, 그를 처음 만난 때가 분명 논리적으로는 1960년대 초였을 것이다. 동숭동의 서울대학교 문리과 대학 교정. 그런데 우리들이 서 있던 풍경이 머릿속에서 도무지 잘 조립되지 않는다. 40년 저쪽의 풍경. 지금은 문예진흥원의 모습으로 남아 있는 건물의 그것과 동일한 베이지색 벽돌 건물이 3개 동. 정문 가까운 쪽의 잔디밭과 벤치와 라일락. 마로니에. 도서관과 연구실 앞의 느티나무들. 동부 연구실 앞 썩은 물이 퍼렇게 고인 둥근 연못 혹은 분수. 여기까지는 기억나는데 스무 살 남짓한 우리들을 앉혀놓아야 할 그 언저리의 작은 목조 건물, 그 허름한 집을 세울 곳이 마땅치 않다. 지금의 무슨무슨 카페가 서 있는 자리쯤일까. 나는 벌써 여러 날째 머릿속에서 그 캠퍼스의 길과 작은 건물들을 다시 짓고 허물고를 반복했다. 시간이 흐를수록 점점 더 추상화로 변해가는 풍경을.

어쨌든 그 허름한 목조 건물 속에 서울대학교 문리과 대학의 신문 『새세대』 편집실이 자리잡고 있다. 시인 마종기씨의 동생인 마종훈, 소설가가 된 김승옥, 오랫동안 보이지 않다가 문득 청와대에 나타났던 김정남, 유력 신문사의 편집국장을 지낸 김호준…… 대개 이런 이름들이 기억나는 『새세대』. 나는 그 신문사의 기자가 되어 김주연을 처음 만났던 것 같다. 1961년이겠지. 김승옥과 함께 그는 나보다 한 해 먼저 입학한 이른바 4·19 세대의 앞줄에 있었다. 그런데 나는 겨우 대학 1년을 마치자마자 이듬해 1월에 자원 입대해버렸으니 대학에서 그들과 진득한 교분을 맺을 사이가 없었다. 그래도 어느 가을날 오후쯤, 대학 앞 '학림다방'이나 아니면 비가 추적거리는 초봄의 저녁나절 중국집 '진아춘'의 덤으로 준 우동 국물 앞에다가 우리들을 앉혀놓은 스냅 한 장쯤이 떠오를 법도 한데 가당치가 않으니 쓸쓸하다.

김주연을 다시 만난 것은 대학 졸업 후, 그가 경향신문의 기자가 되어 있을 때였다. 나는 엉뚱하게 은행원이 되어 있었다. 한일은행 외국부 수출계. 내 사무실이 명동에 있었으니 지척에 있는 경향신문의 그와는 자주 만났을 법도 하건만 그랬던 기억이 별로 없다. 언제나 그렇듯 부지런한 김현이 주동이 되어 『사계』라는 이름의 동인을 만들었고 동인지를 몇 호 냈다. 황동규, 정현종, 박이도, 김화영 네 사람의 시인과 평론가 김현, 김주연이 그 멤버였다. 하늘색·갈색, 그런 단색의 표지에 단조롭기 이를 데 없는 글자로 '四季'가 찍혀 있다. 풍비박산된 내 젊은 날의 삶과 함께 서재랄 것도 없던 그 시절의 내 책 보따리도 풀어헤쳐져버렸다. 그 속에서 난파물처럼 수습되어 아직도 용케 남아 있는 하늘색 표지의 그 동인지 한 권에는 「시와 인식」이라는 거창한 제목을 단 김주연의 평론이 실려 있다. 예나 지금이나 크게 변하지 않은, 김주연의 비평에 대한 나의 '인상'이 한 가지 있다면 현상 전체를 총체적으로 펼쳐놓고 굽어보려는 그의 종합적 시각이다. 그 같은 독일적(?)·사변적 지향이 이 평론의 제목에도 어느 정도 나타나 있는 것이 아닐까? 그래서 늘 내적·직접적 접촉에

따라서 사물과 현상의 깊이를 만져보아야 성이 차는 내 파편적 감성
으로부터 그는 좀 멀게 느껴졌던 것은 아닐까?

　그 시절의 일로 생각나는 장면 한 가지. 어느 날, 신문 기자인 그의
‘직권’으로 문단의 신출내기인 내 시 한 편을 경향신문에 실어주겠다
고 했다. 감격적인 일이었다. 그러나 동시에 여간 부담이 되지 않았
다. 간신히 시 한 편을 만들어 약속한 다방으로 가지고 나갔다. 그러
나 막상 시의 원고를 넘겨주려니 불안했다. 완성된 시가 아닌 것 같
았다. 그를 앞에 앉혀놓은 자리에서 몇 군데를 손보고, 또 손보고, 넘
겨주려다가 다시 끌어당겨 또 어떻게 해보려고 진땀을 뺐다. 신문 기
자란 한가한 사람이 아니다. 그런데도 그는 딱한 표정을 지으며 잘도
참고 기다려주었다. 그때 넘겨준 시가 어떤 것이었던가?

　1969년, 3년 넘어 다니던 은행에 싫증이 나기 시작한 나는 프랑스
유학 시험을 준비했다. 그때 장학금을 주는 쪽은 프랑스 정부였지만
가고 못 가고를 허락하는 쪽은 우리 정부였다. 외국을 가려면 사상적
무장이 급선무라고 생각하는 정부였다. 그래서 프랑스 말 테스트 외
에 국사와 상식 시험이 관문으로 버티고 있었다. 문제의 국사, 상식
시험에 합격한 소식을 가장 먼저 알려준 것은 취재원 접근이 신속한
신문 기자 김주연이었다.

　1970년대 초, 아직 어리둥절한 프랑스 유학생이었던 나는 문득 김
주연에게서 항공 엽서 한 장을 받았다. 그때 엑상 프로방스의 기숙사
‘가젤’ 제5동, 그 볕 잘 드는 창가에 기대서서 문제의 항공 엽서를 펼
쳐든 채 세잔의 그림에 잘도 그려져 있는 거대한 육교와 그 위로 굽
이 돌아 사라지고 있는 마르세유행 철길을 망연히 바라보던 아침나
절이 눈에 선하다. 김주연은 그 편지에서 자신이 스페인이든가 어디
든가 잘 기억이 나지 않는 서쪽 지역에서 기차를 타고 몇 일 몇 시에
마르세유를 통과할 예정이니 그때 나를 만날 수 있다면 얼마나 좋을
까라고 써놓았던 것이다. 지금과 달리 당시 유학생에게 장소 이동은
쉽지 않았다. 자동차가 있는 것도 아니었으니 30킬로나 떨어져 있는

마르세유 역을 바람같이 통과해 가버릴 친구의 기차를 어떻게 만난단 말인가? 더군다나 그 엽서는 기차가 통과한 며칠 뒤에 내 손에 들어왔다. 그때 그의 행선지가 스위스의 프리부르였든가 아니면 독일의 프라이부르크였든가?

이 기나긴 어긋남이나 무덤덤한 만남들을 거쳐 내가 김주연과 좀더 가깝게 사귈 수 있었던 무대는 역시 1970년대 이후의 몇몇 술집이었다. 술집은 우리들의 진정한 문단이었다.

> 애국적인 아가씨들은 나와
> 다른 사내들의 불알을 까서
> 소금 접시와 함께 날라온다
> 젊은 가수의 노래는
> 유배된 청춘의 축제 없는 가슴을 어루만진다
> 나는 술잔을 들며
> 기억도 아픈 젊은 부러진 날개들의 눈동자를
> 녀석들의 잔 없는 손을 깨문다
> 땅콩이 입 안에서 폭발한다
> 오이와 당근
> 대구포도 폭발한다
> 입 속에 감금된 폭발.　　　　　　　—정현종, 「밤 술집」

지금은 교보 빌딩이 엄청난 부피를 차지하고 있는 그 뒤쪽 어느 골목의 '가락지.' 거기서 우리들은 입 속에 감금된 채 폭발하고 또 폭발했다. 수다스럽게 폭발했다. 그리고 세월이 조금 더 지나 우리들에게 삶의 밀도를 실감케 해주었던 '라임.' 그곳에서 우리는 "유배된 청춘의 축제 없는 가슴을 어루만"지며 또 입 속에 감금되어 폭발했다. 강남의 제일생명 빌딩 뒤쪽의 짧은 골목. 그 어귀에 자리한 작은 술집 '라임.' 부산에서 올라왔다는 앳된 자매가 그곳에 낙착되어 있었다.

한 사람은 살집이 좀 붙은 사람 좋은 언니였고 다른 한 사람은 여고생 티를 아직도 다 못 벗은 투명한 얼굴에 가는 테 안경을 쓴 동생이었다. 남도 사투리가 짙고도 상냥하여 우리의 "유배된" 가슴을 흔들었다. 그 두 여자들은 작정 없이 뜨거워지는 우리의 가슴을 찬 맥주로 식혀주었고 밤이 이슥하여 또 너무 차가워지는 가슴을 문득 뜨거운 수제비와 향긋한 부추김치로 다스려주곤 했다.

맥주병 몇 개를 올려놓으면 빈자리가 별로 없는 비좁은 카운터와 자그마한 테이블 서너 개, 그리고 저 안쪽에 '룸'이 하나 있었다. 이 '밤 술집'을 발굴한 사람이 바로 김주연이었다고 기억된다. 사실 그 사이에 이 술집에 대한 연고권과 영향력을 에워싸고 불문학 교수들과 독문학 교수들 간에 미묘한 '보불 전쟁'이 장기간 지속되고 있었지만 발굴의 공로는 의당, 다정하고 붙임성 있는 김주연에게 돌려야 한다는 것이 나의 일관된 생각이다. 발굴자답게 종종 여자 대학 대학원 세미나를 한다면서 홀 저 안쪽의 '룸'을 독차지하는 것도 김주연이었다. 우리는 밖에서 안쪽에서 전해오는 풍문과 나름대로의 억측으로만 만족하곤 했다. 오늘의 학부제식으로 말해보자면 이 작은 유럽어문학부 '라임'이 발전하여 이 나라 문화계의 한 시대를 풍미한 지하실 '고선(古鮮)'으로 발전했다는 것은 이미 한국 현대 문학사가 기억하는 바이다. 그리고 '고선'이 신사동으로 옮겨 구차한 명맥을 유지하다가 사라진 다음 우리는 또 한동안 뱅뱅사거리의 '장유'나 '스페인하우스' 같은 곳을 전전하며 술판을 이어갔다. 그리고 어느 사이에 뿔뿔이 흩어지는가 했더니 가끔 상고와 혼사의 기별이 왔고 드디어…… 이제 김주연이 날씬한 몸매, 새카만 머리, 그리고 아직 반들반들한 얼굴로 환갑을 맞는단다.

사실 근래에는 정다운 밤 술집보다, 직업과 전공 때문에 문예진흥원이나 번역금고 혹은 대산문화재단 같은 덧없고 무료한 낮 회의와 심사, 그에 따른 점심 식사 자리에 불려나가서 더 자주 만나곤 한 사람이 김주연이었다. 그런 자리에서 폭넓은 경험과 지식, 늘 전체 속의 균형을 고려하여 내리는 사심 없는 판단에 있어서 유난히 돋보이는 사람이 김주연이다. 언제나 무리하는 법이 없고 이성적인 그는 필요한 일이 끝나면 이내 자리를 뜨는 쪽이어서 앞뒤 대책을 가리거나 자제할 줄 몰라 사람을 붙잡고만 싶은 내게는 늘 약간의 아쉬움을 남기곤 한다. 그러나 우리 가까운 친구들 가운데서 드물게 문학과 기독교적인 초월성을 결부시켜 생각하려는 태도를 감추지 않는 비평가가 김주연이다. 언제나 패기만만하고 적절한 비판을 숨기지 않으면서도 부드럽고 남의 약점보다는 장점에 먼저 주목하는 그의 정다운 마음 씀씀이는 바로 그의 중요한 삶의 조건이 된 종교적 신념에서 우러나온 것이 아닌가 한다. 나는 아직도 종교에 대하여 뚜렷한 관심을 가지지 못하고 지내는 처지이지만 왠일인지 김주연의 종교에 대해서는 낯설음을 덜 느끼는 편이다. 종교가 이런 친구의 낯빛을 빌려 등장할 때 나는 늘 몸 둘 곳을 몰라 한다.

이 글을 쓰려고 마음먹으면서 나는 그와 사귀며 지낸 40년 세월의 갈피 속에 얼핏얼핏 떠오르는 여러 스냅들 속에서 어느 것을 표지로 삼으면 좋을까를 생각해보았다. 그것은 단연 가장 최근의 사진, 가장 생생한 사진 한 장이다. 소설가 김주영 형과 문이당 임성규 사장의 배려로 떠났던 두번째의 아프리카 여행. 3년 전 일이다. 그 여행 중에 우리는 일본 문인들이 설립했다는 매우 아름다운 랏지에서 하룻밤을 묵게 되었다. 그 랏지는 오솔길이 갈라지는 끝마다에 자리잡은 여러 채의 방갈로들로 구성되어 있었는데 그 중 한 집 속에서 나는 김주연과 룸메이트가 되어 하룻밤을 묵었다. 일본 사람들답게 각 방갈로의 실외에는 각기 하나씩의 노천 온천 시설이 갖추어져 있어서 우리는 작은 우물 같은 따뜻한 욕탕 속에 벗고 들어앉아서 발 아래 펼쳐진 초원 속으로 어슬렁거리는 맹수들을 내려다보며 느긋한 목욕을 즐길 수 있었다. 낮에 우리가 사파리를 했던 그 광대한 초원, 거기서 우리는 사자, 코끼리, 기린, 그리고 아주 죽은 짐승의 내장을 뒤적거리는 추악하고 거대한 새들을 보았다. 그리고 하루가 기우는 저녁, 더운물 속에 벌거벗은 몸을 잠그고 발 아래 벌판을 내려다보고 있다.

날이 저물고 있다. 노을이 더욱 신선하다. 우리는 발 아래 펼쳐진 초원과 그 속에 우글대는 저 맹수들과의 거리를 가늠하며 안도하고 서로의 벗은 몸의 보잘것없음을 바라보며 연민과 어여쁨을 느낀다. 그러기에 해가 너무 기울기 전에 우리는 더 자주 술잔을 기울여보려고 노력해야 하지 않을까? '라임'의 푸르름이 아니라도 좋고 '고선'의 아취가 아니면 어떠리. 우리의 지나온 삶이 저만큼 내려다보이는 모든 저녁 언덕의 술집이면 어디든 좋지 않겠는가. 아직 오이, 당근, 대구포가 폭발할 곳은 많다. 그대의 작은 근심들이 사라지고 아직 해가 남아 있을 때, 김주연, 즐거운 술잔을 들고 또 한번 폭발해야지.   〔고려대 교수 · 불문학〕

부드럽고, 따뜻하고, 넉넉한

오생근

'나도 알고 보면 부드러운 남자'라는 말이 유행한 적이 있었다. 이것은 자신의 외모와 내면 사이의 괴리가 크거나, 크다고 생각하는 사람들이 자기를 소개하는 자리에서 애용하는 말이겠지만, 누가 보아도 곧 부드러운 사람이라 인정할 수 있는 사람이 아니라면, 누구라도 그렇게 자기를 표현하고 싶은 심정이 될 것이다. 가령 '부드러운'이라는 형용사와 반대되거나 거리가 있는 표현을 '무뚝뚝한' '강퍅한' '딱딱한' '날카로운' '차가운' '무표정한' 등등의 형용사로 그 범위를 넓게 생각해본다면, 대부분의 한국 남자들은 부드러운 표정보다 그렇지 않은 표정에 더 익숙해 있을 것처럼 보인다. 그것은 우리가 부드럽지 않은 사람이어서가 아니라, 문화적으로건 사회적으로건 내면의 부드러움을 외면과 일치하여 표현할 기회와 관습을 그만큼 갖지 못하면서 살아왔기 때문이다. 김주연 선생의 인간적인 모습을 쓰는 이 자리에서 '알고 보면 부드러운 남자'라는 말을 화두로 삼은 까닭은 그의 인상이 무뚝뚝하거나 차갑기 때문이 아니라 그에 대한 어떤 인상을 갖더라도 그는 인상과 내면 사이의 거리가 큰 사람 중의 하나일 것으로 생각되었기 때문이다. 다시 말해서 그는 겉으로 보기보다 혹은 누구보다 부드럽고, 따뜻하고, 호방하고, 넉넉한 사람이라는 것을 말하고 싶었기 때문이다.

　내가 김주연 선생을 처음 본 때가 언제였을까? 1967년인지 1968년인지 서울대 문리대가 동숭동에 있었던 시절의 어느 초여름날 오후, 창밖에는 잎이 파란 느티나무와 아담한 연못이 보이던 불문과 연구실에서였다. 김현 선생이 불문과 조교로 근무하던 그 시절, 나는 조교의 일을 도와주는 비공식적인 T. A.와 같은 학생으로서, 연구실에 책상을 하나 얻어 쓰고 지냈다. 그날 그는 신문사에서 일찍 퇴근한 듯, 회색빛 양복 상의를 벗어서 어깨에 걸치고는 흰 와이셔츠 차림으로 친구인 김현 선생을 찾아왔다. 김현 선생이 그 자리에 있었는지 없었는지는 분명히 기억되지 않는다. 그러나 무엇보다 뚜렷이 기억되는 것은 그의 날카롭고, 이지적인 인상과 유난히 맑고 큰 목소리의 울림이었다. 아마도 태도가 분명하고, 빈틈없어 보이는 모습도 덧붙일 수 있을지 모르겠다. 그러나 이러한 첫인상은, 나중에 내가 후배 평론가로 김종철과 함께 '문지'에 가담하면서 다른 선배들과 더불어 그와 가깝게 지내는 시간이 쌓여갈수록, 그에게서 발견되는 다른 새로운 모습 때문에 변모하거나 수정을 겪게 되었다. 그는 빈틈없고 치밀한 성격처럼 보이는 외모와는 다르게, 따뜻하고 인간적인 내면의 소유자였을 뿐 아니라, 사실은 빈틈도 많고, 어쩌면 스스로 손해보는 일도 마다하지 않는 사람이라는 것을 나는 나중에 알게 되었다. 그가 예상하지 않았던 어떤 자리에서도 난처한 표정을 짓지 않고, 당황해하지 않으면서 그만큼 여유 있고 자신에 찬 모습을 보이는 사람이기 때문에, 그 모습 속에 겸손함과 따뜻함이라거나 타인에 대한 배려가 자리 잡고 있다는 것을 알게 된 것도 나중이었다.

언젠가 그가 자신의 6·25 체험을 쓴 글을 읽고 깜짝 놀란 적이 있었다. 그것은 김원일의 『마당깊은 집』을 해설하는 글이었는데, 그는 그 소설이 연상시키는 6·25 시절을 언급하다가 열 살에서 열한 살 즈음의 기억을 떠올리며 자기는 신문팔이를 하며 지냈을 뿐 아니라 신문팔이 때문에 학교조차 결석하기도 하여 급우들이 동정 사업에 나섰던 일이 있었음을 고백(?)한 것이다. 6·25를 겪은 세대라면 어느 누구나 피난살이 시절에 두렵고, 가난하고, 굶주렸던 고생의 체험을 하게 마련이겠지만, 그런 경험을 했다 하더라도 고생의 흔적이 보이는 사람이 있고, 보이지 않는 사람이 있는 법이다. 그러나 김주연 선생은 유복한 집안에서 물질적인 결핍이나 고생을 모르고 자란 사람처럼 보인다. 그러한 사람이 신문팔이를 하면서 지냈을 뿐 아니라 때로는 허기에 지쳐 밥통을 들고 구걸까지 나서야 했던 시간들이 있었다고 말한다면, 그대로 믿을 사람이 없을 것이다. 그만큼 그는 그늘이 없어 보인다. 그가 다른 어느 글에서인가 어린 시절부터 자기는 낙천적 성격이어서, 아무리 고통스럽고 불행한 일을 당하더라도 곧 그 일이 잘 해결될 수 있으리라는 막연한 믿음이 있었다고 말한 적이 있는데, 나는 그의 밝은 표정이 그러한 낙천적 성격에 기인하는 것이 아닐까 생각해보기도 한다. 또한 그러한 막연한 믿음이 1980년대의 어느 시절부터 기독교인의 믿음으로 구체화된 원동력이 되었을 것이라는 짐작도 해본다.

일찍부터 김주연 선생을 잘 아는 술친구들은 그의 술 마시는 주기에는 늘 우기와 건기가 교체된다고 말한다. 다시 말해서 그는 계속 술을 마시다가 어느 날부터는 갑자기(물론 이유는 늘 있는 것이지만)

술을 끊고 지낸다는 것이다. 그렇게 술을 마시지 않고 지내는 시간은 한 달일 수도 있고, 1년일 수도 있으며, 그 이상이 될 수도 있을 것이다. 물론 술친구들은 당연히 술 마시는 그의 모습을 좋아하고, 술자리에서 그가 즉흥적으로 만들어내는 번뜩이는 재치와 놀라운 유머를 좋아하고 호방한 그의 기상과, 술기운이 올라 발동이 걸리게 되면 들을 수 있는 그의 맑고 큰 노랫가락도 좋아한다. 특히 "내가 전에 말했잖아요. 당신을 사랑한다고"로 시작하는 그의 애창곡인 어느 노래에서 "터질 거예요 내 가슴"이라는 가사에 이르러 마치 그 혼자 간직하고 참았던 어떤 열정과 사연을 터뜨려버리는 듯한 느낌을 받게 되었을 때는 각별히 감동하기도 한다. 그러한 그가 요즈음에는 건기에 접어들어 있다. 지난해 가을부터 그가 겪게 된 개인적인 문제가 완전히 해결되지 않았다거나, 매일같이 자동차를 갖고 다녀야 할 일이 있기 때문이라고 그는 핑계를 대지만, 그의 술친구들은 그렇게 술을 마시지 않는 이유가 병과 같은 신체적인 문제 때문이 아니라는 것만으로 일단 안심을 한다. 물론 신체적인 문제가 아니라는 점이 더 우려할 만한 일이라고 해석할 수도 있겠지만, 그렇지는 않을 것이라고 자위를 하며, 이어서 찾아올 '우기'를 희망하는 것이다.

　여하간 그들은 하루빨리 그리고 안심할 수 있을 정도로 그가 다시 술 마시는 자리로 돌아와 예전처럼 붉은 얼굴 표정과 재미있는 말과 큰 소리로 웃는 유쾌한 모습이 되기를 기다린다. 성과 속을 아우르고, 삶의 구체성과 영원의 초월성을 동시에 바라보는 그의 균형잡힌 시각과 삶의 태도를 그들은 믿고, 그러한 믿음 때문에 그가 세속적인 술자리를 결코 저버리지 않을 것이라고 확신하는 것이다.

[서울대 교수 · 불문학]

김주연 소묘

박라연

그는 술자리에서 만나야 가장 부드럽다. 그것도 술맛이 그의 영혼에서 잘 익은 또 하나의 술맛이 될 때쯤이면, 최진희의 노래가 술맛 속으로 유영할 때쯤이면, 그가 있는 공간은 하늘이 없어도 달이 뜨고 노을이 산란을 한다. 그의 웃는 치아는 잘 익은 옥수수의 속살처럼 정갈하다. 술맛을 뚫고 터져나오는 호탕한 그의 웃음 소리는 서정주의 시 「상리과원(上里果園)」의 굉장한 웃음판이다. 마주 앉은 이들의 영혼마저 그와 더불어 배꼽은 물론 발뒤꿈치까지 꽃송이를 매단 배꽃이 되게 한다.

그의 와이셔츠와 양복은 주로 물색이다. 그가 쏟아내는 세계관의 밀도와 색조도 양양 낙산사를 싸고 휘도는 비취빛 물결이다. 술판이 끝날 때까지 출렁이는 그의 내면은 굉장한 웃음판을 잘 비쳐주는 연못이다. 꽃송이들이 떨어져내릴 때마다 받아 안아주는 못물인 셈이다. 술자리에서의 그의 몸짓 모두는 충분히 '상리과원'인 것이다.

그가 만약 열두 살 때의 별명처럼 지금 작가로 살고 있다면 아마 괴테나 톨스토이 혹은 이청준, 김원일을 탐냈을 것이다. 탐한 영혼들을 닮은 혹은 뛰어넘을 영혼의 문신을 찍어내기 위해 수많은 시간들을 바쳤을 것이다. 릴케, 프로스트, 황동규, 마종기, 정현종 등이 이미 이룩한, 그것을 뛰어넘는 영혼의 형상을 빚어내기 위해 옥루를 바치며 기꺼이 문자의 도공이 되었으리라.

동아일보 신춘 문예 시상식장에서 심사 위원과 당선 시인의 관계로 처음 그를 만났다. 내 첫 시집 65페이지에 나오는 박화석 선생님을 연상케 했다. 문단에서 스승도 선배도 전무했던 나는 그가 마치 박화석 선생님인 양 그 앞에 첫 시집 교정 원고 뭉치를 들고 서서 조언을 부탁했다. 그때 그는 흘깃 돌아보며 해설을 통해서 만나자, 라는 이미지의 답변을 했다.

그와 점심을 먹었을 때의 일이다. 당연히 아랫사람인 내가 값을 지불해야 하는 것으로 생각하고 자리에서 먼저 일어났다. "윗사람이 일어나기도 전에 먼저 일어나는 것을 어디서 배웠지?" 했다. 얼굴이 붉어져서 자리로 돌아왔다. 식당을 나서면서 아무래도 뭘 잘못 파악한 것 같아 다시 돈을 꺼내 그의 호주머니에 넣으려는 순간 뭐 이런 여자와 내가 식사를 했지? 하는 눈빛으로 나를 바라보았다.

어느 날 시집을 내고 싶다면서 이윤학이 그를 만나러 가자고 했다. 윤학의 말 더듬는 정도가 극에 달했다. 뭔가 부탁할 때 혹은 스티븐 호킹처럼 그의 사고를 말이 따라잡지 못할 때 윤학이 말을 더듬는다는 것을 그때 알았다. 민망함을 못 견딘 나는 자리를 만들었다. 문지 식구들의 아지트였던 '고선'은 첫눈이 와서인지 작가들로 가득했다. 처음엔 반가워하던 그가 자초지종을 듣더니 버럭 소리를 질렀다. "박 선생, 이런 일 하는 사람이야!" 그의 큰 목소리는 그날따라 쩌렁쩌렁 그 작은 공간을 한참 울리고 나까지 울렸다. 이런 일화 속에서 나는 그를 해독하기 시작했다.

세월이 흐르면서 내가 언제 어디서 어떻게 행동하는가를 그가 늘 모두 보고 있다는 생각을 했다. 심지어 안 보이는 형이상학적 존재를 믿느니 차라리 그의 삶의 방식을 동일시하는 훈련이 더 바람직하다고까지 생각할 만큼 그를 신뢰하게 되었다. 그러나 한 번도 내가 꿈꾸던 스승과 제자의 자리에서 그를 만나본 적이 없다. 그런 점을 아쉬워하는 눈치를 보였을 때 예전부터 여성 작가와는 술자리는 물론 사석에서 만난 적이 거의 없다고 했다. 그의 사람 아끼는 방식을 해독하는 데에 나는 참 많은 시간을 할애한 셈이다.

　한 해에 한두 번 혹은 두 해에 한 번쯤 그를 만나면서 10여 년을 건너왔다. 고전 소설에서 주인공들이 위기에 처할 때마다 구조자가 나타나듯 그는 많은 작가들이 문학적 위기에 직면했을 때 어떤 의미로든 한 번쯤 구조자 혹은 조언자가 되었을지도 모른다. 내 경우처럼 그렇게.

　단 하나 그에게는 좀처럼 허물 수 없는 성채가 있다. 그를 만나 보낸 시간들이 몇백 송이의 보름달로 떠 수많은 사람들의 꿈을 이루어 주고 아름답게 이울었다 해도, 수천 송이의 별로 흐르다가 수십만 개의 이슬이 되어 풀잎을 적셨다 해도, 아무리 많은 시간을 함께 보냈다 해도, 그는 여전히 밥 한 끼 대접받는 일을 맘 편히 받아줄 사람이 아니다. 이제는 서울 양반 문화의 전형으로 이해하고 싶다.

　내가 전북 익산에서 박사 학위 과정을 밟고 있을 때였다. 외부 심사 위원이신 김병욱 선생님을 만나려고 대학 강당 레스토랑에 들어섰을 때였다. 그가 그림처럼 비스듬히 앉아 있었다. 소란스럽게 다가가면 날아가버릴 호랑나비나 검은 물잠자리처럼 그렇게 고요히 앉아 있었다. 참으로 자유로워진, 그가 누구인지 아무도 모를 것이라는 안도감 같은 망중한이 늦가을 햇살에 흘러 넘치고 있었다.

　조금은 완강해 보이던 모습을 완전히 벗어버린, 평소의 그의 모습이 완전히 정지된 순간을 나는 본 것이다. 믿어지지 않아서 눈을 한 번 비비고는 조심스레 다가갔다. 틀림없이 그였다. 이런 곳에서, 이렇게, 우연히 그를 만날 수도 있구나!

　장승처럼 서서 그를 훔쳐보기 시작했다. 그의 얼굴에서 안경을 떼어내고 머리를 삭발시키고 스님의 옷을 입힌다면 원효의 얼굴이 저와 같지 않을까! 아니다. 그는 바울 이미지다. 그 순간 왜 그가 니체, 고트프리트 벤, 보들레르보다는 헤세, 괴테, 릴케를 더 인정하는지 짚어졌다.

　작가, 특히 시인은 "고발하고 개탄하는 자의 이름을 넘어 유토피아의 먼길까지 보여줘야 한다"던 그의 시관(詩觀)이 격렬한 감동으로 물결쳤다. 파문의 복판에 내 황홀한 상상의 날개가 툭, 떨어졌다. 김병욱 선생님이 들어서면서 그를 알아봐버려서다.

그와 마주 앉아 멈추지 못한 내 황홀한 상상과 떨림을 마셨다. 독문학회가 있어서 오셨고 시간이 남아 지금 기다리고 있으며 하룻밤을 익산에서 보낸다고…… 김병욱 선생님과 나누는 대화를 들으면서 섭섭함이 몰려왔다. 내 작품은 칭찬하지만 자연인인 박라연을 그의 지적·정서적 행동 반경에 아직도 넣어주기가 싫었을까. 그곳까지 와서도 전화 한 통 않는 그가, 서울 양반 문화가 그때는 몹시 서운했다. 그러나 그곳에서 그렇게 그를 만난 아름다운 우연이 없었더라면 나는 그의 소묘를 끝끝내 완성할 수 없었을 것이다.

내가 그의 소묘를 쓰게 될 줄은 꿈에도 짐작 못 했던 올 4월 말경이었다. 그를 반포에서 잠시 만나 헤어지는 길목의 신호등 앞에서였다. "박선생! 가방을 왼손에 들어봐!" 했다. 그러더니 오른손을 내밀었다. 집에 돌아와 악수했던 손을 만져보았다. 내 근래의 생활을 묻지는 않았으나 부디 혼자서도 잘 견디라는, 그 늪을 잘 빠져나오라는 격려였다는 생각에 이르자 내 몸이 따뜻해졌다.

내용은 다르지만 더 먼저 한 번쯤 겪었을 생의 늪을 건너기에 대한 기(氣)를 넣어주려고 만난 지 12년이 되어가는 어느 날 내 손을 한 번 잡아주신 것이다. 아, 다시 일어서야지. 나를 붙잡고 있던 부끄러움이 부스럼처럼 떨어져내렸다. 시를 영영 못 쓸 것 같은 강박증도 함께 떨어져내렸다. 그 순간 떠오르는 쌍무지개가 있었다.

살아 생전에 가능한 일이라면 내가 실러와 같은 수준의 시인이 되어야 한다고. 그 일만이 그에 대한 답례가 되는 길, 남자 제자 안 부럽게 해드리는 길이라고. 나는 지금 전혀 실러 수준이 아니지만 감히 실러 식으로 말하고 싶다. "김주연에게서 나는 정말 인간을 보았다!"라고.

그는 지독한, 그러나 자유로운 정신주의자이다. 문학과 종교는 정신의 두 날개이며 그 몸은 같다고 믿는 사람이다. 그런 그가 아주 오래 전의 로맨스 한 토막을 들려주었을 때 두 눈을 동그랗게 뜨고는 "교회 다니시면서요? 그래도 천당 가나요?"라고 물은 적이 있다. "아들 키우면서 야단친 일 있지요. 그때 아들이 아예 집을 나가서 안 들어오는 것이 좋아요, 밤 열두시가 다 되어서라도 주저주저하면서 들어오는 게 좋아요. 천당. 물론 가지! 다만 좀 염치가 없지……"

"종교는 믿음이며 고백인데 도덕적인 얼굴을 표방함으로써 서로 이웃하며 형성해나가는 길을 방해하고 있다"라는 그의 견해가 아무런 부담 없이 만인에게 전해질 수 있다면, 그럴 수 있다면 신성이 사라져가는 이 시대의 작은 불씨가 될 텐데…… 왜? 그처럼 종교관이 간단 명료하면서도 설득력이 있는 사람을 만난 적이 없어서이다.

그러나 그의 비평 정신과 종교 정신의 상관 관계는 여전히 궁금하다. 예컨대 종교를 반지성으로 바라보는 많은 시선들을 끄떡없이 견디는 힘은 무엇일까? 진정한 지성인일수록 인간은 그렇게 도덕적인 존재도 논리적인 존재도 아님을 쉽게 깨닫게 마련임을 믿어서인가. 인간이라면 마땅히 닦아야 할 사상적 훈련이 바로 종교 정신이라는 그의 주장이 타자의 눈, 특히 문인들의 눈에만 외롭게 비칠 뿐인가.

오히려 그는 빙그레 웃는 얼굴로 진정한 지성인이 의탁할 곳은 초월자의 품이라는 믿음 속에서 차분히 기다리고 있는 것인가. 제발 땅만 보지 말고 하늘도 좀 보자는 그의 비평 정신의 깊은 뿌리를 땅을 파지 않아도 만져질 날이 올 것인가. 영성 없이는 진정한 창조가 불가능하다는 그의 비평 정신의 뿌리가 한국 문단에도 편견 없이 뻗어나가는 날이 올 것인가.

그가 작가가 되지 못하고 작가의 뿌리를 따뜻하고 섬세하게 만지게 된 일이 예삿일로 느껴지지 않는다. 그의 비평을 읽다 보면 그가 세례 혹은 장엄한 제의를 집행할 때의 사제처럼 성스럽게 느껴지고, 때론 날카롭게 작가의 영혼을 만지는 사람이라는 생각이 들어서다.

그의 지적 · 문화적 · 역사적 · 종교적인 촉수와의 격렬한 충돌과 넓은 체험들은 그의 비평적 세계관의 촘촘한 밀도를 위해서만이 아니라 그의 사제적 비평을 위한 예비 단계는 아니었을까. 그의 사제적 비평은 그에게 이미 예정된 사명이 아니었을까, 라는 상상이 부디 지나침이 없기를!

그가 횔덜린을 이야기할 때 "미친다는 것은 혼자 간다는 것을 의미하며 사회의 발맞춤을 버리고 그 혼자 먼저 날아가버린다는 것이다. 거꾸로 여러 사람들이 그를 놓쳐버린 것일 수도 있다"고 말한다. 그는 횔덜린이 "시와 철학의 한계에서 자기 혼자만의 봉사의 길을 찾아나선 것"으로 분석한 것이다. 이러한 안목의 궤적 앞에서 누군들 감전되지 않을 수 있으리. 김주연이 신을 믿다니, 하면서 큰일난 것처럼 바라보는 시선이 희귀하게 될 것을 기대하게 만든다.
아울러 영성을 포기한, 부정하는 세계관의 작가에게도 작품의 진정성 여부에 따라 그 작품이 영원히 살아 있는 생명체로 존재케 해주는 비평가가 되기를! 죽을 때까지 영성을 바친 안목과 깊이의 언어로 존재의 아픈 뿌리들을 만지되, 공명정대하게 만지는 비평가로 살 수 있기를! 횔덜린의 그것처럼 읽는 이의 숨이 턱턱 막혀오게 말이다.
"종이가 타기 시작한다는 온도 화씨 451도에 이르기 전에 책 한 권 빼돌려 숨겨놓는 일"이 그에게 남겨진 일이 될 것 같다는 그의 말을 빌려, 그 책 한 권이 바로 그가 문학과 지성, 철학과 종교를 외롭고 높고 깊게 끌어안아 키워낸 천연의, 촘촘한 밀도의 비평 철학서이기를 간절히 바란다.　　　　　　　　　　　　　　　　　　〔시인〕

문지의 작은 거인 김주연

이승하

송희복 형께 올립니다.

이곳 서울은 여전히 사람들의 천국, 나무들의 지옥입니다. 황사와 매연, 그리고 오존층을 통과한 자외선이 아무리 많이 덮쳐도 서울 사람들은 멀쩡하게 살아가고 있고, 가로수들만 풀이 푹 죽어 있습니다. 오랜 가뭄 끝에 몇 차례 비가 퍼부어 나무들이 겨우 생기를 되찾았는데 금세 장마가 와 수해를 걱정하게 되었습니다. 그곳 진주 남강의 물살은 어떻습니까?

형이 진주교대로 가시기 전에는 그래도 한두 달에 한 번씩은 만났는데 이제는 1년 통틀어 두세 번밖에 만나지 못하게 되었습니다. 뭐 그렇다고 자주 전화를 해 안부를 묻는 살뜰함도 없는 형과 저이다 보니 그만 격조해지고 말았습니다. 진주로 한번 놀러오라는 말을 형은 헤어질 때마다 하시지만 그게 어디 그렇게 쉽게 이루어질 일입니까.

저는 최근에 문학과지성사로부터 원고 청탁서를 받았습니다. 그 내용은 『김주연 깊이 읽기』란 책에 실으려 하니 선생님에 대한 인상기를 써달라는 것이었습니다. 저는 오랜만에 형의 안부도 물을 겸 김주연 선생님과 형에 대한 저의 추억담을 펼쳐놓으면 인상기 비슷한 글이 되지 않을까 하는 생각에서 펜을 들었습니다.

제가 김주연 선생님을 처음 뵌 것은 1985년이었습니다. 그 당시 중앙대·연세대·숙명여대·이화여대 등 몇 개 대학 대학원끼리의 학점 교류가 이루어지고 있었는데, 저는 숙명여대로 찾아가 김주연 선생님의 강의를 듣기로 했습니다. 독일어는 한마디도 모르지만 평론을 공부해보고 싶은 생각에서였습니다. 석사 과정 2차 학기였던 그 무렵은 마침 제 개인적으로 무척 어려운 상황에 직면해 있어 진통제며 신경안정제 따위에 절어 지낼 때였습니다. 동생을 정신병원에 강제로 입원시켰다는 소식을 듣고 헐레벌떡 병원으로 달려갔더니 가족도 3개월 내지 6개월은 면회를 할 수 없을 정도로 심각한 상황이라고 하는 것이었습니다. 동생 얼굴도 못 보고 돌아와 저도 거의 제정신이 아닌 상태에서 학교에 다니고 있던 시절이었습니다. 대학원에 다니고는 있었지만 미래에 대한 불확실성과 현재 상황에 대한 절망감으로 거의 자포자기의 상태였지요. 약과 술로 하루하루 지탱해가고 있을 때였습니다.

숙대에 가서 뵌 선생님은 이해할 수 없는 분이었습니다. 강의가 몇 주 진행되었을 때였죠. 당신은 연구실에서 중앙대 문예창작학과 대학원 3, 4명 학생에게 강의를 하시고는 타교에 와서 바싹 긴장해 있는 학생 전원을 자신의 승용차에 태우는 것이었습니다. 잘 가시는 술집 '고선'에 데리고 가서 맥주를 사주신 것이 그 학기에 다섯 번은 되었을 것입니다. 그 술집은 문학과지성사와 관련을 맺고 있는 분들의 단골 술집이었습니다. 문지 사람들을 우리 학생들한테 소개해주시는 것도 선생님의 주된 임무(?)였습니다. 한마디로 놀라운 일이었습니다. 선생님은 도대체 무슨 생각에서 타교에서 온 학생들한테 그렇게 자상하게 최선의 배려를 하신 것일까요? 불가사의한 일이었기에 앞서 저는 '이해할 수 없는 분'이라고 했던 것입니다.

많은 세월이 흐른 지금의 제 생각은 이렇습니다. 선생님은 시건 소설이건 비평이건 창작을 하려고 중앙대 문예창작학과에 다니고 있던 학생들을 퍽 아꼈던 것입니다. 그 이유는 선생님 자신이 이 땅의 문학을 진정으로 사랑하고 있기 때문이었습니다. 선생님의 문학에 대한 열정은 '대단하다'고 말할 수밖에 없습니다. (이 이야기는 조금 뒤에 다시 하겠습니다.) 이 놈들 중에 좋은 작품을 쓸 재목이 있으리라는 기대가 없었다면 왜 그런 수고를 하셨을까요. 학부 학생도 아닌 대학원생이고, 본교 학생도 아닌 타교 학생인데 말입니다. 적당히 가르치고 적당히 학점 주는 교수의 역할을 마다하고 선생님은 제자라고 할 수도 없는 학생들에게 전폭적인 애정을 보여주셨던 것입니다. 선생님이 중앙대 문예창작학과 대학원생들을 위해 쓰신 술값과 시간에 대해 저는 진심으로 고개 숙여 고마움을 표하고 싶습니다.

송형! 이건 솔직한 고백인데, 선생님의 격려가 없었다면 그 시절 저는 정말 버티기 힘들었을 것입니다. 대화 중에도 김주연 선생님은 나를 조금 인정해주시는 것 같았고, 격려도 해주셔서 많은 용기를 얻었습니다. 시 한편 한편 목숨 걸고 써 보답하리라는 결심도 당연히 하곤 했었지요.

저는 이렇게 직접 가르침을 받은 제자이기에 '선생님'이라는 호칭이 그리 어색하지 않습니다. 그런데 형은 두 번씩이나 자신을 뽑아준 김주연 선생님한테 인사만 딱 한 번 고개를 꾸벅 숙여 드렸을 뿐 술 한 잔 올린 적이 없다고 말하는 것이었습니다. 미당과 고은의 관계가 그러하듯 강의실에서 사제지간으로 만나지는 않았지만 작품을 뽑아준 분을 스승으로 여기는 것이 우리 문단의 관습인데 참 이상한 일이었습니다. 저는 그래서 직접 두 번씩이나 뽑아주셨으면서 그런 인연 깊은 제자를 왜 만나보지도 않았느냐고 선생님께 말씀을 드렸던 것이지요. 여기서 과거지사를 좀 더 더듬어볼까요?

형과는 동서문학사의 주선으로 문인들이 떼로 모여 어디론가 단체 여행을 갔을 때 처음 뵙고 의기투합하여 한 달이 멀다 하고 만나는 사이가 되어 있었지요. 형은 그로부터 몇 해 전인 1982년경, 울산시 남목초등학교 선생님으로 재직하고 계셨습니다. 진주교대를 나왔으니 초등학교 선생님을 하고 있던 것은 당연한 일이었지요. 형은 1983년 경향신문 신춘 문예 평론 부문에 「신화적 상상력, 그 초월과 내재」를 투고하여 당선작 없는 가작으로 뽑혔는데, 당시의 심사 위원이 바로 김주연 선생님이셨습니다. 형은 용기백배하여 바닷가 마을에서의 선생님 노릇을 작파하고 동국대 국문학과로 편입, 평론 공부를 본격적으로 하게 됩니다.

7년의 세월이 흘러 1990년 조선일보 신춘 문예에 평론이 당선되었을 때의 심사 위원도 김주연 선생님이었습니다. 하지만 형은 다른 인연이 없던 터라 뵙지 못하고 있던 참이었습니다. 저는 그래서 선생님께 송형의 소박한(?) 인간 됨됨이와 학문적 역량을 극구 칭송하였고, "그래? 같이 한번 볼까? 내가 두 번씩이나 뽑아주었으니 그 인연도 보통 인연이 아닌데 말일세"라고 말씀하시어 선생님과 만남의 자리를 주선했습니다. 그뒤로 1년에 두세 번은 꼭 같이 찾아뵙고 인사를 드리게 되었습니다. 1993년에 형의 박사 논문이 문학과지성사에서 『해방기 문학 비평 연구』라는 제목으로 나왔는데, 선생님은 형을 신춘 문예 당선 평론보다는 그 논문으로 인정해주신 것이라 생각합니다.

송형! 김주연 선생님은 제게 크게 두 가지 가르침을 주셨습니다. 앞서 말씀드린, 문학에 대한 열렬한 사랑이 그것입니다. 시간 강사 시절에는 열심히 글을 쓰다가도 대학에 자리를 잡게 되면 글에 힘이 빠지고 발표도 뜸하게 되는 경우가 많은데 1966년 이후 지금까지 김주연 선생님이 걸어오신 문학 평론가로서의 길은 긴장의 연속이었고, 자기 채찍질의 나날이었습니다. 형도 아시다시피 선생님은 기독교인이십니다. 하나님 나라에 대한 믿음이 있다면 선생님의 글은 호교 내지는 포교의 색채를 띨 법도 합니다. 그런데 선생님은 적어도 글에서는 신실한 신앙인의 자세를 취하지 않고 반대로 아주 고통스럽게, 문학의 가시밭길을 땀을 비 오듯 흘리며 걸어오셨습니다. 이 땅의 문학에 대한 광적인 애정이 없었다면 매달 그 많은 소설집과 시집, 원서와 각종 이론서를 읽고 지속적으로 글을 쓸 수가 있었을까요.

제가 두번째 배운 것은 날카로운 비평안입니다. 고 김현 선생은 조금은 부드러운 평론을 쓰신 셈인데, 김주연 선생님은 전혀 그렇지 않았습니다. 선생님은 글에서는 물론 사석에서의 대화 가운데서도 '좋은 게 좋다'는 식의 두루뭉수리를 철저히 배격하셨습니다. 예전에 내신 책의 제목이 『나의 칼은 나의 작품』이었다고 기억하는데, 당신의 문학관이 담겨 있는 제목이라고 생각합니다. 문학 평론가로서 선생님은 평생 일관되게 쟁점을 제기하고, 논쟁을 유도하며, 비판할 때는 확실히 하는 '날카로움'을 유지해왔습니다. 평론가가 문단에 아는 사람이 많을 때, 또 문예지나 학교 울타리의 리더 역할을 할 때 정실 비평에 치우치는 것은 그야말로 인지상정인데 선생님은 시종일관 비평의 잣대를 확고부동하게 세우고 살아오신 것입니다.

선생님은 키가 작은 편이지요. 그럼에도 문학과지성사의 정신적 리더 노릇을 해오신 데에는 문학에 대한 광적인 사랑과 아울러 사리사욕 없고 대쪽 같은 비평 정신 덕분이라고 생각합니다. 선생님의 날카로움은 두 제자 앞에서도 흔들린 적이 없습니다. 그래서 간혹 선생님을 뵈면 꾸지람만 잔뜩 듣는 것이 형과 제가 하는 일이었습니다. 제 시집 해설을 쓰실 때도 불만 사항을 적절히 말씀하시어 분발을 촉구하셨고, 아직 장가를 안 간 형에게는 인생의 선배로서 따끔한 충고를 아끼지 않았습니다.

여기서 한 가지 간과하지 말아야 할 것이 있는데, 날카로움 속의 부드러움입니다. 선생님은 제가 보건대 기독교인이기 이전에 문학주의자입니다. 문학의 세계에서는 좋은 작품만이, 좋은 작품을 쓰는 사람만이 제대로 평가되어야 한다는 신념을 생애 내내 지녀오셨기에 문학주의자라는 것입니다. 애정 어린 비판이란 더 나은 내일의 문학을 위한 혼신의 조언이고 최상의 격려가 아니고 무엇이겠습니까.

이런 것들은 다, 모든 후배 문학 평론가가 배워야 할 덕목입니다. 두주불사로 술을 드신 다음날 새벽에 일어나 책을 읽고 글을 써오신 덕분일 터이니, 제게는 늘 '무서운 선생님'인 것입니다.

형이나 저나 어느덧 강단에 서서 학문적으로는 제자를 가르치고 인격적으로는 제자를 기르는 입장이 되어 있습니다. 저는 같은 문학인의 길을 걸어갈 운명이라고 해서 다른 학교 학생들에게까지 무한한 사랑을 베풀며 지도할 자신이 없습니다. 제가 심사를 맡았던 어떤 문학상의 수상자라고 해서 따로 시간을 내 격려하는 아량을 베풀 자신도 없습니다. 제가 스승의 날이면 안부 전화라도 드리는 것은 김주연 선생님이 그런 점에서 저의 참된 스승이기 때문입니다.

송형! 언제 한번 김주연 선생님이 진주교대에서 문학 강연을 하시게끔 초청을 하십시오. 그럼 저도 내려가서 진주 남강변 경치 좋은 어느 술집에 선생님 모셔놓고 술 한잔 할 수 있지 않겠습니까. 그때도 선생님은 형과 저한테 된통 꾸지람을 하고 계실까요?

〔시인 · 중앙대 교수 · 문예창작〕

푸른 언덕에서 만난 선생님

신혜양

청파동에서 김주연 선생님을 처음 뵌 것은 벌써 23년 전의 일이다. 숙명여대에 독어독문학과가 생겨 첫 입학생을 받은 해가 1975년이었으니, 여고를 갓 졸업한 신입생으로 내가 독문과에 들어간 그 해에 비로소 1학년부터 4학년까지의 학생을 다 갖춘 학과의 모습이 되었다. 78학번인 우리들은 위로 2, 3, 4학년 선배들과 세 분 교수님의 사랑을 톡톡히 받으며 즐거운 대학 생활을 시작할 수 있었다. 특히 김주연 선생님은 그전까지는 강사로 나오시다가 1978년부터 전임으로 근무하셨기 때문에 자주 우리 학년과 학번이 같다고 말씀하시며 특별한 관심을 기울여주셨다.

이 '특별한 관심'은 그러나 나를 비롯한 우리 학년의 착각이었는지도 모르겠다. 왜냐하면 선생님은 주변의 모든 사람들에게 각별한 관심과 애정을 베푸신다는 것을 20년 넘게 선생님을 가까이서 뵈면서 잘 알게 되었기 때문이다. 특히 선생님은 사람의 이름과 얼굴을 놀랍도록 잘 기억하신다. 기억력이 건강한 정신력의 한 증거라고 할 때, 선생님은 아직 너무도 젊으시다. 유난히 이름을 잘 기억하지 못하는 나로서는 선생님의 그런 능력에 여러 번 감탄하곤 한다. 기억력뿐만이 아니라 대화 상대가 현재 처해 있는 상황과 심리를 꿰뚫어보시는 데에도 탁월하시다. 대학 시절, 동급생들 몇 명과 함께 선생님을 뵈면서 이런저런 이야기를 나누던 자리에서 선생님은 갑자기 "자네 남자 친구는 군에 있다며?" 하시며 화제를 돌리신다. 그러면 아무에게도 남자 친구에 관한 이야기를 한 적이 없는 당사자는 화들짝 놀라며 "어떻게 아셨어요?"라고 반문한다. 동시에 다른 친구들은 그 학생이 선생님과 내밀한 고민까지 상담하는 것 같아 은근히 질투심마저 갖게 되는데 사실 알고 보면 선생님은 그저 넘겨짚으셨을 뿐인 것이다. 이런 식의 유도 심문에 학생들은 곧잘 걸려들곤 했는데, 그럭저럭 교단 생활을 10년 넘게 한 지금에 와서 반성하건대, 학생들의 이름을 잘 기억하고 마음을 쪽집게 도사처럼 잘 알아맞히는 것은 우연히 타고난 능력에 기인하는 것이 아니라 사람에 대한 집중된 관심, 또 한편으로는 상당 부분 노력에 의한 결과라고 해야 할 것 같다. 선생님은 겉으로 무심한 듯하시면서도 지나가는 말 한마디, 일순간의 표정을 놓치지 않으시면서 마음에 새기시고 또 적절한 순간에 환기하셔서 새롭게 나타나는 현상들과 연결시키며 대상에 대한 관심의 폭을 넓혀가는 탐색 작업을 늘 해오셨고 그래서 사소해 보이는 일들에서도 쉽게 그 전체를 가늠하시는 통찰력을 갖게 되신 것이라고 생각한다. 이런 선생님을 어찌 학생들이 좋아하지 않을 수 있으랴?

20대 초반의 뜨거운 가슴으로 우리는 선생님을 사모하였고, 우리 과 학생들뿐만이 아니라 다른 과 학생들도 선생님께서 그 크고도 깊은 울림이 있는 목소리로 낭송하시는 독일 시를 강의실 밖 복도에서 들고 이끌리듯 강의실을 기웃거리곤 하였다. 선생님의 매력은 당시 학생이었던 우리들이 선생이 되어 학생들 앞에 선 지금에도 여전히 유효하다. 지금도 청춘의 번민을 안은 젊은이들이, 또 글쓰기를 필생의 업으로 삼고자 하는 젊은 문학도들이 선생님을 사모하며 더 가까이에서 지도받고자 열망하고 있는 것을 보며, 또 선생님께서 그런 학생 하나하나를 위해 아낌없이 시간을 할애하시고 그들의 이야기에 귀기울이시는 것을 보며, 어느새 마흔을 넘긴 나이든 제자가 되어버린 우리는 시샘하며 불평 아닌 불평을 터뜨린다. "선생님은 어떻게 아직도 학생들을 사로잡고 계세요? 저렇게 모두들 김주연 선생님을 좋아하잖아요?" 선생님의 대답은 간단하다. "그건 학생들이 나를 사랑하는 것보다도 더 많이 내가 그들을 사랑하기 때문이지." 사랑이 충만하기에 선생님은 항상 젊으시다. 사모님의 말씀대로 하나님은 선생님에게 '사랑의 은사'를 내리신 게 분명하다.

시대의 변화를 수용함에 있어 선생님은 늘 앞서가신다. 대학 2학년 때였던가. 고향에서 여름 방학을 보내고 새 학기를 맞아 상경해보니 우리 과의 학생들이 빅 뉴스거리로 다들 흥분해 있었다. 그 뉴스는 다름 아니라 김주연 선생님께서 파마를 하셨다는 것이었다. 파마가 여전히 여자들의 머리 치장으로만 인식되고 있던 시절인지라 선생님의 새로운 헤어스타일은 우리들 사이에 센세이셔널하기까지 한 사건이 되었다. 갓 한 파마 머리가 좀 어색해 보였는데도 선생님께서는 전혀 쑥스러워하시지 않는 태연한 모습을 보이셨다. 나중에야 알게 되었는데 파마를 하시는 이유는 "머리카락이 너무 약해서 형이 잘 잡히지 않고 자꾸 흩어지는 것이 귀찮아서"였다. 새로운 일에 대한 호기심도 많으시지만 항상 합리적인 사고로 관습의 벽을 허무시는 모습을 여러 차례 보게 되었다.

학생들을 평가하실 때에도 성실한 모범 답안보다는 정형화된 관념에 도전하는 진취적인 창의력과 실험 정신을 더 중시하신다. 대학의 교육 개혁에 대한 요구가 그 어느 때보다 더 높은 요즘이지만 김주연 선생님은 일찍이 열린 교육을 실천해오셨다. 이론화된 교육론이나 교수법은 자칫 실제 수업의 현장에서 선생과 학생이 인간적으로 만나 나눌 수 있는 생생한 커뮤니케이션을 방해할 수 있음을 자주 지적하시는 선생님에게서 가르치려는 자세보다는 학생 스스로 배우게 도와주는 것이 중요함을, 또한 더 나아가 선생과 학생이 함께 배우는 상호 교육의 장이 우리의 삶을 풍요롭게 한다는 교훈을 얻는다.

대인 관계에 상당히 소극적이고, 매사에 망설이며 바로 중심부로 뛰어들지 못하는 편인 나는 그런 자신에 대한 자격지심 또한 커 오랜 시간을 선생님의 지척에서 보냈으면서도 선생님 바로 곁으로 다가가기가 어렵다. 학생 시절이나 교수가 된 지금이나 여전히 쭈뼛쭈뼛 물러서며 적당한 선에서 숨어버리고 싶은 심리가 작용하는 것이다. 학생 때와는 확연히 달라진 '풍채'에다 뭐로 보나 이제 부정할 수 없는 중년에 이르러 아무도 나를 그렇게 소심한 여학생으로 보지 않겠지만 마음으로는 여전히 그러하다. 게다가 나는 해야 하는 일들을, 특히 중요한 일일수록 시간을 두고 여유 있게 해내지 못하고, 미루고 미루다가 뒤늦게 하느라고 쩔쩔매는 정말 좋지 않은 습관을 갖고 있어서 더욱 그렇다. 이런 버릇 때문에 선생님의 지도 아래 박사 논문을 쓸 때나 그 이후로도 몇 차례 선생님을 곤혹스럽게 해드린 것이 죄송스럽다. 자유롭고 진보적이시면서도 원칙과 질서를 존중하시고 학자로서, 문학 평론가로서 우리들 삶의 귀감이 되시는 선생님께 흡족한 제자가 되지 못한다는 열등감이 늘 마음 저변에 깔려 있다. 그러나 이런 열등감 또한 얼마나 못난 생각인지. 요즈음 성경읽기에 몰두하시는 선생님은 초월의 지혜를 말없이 가르쳐주신다.

청년 같으신 선생님께서 벌써 회갑을 맞으신다는 것이 우리 모두 실감나지 않는다. 오랜만에 만나는 제자들이 선생님은 여전히 젊어 보이신다고들 하면 선생님께서는 "젊음 사람에게 왜 자꾸 젊어 보인다고 하느냐"며 유머러스한 대답을 하곤 하신다. 사실 선생님의 노년을 상상하는 일은 힘들다. 생물학적인 연령을 초월한 '젊음의 땅'에

서 거하시기 때문일 것이다. 회갑을 지내시고 또 손자손녀를 거느리
신 할아버지가 되신다 하더라도 선생님은 여전히 청년이실 것이라는
믿음으로 선생님의 건강을 기원한다.   〔숙명여대 교수 · 독문학〕

누가 하나님의 뜻을 알랴

김주연

1997년이 되었다. 그러나 새해를 맞이하면서도 나는 지난해로부터 완전히 자유롭지는 못하다. 1996년은 하나님이 그 오묘한 섭리를 내게 보여주시고 가르쳐주신 — 그 가운데에는 사실 준엄한 질책도 숨어 있음을 나는 느낀다 — 잊지 못할 한 해였다. 그 어느 한 해, 어느 한시라도 하나님이 일하지 않고 계실 때가 있으랴만, 미련한 나에게 있어 노상 그것이 느껴지는 것은 아니었다. 게다가 하나님의 사역 속에 숨어 있는 뜻을 헤아리기란 거의 불가능한 일이어서 아예 잘 알려고도 하지 않고 지내는 것이 차라리 일상이 되어 있다고 고백하지 않을 수 없다. 어쩌다 기특하게도 그 부분에 생각이 미칠 때가 아주 없는 것은 아니다. 그러나 인간의 미련함은 오히려 그가 지혜롭다고 착각하는 데 있는 것일까? 하나님을 열심히 믿고, 교만하지 않은 가운데 살아나가는 것이 그의 뜻이리라는 판단은, 마치 자기 자신이 그런 열심과 겸손을 갖추고 있다는 부지불식간의 교만에 의해 자연스럽게 받아들여지곤 했던 것 같다. 끊임없이 죄를 짓고 살아가는 가운데에서 '그래도……' 하는 한 가닥 위안이 이런 오류에 바탕을 두고 있지 않았나 하는 점에 생각이 미치면, 너무나도 두려운 감이 드는 것이다.

이런 상황에서 그 일은 일어났다. 아니 더 정확하게 말한다면, 그 일이 일어남으로 말미암아 상황의 본질이 그렇게 밝혀졌다고 하는 편이 옳다. 자, 그 일이란 무엇인지 이제 말해야 하겠다. 그것은 어머님, 나의 어머니의 죽음이다. 고생도 많으셨고, 고통도 많으셨고, 눈물도 많으셨던 그의 일생이 지난 11월 중순 갑자기 끝났던 것이다. 한마디의 사전 통고도 없이, 이 자식을 부르시지도 않고, 임종을 허락하지도 않으신 채 그는 홀연히 그렇게 가셨다. 그 죽음 자체는 어머니에게 너무나도 아름답게 일어났다. 점심을 잘 잡숫고, 김치 담그는 일까지 도와주신 다음, 어디 좀 가야겠는데 몸을 깨끗이해야 한다고 목욕을 하신 다음, 주무시듯 조용하게 눈을 감으신 것이다. 이런 아름다운 죽음을 50여 년 살아오는 가운데 나는 그 어떤 이로부터도, 어떤 책이나 영화 속에서도 결코 듣지도, 읽지도, 보지도 못했다. 그런 모습으로 어머니는 하나님의 부름을 받으셨고, 지금 하늘나라에 앉아 계신 것이다. 하나님이 만들어주신 모습이 아니고서야, 그 어느 삶의 죽음이 그처럼 깨끗하고 은혜스러울 수 있겠는가.

그러나 어머님의 소천은 그 모습의 아름다움 이상으로 내게 다양한 교훈을 남기고 있다. 그 가장 큰 부분은, 어머니를 하나님이 내게서 빼앗아가셨다는 사실이다. 왜 빼앗아가셨을까. 질투의 하나님이시기 때문에? 나의 생각은 그러나 그 반대쪽에 있다. 하나님이 질투하실 정도로 나는 어머니께 효를 다하지도 못했고, 사랑해드리지도 못했다. 그렇기는커녕 얼마나 자주 불손한 언사로 그 가슴을 아프게 해드렸던가. 나는 아버지와 어머니를 모시고 살았는데(물론 아버님은 지금 홀로 남으셨지만) 내 자신이 며느리까지 맞은 처지에 이 점이 다소 돋보인 탓인지 이따금 남들에게서 효자라는 엉뚱한 평을 들을 때가 없지 않았다. 나로서는 황당하기 이를 데 없는 이런 칭찬을, 그러나 때로는 염치없이 접수하기도 했다. 가지신 것이 없는 부모님을 이 나이에 이만큼이나 모시는 것이 어디냐는 자만심이 아마도 작용했기 때문이리라. 이 자만심은 어떤 때에는 자기 의(義)의 모습을 띠기도 했고, 그 결과 나를 세우고 큰소리를 칠 때도 없지 않았다. 게다가 어머니는 알게 모르게 교회 일에만 열심이셨는데, 빈 주머니로 교회 봉사하는 일에 애태우셨던 어머니와 나는 자연히 서로 부딪치기도 했다. 하나님은 이 못된 큰 자식으로부터 내 어머니를 빼앗아서 당신 옆으로 데려간 것이 분명하다. 결국 어머님의 소천은 당신으로서는 영광일 수 있겠으나, 나에게는 하나님의 징계라는 의미로부터 자유로울 수가 없다. "이 미련하고 완악한 녀석아, 네가 핍박하는 네 어머니를 내가 도로 데려가노라" 하는 음성이 하늘에서 끊임없이 들려오는 것 같은 것이다. 가슴 저미는 회한이 내 온몸 주위를 감돈다. 그런 가운데 내게 한 가지 위안이 있다면 성경 말씀이다. "의를 위하여 핍박을 받은 자는 복이 있나니 천국이 저희 것임이라"(마, 5:10). 어머니는 확실히 천국에 계실 것이다.

어머님이 작고하시기 약 다섯 달 전쯤인 지난해 6월 초 우리 집에는 다른 하나의 큰일이 있었다. 장남이 결혼한 것이다. 이 녀석은 여러 가지 사정상 지금도 우리와 함께 살고 있다. 그러니까 약 다섯 달 우리는 완전한 한 가족 3대였던 것이다. 그중 가장 윗세대의 반쪽이 이제 자리를 비우게 되었고, 새세대가 온전하게 등장한 것이다. 생각해보면 지극히 평범한 사람의 일생이지만, 이 역시 나에게는 오묘한 하나님의 섭리며 질서로 여겨진다. 열매가 익고 낙화하고, 이윽고 한 알의 밀알이 썩어 새 씨앗을 잉태하는 듯한 그 어김없는 질서. 이 순환의 세계를 바라보면서도 아무것도 배우지 못한다면 인간의 지혜란 너무나도 보잘것없을 것이다. 그 지혜란 하나님의 섭리에 순종해야 한다는 사실의 자각이며 그 확인이다. 하나님의 뜻과 질서가 어떠한 것인지, 그 깊은 구석을 우리는 물론 잘 알 수 없다. 그러나 그것은 결국 말씀 가운데 모두 반영되어 있을 것이다. 단지 우리는 그 말씀을 제대로 읽을 줄 모르고, 들을 줄 모르며, 많은 경우 알면서도 그대로 따르지 않을 뿐이다. 심지어는 우리들 마음대로 해석하여 자기에게 유리한 쪽으로 몰고 가는 일이 얼마나 많은가. 자신의 욕망, 즉 재물을 더 많이 얻고, 보다 높은 지위로 올라가고, 더 좋은 학교에 자식을 보내는 일이 곧 '하나님께 영광'을 돌리는 일이라고 우리는 공공연히 기도하지 않는가. 그렇지는 않다 하더라도, 교회에 열심히 봉사하고, 헌금 잘하고, 찬송 많이 부르는 일이 곧 충성이며, 영광 돌리는 일이라고 곧잘 믿어버린다. 그러나 이런 일들이 중요하기는 하지만, 자칫 잘못할 경우 오히려 피상적인 종교 행위로만 떨어지고 말 수 있음을 하나님은 경고하고 있다. 그렇다고 해서 봉사와 찬양, 기도를 게을리할 수는 더더구나 없다. 마찬가지로 교만에 빠질까 두려워 선행 앞에서 주춤거릴 수도 없다. 이렇게 볼 때 하나님의 뜻을 따른다는 것은 보통 힘든 일이 아니다. 그 결과 하나님의 뜻을 헤아리는 일조차 여간 어려운 일이 아님을 깨닫게 된다. 하나님은 때로 세속적인 평화를 부수기도 하시며, 사랑하는 이를 느닷없이 이끌어가시기도 함으로써 그 오묘한 뜻을 우리에게 알려주시는 것이다. 대체 미련한 우리가 그 깊고 깊은, 높고 높은 뜻을 어찌 알 것인가.

인간인 우리에게 남는 부분이 있다면 그저 죄인임을 고백하는 일과 한시라도 겸손에서 벗어나서는 안 된다는 사실을 거듭 확인하는 일뿐일 것 같다. 이것은 그 누구든 — 그가 부자이든, 학식이 높든, 혹은 고매한 인격과 높은 경지의 도덕을 가졌든 마찬가지로 조심해야 할 사항일 것이다. 아니, 그런 경지에 가면 갈수록 더욱 유의해야 할 대목이리라. 우리는 작은 의를 바탕으로 해서 얼마나 자주 남의 불의를 지탄하고 사는가. 아예 그 지탄을 조직화하고 그것을 직업화·생활화하는 경우도 있다. 그러나 하나님 보시기에는 '그 놈이 그 놈이리라.' 문제는 오십보백보라지만 그 사이의 오십 보를 그렇다면 수수방관만 할 수 있겠느냐는 의식 때문에 비판이 생기고 다툼이 생기고, 마침내 서로 피를 흘리는 일까지 발생한다. 무서운 일이다. 인간이란 끝까지 주제 파악을 할 줄 모르는 존재인 모양이다.

이제는 그 모습을 내 옆에서 볼 수 없는 어머니를 대신하여 새 며느리가 주방을 드나드는 모습이 보인다. 그 모습 속에서 나는 다시 한번 이 짧은 인생이 무엇일까 생각해본다. 하나님이 인간을 창조하신 뜻과, 그 뜻을 제대로 알지 못하는 인간 사이의 거리에 대해서도 생각해본다. 인간이 추구하는 선과 합리성, 복지, 아름다움과 의란 때로 하나님의 그것과 얼마나 다른 것인가. 더욱 겸손을 연습하는 새해를 그런 의미에서 설계해본다. 그러나 정신없이 흘러가는 시간 속에서 과연 얼마나 그것을 지켜갈지 두렵다. 지난해 나를 강타했던 하나님의 음성을 올해엔 조용히 반추해가기를 스스로 기대한다.

〔1997〕

낭만주의와 그 극복
─ 독일 문학과의 36년

잿빛 하늘과 암울한 마음의 흔들림, 그리고 알 수 없는 저 먼 곳을 향한 아득한 그리움, 환상인 듯 아닌 듯 떠오르는 한 꽃송이의 슬픔, 스산한 바람 소리…… 이런 것들이 낭만주의라는 이름 아래 떠오르는 삶의 표상인 줄을 나는 정말 잘 몰랐다. 다만 전화가 휩쓸고 간 서울 거리, 영국군이 주둔해 있는 중학교 철조망 옆길을 지나면서 소년의 가슴은 허공처럼 비어 있었고, 세상은 온통 어두움뿐이었기에 알 수 없는 동경을 붙들고 겨우겨우 자신을 지탱했던 기억만이 아스라이 떠오른다. 무분별한 독서가 그 빈 가슴을 채워주었으나 사춘기 시절의 그 정신적 폐허가 낭만주의라는 이름에 어울리는 어떤 정서일 수 있다는 것은 훨씬 뒤 ─ 아마도 대학원 시절쯤 되지 않았을까 ─ 에서야 터득하였다. 그런 가운데 씌어진 나의 석사 학위 논문은 20세기 표현주의 시인 고트프리트 벤에 관한 것이었다. 1968년의 일인데, 사실 벤의 이름조차 들어본 지 몇 년 안 된 상태에서 그 논문은 씌어졌다. 은사인 강두식 교수님의 강의와 어떤 글에 촉발된 것이 나의 동기라고 할 수 있는데, 어쨌든 그 허무와 절망의 시대에 시를 통해 다시 일어선 그 강인한 정신에 나는 매료되었던 것 같다. 나의 학문이라고 할 수 있는 지적 호기심은 이렇듯 원래는 벤과 더불어 시작되었는데, 1970년대에 들어서면서 그것은 독일 낭만주의 전반에 관한 것으로 서서히 넓어져갔다. 어떻게 보면 지극히 당연한 추세라고도 할 수 있겠는데, 생각해보면 그 계기는 사뭇 작은 곳에 있었다.

1972년인가, 73년인가 겨울로 기억되는데, 나는 작은 밥상을 끼고 앉아 열심히 파지를 내고 있었다. 내복 바람으로 앉아서 열을 내고 있었던 원고는 노발리스의 장편소설 'Heinrich won Ofterdingen'의 번역이었는데, 꼬박 일주일을 매달린 끝에 800여 매에 달하는 원고는 탈고되었다. 우리말로는 『파란 꽃』이라는 제목을 달고 샘터사에서 처음 출판되었는데(나중에 문예출판사로 책이 옮겨갔으며, 조금 뒤 이유영 교수가 『푸른 꽃』이라는 제목으로 또 번역해낸 바 있다), 이것이 한 전기가 되어 나는 낭만주의에 눈뜨게 되었다. 알고 보니 낭만주의는 독일 정신의 원류였으며 독일 문학의 본질이었는데 나의 개안은 그리 빠른 편이 못 되었던 것 같다. 30대 중반부터 나는 낭만주의와 그 핵심 작가라고 할 수 있는 노발리스 연구에 재미를 붙이게 되었으며, 그 결과 독일 문학의 정수가 무엇인지 어렴풋이 눈에 보이는 느낌이었다. 낭만주의라고 불리는 18세기 후반의 문학 사조는 사실상 이 시기만의 특정한 현상이 아닌 독일 문화의 전통이라고 할 수 있는 현상이며, 그 끝에는 신비주의라고 할 수 있는 종교적 뿌리가 있다는 사실도 멀리 바라보였다. 관심은 자연스럽게 독일 정신사 전반으로 확대될 수밖에 없었으며, 거기서 헬레니즘 문화와 헤브라이즘 문화, 즉 그리스 신비주의와 기독교의 원형이 나타났다. 이때부터가 독일 문학에 대한 나의 본격적인 연구 시기라고 사실상 말할 수 있을 것이다. 그러나 관심의 열기, 깊이와는 달리 나는 나의 지식이 너무 천박하다는 사실 앞에서 잠시 망연할 수밖에 없었다. 무엇보다도 명색이 서양 문학을 한다는 사람이 성경 한 번 제대로 읽지 못했다는 점은 나를 황당하게 하였다. 독일 문학을 포함한 거의 모든 서양 문학은 기독교와의 싸움, 그 토착화, 그로부터의 이반 과정이라고 할 수 있는데 막상 그 기독교를 모르고 있었으니 모든 연구는 불구의 연구였던 것이다. 자연스럽게 나는 기독교에 눈을 돌리게 되었고 여기서부터 비로소 독일 문학은 그 원죄라고 할 수 있는 낭만주의와 더불어 제 본래의 얼굴을 내게 보여주었다. 노발리스와 횔덜린을 포함한 서양 작가 여덟 명을 문학적 견지와 신학적 견지에서 분석한『문학과 종교 Dichtung und Religion』는 이 과정에서 내게 결정적인 영향을 준 저서여서, 나는 오랜 고생 끝에 이 책을 최근 우리말로 번역해내기까지 하였다.

독일 문학도로서 나의 관심은 또한 괴테와 문학 비평 일반을 향해서도 동경의 시선을 보내고 있음을 고백해야겠다. 나는, 아는 분은 아시겠으나, 독일 문학뿐 아니라 한국 문학에 관해서도 알은체하는 처지에 있다. 문학 평론가 행세를 30여 년 해왔더니, 어떤 자리에서는 민망하게도(사실은 슬프게도!) 원로 비슷한 대접을 받기도 한다. 원로라니! 나는 아직 머리칼도 그리 희지 않을 뿐더러 책 읽고 글 쓰는 일을 매일 놓아본 일이 없다. 여전히 나는 현역인 것이다. 그런 의미에서 나는 현장에 있는 셈인데, 그러려니 한국 문학에 대한 나의 흥미는 항상 '현재의 것'을 향한다. 따라서 한국 문학 독서는 독일 문학에서의 그것과 달리 언제나 요즈음의 작품들이다. 나는 한국 문학자나 한국 문학사가가 아니며, 다만 평론가일 따름이므로 한국 문학에 관한 한, 나의 흥미도 관심도, 독서도 저술도 현재적인 것을 벗어나지 않는다. 이것은 그러나 독일 문학을 향한 사정과는 조금 다르다.

이따금 나는 오늘의 독일 문학 — 이즈음 유명한 독일 소설가나 시인, 혹은 경향 — 에 대해 질문을 받는 경우가 있다. 그때 나의 대답은 잘 모르겠다는 것인데, 그러면 대개 묻는 이는 의아한 표정이 된다. 그것도 모르냐는 것일 터인데, 나로서는 그것까지 알 겨를이 없다. 나는 한국 문학 평론가라는 자리와는 달리 독일 문학자이며, 그런 한에 있어서 독일 문학의 본질로 끊임없이 달려가야 하는 것이다.

무엇보다 나 스스로 달려가고 싶다. 그리하여 독일 문학은 옛것, 한국 문학은 새것에 관한 것으로 나의 호기심이나 지식은 이원화된다. 그러나 이 둘은 서로서로 잘 돕는다. 어떻게 보면 너무 절묘한 조화 속에 있는 것 같기도 하다. 남의 근본적인 모습을 보고 배우고 걸러서 이즈음의 내 것에 써먹는 맛이라고나 할까. 여기서 괴테는 거대한 나의 스승이며, 독일 문학 비평사에 나타나고 있는 숱한 이론가들은 선배이며 동료라고 할 수 있다. 낭만주의에 대한 근원적인 탐색과 함께 이들에 대한 연구가 나의 이른바 학문적 일상의 내용을 이루는 것은 그러므로 지극히 당연한 일일 것이다. 특히 괴테야말로 낭만주의적 정열에서 그의 문학을 일으켜『파우스트』에 이르기까지의 긴 여정을 독일 정신의 발견과 그 바람직스러운 극복을 위해 온몸을 바친 거인으로서 나를 위축시키고, 나를 고무시킨다. 괴테 없는 독일 문학이나 독일은 오늘날 생각조차 할 수 없는데, 나는 그에 대해 고작 몇 편의 논문들과 한 권의 번역 시집을 갖고 있을 뿐이니 참으로 초라하다고 할 수밖에 없다. 그러나 그 가운데에서도 나는 「파우스트의 기독교적 성격 연구」라는 논문에 약간의 자부심을 갖고 있는데, 그 까닭은 이런 측면에서 조명을 가한 드문 연구 현황 때문이리라. 실제로 독일 낭만주의는 그 정신의 원류로서 독일 정신의 자유와 무한한 관념의 비상을 가능케 한 힘이었으나, 다른 한편 그 신비적 성향 때문에 늘 새로운 극복이 모색되어온 학문적 과제였다. 괴테는 그 극복을 『파우스트』를 통해 기독교 정신을 갖고 내다보았으며, 헬레니즘과 헤브라이즘의 통합에 어느 정도 성공하였다. 나의 괴테 연구는 여전히 앞으로의 숙제로 남아 있지만 낭만주의와 그 극복이라는 관점에서의 가설은 상당 기간 계속될 것이다.

독일 문학 비평은 일찍이 내게 — 아마도 1970년대 전반일 것이다 —아도르노, 벤야민, 마르쿠제 등의 이름들을 가르쳐주었으며, 비교적 초창기에 나는 나도 잘 모르는 처지에 이 대학 저 대학의 대학원 코스에서 이들을 소개하였다. 그 한 결과일까, 내게서 배운 문병호군과 김영옥군이 우리나라에서는 처음으로 독일 대학에서 아도르노와 벤야민으로 각각 박사 학위를 받았으니 고마운 일이 아닐 수 없다. 이제 나는 그들에게서 다시 이들 이론가들에 관해 배우고 있는 형편인데 감개무량하다. 바라건대 언젠가는 18세기부터 오늘에 이르는 독일 비평사 한 권쯤 내 손으로 썼으면 하는 것이다. 이들을 읽을 때마다 그들의 예감과 통찰력에 나 자신 부끄러움을 느끼면서 언제나 이들 수준에 이를 것인지 아득한 동경에 빠진다.

독일 문학과의 신입생이 된 지 36년이 흘렀다. 그러나 정작 독일 문학의 맛에 매료되기 시작한 지는 20년 남짓이나 될까. 세 권의 연구서를 갖고는 있으나 어설프기 짝이 없다. 내 자신의 책을 내는 일도 중요하지만, 그 첩첩 쌓인 작품들의 언덕과 고비를 무슨 힘으로 넘을 것인지 창연하기만 하구나.　　　　　　　　　　　　　　　　〔1996〕

지식인의 슬픔

지식인이라는 말을 나는 좋아하지 않는다. 연전에 『사악한 지식인』이라는 이름으로 에세이집 한 권을 내놓은 일이 있는데, 이때 그 제목이 내가 아는 지식인 사이에서 작은 화제랄까, 물의를 일으킨 적이 있다. 그 이후 별명처럼 내 뒤꼬리에 '사악한 지식인'이라는 말이 붙곤 하는데, 나는 그런 호칭이 기분 나쁘지 않다. 물론 '지식인'이라는 말은 별로 탐탁지 않지만, '사악한'이라는 말이 붙었으니 얼마쯤 위안이 된 듯한 느낌이 들기 때문일까. 당시에 그런 이름을 붙이면서 그 이유를 스스로 잠시 생각해보았다. 나 자신 지식인이라면 지식인이겠는데, 왜 나는 내 앞에 '사악한'이라는 말을 붙이려고 하는가 하는, 필경 어떤 종류의 자기 혐오가 있다는 사실을 부인할 수 없을 것이다. 그렇다. 지식인이라는 말을 별로 좋아하지 않는 까닭은, 이렇듯 나 스스로 자기 혐오를 은밀하게 품고 있다는 뜻이리라. 이제 나는 그것을 고백하고 그 배경을 더듬어보고 싶다. 그 어느 지점엔가 1960, 70년대 우리 현실과 맞닿는 부분이 있다면 이 글의 취지에 걸맞기를 기대한다.

지식인이 자유를 먹고 사는 사람이라는 사실을 알게 된 것은 1960년 봄의 일이었다. 대학 1학년 때, 더 정확하게 말한다면 입학한 지 한 달 남짓한 즈음이었다. 나 개인적으로는 입학 시험이 끝나고 대학에 합격했다는 사실 때문에 모든 면이 이완된 시절이었고, 밖으로는 대통령 선거가 끝나고 이승만 박사(그는 언제나 그렇게 불렸다. 심지어 내가 더 어렸던 시절 '박사'는 이승만씨 한 분뿐인 줄 알던 때도 있었다)가 다시 선출된 상황이었다. 이즈음의 현실을 조금 더 부연한다면 이렇게 말할 수 있다. 초대 대통령이 된 이승만 박사는 건국을 전후하여 많은 정적들을 배제하고 자유당을 창당, 일당 독재의 체제를 구축해나가고 있었다. 물론 한국 전쟁이 그의 집권시에 발발했고, 전후의 모든 상황도 그의 지휘·지도 아래 전개되고 있었다. 반공·방일은 그와 그의 당의 이데올로기였으며, 구체적인 정책 내용이기도 했다. 그러나 자유주의·자본주의의 미국과 맺어진 정치·경제적 끈은 이박사의 정치와 표면상의 동행에도 불구하고, 근본적으로 모순되는 것이었다. 그것은 교육에 있어서 가장 감춤살 없이 드러나, 중·고교 시절을 통해 우리는 반공·방일과 함께 자유와 정의를 배웠던 것이다. 이 모순이 결국 폭발하고 만 것이 4·19 민주 혁명이었다. 이 혁명의 성격에 대해서는 지금껏 많은 논란이 있으나 역시 '혁명'으로 보는 것이 타당하다고 나는 생각한다. 독재 체제에 의해 억압되어 있던 자유 민주주의 이데올로기가 비로소 명실상부하게 구현되었기 때문이다.

  그러나 이러한 역사의 당위성과 그 실천은 불과 1년 만에 다시 붕괴한다. 5·16 군사 쿠데타가 그것이었다. 자유·민주의 억압이, 잠시 잠깐의 햇빛을 본 뒤 다시 사라지게 되는데, 이때의 명분은 '경제 발전'이라는 이데올로기였다. 말하자면 '반공·방일'이 '경제 발전'으로 대체되고 자유·민주의 억압은 다시금 계속된 것이다. 자유와 민주 그리고 정의라는 선의 실현은 그 자체가 거대한 고통이 되었고 그것을 실존의 힘으로 삼는 지식인들의 신산한 운명 또한 기나긴, 어두운 터널 속으로 들어가게 되었다.

  요컨대, 1960, 70년대는, 즉 나의 20, 30대는 자유와 민주주의를 향한 끝없는 질주가 경제 발전이라는 이데올로기 아래에서 폭력에 의해 봉쇄당하던 시절이었다. 그러나 커다란 의문 두 가지, 이때 그 '질주'는 과연 질주였으며, 경제는 '폭력'도 감수하는가 하는 의문이다. 이 의문은 1970년대로부터 거의 30년이 흘러간 지금에 와서도 그대로 남아 있는데, 더욱 곤혹스러운 것은 이제 그 의문마저 진지하게 제기될 필요가 없다는 듯, 거의 무감각화 내지 마비되고 있다는 사실이다. 이것은 오늘의 현실이 당시의 현실과 근본적으로 다른 차이를 지니고 있는가 하는 회의와 관계되며, 더 나아가 현실과 지식인의 관계에 대한 비관적인 인식을 유발한다. 인간을 억압하는 일체의 이데올로기와 사회적 규범 따위에서 벗어나 올바른 삶을 추구하려는 지식인의 온갖 몸짓은 결국 각양각색의 명분에 의해 언제나 좌절되고 말았으며, 그 좌절은 지금도 계속되고 있다는 처절한 인식 때문이다.

  박정희 대통령의 영구 집권을 목적으로 하는 소위 '유신 체제'의 시작, 이에 대한 눈물겨운 저항, 그리고 이 체제의 몰락과 그에 따른 엄청난 비극(광주 사태, 나는 광주 민주 항쟁과 이에 대한 무력 진압, 그 이후 신군부의 등장 등 일련의 사태를 그냥 이렇게 부른다)을 보면서 나의 이 처절한 인식은 더욱 확실해진다. 그러나 나의 처절함은 정치 권력, 군사 권력이 자행하는 폭력성에만 기인하는 것은 아니다. 앞서

흘렸듯이, 정말 슬픈 것은 이 폭력성 앞에서의 지식인의 무력함이다. 그리고 이 무력함은 다시금 두 가지 측면으로 나타나는 것을 보게 되는데, 그 어느 쪽을 보든 그것을 끊임없이 보고 앉아 있을 수밖에 없는 나 자신을 보고 있는 것이 또한 슬픈 일이 아닐 수 없다.

현실의 폭력성에 대한 지식인의 반응 가운데 한 가지는, 폭력에는 폭력으로 맞설 수 없다는 지식인의 속성과 그 한계에 대한 선험적 깨우침이다. 1970년대의 그 살벌한 유신 풍토를 조용하게 지나온 많은 지식인들의 경우(아마도 나 역시 이에 속하리라)가 이에 해당될 것이다. 폭력에 대한 폭력으로서의 저항은 폭력 구조와 그 순환의 세계만을 강화시켜주므로, 학문과 문학, 예술의 힘이 궁극적인 힘으로 보다 강조되어야 한다는 논리인데, 이 논리의 구축에 반평생을 바쳐온 나로서도 이제는 어쩐지 힘이 빠진다. 군사적·물리적 폭력 대신, 경제적·물질적 폭력이 전사회적·전국가적으로 정당성을 얻고 있는 것 같아 보이는 현실을 보라.

다른 하나의 반응은, 폭력에 대한 폭력으로서의 반응이다. 1970년대 초 '유신'이 발표되고 긴급 조치가 계속 1, 2, 3, 4…… 발동되어 나가자 정국이 살얼음판이 되어버린 것은 물론, 전국이 꽁꽁 얼어붙은 동토가 되어버렸다. 그러나 작용이 강하면, 반작용도 강하던가. 도처에서 극렬한 저항 운동이 발생했고, 그것은 삼엄한 보도 관제에도 불구하고 곳곳으로 번져나갔다. 그러나 운동의 주도자들은 대부분 붙잡혀 극형을 언도받곤 했다. 표면상 강력한 통치가 안정을 낳는 것 같았다. 그러나 철권 통치와 정보 정치는 결국 그들 권력과 체제 내의 암투와 살육에 의해 끝이 났다. 그러나 우리 모두 잘 알고 있듯이, 이 엄청난 비극의 교훈을 권력자들은 그런 상황 속에서도 깨닫지 못했으며, 그 몽매함이 결국 광주 사태라는 더 커다란 비극을 가져오지 않았는가. 그러나 그 일이 지난 지 20년 가까운 세월이 흐른 지금 이 시점에서 내가 슬프게 생각하는 것은, 폭력에 대해서 폭력으로 저항했던 그 당시 지식인들의 상당수는 어느덧 새로운 폭력의 편에 슬

그머니 가담하고 있다는 사실이다. 아서라, 애달프구나, 반복되는 저 인간들의 나약하고 타락한 몰골이여! 이런 개탄 앞에서 내가 물러설 수 없다는 것이다. 정말이지 폭력 앞에서 과감했던 순서대로 그들은 '폭력적'이다. 이런 나의 단정이 섭섭하다면 '현세적·물질적·정치적'이라는 말로 바꾸어도 좋다. 어차피 우리 사회에서 현세적·물질적·정치적인 사람들은 다소간에 대부분 폭력적이니까.

　지식인은 폭력을 거부하는 자들의 이름이다. 그런데 그들이 폭력에 동화되거나 무력감에 빠진다는 것은 결국 지식인이기를 포기한다는 뜻이 아니겠는가. 그것을 알면서도 지식인 행세를 한다면 그 얼마나 사악한 일인가. 그것을 모른다면? 그렇다면 애당초 그는 지식인과 무관한 사람이다. 그 어느 쪽이라 한들 지식인이라는 낱말과 멀리 떨어져 있고 싶은 나의 감정은 이런 배경 아래에 있다. 1960, 70년대 현실을 되돌아볼 때 그 감정은 다시 한번 쓰린 가슴앓이를 가져온다.
　1970년대의 유신이 내걸었던, 그리고 실제로 많은 성과를 가져옴으로써 이제 박대통령에 대한 재평가 작업까지 불러오고 있는 '경제 발전'은 오늘에도 여전히 모든 사람의 화두이며 이데올로기가 되어 있다. 한 가지 그때와 다른 점이 있다면, 1970년대엔 경제 발전과 관련된 다른 조건들에 대해서 비판적이었던 지식인들이 지금은 침묵하거나 오히려 동조·편승·조장하고 있다는 사실이다. 사탕은 빨수록 달다던가. 이래저래 전통적 의미의 지식인은 없어져간다. 하기는 신지식인 시대라니까.　　　　　　　　〔『연세춘추』, 1999년 10월 7일〕

자술 연보

1941년(1세) 8월 18일. 서울 종로구 명륜동 1가 33-72호에서 부친 김정수와 모친 오희근 사이에서 5형제 중 장남으로 출생. 원적은 강원도 이천군 이천면 탑리 43번지.

1947년(7세) 서울 혜화초등학교 입학.

1950년(10세) 한국 전쟁으로 학업이 중단된 뒤 전국 곳곳의 여러 초등학교를 전전하였는데, 특히 부산 동래 내성초등학교와 남일초등학교, 강릉 경포초등학교가 기억에 남는다. 탈장 때문에 수술을 받아 1년을 동급생보다 뒤진 다음, 서울로 돌아와 1954년 돈암초등학교 졸업.

1960년(20세) 서울대 문리대 독문과에 입학. 같은 과에 뒤에 소설가가 된 이청준, 시인이 된 김광규, 평론가가 된 염무웅 등이 있었다. 문리대 신문『새세대』의 기자로 일하다가, 3학년 때에는 편집장을 지내기도 하였다. 이 신문은 지나치게 진보적이라는 이유로 유형무형의 탄압을 받았으나 헐벗던 시절 물심양면으로 생활의 둥지 역할을 해주었다. 같은 학년에 소설가 김승옥, 동물학자 주우일이 있었으며, 한 학년 아래 불문학자 김화영, 문화일보 편집인 김호준, 전 청와대

교문수석 김정남, 전 문체부 차관 김도현 등이 있었다. 특히 김도현
은 이른바 6·3 사태 때 주동 인물로 활약하면서 나에게 애를 먹였다.
그로 인하여 몇 달씩 당국의 수배를 받기도 했다.

1963년(**23**세) 12월 9일. 졸업 예정자의 자격으로 경향신문 제6기
견습 기자 시험에 합격, 경향신문에 출근하였다.

1964년(**24**세) 서울대를 졸업하고 대학원에 진학. 6·3 사태 취재
등 사회부 말단 기자로서의 고된 생활에 회의와 환멸을 느꼈던 것 같
다. 강청 끝에 겨우 문화부 기자가 되었다. 이때부터 약간 시간이 생
겨 제대로 하지 못하고 있던 공부를 시작하였다.

1966년(**25**세) 월간 『문학』 문학 평론 부문에 당선되었다(심사 위
원 백철. 이 잡지는 몇 년 뒤에 폐간되었다). 11월에 윤정희와 결혼.

1967년(**27**세) 장남 홍중 출생.

1968년(**28**세) 독일 시인 고트프리트 벤에 관한 논문으로 서울대
에서 석사 학위를 받았다.

1969년(**29**세) 서울신문 문화부로 직장을 옮겼으나 곧 사직하고
학업을 위해 미국 버클리의 캘리포니아 대학 대학원으로 떠남. 첫 평
론집 『상황과 인간』(박우사) 상자.

1970년(**30**세) 버클리 생활을 마치고 독일 프라이부르크 대학 독
문과에서 다시 1년 간 수학.

1971년(**31**세) 귀국한 뒤 서울대 문리대 등에서 강의하는 한편, 서

울신문사의 문화 칼럼 담당 논설 위원을 맡음. 김병익, 김현, 김치수, 황인철 등이 창간한 계간『문학과지성』에 제6호부터 참여.

1972년(**32**세) 김병익, 김현, 김치수 등과 공저로『현대 한국 문학의 이론』(민음사) 상자.

1973년(**33**세) 차남 호중 출생.

1974년(**34**세) 두번째 평론집『문학 비평론』(열화당) 상자.

1975년(**35**세) 유신 독재 체제가 강화되면서 동아일보 기자직에서 쫓겨난 김병익의 일터를 마련해준다는 명분으로 출판사 '문학과지성사'를 동인 공동으로 설립. 계간지 역시 일조각의 신세를 면하고 문학과지성사에서 발행하게 됨. '절망이 유머를 낳는다'는 김유정의 지혜를 새삼 깨닫는 순간이었다.

1976년(**36**세) 대담 평론집『나의 칼은 나의 작품』(민음사) 상자.

1978년(**38**세) 숙명여자대학교 독문과의 조교수로 근무하게 됨. 이후 부교수, 교수를 거쳐 한때 사무처장직을 맡기도 했으며(1988), 독일어권문화연구소를 만들어 소장을 지내기도 했다.

1979년(**39**세) 세번째 평론집『변동 사회와 작가』(문학과지성사) 상자.

1981년(**41**세) 서울대학교에서 문학 박사 학위 받음. 김주영, 이근배 등 문인들과 함께 유럽, 쿠웨이트 등을 여행. 연구서『고트프리트 벤 연구』(문학과지성사) 상자.

　　1983년(43세) 연구서 『독일 시인론』(문학과지성사), 네번째 평론집 『새로운 꿈을 위하여』(지식산업사) 상자. 평소 서양 문화와의 관련 아래에서 깊은 관심을 가져왔던 기독교에 입문, 갈릴리교회 박종만 목사에게 세례를 받았다. 12월 본 대학 한국문화연구소 주최로 열린 한독 수교 100주년 기념 한국 문학 강연회에서 '현대 한국 문학의 성격'이라는 제목으로 강연. 이 행사는 서베를린에서도 열렸으며 독일 안에서 이루어진 최초의 한국 문학 관계 행사였음. 본 대학 재직 중인 주기성 교수의 주선에 의한 것이었다.

　　1986년(46세) 8월부터 이듬해 3월까지 서독 뒤셀도르프 대학 객원교수를 지냄. 다섯번째 평론집 『문학을 넘어서』(문학과지성사) 상자.

　　1990년(50세) 여섯번째 평론집 『문학과 정신의 힘』(문학과지성사) 상자. 제2회 김환태평론상 수상. 오스트리아 빈에서 열린 한국 문학 포럼을 서울대 임종대 교수와 함께 주재하고 연사로 참가. 헝가리 등 방문.

　　1991년(51세) 연구서 『독일 문학의 본질』(민음사) 상자. 이 저서로 제2회 우경문화저술상 수상. 서울대 음대 서우석 교수가 인도한 중국 방문 예술인단의 일원으로 중국 여행에 참가하고 백두산도 올라가봄. 시애틀에서 열린 한국 문학 번역에 관한 국제 심포지엄에 참가.

　　1992년(52세) 통일 독일의 베를린에서 개최된 한독작가회의에 참석, 귀로에 동유럽 여행. 일본 동경에서 열린 제1회 한일작가회의에도 참석하여 '한국 현대 문학의 형성 과정'이라는 제목으로 주제 발표. 일곱번째 평론집 『문학, 그 영원한 모순과 더불어』(현대소설사), 첫 평론 선집 『김주연 평론 문학선』(문학사상사) 상자.

1993년(**53**세) 제주에서 열린 제2회 한일작가회의와 서울에서 열린 제2회 한독작가회의에 각각 참석.

1994년(**54**세) 여름에 페루에서 열린 한국 작가 초청 강연에 참석하여 주제 발표. 브라질·아르헨티나·멕시코를 함께 돌아봄. 두번째 평론 선집 『뜨거운 현실과 말의 서늘함』(솔 출판사) 상자.

1995년(**55**세) 여덟번째 평론집 『사랑과 권력』(문학과지성사) 상자. 제6회 팔봉비평문학상 수상. 2월 아프리카를 여행. 10월 일본 마쓰에(松江)에서 열린 한일작가회의에 참가. 11월 독일 본 대학 주최로 열린 한국 문학 심포지엄에 서정주와 함께 참가하여 주제 발표.

1996년(**56**세) 7월 우즈베키스탄의 타슈켄트, 사마르칸트 여행. 정현종 시집 『사람들 사이에 섬이 있다』를 함부르크 대학 교수 J. 크레프트와 공역으로 독일어 번역 출간.

1997년(**57**세) 산문집 『사악한 지식인』(문이당), 번역서 『문학과 종교』(한스 큉, 발터 옌스 공저, 분도출판사) 상자.

1998년(**58**세) 아홉번째 평론집 『가짜의 진실, 그 환상』(문학과지성사) 상자. 한국독어독문학회 회장 역임.

1999년(**59**세) 독일 함부르크에서 열린 유럽학회 한국 문학 세미나에 김원일, 이문열, 신경림과 함께 참가, 주제 발표.

2000년(**60**세) 한국 비평가로서는 처음으로 세계 인명 대사전 *Who's Who of International*에 등재되었다.

2001년(61세) 열번째 평론집 『디지털 욕망과 문학의 현혹』(문이
당) 상자.